Fantasy

Herausgegeben von Wolfgang Jeschke

Von Terry Pratchett erschienen in der Reihe
HEYNE SCIENCE FICTION & FANTASY:

Das Licht der Phantasie · 06/4583
Das Erbe des Zauberers · 06/4584
Die dunkle Seite der Sonne · 06/4639
Gevatter Tod · 06/4706
Der Zauberhut · 06/4715
Pyramiden · 06/4764
Wachen! Wachen! · 06/4805
MacBest · 06/4863
Strata · 06/4911 (in Vorb.)
Die Farben der Phantasie · 06/4912 (in Vorb.)

Terry Pratchett

MacBest

Roman

Deutsche Erstausgabe

Fantasy

WILHELM HEYNE VERLAG
MÜNCHEN

HEYNE SCIENCE FICTION & FANTASY
Band 06/4863

Titel der englischen Originalausgabe
WYRD SISTERS
Deutsche Übersetzung von Andreas Brandhorst
Das Umschlagbild malte Josh Kirby

15. Auflage

Redaktion: Friedel Wahren

Die Originalausgabe des Romans erschien
bei Victor Gollancz Limited, London

Printed in Germany 1999
Umschlaggestaltung: Atelier Ingrid Schütz, München
Satz: Schaber Datentechnik, Wels
Druck und Bindung: Elsnerdruck, Berlin

ISBN 3-453-05408-3

Es treten auf: drei Hexen, Könige, Dolche, Kronen, Stürme, Zwerge, Katzen, Geister, Phantome, Affen, Räuber, Dämonen, Wälder, Erben, Narren, Folterer, Trolle, Drehscheiben, Jubel und Trubel sowie diverse Alarme.

Wind heulte. Blitze stachen ziellos herab, wie ein ungeschickter Mörder. Donner rollte über das dunkle, regengepeitschte Land.

Die Nacht war so dunkel wie das Innere einer Katze. Man konnte sie für eine jener Nächte halten, die Götter nutzen, um Menschen wie Figuren auf dem Schachbrett des Schicksals zu bewegen. Mitten im elementaren Stürmen, neben tropfnassen Stechginsterbüschen, glühte Feuerschein wie Tollheit im Auge eines Wiesels. Das flackernde Licht fiel auf drei zusammengekauerte Gestalten. Es blubberte im nahen Kessel, und eine unheimliche Stimme kreischte: »Wann soll'n wir drei uns wiedersehen?«

Eine kurze Pause folgte.

Schließlich erwiderte eine andere und weitaus normaler klingende Stimme: »Tja, ich hätte nächsten Dienstag Zeit.«

Die Sternenschildkröte Groß-A'Tuin schwimmt durchs unergründlich tiefe Meer des Alls, und auf ihrem Rükken stehen vier riesige Elefanten, deren Schultern die Scheibenwelt tragen. Eine kleine Sonne und ein winziger Mond umkreisen sie in einer komplizierten Umlaufbahn, um verschiedene Jahreszeiten zu schaffen — nirgends sonst im Multiversum mag es notwendig werden, daß ein Elefant das Bein hebt, um die Sonne vorbeigleiten zu lassen.

Der Grund dafür bleibt vielleicht immer ein Rätsel. Vielleicht hatte der Schöpfer des Universums die Nase voll von langweiligen Achsenneigungen, Albedos und Rotationsgeschwindigkeiten; möglicherweise beschloß er, sich ein wenig Spaß zu gönnen.

Wer vermutet, daß die Götter einer solchen Welt

wahrscheinlich nicht Schach spielen, hat zweifellos recht. Es gibt überhaupt keine Götter, die an Schachpartien Gefallen finden. Dazu fehlt ihnen einfach die Phantasie. Götter bevorzugen einfache, gemeine Spiele, deren Regeln zum Beispiel *Du sollst keine Transzendenz erreichen* und *Fall sofort der Vergessenheit anheim* lauten. Wenn man Religion verstehen will, sollte man daran denken, daß es in der göttlichen Vorstellung vom Vergnügen in erster Linie um Schlangen und Leitern mit eingefetteten Sprossen geht.

Magie hält die Scheibenwelt zusammen — ein Zauber, der durch ihre Drehung entsteht, wie Seide, gesponnen aus den tieferliegenden Schichten der Existenz, um die Wunden der Realität zu nähen.

Ein großer Teil davon erreicht die Spitzhornberge, die sich von den frosterstarrten kalten Ländern der Mitte durch einen langen Archipel bis zum warmen Ozean erstrecken, der endlos über den Rand fließt.

Pure Magie knistert unsichtbar von Gipfel zu Gipfel und entlädt sich im Gebirge. Die meisten Hexen und Zauberer stammen aus den Spitzhornbergen. Dort bewegen sich die Blätter der Bäume selbst dann, wenn kein Wind weht. Dort machen Felsen abends Spaziergänge.

Manchmal scheint sogar das Land lebendig zu sein …

Gelegentlich auch der Himmel.

Der Sturm gab sich wirklich Mühe. Dies war seine große Chance. Er hatte einige Jahre damit verbracht, die Provinzen zu durchstreifen, hier und dort nützliche Arbeit in Form von Böen zu leisten, Beziehungen zu knüpfen, ahnungslose Schafhirten zu überraschen und kleine Eichen zu entwurzeln. Jetzt bekam er durch einen Wetterwechsel die Möglichkeit, sich richtig ins Zeug zu legen. Er strengte sich deshalb so sehr an, weil er hoffte, von einem wichtigen Klima entdeckt zu werden.

Es war ein *guter* Sturm. Er zeichnete sich durch eine gehörige Portion Talent und recht beeindruckende Leidenschaft aus. Die Kritiker gelangten zu folgendem Schluß: Wenn er lernte, Blitz und Donner zu kontrollieren, so stand diesem Sturm eine steile Karriere bevor.

Die Wälder applaudierten mit lautem Rauschen, wogenden Dunstschwaden und umherfliegenden Blättern.

Es ist bereits darauf hingewiesen worden, daß die Götter in solchen Nächten nicht über Schachbrettern brüten, sondern sich mit anderen Spielen die Zeit vertreiben. Auch dabei geht es um das Schicksal der Sterblichen und die Throne von Königen. Man sollte nicht vergessen, daß sie vom Anfang bis zum Ende mogeln ...

Eine Kutsche kam über den Weg, der durch den Wald führte. Immer wieder neigte sie sich ruckartig von einer Seite zur anderen, als die Räder an Baumwurzeln stießen. Der Kutscher holte mit der Peitsche aus, und ihr verzweifelt klingendes Knallen bildete einen guten Kontrapunkt zum Grollen des Gewitters.

Weiter hinten — der Abstand war nicht besonders groß und verringerte sich — folgten drei in Kapuzenmäntel gehüllte Reiter.

In solchen Nächten finden böse Taten statt. Und natürlich auch gute. Aber die bösen überwiegen.

In solchen Nächten gehen Hexen auf Reisen.

Natürlich reisen sie nicht ins Ausland. Das Essen bereitet ihnen Magenbeschwerden; das Wetter ist unzuverlässig, und die Schamanen beanspruchen alle Liegestühle für sich. Nein, sie bleiben im ihnen vertrauten Wald. Faserige Wolken umschmiegten einen vollen Mond, und die Luft flüsterte und enthielt deutliche Anzeichen von Magie.

Auf der Lichtung sprachen die Hexen solche Worte:

»Am Dienstag muß ich babysitten«, sagte die eine. Sie trug keinen Hut, aber ihr weißes, lockiges Haar war so dicht, daß es einem Helm gleichkam. »Für unseren Jason, der wieder Vater geworden ist. Ich hätte Freitag Zeit. Beeil dich mit dem Tee, Liebe! Ich verdurste schier.«

Die jüngste Hexe seufzte, schöpfte kochendes Wasser aus dem Kessel und goß es in die Teekanne.

Die dritte Hexe klopfte ihr gutmütig auf die Hand.

»Der Tonfall war schon recht gut«, meinte sie. »Nur das Kreischen könnte noch etwas besser sein. Stimmt's, Nanny Ogg?«

»Richtiges Kreischen kann nie schaden«, erwiderte Nanny Ogg hastig. »Und beim Schielen hat dir Gütchen Wemper, mögesieinfriedenruhen, sicher sehr geholfen.«

»Du hast gut geschielt«, fügte Oma Wetterwachs hinzu.

Die jüngste Hexe — sie hieß Magrat Knoblauch — entspannte sich erleichtert. Sie begegnete Oma Wetterwachs mit großem Respekt. Überall in den Spitzhornbergen war bekannt, daß Fräulein Wetterwachs nur selten jemanden lobte. Wenn sie das Schielen für gut hielt, so hatte Magrat wahrscheinlich in die eigenen Nasenlöcher gestarrt.

Im Gegensatz zu Zauberern, die auf eine komplizierte Hierarchie Wert legen, können sich Hexen kaum mit einer strukturierten Organisation der beruflichen Laufbahn anfreunden. Jede einzelne Hexe entscheidet, welches Mädchen sie als Nachfolgerin wählt. Hexen sind von Natur aus nicht besonders gesellig — soweit es die Kolleginnen betrifft —, und sie haben keine Anführerin.

Unter den Anführerinnen, die es bei Hexen gar nicht gab, genoß Oma Wetterwachs die größte Hochachtung.

Magrats Hände zitterten ein wenig, als sie den Tee vorbereitete. Sie war natürlich zufrieden, aber gleichzeitig empfand sie es als nervenaufreibend, das Arbeitsleben als Dorfhexe zwischen Oma Wetterwachs auf der einen und Nanny Ogg auf der anderen Seite des Waldes zu beginnen. Die Idee, einen Hexenzirkel zu schaffen, stammte von ihr. Es überraschte sie, daß Oma und Nanny einverstanden waren — zumindest erhoben sie keine Einwände.

Sie erinnerte sich an das Gespräch ...

»Ein Zirkel?« fragte Nanny Ogg. »Was hat denn Geometrie damit zu tun?«

»Sie meint einen *Hexen*zirkel, Gytha«, erklärte Oma Wetterwachs. »Du weißt schon, wie in der guten alten Zeit. Eine Versammlung.«

»Die Knie hoch?« erkundigte sich Nanny Ogg hoffnungsvoll.

»Kein Tanz«, warnte Oma. »Ich bin gegen das Tanzen. Und ich halte auch nichts davon, zu singen, sich übermäßig aufzuregen und mit Salben und so weiter herumzualbern.«

»Die frische Luft tut dir bestimmt gut«, verkündete Nanny fröhlich.

Magrat versuchte, sich ihre Enttäuschung in Hinsicht auf das Tanzen nicht anmerken zu lassen. Glücklicherweise hatte sie darauf verzichtet, einige andere Ideen in Worte zu kleiden. Sie griff nun in die mitgebrachte Tüte — dies war ihr erster Sabbat, und sie wollte ihn voll auskosten.

»Möchte jemand Teekuchen?« fragte sie.

Oma Wetterwachs betrachtete ihn eine Zeitlang, bevor sie hineinbiß. Magrat hatte ihn mit einer Kruste gebacken, die kleine Fledermäuse nachbildete, und deren Augen bestanden aus Rosinen.

Die Kutsche erreichte den Waldrand. Sie rumpelte über einen Stein hinweg, raste einige Sekunden lang auf zwei Rädern weiter und richtete sich dann wieder auf, ungeachtet aller Gesetze des Gleichgewichts. Doch die Steigung vor ihr sorgte dafür, daß sie langsamer wurde.

Der Kutscher — er stand nun aufrecht wie ein Wagenlenker — strich sich das Haar aus den Augen und spähte durch die Düsternis. Niemand lebte hier oben im Schoß der Spitzhornberge, aber trotzdem sah er Licht vor sich. Bei allem Barmherzigen — dort vorn schimmerte Licht!

Hinter ihm bohrte sich ein Pfeil ins Kutschendach.

Unterdessen stellte sich König Verence, Monarch von Lancre, einer verblüffenden Erkenntnis.

Wie die meisten Menschen — damit sind insbesondere Leute unter sechzig gemeint — hatte er nie sehr gründlich darüber nachgedacht, was geschehen mochte, wenn man starb. Wie die meisten Menschen seit dem Anbeginn der Zeit ging er rein instinktiv von der Annahme aus, daß irgendwie alles in Ordnung käme.

Und wie die meisten Menschen seit dem Anbeginn der Zeit war er nun tot.

Genauer gesagt: Er lag am unteren Ende der Treppe in Schloß Lancre, und ein Dolch steckte ihn im Rücken.

König Verence richtete sich auf, und dabei erwartete ihn eine neuerliche Überraschung. Jemand, den er für sich selbst hielt, stand auf, aber etwas, das seinem Körper ähnelte, blieb liegen.

Es war ein recht guter Körper, fand er, als er ihn jetzt zum erstenmal von außen sah. Er hatte immer an ihm gehangen, doch das schien jetzt nicht mehr der Fall zu sein, wie er sich eingestehen mußte.

Es handelte sich um einen großen muskulösen Leib. Verence hatte sich gut um ihn gekümmert, ihm einen Schnurrbart und lange Locken erlaubt, ihm gesunde Bewegung im Freien verschafft, den Magen mit rotem

Fleisch gefüllt. Aber jetzt, als ein Körper nützlich gewesen wäre, ließ er ihn im Stich. Beziehungsweise raus.

Kurz darauf merkte Verence, daß eine dürre, hochgewachsene Gestalt neben ihm stand. Der größte Teil von ihr verbarg sich unter einem schwarzen Kapuzenmantel, aber darunter ragte ein knöcherner Arm hervor, dessen Hand eine große Sense hielt.

Wenn man tot ist, wird man sich sofort über die Bedeutung gewisser Dinge klar.

HALLO.

Verence richtete sich zu seiner vollen Größe auf — oder was normalerweise seine volle Größe gewesen wäre. Doch der Teil seiner Existenz, für den das Wort ›Größe‹ einen Sinn hatte, lag steif am Boden und sah einer Zukunft entgegen, die den Ausdruck ›Tiefe‹ angemessen erscheinen ließ.

»Ich bin ein *König*, wohlgemerkt«, sagte er.

DU WARST EIN *KÖNIG*, EUER MAJESTÄT.

»Was?« fragte Verence scharf.

WARST. MAN NENNT SO ETWAS VERGANGENHEITSFORM. DU WIRST DICH BALD DARAN GEWÖHNEN.

Die hochgewachsene Gestalt trommelte mit knochigen Fingern auf den Griff der Sense. Sie schien über irgend etwas verärgert zu sein.

Nun, mir ergeht es ebenso, dachte Verence. Aber die verschiedenen deutlichen Hinweise der speziellen Umstände arbeiteten sich allmählich durch die naiv-tapfere Dummheit, die fast den gesamten Charakter bestimmte. Ganz gleich, in welchem Königreich er sich befand, so dämmerte ihm langsam, er war gewiß nicht sein König.

»Bist du der Tod, Bursche?« fragte er.

ICH HABE VIELE NAMEN.

»Und welchen benutzt du derzeit?« Diesmal erklang etwas mehr Respekt in Verences Stimme. Leute wanderten umher; sie wanderten *durch* den König und seinen Begleiter, wie Geister.

»Oh, es war also Felmet«, murmelte Verence und beobachtete den Mann, der mit einem heimtückischen Lächeln am oberen Ende der Treppe lauerte. »Mein Vater riet mir immer, vor ihm auf der Hut zu sein. Warum bin ich nicht zornig?«

ES LIEGT AN DEN DRÜSEN, entgegnete Tod. AM ADRENALIN UND SO WEITER. DU HAST JETZT KEINE GEFÜHLE MEHR, NUR NOCH GEDANKEN.

Die hochgewachsene Gestalt rang sich zu einer Entscheidung durch.

DIES IST HÖCHST UNGEWÖHNLICH, fügte er wie im Selbstgespräch hinzu. ABER WER BIN ICH SCHON, UM DAGEGEN ZU PROTESTIEREN?

»Ja, wer?«

WAS?

»Ich sagte: Ja, wer?«

SEI STILL.

Tod neigte den Kopf zur Seite und erweckte den Eindruck, einer inneren Stimme zu lauschen. Als die Kapuze nach hinten rutschte, sah Verence, daß Tod tatsächlich ganz und gar wie ein Skelett aussah. Mit einer Ausnahme: Die Augenhöhlen glühten himmelblau. Doch der König empfand keine Furcht. Einerseits war es schwer, erschrocken zu sein, wenn die dazu notwendigen Dinge einige Meter entfernt gerannen; andererseits hatte er sich zeit seines Lebens nie vor etwas gefürchtet, und er wollte auch jetzt nicht damit beginnen. Der Grund dafür? Nun, es mangelte ihm an Phantasie, und außerdem gehörte er zu den wenigen Menschen, die völlig im Hier und Jetzt leben.

Bei den meisten Leuten ist das nicht der Fall. Sie führen ihr Leben als eine Art temporaler Fleck im Aufenthaltsbereich des Körpers: Sie erwarten die Zukunft oder klammern sich an der Vergangenheit fest. Für gewöhnlich denken sie so konzentriert daran, was als nächstes geschehen wird, daß sie es erst merken, wenn sie darauf zurückblicken. Viele Menschen sind so. Sie lernen die Furcht, weil sie tief in ihrem Innern, auf einer unterbewußten Ebene, genau wissen, was geschehen wird — es geschieht bereits.

Aber Verence hatte immer nur in der Gegenwart gelebt. Zumindest bis jetzt.

Tod seufzte.

ICH NEHME AN, NIEMAND HAT DIR ETWAS GESAGT, ODER? fragte er vorsichtig.

»Wie bitte?«

KEINE VORAHNUNGEN? VIELLEICHT SELTSAME TRÄUME? IRGENDWELCHE VERRÜCKTEN WAHRSAGER, DIE DIR IN DEN STRASSEN ETWAS ZUGERUFEN HABEN?

»Sollten sie mich etwa darauf hinweisen, daß ich bald sterbe?«

NEIN, WAHRSCHEINLICH NICHT, erwiderte Tod. DAS WÄRE ZUVIEL ERHOFFT. SIE ÜBERLASSEN ES IMMER MIR.

»Wer?« fragte Verence verwirrt.

DAS SCHICKSAL, DIE VORSEHUNG UND ALLE ANDEREN. Tod legte dem König die Hand auf die Schulter. WIE DEM AUCH SEI: ICH FÜRCHTE, DU MUSST EIN GEIST WERDEN.

»Oh.« Er blickte an seinem — Körper hinab, der recht fest wirkte — bis jemand hindurchmarschierte.

REG DICH NICHT AUF DESHALB.

Verence sah, wie man seine steife Leiche ehrerbietig aus dem Saal trug.

»Ich werd's versuchen«, sagte er.

DAS IST ANERKENNENSWERT.

»Ich bezweifle, ob ich der Sache mit den weißen Laken und Ketten gewachsen bin«, fuhr der König fort. »Verlangt man von mir, daß ich dauernd stöhne und schreie?«

Tod zuckte mit den Schultern. MÖCHTEST DU? fragte er.

»Nein.«

DANN WÜRDE ICH MIR DARÜBER KEINE GEDANKEN

MACHEN. Tod holte eine Sanduhr unter dem schwarzen Umhang hervor und betrachtete sie aufmerksam.

JETZT MUSS ICH MICH SPUTEN, sagte er, drehte sich abrupt um, hob die Sense und verließ den Saal, indem er durch die Wand ging.

»He, warte!« Verence lief ihm nach.

Tod blickte nicht zurück. Der König folgte ihm durch die Mauer und spürte dabei keinen Widerstand — es war so, als schreite er durch Nebel.

»Ist das alles?« entfuhr es ihm. »Ich meine, wie lange bin ich ein Geist? *Warum* soll ich ein Geist sein? Du kannst mich doch nicht einfach so zurücklassen.« Verence verharrte und hob einen gebieterischen, halb durchsichtigen Zeigefinger. »Bleib stehen! Ich befehle es dir!«

Tod schüttelte kummervoll den Kopf und trat durch die nächste Wand. Der verstorbene König eilte ihm so würdevoll wie möglich nach und erreichte die hochgewachsene Gestalt, als sie den Sattelgurt eines großen weißen Rosses festzurrte. Das Pferd stand auf dem Wehrgang des Schlosses und trug einen Futtersack.

»Du kannst mich nicht einfach so zurücklassen!« wiederholte er, obwohl es ihm an Überzeugung mangelte.

Tod wandte sich ihm zu.

DOCH, ICH KANN, antwortete er. DU BIST UNTOT, WEISST DU. GEISTER BEFINDEN SICH IN DER WELT ZWISCHEN LEBEN UND TOD. DAFÜR BIN ICH NICHT ZUSTÄNDIG. Er klopfte Verence auf die Schulter. SEI UNBESORGT. ES DAUERT KEINE EWIGKEIT.

»Gut.«

ES KÖNNTE DIR ALLERDINGS WIE EINE EWIGKEIT *ERSCHEINEN.*

»Wie lange muß ich ein Geist sein?«

BIS DU DEIN SCHICKSAL ERFÜLLT HAST, NEHME ICH AN.

»Und woher soll ich wissen, worin mein Schicksal

besteht?« fragte der König mit wachsender Verzweiflung.

KEINE AHNUNG, TUT MIR LEID.

»Nun, wie kann ich es herausfinden?«

SOLCHE DINGE OFFENBAREN SICH IRGENDWIE, HABE ICH GEHÖRT, sagte Tod und schwang sich in den Sattel.

»Und bis dahin muß ich hier spuken.« Der König sah sich auf dem Wehrgang um. »Vermutlich ganz allein. Ist jemand in der Lage, mich zu sehen?«

OH, DIE ÜBERSINNLICH BEGABTEN. NAHE VERWANDTE. UND NATÜRLICH KATZEN.

»Ich hasse Katzen.«

Tods Gesichtsausdruck verhärtete sich etwas — wenn das möglich war. Für einen Sekundenbruchteil zeigte sich im blauen Leuchten der leeren Augenhöhlen ein rötliches Strahlen.

ICH VERSTEHE. Der Tonfall wies darauf hin, daß Tod sogar Katzenhasser tolerierte. SICHER GEFALLEN DIR GROSSE HUNDE.

»Ja, das stimmt.« Verence starrte mißmutig ins Morgengrauen. Seine Hunde — er würde sie wirklich vermissen. Und es sah nach einem guten Jagdtag aus.

Er fragte sich, ob Geister auf die Jagd gingen. *Mit an Sicherheit grenzender Wahrscheinlichkeit nicht,* dachte er, Ähnliches galt für Essen und Trinken, und das fand Verence noch deprimierender. Er mochte große laute Bankette und hatte so manches gutes Bier geschlabbert.* Auch einige schlechte, wenn er darüber nachdachte. Meistens war er erst am nächsten Morgen imstande gewesen, den Unterschied festzustellen.

Niedergeschlagen trat er nach einem Stein und beobachtete trübsinnig, wie der Fuß hindurchging. Keine Jagd mehr, weder mit Hunden noch mit Falken, keine Feste, keine Zechereien ... Verence begriff langsam, daß die Freuden des Fleisches ohne das Fleisch kaum der

---

* Schlabbern ist wie trinken; man verschüttet nur mehr.

Rede wert waren. Die Tatsache, daß er nicht mehr lebte, munterte ihn keineswegs auf.

EINIGE LEUTE *MÖGEN* ES, GEISTER ZU SEIN, sagte Tod.

»Hmm?« erwiderte der König schwermütig.

EIGENTLICH IST ES GAR NICHT SO SCHLIMM. UNTOTE KÖNNEN BEOBACHTEN, WIE ES IHREN NACHKOMMEN ERGEHT. BITTE? STIMMT WAS NICHT?

Aber Verence war bereits in einer Wand verschwunden.

OH, LASS DICH DURCH MICH NICHT STÖREN, brummte Tod gereizt. Er sah sich mit einem Blick um, der Raum, Zeit und die Seelen der Menschen durchdrang, und er sah: einen Erdrutsch im fernen Klatsch, einen Orkan in Wiewunderland, eine Seuche in Hergen.

VIEL ARBEIT, murmelte er und lenkte sein Pferd gen Himmel.

Verence stürmte durch die Mauern des Schlosses. Seine Füße berührten kaum den Boden — tatsächlich wiesen die Steinplatten an manchen Stellen solche Mulden auf, daß er dort gar keine Gelegenheit bekam, den Boden zu berühren.

Als König hatte er sich daran gewöhnt, die Diener so zu behandeln, als existierten sie überhaupt nicht, und es war fast das gleiche, durch sie zu laufen. Der einzige Unterschied bestand darin, daß sie nicht zur Seite wichen.

Verence erreichte das Kinderzimmer, sah die aufgebrochene Tür, die herumliegenden Laken ...

Hufschläge. Er erreichte das Fenster, starrte nach draußen und beobachtete, wie seine Pferde, an die Deichsel der Kutsche gespannt, durchs Tor galoppierten. Einige Sekunden später folgten drei Reiter. Eine Zeitlang pochten die Hufe auf dem Kopfsteinpflaster, bevor Stille zurückkehrte.

Der König schlug auf den Fenstersims, und seine Faust drang einige Zentimeter tief darin ein.

Dann glitt er nach draußen und lehnte es ab, die Höhe zur Kenntnis zu nehmen. Mit einer Mischung aus Fliegen und Rennen überquerte er den Hof und näherte sich den Ställen.

Dort brauchte er etwa zwanzig Sekunden, um folgende Erfahrung zu machen: Zu den vielen Dingen, die einem Geist verwehrt blieben, gehörte auch das Reiten. Es gelang ihm, in den Sattel zu springen — das heißt, er schwebte direkt darüber —, aber als das Pferd davonsauste, hockte Verence auf gut anderthalb Metern frischer Luft.

Er versuchte zu laufen und kam bis zum Tor, bevor die Luft so dick wurde, daß sie die Konsistenz von Teer gewann.

»Das geht nicht«, ertönte eine alte, traurige Stimme hinter ihm. »Du bist an den Ort gebunden, wo man dich getötet hat. So ist das eben mit dem Spuken. Glaub mir — ich weiß darüber Bescheid.«

Oma Wetterwachs hob den zweiten Teekuchen zum Mund und zögerte.

»Jemand kommt«, sagte sie.

»Weißt du das, weil es in deinen Daumen prickelt?« fragte Magrat interessiert. Sie hatte viel aus Büchern über Hexenkunst gelernt.

»Weil mir die Ohren klingen«, erwiderte Oma, sah Nanny Ogg an und hob die Brauen. Die alte Gütchen Wemper war auf ihre eigene Art und Weise eine ausgezeichnete Hexe gewesen, aber zu *verspielt*. Zu viele Blumen, romantische Vorstellungen und dergleichen.

Gelegentlich zuckten Blitze, und ihr kurzlebiger Schein fiel auf eine Moorlandschaft, die sich bis zum Wald erstreckte. Der Regen auf dem warmen Sommerboden schuf geisterhafte Dunstschwaden.

»Hufschläge?« brummte Nanny Ogg. »Um diese Zeit in der Nacht käme niemand hierher.«

Magrat sah sich scheu um. Hier und dort im Moor ragten große Steinblöcke auf, ihr Ursprung in der Zeit verloren. Es hieß, sie führten ein recht mobiles Eigenleben. Magrat schauderte.

»Vor wem sollte man sich hier fürchten?« brachte sie hervor.

»Vor uns«, antwortete Oma Wetterwachs selbstgefällig.

Die Hufschläge wurden lauter und langsamer. Dann rumpelte die Kutsche an den Stechginsterbüschen vorbei; die Pferde hingen in den Geschirren. Der Kutscher sprang vom Bock, lief zur Tür, holte ein großes Bündel hervor und hastete den drei Frauen entgegen.

Er war halb über den Torf, als er plötzlich verharrte und Oma Wetterwachs entsetzt anstarrte.

»Es ist alles in Ordnung«, raunte Oma, und ihr Flüstern klang glockenklar durch das Heulen des Sturms.

Sie trat einige Schritte vor, und ein geeigneter Blitz erlaubte es ihr, direkt in die Augen des Mannes zu sehen. Ihr trüber Glanz wies Kenner darauf hin, daß der Blick nicht mehr dem Diesseits galt.

Mit einer letzten ruckartigen Bewegung drückte der Mann Oma Wetterwachs das Bündel in die Hände und fiel zu Boden. Die Federn eines Armbrustbolzens ragten ihm aus dem Rücken.

Drei Gestalten näherten sich dem flackernden Feuer. Oma sah in zwei andere Augen, und sie wirkten so kalt wie die Hänge der Hölle.

Ihr Eigentümer warf die Armbrust beiseite. Ein Kettenhemd glänzte unter dem durchnäßten Mantel, als er sein Schwert zog.

Er fuchtelte nicht damit herum. Die Augen, deren Blick an Oma Wetterwachs' Zügen festklebte, gehörten einem Mann, der nie mit irgendwelchen Dingen herumfuchtelt. Es waren die Augen eines Mannes, der ganz genau weiß, wozu ein Schwert dient. Er streckte die Hand aus.

»Gib es mir!« verlangte er.

Oma zupfte an der Decke des Bündels und betrachtete das von Schlaf umhüllte Gesicht eines Kindes.

Sie hob den Kopf.

»Nein«, entgegnete sie nachdrücklich.

Der Soldat musterte Magrat und Nanny Ogg, die ebenso reglos standen wie die Monolithen des Moors.

»Seid ihr Hexen?« fragte er.

Oma Wetterwachs nickte. Ein Blitz stach aus dem dunklen Firmament herab, und hundert Meter entfernt ging ein Strauch in Flammen auf. Die beiden anderen Soldaten murmelten etwas, doch der erste Mann lächelte nur und ballte eine gepanzerte Faust.

»Gleitet Stahl an Hexenhaut ab?« erkundigte er sich.

»Nicht daß ich wüßte«, erwiderte Oma Wetterwachs gelassen. »Möchtest du es herausfinden?«

Einer der anderen Soldaten trat auf den ersten zu und berührte ihn vorsichtig am Arm.

»Herr, mit allem Respekt, Herr, aber ich halte das für keine gute Idee ...«

»Sei still.«

»Aber du beschwörst schreckliches Unheil herauf, wenn du ...«

»Habe ich mich nicht klar genug ausgedrückt?«

»Herr«, sagte der Soldat. Er begegnete Omas Blick, und in seinen Pupillen glühte hoffnungsloses Grauen.

Der Anführer wandte sich wieder Oma Wetterwachs zu, die völlig ruhig blieb.

»Deine Bauernmagie eignet sich nur dafür, Narren zu beeindrucken, Mutter der Nacht. Ich kann dich auf der Stelle töten.«

»Dann schlag ruhig zu«, sagte Oma und sah ihm über die Schulter. »Wenn dein Herz von dir verlangt, daß du mich tötest, so stoß mir das Schwert in den Leib.«

Der Mann hob die Klinge. Erneut gleißte ein Blitz und traf einen wenige Meter entfernt liegenden Stein. Rauch wallte, und es roch nach verbranntem Silicium.

»Daneben«, sagte der erste Soldat spöttisch. Oma Wetterwachs beobachtete, wie er die Muskeln spannte, als er mit dem Schwert ausholte.

Plötzlich zeigte sich Verwirrung in seiner Miene. Er neigte den Kopf zur Seite und öffnete den Mund, als trachte er danach, sich mit einer neuen Idee anzufreunden. Das Schwert fiel ihm aus der Hand und bohrte sich in den Torf. Dann seufzte der Mann, faltete sich langsam zusammen und sank vor Oma Wetterwachs zu Boden.

Sie stieß ihn sanft mit dem Fuß an. »Vielleicht wußtest du gar nicht, worauf ich gezielt habe«, hauchte sie. »Mutter der Nacht, hm?«

Einer der beiden anderen Soldaten — gemeint ist jener Mann, der versuchte, seinen Vorgesetzten zur Vernunft zu bringen — starrte entsetzt auf den blutigen Dolch in seiner Hand und wich zurück.

»Ichichich konnte es nicht zulassen«, stammelte er. »Er hätte nicht, ich meine, er durfte nicht ...«

»Bist du aus dieser Gegend, junger Mann?« fragte Oma Wetterwachs.

Der Soldat fiel auf die Knie. »Ich komme aus Verrückter Wolf, gnä' Frau«, sagte er, und sein Blick galt der Leiche des Anführers. »Dafür wird man mich hinrichten!« jammerte er.

»Du hast nur das getan, was du für richtig hieltest«, sagte Oma Wetterwachs.

»Deshalb bin ich nicht Soldat geworden. Es war nie mein Wunsch, jemanden zu töten.«

»Lobenswert.« Nachdenklich fügte Oma hinzu: »Was hältst du davon, Seemann zu werden? Ja, eine nautische Karriere. An deiner Stelle würde ich so schnell wie möglich damit beginnen. Besser noch: jetzt sofort. Lauf, junger Mann! Lauf zum Meer! Im Wasser kann man keine Spuren hinterlassen. Bestimmt erwartet dich ein langes und erfolgreiches Leben.« Sie überlegte einige Sekunden lang. »Zumindest sind deine Aussichten, hier ein langes und erfolgreiches Leben zu führen, wesentlich geringer.«

Der Soldat stand auf und sah Oma Wetterwachs mit einer Mischung aus Dankbarkeit und Ehrfurcht an. Eine Sekunde später lief er durch die Nebelschwaden.

»Jetzt erklärt uns vielleicht jemand, was dies alles zu bedeuten hat«, sagte Oma und drehte sich zum dritten Mann um.

Beziehungsweise dorthin, wo er gestanden hatte.

Hufschläge pochten in der Ferne, und Stille folgte.

Nanny Ogg humpelte ihm einige Schritte hinterher.

»Ich könnte ihn einholen«, sagte sie. »Was meinst du?«

Oma Wetterwachs schüttelte den Kopf, nahm Platz und richtete ihre Aufmerksamkeit auf das Kind. Es war ein Junge, knapp zwei Jahre alt, und seine einzige Bekleidung bestand aus der Decke. Oma wiegte ihn ein wenig und starrte ins Leere.

Nanny Ogg untersuchte die beiden Leichen und gab dabei deutlich zu erkennen, daß sie sich nicht vor Aufbahrungen fürchtete.

»Vielleicht waren es Räuber«, vermutete Magrat zaghaft.

Nanny schüttelte den Kopf.

»Sonderbar«, sagte sie. »Sie tragen beide das gleiche Abzeichen. Zwei Bären auf einem schwarzen und goldenen Schild. weiß jemand von euch, was es damit auf sich hat?«

»Das Wappen von König Verence«, erklärte Magrat.

»Wer ist König Verence?« fragte Oma Wetterwachs.

»Er regiert über dieses Land«, antwortete Magrat.

»Oh, der König«, murmelte Oma Wetterwachs, als sei die Sache kaum der Rede wert.

»Soldaten, die gegeneinander kämpfen«, dachte Nanny Ogg laut. »Das ergibt überhaupt keinen Sinn. Magrat, sieh in der Kutsche nach!«

Die jüngste Hexe kam der Aufforderung nach und

kehrte mit einem Sack zurück. Als sie ihn öffnete und umdrehte, fiel etwas auf den Torf.

Der Sturm heulte nun auf der anderen Seite des Berges, und von einem blassen Mond tropfte wässeriges Licht auf das Moorland. Es floß auch über einen Gegenstand, bei dem es sich zweifellos um eine außerordentlich wichtige Krone handelte.

»Eine Krone«, sagte Magrat. »Mit vielen spitzen Dingen drauf.«

»Lieber Himmel«, kommentierte Oma.

Das Kind gluckste im Schlaf. Oma Wetterwachs mochte es nicht, in die Zukunft zu sehen, aber jetzt fühlte sie den Blick der Zukunft auf sich ruhen.

Er gefiel ihr nicht sehr.

König Verence stand der Vergangenheit gegenüber, und er teilte Oma Wetterwachs' Mangel an Begeisterung.

»Du kannst mich sehen?« fragte er.

»O ja, ziemlich deutlich sogar«, erwiderte der Neuankömmling.

Verence zog die Brauen zusammen. Geister schienen weitaus größeren mentalen Anstrengungen ausgesetzt zu sein als lebende Menschen. Vierzig Jahre lang hatte er es geschafft, höchstens ein- oder zweimal am Tag zu denken, und jetzt war er die ganze Zeit über damit beschäftigt.

»Ah«, sagte er, »du bist ebenfalls ein Geist.«

»Gut beobachtet.«

»Der Kopf unter deinem Arm — er gab mir einen Hinweis«, entgegnete Verence, zufrieden mit sich selbst.

»Stört er dich? Ich kann ihn wieder aufsetzen, wenn er dich stört.« Das Phantom streckte freundlich die freie Hand aus. »Freut mich, dich kennenzulernen. Ich bin Champot, König von Lancre.«

»Verence, ebenso.« Er musterte das Gesicht des alten Königs. »Ich erinnere mich nicht daran, dein Bild in der Langen Galerie gesehen zu haben ...«

»Oh, die ersten Porträts entstanden nach meiner Zeit«, sagte Champot und winkte ab.

»Seit wann bist du schon hier?«

Der alte König ließ die Hand sinken und rieb sich die Nase. »Seit etwa tausend Jahren«, verkündete er stolz. »Als Mensch und Geist.«

»Tausend Jahre!«

»Ich habe dieses Schloß gebaut und wollte gerade einige hübsche Dekorationen hinzufügen, als mir mein Neffe im Schlaf den Kopf abhackte. Ich kann dir gar nicht sagen, wie sehr mich das geärgert hat.«

»Aber ... tausend Jahre ...«, wiederholte der andere König benommen.

Champot griff nach seinem Arm. »Eigentlich ist es gar nicht so schlimm«, sagte er und führte einen bestürzten Verence über den Hof. »Als Geist hat man sogar gewisse Vorteile.«

»Das müssen verdammt seltsame Vorteile sein!« entfuhr es Verence. »Mir hat das Leben *gefallen!*«

Champot lächelte aufmunternd. »Du wirst dich daran gewöhnen«, versprach er.

»Ich will mich gar nicht daran gewöhnen!«

»Du hast ein starkes morphogenes Feld«, sagte Champot.

»Ja, ich bin sicher. Weißt du, ich halte nach solchen Dingen Ausschau. Ja. Sehr stark. Kein Zweifel.«

»Morpho-was?«

»Nun, ich konnte nie besonders gut mit Worten umgehen«, erklärte Champot. »Ich fand es immer leichter, mit irgendwelchen Gegenständen nach Leuten zu werfen. Aber ich schätze, es läuft alles darauf hinaus, wie man gelebt hat. *Als* man noch gelebt hat, meine ich. Man nennt so etwas« — er zögerte kurz —, »animalische Vitalität. Ja, so lautet der richtige Ausdruck. Animalische Vitalität. Je mehr man davon hatte, desto leichter fällt es einem, sich als Geist das eigene Selbst zu erhalten. Ich glaube, du bist hundertprozentig lebendig gewesen. Als Mensch, meine ich.«

Fast gegen seinen Willen fühlte sich Verence geschmeichelt. »Ich habe immer versucht, aktiv zu sein.« Sie wanderten durch eine Mauer und erreichten den jetzt leeren Großen Saal. Der Anblick langer Bankettische löste eine automatische Reaktion im König aus.

»Wie besorgen wir uns das Frühstück?« fragte er.

Champots Kopf sah überrascht auf.

»Wir frühstücken nicht«, erwiderte er. »Wir sind Geister.«

»Aber ich bin hungrig!«

»Das bist du nicht. Du bildest es dir nur ein.«

Teller, Tassen und Krüge klapperten in der Küche. Die Köche waren bereits auf, und da sie keine anderen Anweisungen bekommen hatten, trafen sie Vorbereitungen für das normale Frühstücksmenü des Schlosses. Vertraute Düfte wehten durch den dunklen Zugang, der zur Küche führte.

Verence schnupperte.

»Würstchen«, sagte er verträumt. »Schinken. Eier. Geräucherter Fisch.« Er starrte Champot an. »Blutwurst«, flüsterte er.

»Du hast keinen Magen mehr«, stellte der alte Geist fest. »Es ist nur deine Phantasie. Reine Angewohnheit. Du *glaubst*, Hunger zu haben.«

»Ich *glaube*, ich bin bereits halb verhungert.«

»Mag sein, aber du kannst überhaupt nichts essen«, sagte Champot. »Nicht einen einzigen Bissen.«

Verence ließ sich vorsichtig auf eine Sitzbank nieder, um nicht hindurchzusinken. Entmutigt senkte er den Kopf und schlug die Hände vors Gesicht. Er hatte gehört, daß der Tod schlimm war, aber *so* schlimm …

Er sehnte sich nach Rache. Er wollte das plötzlich so düster wirkende Schloß verlassen, um seinen Sohn zu suchen. Und er erschrak, als er merkte, daß er noch einen dritten, größeren Wunsch verspürte: Derzeit hätte er alles für einen Teller mit gebackenen Nieren gegeben.

Eine feuchte Morgendämmerung strömte übers Land, erkletterte die Mauer des Schlosses Lancre, stürmte die Feste und kroch schließlich durch die Flügelfenster der Türme.

Herzog Felmet starrte verdrießlich auf den tropfnassen Wald. Er schien endlos zu sein. Felmet hatte nichts gegen Bäume, wenn so viele davon beisammen standen, boten sie seiner Ansicht nach einen äußerst deprimierenden Anblick. Immer wieder ertappte er sich dabei, daß er sie zu zählen begann.

»In der Tat, Liebste«, sagte er.

Viele Leute, die dem Herzog begegneten, verglichen ihn mit einer jener Eidechsen, die auf vulkanischen Inseln leben, sich nur einmal am Tag bewegen, ein drittes rudimentäres Auge haben und auf monatlicher Basis blinzeln. Er glaubte, ein zivilisierter Mann zu sein, der sich mehr für die trockene Luft und den hellen Sonnenschein eines gut organisierten Klimas eignete.

Andererseits ist das Leben als Baum vielleicht gar nicht so schlecht, dachte Felmet. Bäume hatten keine Ohren — da war er ziemlich sicher. Und sie schienen auch ohne den heiligen Stand der Ehe gut zurechtzukommen. Eine männliche Eiche — er beschloß, in einem Lexikon nachzusehen —, eine männliche Eiche vertraute ihre Pollen einfach nur dem Wind an, und die Sache mit den Eicheln — es sei denn, es ging dabei um Eichenäpfel; nein, es handelte sich um Eicheln, der Herzog zweifelte kaum daran — fand woanders statt ...

»Ja, Teuerste«, sagte er.

Bäume sind wirklich gut dran, dachte Felmet und starrte auf die zahllosen Wipfel. *Egoistische Mistkerle.*

»Gewiß, Schatz«, murmelte er.

»Was?« fragte die Herzogin.

Der Herzog zögerte und versuchte verzweifelt, sich an die letzten fünf Minuten des Monologs zu erinnern. Die endlosen Worte warfen ihm vor, nur ein halber Mann und — willensschwach zu sein? Vage entsann er sich an die Klage darüber, das Schloß sei zu kalt. Ja, das war's. Nun, zumindest in dieser Hinsicht konnten sich die verdammten Bäume nützlich machen.

»Ich lasse einige fällen und sofort hierherbringen, Gepriesene.«

Lady Felmet war einige Sekunden lang sprachlos, was nur höchst selten geschah. Wer die große und imposante Frau zum erstenmal sah, dachte an eine Galeone mit gesetzten Segeln. Dieser Eindruck wurde noch von ihrem Irrglauben verstärkt, roter Samt stehe ihr. Nun, immerhin paßte er zu der Hautfarbe.

Der Herzog hielt es oft für einen Glücksfall, daß er diese Frau geheiratet hatte. Ohne ihren Motor des Ehrgeizes hätte er seine Zeit vermutlich damit verschwendet, auf die Jagd zu gehen, zu trinken und seinen droit de seigneur* zu ertüchtigen. Doch jetzt trennte ihn nur noch ein Schritt vom Thron; vielleicht herrschte er bald über alles, was er nun beobachtete.

Zum Beispiel über den Wald, fuhr es ihm niedergeschlagen durch den Sinn.

Felmet seufzte.

»Du willst *was* fällen lassen?« fragte die Herzogin eisig.

»Oh, die Bäume«, antwortete der Herzog.

»Was haben denn Bäume damit zu tun?«

---

* Was auch immer das sein mochte. Bisher hatte er niemanden gefunden, der sich bereit zeigte, ihm eine Erklärung anzubieten. Aber er war ganz sicher, daß ein feudaler Lord so etwas besitzen mußte, und bestimmt benötigte es regelmäßig Ertüchtigung. Er stellte sich in diesem Zusammenhang einen großen haarigen Hund vor. Felmet entschied, sich einen zu besorgen und ihn angemessen zu dressieren.

»Nun ... es sind so *viele*«, betonte Felmet.

»Wechsle nicht das Thema!«

»Entschuldige bitte, Liebling.«

»Ich *sagte:* Wie konntest du so dumm sein, sie entkommen zu lassen? Ich habe dich darauf hingewiesen, daß der Diener zu treu ist. Einer solchen Person darf man nicht vertrauen.«

»Nein, Schatz.«

»Hast du zufällig daran gedacht, sie verfolgen zu lassen?«

»Von Bentzen, Teuerste. Und zwei Wächtern.«

»Oh.« Die Herzogin zögerte. Bentzen war Hauptmann der herzoglichen Leibwache und als Mörder so fähig wie ein psychotischer Mungo. Sie hätte sich ebenfalls für ihn entschieden. Lady Felmet bedauerte es, vorübergehend um die Chance gebracht worden zu sein, ihren Gemahl zu tadeln, aber sie fand schnell zu ihrem üblichen vorwurfsvollen Selbst zurück.

»Er hätte im Schloß bleiben können, wenn du bereit gewesen wärst, auf mich zu hören. Aber du bist mit deinen Gedanken immer woanders.«

»Wie bitte, Herzallerliebste?«

Der Herzog seufzte erneut. Eine lange Nacht lag hinter ihm. Erst kam es zu einem Sturm, der viel zu dramatisch heulte, und dann zu der blutigen Angelegenheit mit den Messern ...

Es ist bereits erwähnt worden, daß den Herzog nur noch ein Schritt vom Thron trennte. Der fragliche Schritt begann am oberen Ende der Treppe, die zum Großen Saal führte: König Verence war im Dunkeln die Stufen hinuntergefallen, um unten, entgegen allen Gesetzen der Wahrscheinlichkeit, in den eigenen Dolch zu stürzen.

Der Schloßarzt hatte erklärt, Verence sei durch natürliche Ursachen gestorben. Bentzen war zu ihm gegangen, um ihn auf folgendes hinzuweisen: Wenn man des Nachts mit einem Dolch im Rücken die Treppe hinunterfiel, so sei das eine Krankheit, die auf unkluges Öffnen des Mundes zurückgehe.

Einige andere Angehörige der herzoglichen Leibwache, die nicht die notwendige Vorsicht hatten walten lassen, hatten sich bereits angesteckt. Es war zu einer kleinen Epidemie gekommen.

Den Herzog schauderte. Die vergangene Nacht enthielt verschwommene, aber auch schreckliche Details.

Er erinnerte sich daran, daß jetzt alles Unangenehme zu Ende ging und ihm ein Königreich zu Füßen lag. Es mochte kein besonders großes Reich sein, und außerdem bestand es überwiegend aus Bäumen, aber es hatte eine Krone.

Die verschwunden blieb.

Schloß Lancre stand auf einem Felsvorsprung und war von einem Architekten erbaut worden, der zwar von Gormenghast gehört hatte, dem jedoch kein ausreichendes Budget zur Verfügung stand. Er gab sich große Mühe mit einem kleinen Vorrat an Ausverkauf-Türmen und diversen Sonderangebot-Artikeln, zum Beispiel gebrauchten Kellergeschossen, Strebepfeilern, Zinnen, Steinfiguren, Minaretten, Höfen, Kerkern und Verliesen. Es fehlte nichts, was ein ordentliches Schloß brauchte — abgesehen von einem stabilen Fundament und Mörtel, der nicht schon bei einem leichten Nieselregen abbröckelt.

Das Schloß neigte sich schwindelerregend hoch über dem weißen Wasser des Lancreflusses, der dreihundert Meter weiter unten rauschte. Ab und zu fielen kleine Teile des Gebäudes hinein.

Es war kein besonders großes Schloß, aber es gab darin mindestens tausend Stellen, wo man eine Krone verstecken konnte.

Die Herzogin verließ das Zimmer, um jemand anders zu schelten. Lord Felmet blieb allein zurück und starrte mürrisch über die Landschaft. Es begann zu regnen.

Jemand nahm dies zum Anlaß, laut ans Schloßtor zu

klopfen. Damit störte er den Pförtner, der zusammen mit Koch und Hofnarr in der warmen Küche saß und Karten spielte.

Er verzog das Gesicht und stand auf. »Es klopft auswärts«, sagte er.

»Auswärts?« wiederholte der Narr.

»Drinwärts wohl kaum, Idiot.«

Der Narr sah verwirrt auf. »Es klopft auswärts?« fragte er argwöhnisch. »Klingt seltsam. Hat das irgend etwas mit Zen zu tun?«

Als der Pförtner in Richtung Wachhaus davonschlurfte, schob der Koch eine weitere Münze in die Tischmitte und bedachte den Narren mit einem scharfen Blick.

»Was ist ein Zen?« erkundigte er sich.

Die Glocken des Narren klirrten und läuteten leise, als er seine Karten sortierte. »Oh, eine Subsekte des klatschianischen philosophischen Systems namens Sumtin«, erwiderte er, ohne vorher nachzudenken. »Sie ist für ihre einfache Strenge bekannt und bietet inneren Frieden sowie seelische Ganzheit, zu erreichen durch Meditation und eine besondere Atemtechnik. Ein interessanter Aspekt besteht darin, unsinnig erscheinende Fragen zu stellen, um die Türen der Wahrnehmung weiter aufzustoßen.«

»Wie bitte?« entfuhr es dem Koch mißtrauisch. Er war ziemlich nervös. Als er das Frühstück in den Großen Saal gebracht hatte, gewann er den Eindruck, daß irgend jemand versuchte, ihm das Tablett aus den Händen zu ziehen. Schlimmer noch: Der neue Herzog schickte ihn mit dem Auftrag zurück, *Haferschleim* zu holen. Ihm schauderte. Haferschleim und ein drei Minuten gekochtes Ei! Für so etwas fühlte sich der Koch zu alt. Er hatte sich an eine gewisse Routine gewöhnt und glaubte sich der wahren feudalen Tradition verpflichtet. Er wollte nur Dinge servieren, die man braten und denen man einen Apfel ins Maul stecken konnte.

Der Narr zögerte mit einer Karte in der Hand, unterdrückte die Panik und überlegte rasch.

»Meiner Treu!« quiekte er. »Du habest mehr Fragen als ein Schoner Besansegel.«

Der Koch entspannte sich.

»Na schön«, murmelte er, noch immer nicht ganz zufriedengestellt. Der Narr verlor die nächsten drei Spiele, um ganz sicher zu sein.

Unterdessen öffnete der Pförtner die Klappe im Tor und blickte nach draußen.

»Wer klopft auswärts?« knurrte er.

Der Soldat zögerte, obwohl er völlig durchnäßt und entsetzt war.

»Auswärts?« wiederholte er. »Auswärts wo?«

»Wenn du mich auf den Arm nehmen willst, lasse ich dich den ganzen Tag draußen stehen«, erwiderte der Pförtner ruhig.

»Nein!« rief der Soldat. »Ich muß sofort zum Herzog. Hexen sind auf Reisen!«

Mehrere mögliche Kommentare gingen dem Pförtner durch den Kopf, unter anderem ›Vielleicht machen sie Urlaub‹ und ›Ich könnte ebenfalls ein paar freie Tage gebrauchen.‹ Aber er schwieg, als er das Gesicht des Soldaten bemerkte. Er wirkte wie jemand, der Dinge gesehen hatte, die niemand sehen möchte …

»Hexen?« fragte Lord Felmet.

»Hexen!« sagte die Herzogin.

In den zugigen Fluren flüsterte eine Stimme, so leise wie der Wind in Schlüssellöchern. »Hexen!« raunte es hoffnungsvoll.

Die übersinnlich Begabten …

»Es ist Einmischerei, jawohl«, verkündete Oma Wetterwachs. »Und dadurch ergeben sich nur Schwierigkeiten.«

»Es könnte so *romantisch* sein.« Magrat seufzte tief.

»Dutschidutschi-du«, sagte Nanny Ogg.

»Wie dem auch sei«, erwiderte Magrat, »du hast den schrecklichen Mann umgebracht!«

»Nein, ich habe die Dinge nur dazu — ermutigt, sich auf eine bestimmte Weise zu entwickeln.« Oma Wetterwachs runzelte die Stirn. »Er hatte keinen Respekt. Wer keinen Respekt hat, muß mit Problemen rechnen.«

»Itziwitzi dididi.«

»Der andere Mann hat das Kind hierhergebracht, um es zu retten!« platzte es aus Magrat heraus. »Er wollte, daß wir den Jungen schützen! Das ist doch offensichtlich! Die Vorsehung führte ihn zu uns!«

»Oh, *offensichtlich*«, entgegnete Oma. »Ja, es erscheint wirklich offensichtlich. Doch wenn irgend etwas offensichtlich ist, braucht es deshalb noch nicht wahr zu sein.«

Sie wog die Krone in den Händen. Das Objekt fühlte sich recht schwer an, doch es war ein Gewicht, das über Pfunde und Unzen hinausging.

»Ja, aber ich meine ...«, begann Magrat.

»*Ich* meine, daß bald Leute kommen werden«, sagte Oma Wetterwachs. »Ernste Leute. Finster dreinblickende Leute. Leute, die nicht zögern, Mauern einzureißen und Hütten niederzubrennen. Und ...«

»Utzidutzi dadada.«

»*Und* wir wären alle *viel* glücklicher, wenn du endlich damit aufhören würdest, so zu glucksen, Gytha!« zischte Oma scharf. Sie spürte, wie Ärger in ihr aufkeimte. Es entstand immer Ärger in ihr, wenn sie sich unsicher fühlte. Darüber hinaus befanden sie sich nun in Magrats Hütte, und die Einrichtung ging ihr allmählich auf die Nerven. Magrat glaubte an die Weisheit der Natur, Elfen, die Heilkraft von Farben, den Kreis der Jahreszeiten und viele andere Dinge, von denen Oma Wetterwachs nichts hielt.

»Du willst mir hoffentlich nicht erklären, wie man sich um ein Kind kümmert«, erwiderte Nanny Ogg mit sanftem Nachdruck. »Immerhin habe ich fünfzehn eigene.«

»Ich schlage nur vor, daß wir gründlich darüber nachdenken«, brummte Oma.

Die anderen Hexen beobachteten sie eine Zeitlang.

»Nun?« fragte Magrat.

Oma Wetterwachs' Finger trommelten auf den Rand der Krone. Sie runzelte die Stirn.

»Zuerst einmal: Wir müssen den Jungen von hier fortbringen.« Sie hob die Hand. »Nein, Gytha, deine Hütte ist zweifellos geeignet, aber sie bietet keine Sicherheit. Er muß in ein anderes Land, wo ihn niemand kennt. Und dann dies hier.« Oma hob die Krone.

»Oh, ganz einfach«, sagte Magrat. »Wir verstecken sie unter einem Stein oder so. Mit kleinen Kindern ist alles viel schwieriger als mit Kronen.«

»Da irrst du dich«, widersprach Oma. »Und der Grund dafür: Es wimmelt überall von kleinen Kindern, und sie sehen alle gleich aus. Aber wahrscheinlich gibt's nicht viele Kronen. Außerdem neigen sie dazu, gefunden zu werden. Irgendwie rufen sie Menschen zu sich. Wenn wir beschlössen, sie unter einen Stein zu stopfen — innerhalb einer Woche ließe sie sich durch Zufall entdecken. Ganz bestimmt.«

»Ja, du hast recht.« Nanny Ogg nickte würdevoll. »Wie oft ist es euch passiert, daß ihr einen magischen Ring in die tiefsten Tiefen des Meers werft, anschließend nach Hause zurückkehrt, um ein Häppchen Steinbutt zum Tee zu essen — und dann liegt der Ring plötzlich auf dem Tisch?«

Die Hexen überlegten.

»Nie«, sagte Oma Wetterwachs. »Und das gilt auch für euch. Hinzu kommt: Vielleicht will der Junge die

Krone irgendwann zurück. Sie gehört ihm — das dürfen wir nicht vergessen. Könige messen Kronen große Bedeutung bei. Wirklich, Gytha, manchmal sind deine Bemerkungen ...«

»Ich koche uns Tee«, bot sich Magrat fröhlich an und verschwand in der Spülküche.

Die beiden älteren Hexen saßen am Tisch und wahrten ein höfliches, angespanntes Schweigen. »Sie hat es hier recht hübsch, nicht wahr?« meinte Nanny Ogg nach einer Weile. »Blumen und so. Was sind das für Dinge an den Wänden?«

»Siegel und Amulette«, antwortete Oma Wetterwachs. »Oder so.«

»Schick«, sagte Nanny vorsichtig. »Und dann die Umhänge und Ruten und so.«

»Modern«, brummte Oma Wetterwachs und rümpfte die Nase. »Als ich ein Mädchen war, begnügten wir uns mit einem Klumpen Wachs und einigen Nadeln. Damals mußten wir unseren *eigenen* Zauber entwickeln. «

»O ja, seitdem haben wir alle viel Wasser gelassen«, sagte Nanny Ogg weise und wiegte den kleinen Jungen.

Oma Wetterwachs schniefte. Nanny Ogg hatte drei Ehen hinter sich und regierte über einen ganzen Clan aus Kindern und Enkeln überall im Königreich. Für Hexen war es nicht direkt *verboten* zu heiraten — Oma gab das widerstrebend zu. Aber nur sehr widerstrebend. Erneut schniefte sie mißbilligend. Ein Fehler, wie sich herausstellte.

»Was ist das für ein Geruch?« fragte sie scharf.

»Oh.« Nanny Ogg rückte das kleine Kind zurecht. »Ich sehe mal nach, ob Magrat ein paar saubere Tücher hat.«

Daraufhin war Oma Wetterwachs allein. Eine seltsame Verlegenheit erfaßte sie, typisch für jemanden, der allein im Zimmer einer anderen Person ist. Sie widerstand der Versuchung, sich die Bücher im Regal anzusehen oder am Kaminsims nach Staub zu suchen.

Langsam drehte sie die Krone hin und her, und das Objekt schien größer und schwerer zu werden.

Sie bemerkte einen Spiegel über dem Kamin und blickte auf die Krone hinab. Der funkelnde Gegenstand war verlockend, schien geradezu darum zu flehen, aufgesetzt zu werden. Nun, warum nicht? Oma vergewisserte sich, daß niemand zusah, nahm rasch den Hut ab und ersetzte ihn durch die Krone.

Sie schien gut zu passen. Oma Wetterwachs richtete sich stolz auf, trat vor den Herd und winkte gebieterisch.

»Gar nicht schlecht«, murmelte sie und winkte arrogant in Richtung der Standuhr. »Runter mit der Rübe, ha!« befahl sie und lächelte grimmig.

Und dann erstarrte sie plötzlich, als sie Schreie hörte, das Donnern von Hufen, das Zischen von Pfeilen, dumpfes Pochen, mit denen sich Speere in menschliches Fleisch bohrten. Angriffswelle auf Angriffswelle flutete durch Omas Kopf. Erbarmungslose Schwerter schlugen auf Schilde, gegnerische Klingen oder Knochen. Die Gewalt vieler Jahre kondensierte in einer Zeitspanne, die wenige Sekunden umfaßte. Manchmal glaubte die Hexe, bei den Toten zu liegen oder an einem Ast zu baumeln. Da gab es Hände, die nach der Krone griffen, sie auf ein Samtkissen legten ...

Oma Wetterwachs nahm sie behutsam ab — es fiel ihr sehr schwer; die Krone wollte auf ihrem Kopf bleiben — und legte sie auf den Tisch.

»Das bedeutet es also, König zu sein«, murmelte sie. »Warum halten das so viele für erstrebenswert?«

»Möchtest du Zucker?« erklang Magrats Stimme hinter ihr.

»Man muß als Narr zur Welt kommen, um König zu werden«, befand Oma.

»Bitte?«

Sie drehte sich um. »Ich habe dich gar nicht hereinkommen sehen. Was hast du gesagt?«

»Möchtest du Zucker in den Tee?«

»Drei Löffel«, erwiderte Oma Wetterwachs sofort. Eine der wenigen Betrübnisse ihres Lebens bestand darin, daß sie trotz aller Anstrengungen den Gipfel ihrer Karriere mit allen Zähnen und einer rosaroten, pfirsichweichen Haut erreicht hatte. Selbst die mächtigsten Zaubersprüche konnten keine Warzen in ihrem attraktiven, wenn auch ein wenig pferdeartigen Gesicht wachsen lassen, und ein hoher Zuckerkonsum verlieh ihr nur unerschöpfliche Energie. Vor vielen Jahren war sie einmal so verzweifelt gewesen, daß sie einen Magier um Rat fragte, und der erklärte ihr, es liege daran, daß sie einen Stoffwechsel besaß. Dieser Hinweis erlaubte es ihr wenigstens, sich Nanny Ogg überlegen zu fühlen, die bestimmt nie einen gesehen hatte.

Magrat tat pflichtbewußt drei gehäufte Löffel Zucker in die Tasse. *Es wäre wirklich nett, gelegentlich mal ein ›Danke‹ zu hören,* dachte sie wehmütig.

Dann spürte sie den Blick der Krone auf sich ruhen.

»Du fühlst es, nicht wahr?« fragte Oma Wetterwachs. »Wie ich schon sagte: Kronen rufen Menschen zu sich!«

»Es ist schrecklich!«

»Nein, nein, die Krone versucht nur, eine richtige Krone zu sein. Es liegt in ihrer Natur.«

»Sicher steckt Magie in ihr!«

»Sie ist nur das, was sie ist«, betonte Oma Wetterwachs noch einmal.

»Sie möchte, daß ich sie aufsetze«, sagte Magrat. Ihre ausgestreckte Hand zitterte.

»Ja, da hast du recht.«

»Aber ich werde stark sein«, sagte Magrat.

»Das habe ich nicht anders erwartet«, erwiderte Oma, und ihr Gesichtsausdruck wirkte plötzlich seltsam hölzern. »Was macht Gytha?«

»Sie wäscht das Kind im Spülbecken«, antwortete Magrat geistesabwesend. »Wie sollen wir so etwas verstecken? Was geschieht, wenn wir die Krone irgendwo *tief* vergraben?«

»Ein Dachs würde sie nach oben holen«, murmelte Oma. »Oder jemand sucht an der betreffenden Stelle nach Gold. Oder ein Baum schlingt die Wurzeln darum und fällt beim nächsten Sturm. Dann käme jemand vorbei, sieht das Ding, setzt es auf ...«

»Es sei denn, die entsprechende Person ist ebenso willensstark wie wir«, warf Magrat ein.

»Ja, in der Tat«, bestätigte Oma Wetterwachs und starrte auf ihre Fingernägel. »Nun, es ist nicht schwer, eine Krone aufzusetzen. Das Problem besteht darin, sie wieder vom Kopf zu nehmen.«

Magrat griff danach, drehte sie hin und her.

»Eigentlich sieht sie gar nicht wie eine richtige Krone aus«, sagte die junge Hexe.

»Ich nehme an, du hast schon viele gesehen«, entgegnete Oma Wetterwachs. »Wahrscheinlich bist du eine Expertin für Kronen.«

»Nun, ich kenne tatsächlich einige.« Ein gewisser Trotz begleitete Magrats Stimme. »Für gewöhnlich sind sie mit mehr Edelsteinen besetzt und haben Stoff in der Mitte. Diese ist eher unscheinbar ...«

»Magrat Knoblauch!«

»Ich übertreibe nicht. Als ich bei Gütchen Wemper in die Lehre ging ...«

»... mögesieinfriedenruhen ...«

»Mögesieinfriedenruhen, ja. Nun, sie nahm mich mit nach Scharfschneide oder Lancre, wenn die wandernden Schauspieler im Ort waren. Sie fand großen Gefallen am Theater. Du würdest staunen, wie viele Kronen es dort gibt. Obgleich ...« Magrat legte eine kurze Pause ein. »Gütchen meinte, sie bestünden nur aus Blech und Papier und so. Und Glas anstelle von echten Edelsteinen. Trotzdem sehen sie echter aus als diese hier. Ist das nicht sonderbar?«

»Dinge, die wie Dinge aussehen wollen, sehen manchmal mehr wie Dinge aus als Dinge«, stellte Oma Wetterwachs fest. »Eine allgemein bekannte Tatsache.

Aber ich rate davon ab, einer solchen Entwicklung Vorschub zu leisten. Nun, warum wandern die Schauspieler mit Kronen umher? Und was spielen sie?«

»Weißt du nicht übers Theater Bescheid?« fragte Magrat.

Oma Wetterwachs, die aus Prinzip niemals irgendeine Art von Unwissenheit zugab, zögerte nicht eine Sekunde lang. »Oh, doch. Es gehört zu *solchen* Sachen, stimmt's?«

»Gütchen Wemper meinte, es halte dem Leben einen Spiegel vor«, sagte Magrat. »Sie meinte auch, das Theater muntere sie immer auf.«

»Kann ich mir denken«, erwiderte Oma und ging auf Angriff über. »Wenn man's richtig spielt. Die Schauspieler sind sicher gute Leute, wie?«

»Ich denke schon.«

»Und sie wandern durchs ganze Land?« erkundigte sich Oma Wetterwachs nachdenklich und blickte zur Tür der Spülküche.

»Ja, wie ich hörte, ist derzeit eine Truppe in Lancre. Ich bin nicht dort gewesen, weil ... Du weißt schon.« Magrat sah zu Boden. »Es geziemt sich nicht für eine Frau, solche Orte allein aufzusuchen.«

Oma nickte. Sie billigte derartige Grundsätze, solange niemand ihr nahelegte, sie solle sich ebenfalls daran halten.

Ungeduldig trommelte sie mit den Fingern auf Magrats Tischdecke.

»Na schön«, brummte sie. »Warum nicht? Geh und sag Gytha, sie soll das Kind gut einwickeln. Es ist schon lange her, seit ich zum letzten Mal ein Theater gehört habe, das richtig gespielt wurde.«

Magrat ließ sich einmal mehr begeistern. Das Theater bestand nur aus bemaltem Sackleinen, einer Bretterbühne, die auf mehreren Fässern ruhte, und einigen Sitzbänken, die auf dem Dorfplatz standen. Aber gleichzeitig war es *Das Schloß, Ein anderer Teil des Schlosses, Der gleiche Ort etwas später* und *Das Schlachtfeld.* Jetzt hatte es sich in *Eine Straße außerhalb der Stadt* verwandelt. Es hätte ein wundervoller Nachmittag sein können — ohne Oma Wetterwachs.

Eine Zeitlang beobachtete sie das Drei-Mann-Orchester, um das Musikinstrument namens Theater zu identifizieren, und schließlich richtete sie ihre Aufmerksamkeit auf die Bühne. Magrat gelangt allmählich zu dem Schluß, daß es bestimmte Aspekte des Theaters gab, die sich Omas Verständnis entzogen.

Derzeit rutschte sie zornig auf ihrem Stuhl hin und her.

»Er hat ihn umgebracht«, zischte sie. »Warum unternimmt niemand etwas? Er hat ihn getötet! Vor den Augen aller Anwesenden!«

Magrat hielt ihre Kollegin verzweifelt am Arm fest, als Oma Wetterwachs aufstehen wollte.

»Sei unbesorgt!« flüsterte sie. »Er ist nicht tot!«

»Bezeichnest du mich etwa als Lügnerin, Mädchen?« erwiderte Oma scharf. »Ich hab's genau gesehen!«

»Der Schein trügt. Es ist doch nur Schauspielerei.«

Oma Wetterwachs beruhigte sich ein wenig, brummte aber weiterhin leise vor sich hin. Sie hatte das Gefühl, daß man versuchte, sie zum Narren zu halten.

Auf der Bühne stand ein Mann, der ein Laken trug und einen leidenschaftlichen Monolog hielt. Oma hörte einige Minuten lang zu, bevor sie Magrat in die Rippen stieß.

»Wovon schwatzt der Kerl da?« fragte sie.

»Er bringt zum Ausdruck, wie sehr ihn der Tod des anderen Mannes betrübt«, antwortete Magrat. Um das Thema zu wechseln, fügte sie hastig hinzu: »Hier gibt's jede Menge Kronen, nicht wahr?«

Oma Wetterwachs ließ sich nicht ablenken. »Will er

jetzt den Mörder suchen und ihn zur Rechenschaft ziehen?«

»Nun, es ist ein wenig komplizierter...«, erwiderte Magrat hilflos.

»Welch eine Schande!« zischte Oma. »Und die arme Leiche liegt dort einfach herum. Niemand schenkt ihr Beachtung.«

Magrat bedachte Nanny Ogg mit einem flehentlichen Blick. Die zweite ältere Hexe aß einen Apfel und beobachtete die Bühne mit dem Interesse einer wissenschaftlichen Forscherin.

»Ich *glaube*...«, begann Nanny. »Ich glaube, er stellt sich nur tot. Er atmet noch.«

Der Rest des Publikums zweifelte inzwischen nicht mehr daran, daß diese Kommentare zur Vorstellung gehörten. Alle Zuschauer blickten zur Leiche — sie errötete.

»Und seht euch mal seine Stiefel an«, sagte Nanny Ogg kritisch. »Ein wahrer König würde sich schämen, solche Stiefel zu tragen.«

Die Leiche versuchte, ihre Füße hinter einem Pappbusch zu verbergen.

Oma Wetterwachs war aus einem unerfindlichen Grund sicher, daß sie einen kleinen Triumph über die Händler von Lüge und List errungen hatten. Sie nahm einen Apfel aus der Tüte und folgte dem Geschehen auf der Bühne mit neuem Interesse. Magrats Anspannung ließ ein wenig nach; sie lehnte sich zurück und fand wieder Gelegenheit, die Vorführung zu genießen. Doch nicht sehr lange. Eine Stimme weckte ihre bewußt betäubte Ungläubigkeit.

»Was ist das?«

Magrat seufzte. »Nun«, sagte sie langsam, »*er* glaubt, *er* sei der Prinz, aber in Wirklichkeit ist *er* die Tochter des anderen Königs, als Mann verkleidet.«

Oma Wetterwachs maß den Schauspieler mit einem analytischen Blick.

»Er *ist* ein Mann. Trägt eine Perücke aus Stroh. Und spricht mit hoher Stimme.«

Magrat schauderte. Sie kannte einige Sitten des Theaters und hatte bereits gefürchtet, das Gespräch könne diese Richtung nehmen. Oma Wetterwachs war für ihre *Ansichten* bekannt.

»Ja, aber …« Die junge Hexe suchte nach den richtigen Worten. »Dies ist Theater, weißt du. Alle Frauen werden von Männern gespielt.«

»Warum?«

»Es sind keine Frauen auf der Bühne zugelassen«, sagte Magrat kleinlaut und schloß die Augen.

Überraschenderweise blieb neben ihr alles still. Sie riskierte es, ein Lid zu heben und zur Seite zu blicken.

Oma Wetterwachs kaute immer wieder auf dem gleichen Stück Apfel und blickte weiterhin zur Bühne.

»Reg dich jetzt nicht auf, Esme«, sagte Nanny, die ebenfalls von Omas Ansichten wußte. »Diese Stelle ist gut. Ich verstehe langsam, worum's geht.«

Jemand tippte Oma auf die Schulter. »Würdest du bitte den Hut absetzen, gnä' Frau?«

Oma Wetterwachs drehte sich ganz langsam um, als werde sie von unsichtbaren Motoren bewegt, richtete einen hundert Kilowatt starken diamantblauen Blick auf den hinter ihr sitzenden Zuschauer. Der Mann schien regelrecht zu verwelken, krümmte sich zusammen und versuchte, mindestens einen halben Meter kleiner zu werden.

»Nein«, sagte Oma.

Der Mann dachte über seine Möglichkeiten nach. »Na gut«, murmelte er.

Oma Wetterwachs nickte den Schauspielern zu, die eine Pause eingelegt hatten, um sie zu beobachten.

»Warum starrt ihr so?« knurrte sie. »Macht weiter!«

Nanny Ogg reichte ihr eine zweite Tüte.

»Wie wär's mit einem Pfefferminzbonbon?« fragte sie.

Es herrschte wieder Stille im improvisierten Theater,

abgesehen von den stockenden Stimmen der Schauspieler, die immer wieder zur sehr ernsten Oma Wetterwachs hersahen. Hinzu kamen saugende Geräusche, verursacht von zwei Pfefferminzbonbons, die unerbittlich von einer Wange zur anderen geschoben wurden.

Dann sagte Oma Wetterwachs mit so schneidender Stimme, daß einer der Schauspieler sein Holzschwert fallen ließ: »Dort drüben hockt ein Mann, der den anderen dauernd etwas zuflüstert!«

»Ein Souffleur«, erklärte Magrat. »Er teilt ihnen mit, was sie sagen sollen.«

»Wissen sie das nicht?«

»Ich vermute, sie vergessen's dauernd«, erwiderte Magrat verdrießlich. »Aus irgendeinem Grund.«

Oma stieß Nanny Ogg an.

»Was ist jetzt los?« fragte sie. »Warum treiben sich dort so viele Könige und andere Leute herum?«

»Ein Bankett hat begonnen«, entgegnete Nanny Ogg bestimmt. »Wegen des toten Königs, weißt du noch, der Bursche mit den schmutzigen Stiefeln, allerdings, ich meine, wenn du genau hinsiehst, er ist nun als Soldat verkleidet, und alle halten Reden darüber, wie gut der König war und wer ihn ermordet haben mag.«

»Tatsächlich?« Oma Wetterwachs schnitt eine grimmige Miene, musterte die Schauspieler und hielt nach dem Mörder Ausschau.

Sie traf eine Entscheidung und stand auf.

Ihr schwarzer Schal entfaltete sich wie die Schwingen eines Racheengels, der kam, um die Welt von allem Närrischen zu befreien, von Heuchelei, Verschlagenheit und Schande. Sie schien größer zu sein als sonst und richtete einen zornigen Zeigefinger auf den Schuldigen.

»Er hat es getan!« rief Oma Wetterwachs triumphierend. »Wir haben ihn alle dabei *gesehen!* Er hat den König mit einem Dolch erstochen!«

Zufriedene Zuschauer verließen das Theater. Es war eine gute Vorstellung gewesen, fanden sie, wenn auch ein wenig schwierig zu verstehen. Sie hatten herzhaft gelacht, als alle Könige fortliefen, die in Schwarz gekleidete Frau aufsprang und unüberhörbar laut den Mörder entlarvte. Allein diese Schlußszene war den halben Taler Eintritt wert.

Die drei Hexen saßen nun allein am Rand der Bühne.

»Ich frage mich, wie sie alle die Könige und Lords dazu bringen, hierherzukommen und Reime zu sprechen«, überlegte Oma Wetterwachs völlig unbeeindruckt. »Ich dachte, sie seien viel zu beschäftigt. Mit dem Regieren und so.«

»Nein«, erwiderte Magrat verzagt. »Ich fürchte, du verstehst noch immer nicht, worum es beim Theater geht.«

»Nun, ich werde der Sache auf den Grund gehen«, versprach Oma. Sie stand auf und zog einen Sackleinenvorhang beiseite.

»Du!« rief sie. »Du bist tot!«

Die ehemalige Leiche — sie aß gerade ein Schinkenbrot, um ihre Nerven zu beruhigen — fiel vom Stuhl.

Oma Wetterwachs trat nach einem Busch. Ihr Fuß hinterließ ein Loch darin.

»Na bitte!« wandte sie sich an die Welt im allgemeinen. Eine seltsame Art von Genugtuung kam in diesen beiden Worten zum Ausdruck. »Nichts ist wirklich! Alles nur Farbe und Stöcke und angeklebtes Papier.«

»Kann ich euch irgendwie helfen, verehrte Damen?«

Es war eine volle, herrliche Stimme, und jeder Diphtong nahm genau den richtigen Platz ein. Es war eine goldbraune Stimme. Wenn der Schöpfer des Multiversums eine Stimme hatte, so zeichnete sie sich durch diesen Klang aus. Es gab nur einen Nachteil: Es handelte sich nicht um eine Stimme, mit der man Kohlen bestellen konnte. Wenn man mit dieser Stimme Kohlen bestellte, dann bekam man Diamanten.

Offenbar gehörte sie einem großen, dicken Mann, in

dessen Gesicht ein üppiger Bart wucherte. Rosarote Adern formten die Straßenkarte einer großen Stadt auf seinen Wangen, und die Nase hätte sich erfolgreich in einer Schüssel mit Erdbeeren verstecken können. Er trug ein zerfranstes Wams und eine löchrige Strumpfhose, und seine Gelassenheit konnte fast davon überzeugen, daß der aus Samt und Geziefer-Pelz bestehende Umhang gerade in der Wäsche war. Er ließ ein flekkiges Handtuch sinken, mit dem er sich einen Teil der Schminke aus dem Gesicht gewischt hatte.

»Ich kenne dich«, sagte Oma Wetterwachs. »Du hast den König ermordet.« Sie warf Magrat einen kurzen Blick zu und fügte widerwillig hinzu: »So sah es jedenfalls aus.«

»Ich bin *hoch*erfreut. Es ist mir immer eine Ehre, wahren Kennern zu begegnen. Olwyn Vitoller, *zu* euren Diensten. Ich bin der Direktor dieser Vagabundenschar.« Der Mann nahm seinen von Motten angefressenen Hut ab und verneigte sich tief. Es war keine Geste der Ehrerbietung, eher eine Studie in fortgeschrittener Topologie.

Der Hut glitt und ruckte durch eine Serie aus komplizierten Bögen, erreichte das Ende eines Arms, der nach oben zeigte. Ein Bein setzte sich in Bewegung und wich etwas zurück. Der Rest des Körpers sank höflich nach unten, bis sich der Kopf auf einer Höhe mit Omas Knie befand.

»Nun, ja«, sagte Oma Wetterwachs. Ihre Kleidung schien weiter und viel wärmer geworden zu sein.

»Eine gute Vorstellung«, warf Nanny Ogg ein. »Alle die vielen Worte, die du so elegant ausgesprochen hast ... Man merkte sofort, daß du ein König warst.«

»Ich hoffe, wir haben euch nicht zu sehr gestört«, meinte Magrat.

»Meine liebe Dame ...«, erwiderte Vitoller. »Darf ich darauf hinweisen, wie erfreulich es für einen einfachen Komödianten ist, wenn sein Publikum hinter die Fassade aus reiner Bühnenschminke sieht und den verborgenen Sinn erkennt?«

»Du darfst«, verkündete Oma Wetterwachs. »Und laß mich feststellen, daß du sehr geschickt mit Worten umgehst, Herr Vitoller.«

Sie sahen sich an, als der Dicke seinen Hut wieder aufsetzte — zwei Profis, die sich gegenseitig einschätzten. Vitoller unterbrach den Blickkontakt zuerst und versuchte, den Anschein zu erwecken, als habe überhaupt kein stummer Wettstreit stattgefunden.

»Und nun …«, sagte er. »Was führt drei so bezaubernde Damen hierher?«

Damit verbuchte Vitoller einen verbalen Sieg — Oma Wetterwachs' Kinnlade klappte herunter. Um sich selbst zu beschreiben, hätte sie höchstens den Ausdruck ›einigermaßen attraktiv‹ verwendet. Nanny war so speckig wie ein Baby, und ihr Gesicht erinnerte an eine kleine getrocknete Rosine. Was Magrat betraf … Sie wirkte angemessen schlicht und sauber, aber ihre Brust ließ sich mit einem flachen Plättbrett vergleichen, auf dem zwei Erbsen lagen. Bisher hatten Romantik und dergleichen nur in ihrer Phantasie existiert. Oma Wetterwachs spürte etwas, eine besondere Magie, deren Kraft sich nun entfaltete. Doch an diese Art von Zauber war sie nicht gewöhnt.

Es lag an Vitollers Stimme. Bei ihm genügte der Prozeß des Artikulierens, um alles zu verändern.

Man sehe sie sich nur an, dachte Oma und beobachtete ihre beiden Kolleginnen. *Putzen sich auf wie zwei Dussel.* Sie merkte plötzlich, daß sie sich auf den eigenen eisenharten Haarknoten klopfte, ließ die Hand sinken und räusperte sich nachdrücklich.

»Wir sprächen gern mit dir, Herr Vitoller.« Sie deutete zu den Schauspielern, die gerade das Theater abbauten und eine sichere Distanz wahrten. In einem verschwörerischen Tonfall fügte sie hinzu: »An einem Ort, wo wir nicht gestört werden.«

»Gewiß, liebe Dame«, erwiderte Vitoller. »Derzeit wohne ich in jenem geschätzten Haus, das *Durstigen Erleichterung* spendet.«

Die Hexen sahen sich verwirrt um, und schließlich fragte Magrat: »Meinst du die Taverne?«

Es war kalt und zugig im Großen Saal des Schlosses Lancre, und die Blase des neuen Kämmerers wurde nicht jünger. Er duckte sich unter Lady Felmets Blick.

»O ja«, sagte er. »Es gibt hier welche. Jede Menge.«

»Und die Leute *unternehmen* nichts dagegen?« fragte die Herzogin.

Der Kämmerer blinzelte. »Wie bitte?« erwiderte er.

»Die Leute tolerieren sie?«

»Ja, das stimmt«, bestätigte der Kämmerer fröhlich. »Es gilt als Glücksfall, eine Hexe im Dorf zu haben. Ja, so ist es.«

»Warum?«

Der Kämmerer zögerte. Zum letzten Mal hatte er eine Hexe konsultiert, weil gewisse rektale Probleme den Abort in eine tägliche Folterkammer verwandelten. Er bekam einen Krug mit Salbe, die den Rest der Welt angenehmer gestaltete.

»Sie befreien den Pfad des Lebens von Unebenheiten«, antwortete er.

»In meiner Heimat erlauben wir keine Hexen«, sagte die Herzogin streng. »Und wir haben nicht vor, sie hier zuzulassen. Du wirst uns ihre Adressen besorgen.«

»Adressen, Euer Ladyschaft?«

»Wir brauchen Auskunft darüber, wo sie wohnen. Ich nehme an, deine Steuereintreiber wissen, wo man sie finden kann.«

»Äh«, entgegnete der Kämmerer kummervoll.

Der Herzog beugte sich auf seinem Thron vor.

»Sie bezahlen doch Steuern, oder?« erkundigte er sich.

»Nun, sie *bezahlen* sie nicht direkt«, sagte der Kämmerer.

Stille folgte. »Sprich, Mann!« befahl Lord Felmet schließlich.

»Nun, eigentlich, ich meine, um ganz genau zu sein ... Die Hexen bezahlen sie nicht. Steuern, meine ich. Wir hielten es nie für nötig, äh, der alte König verzichtete darauf ... Nun, Tatsache ist, daß die Hexen bisher keine Steuern bezahlt haben.«

Der Herzog legte die Hand auf den Arm seiner Gemahlin.

»Ich verstehe«, sagte er kühl. »Na schön. Du darfst jetzt gehen.«

Der Kämmerer nickte erleichtert und schlich im schrägen Gang einer Krabbe hinaus.

»Na!« kommentierte die Herzogin.

»Ganz meine Meinung.«

»Auf diese Weise hat deine Familie ein Königreich verwaltet?« fragte Lady Felmet vorwurfsvoll. »Du warst praktisch *verpflichtet,* deinen Vetter umzubringen. Das lag geradezu im Interesse der Spezies. Die Schwachen dürfen nicht überleben.«

Der Herzog fröstelte. Ihre Ladyschaft erinnerte ihn immer wieder daran. Im großen und ganzen hatte er nichts dagegen, Leute zu töten beziehungsweise ihren Tod anzuordnen und bei der Hinrichtung zuzusehen. Aber die Ermordung eines Verwandten ... So etwas ging ihm gegen den Strich — und Vetter Verence an die Leber.

»Du hast völlig recht«, brachte Lord Felmet hervor. »Nun, alles deutet darauf hin, daß in diesem Land ziemlich viele Hexen leben, und es könnte schwierig sein, die drei aus dem Moor zu finden.«

»Spielt keine Rolle.«

»Natürlich nicht.«

»Nimm die Sache in die Hand!«

»Ja, Teuerste.«

Die Sache in die Hand nehmen. In die Hand, ja. Wenn der Herzog die Augen schloß, sah er ganz deutlich, wie Verence die Treppe hinunterfiel. Hatte jemand erschrocken nach Luft geschnappt, irgendwo im dunklen Flur? *Wir sind völlig allein gewesen, ich bin ganz sicher,* dachte er. Die Sache in die Hand nehmen! Er hatte versucht, sich das Blut von der Hand abzuwaschen. Wenn ihm das gelang, so sagte er sich immer wieder, war überhaupt nichts geschehen. Er hatte geschrubbt und geschrubbt und geschrubbt, bis er schrie.

Oma Wetterwachs besuchte zum erstenmal eine Gaststätte. Steif und wachsam saß sie hinter ihrem Portwein mit Zitrone, als sei das Glas ein Schild, der sie vor den Verlockungen der Welt schützte.

Nanny Ogg hingegen vergnügte sich prächtig. Sie leerte gerade ihr drittes Glas, und Oma Wetterwachs sah sie im Geist bereits auf dem Tisch tanzen. Früher oder später würde sie herumhüpfen, ihre Unterröcke zeigen und *Der Igel ist in jedem Fall besser dran* singen.

Vitoller und seine Frau hatten ebenfalls Platz genommen, und vor ihnen lagen Kupfermünzen. Das Zählen kam einem Wettstreit gleich.

Oma beobachtete Frau Vitoller, als sie den umhertastenden Fingern ihres Mannes halbe Taler wegschnappte. Sie wirkte intelligent und behandelte ihren Angetrauten mit der gleichen Einstellung, die ein Schäferhund seinem Lieblingsschaf entgegenbrachte. Oma Wetterwachs kannte die Abgründe des Ehelebens nur aus einer gewissen Distanz, so wie ein Astronom die Oberfläche einer fernen fremden Welt beobachten kann, aber sie war bereits zu folgendem Schluß gelangt: Vitollers Gemahlin mußte eine ganz besondere Frau sein, ausgestattet mit unerschöpflicher Geduld, profundem Organisationsgeschick und flinken Fingern.

»Frau Vitoller«, sagte sie schließlich, »darf ich mir die Freiheit erlauben, dich zu fragen, ob eure Verbindung mit Früchten gesegnet ist?«

Das Ehepaar starrte sie groß an.

»Sie meint ...«, begann Nanny Ogg.

»Ich verstehe«, sagte Frau Vitoller leise. »Die Antwort lautet: nein. Wir hatten mal ein kleines Mädchen.«

Eine dunkle Wolke hing über dem Tisch. Ein oder zwei Sekunden lang sahen die beiden Vitoller wie gewöhnliche Menschen und viel älter aus. Der Theaterdirektor blickte auf einige Münztürme hinab.

»Nun, wißt ihr, wir haben dieses Kind«, sagte Oma Wetterwachs und deutete auf den Jungen in Nanny Oggs Armen. »Es braucht ein Heim.«

Die Vitollers starrten erneut. Der Mann seufzte.

»Es ist kein Leben für ein Kind«, murmelte er. »Ständig auf Reisen. Immer neue Orte. Kaum Zeit für die Schule. Und es heißt, die Schule sei heutzutage sehr wichtig.« Aber sein Blick klebte an dem Jungen fest.

»Warum braucht er ein Heim?« fragte Frau Vitoller.

»Weil er keins hat«, erwiderte Oma. »Zumindest keins, in dem er willkommen ist.«

Stille schloß sich an. »Und ihr ...«, kam es kurz darauf von Frau Vitollers Lippen. »In welcher Beziehung steht ihr zu dem Knaben?«

»Wir sind seine Patentanten«, entgegnete Nanny Ogg sofort. Oma Wetterwachs runzelte überrascht die Stirn — so etwas wäre ihr nicht in den Sinn gekommen.

Vitoller spielte geistesabwesend mit den vor ihm liegenden Münzen. Seine Frau beugte sich vor, streckte den Arm aus und berührte seine Hand, woraufhin eine stumme Zwiesprache folgte. Oma drehte den Kopf zur Seite. Sie hatte längst gelernt, Gesichtsausdrücke zu deuten, doch manchmal verzichtete sie lieber darauf.

»Leider ist das Geld knapp ...«, begann Vitoller.

»Aber nicht *zu* knapp«, hielt ihm seine Frau fest entgegen.

»Ja, da hast du vielleicht recht. Wir sind bestimmt in der Lage, uns um den Jungen zu kümmern.«

Oma Wetterwachs nickte, griff unter ihren Umhang, holte einen Lederbeutel hervor und öffnete ihn auf dem Tisch. Er enthielt viele Silber- und sogar mehrere Goldmünzen.

»Das sollte genügen«, verkündete sie und bemühte ihr Vokabular. »Für Windeln und dergleichen. Für Kleidung und so. Was auch immer.«

»Es ist hundertmal mehr als genug, denke ich«, sagte Vitoller überrascht. »Warum hast du nicht gleich darauf hingewiesen?«

»Wenn ich deine Bereitschaft hätte kaufen müssen — dann wärst du den Preis nicht wert gewesen.«

»Aber ihr wißt doch gar nichts von uns!« wandte Frau Vitoller ein.

»Wir kennen euch wirklich nicht, oder?« erwiderte Oma ruhig. »Natürlich wüßten wir gern, wie er zurechtkommt. Ihr könntet uns ja Briefe schicken. Wie dem auch sei: Ich halte es für eine gute Idee, nicht darüber zu reden, nachdem ihr aufgebrochen seid, versteht ihr? Um des Kindes willen.«

Frau Vitoller sah die beiden Hexen an.

»Das ist noch nicht alles, oder?« fragte sie. »Es steckt mehr dahinter, stimmt's?«

Oma zögerte und nickte dann.

»Aber es wäre besser, wenn wir nichts davon erfahren?«

Wieder ein Nicken.

Oma Wetterwachs stand auf, als mehrere Schauspieler hereinkamen und den Zauber dieses besonderen Augenblicks beendeten. Schauspieler neigen dazu, sehr raumfüllend zu wirken.

»Ich habe noch einige Dinge zu erledigen«, sagte sie. »Bitte entschuldigt mich.«

»Wie heißt der Knabe?« erkundigte sich Vitoller.

Oma Wetterwachs zögerte kaum merklich. »Tom.«

»John«, warf Nanny ein. Die beiden Hexen wechselten einen kurzen Blick. Oma gewann.

»Tom John«, sagte sie fest und rauschte nach draußen. Dort begegnete sie der atemlosen Magrat.

»Ich habe eine Kiste gefunden«, erklärte sie. »Mit Kronen und vielen anderen Dingen drin. Ich habe sie unter die übrigen Sachen gelegt, wie du gesagt hast.«

»Gut«, brummte Oma.

»Im Vergleich zu den anderen gibt unsere Krone nicht viel her!«

»Um so besser«, nickte Oma Wetterwachs. »Hat dich jemand gesehen?«

»Nein. Alle waren zu beschäftigt, aber...« Magrat unterbrach sich und errötete.

»Heraus damit, Mädchen!«

»Kurze Zeit später kam ein Mann herein und zwickte mich in den Po.« Magrat lief puterrot an und preßte sich die Hand auf den Mund.

»Tatsächlich?« Oma Wetterwachs kniff die Augen zusammen. »Und dann?«

»Und dann, und dann ...«

»Ja?«

»Er sagte, er sagte ...«

»Was sagte er?«

»Er sagte: ›Hallo, Schätzchen, hast du für heute abend schon etwas vor?‹«

Oma Wetterwachs grübelte eine Zeitlang darüber nach. »Die alte Gütchen Wemper ... Sie ging nicht oft aus, oder? Ich meine, die kam nicht viel herum?«

»Sie mußte auf ihr Bein Rücksicht nehmen.«

»Aber sie hat dich alles über Geburtshilfe und so gelehrt?«

»O ja, *das*«, erwiderte Magrat. »Damit kenne ich mich bestens aus.«

»Aber ...« Oma Wetterwachs zögerte und wagte sich auf unvertrautes Terrain. »Hat sie dir auch erläutert, was, äh, *vorher* kommt?«

»Bitte?«

»Nun, du weißt schon.« Verzweiflung schlich sich in Omas Stimme. »Männer und so.«

Magrat erweckte den Eindruck, als sei sie der Panik nahe. »Was ist mit ihnen?«

Im Laufe ihres Lebens hatte sich Oma Wetterwachs auf viele ungewöhnliche Dinge eingelassen, und es war viel nötig, um sie dazu zu bringen, einer Herausforderung auszuweichen. Doch diesmal gab sie nach.

»Vielleicht solltest du demnächst einmal mit Nanny Ogg sprechen«, sagte sie hilflos. »Irgendwann. Möglichst bald.«

Gelächter drang durchs Fenster hinter ihnen. Glas klirrte, und dann ertönte eine dünne singende Stimme.

»... mit einer Giraffe, wenn man auf dem Stuhl steht. Doch der Igel ...«

Oma Wetterwachs überhörte die nächsten Worte. »Nur nicht gerade jetzt«, fügte sie hinzu.

Die Schauspielertruppe brach noch vor dem Morgengrauen auf, und ihre vier Wagen rumpelten über die Straße, die zur Sto-Ebene und den großen Städten führte. In Lancre herrschte ein Gesetz, das von allen Komödianten, Quacksalbern, Scharlatanen und anderen möglichen Verbrechern verlangte, den Ort bei Sonnenuntergang zu verlassen. Kaum jemand nahm Anstoß daran, da es praktisch keine Wehrwälle gab, und niemand hatte etwas dagegen, wenn die betreffenden Leute nach dem Einbruch der Dunkelheit heimlich zurückkehrten. Es ging in erster Linie um den allgemeinen Eindruck.

Die Hexen saßen in Magrats Hütte und benutzten Nanny Oggs uralte grüne Kristallkugel.

»Es wird höchste Zeit, daß du dieses Ding auch mit Ton ausstattest«, murmelte Oma Wetterwachs. Sie gab der Kugel einen Stoß, und das Bild darin erzitterte.

»Wie seltsam«, sagte Magrat. »Ich meine die Sachen in den Wagen. Papierbäume, viele Kostüme und ...« Sie winkte. »Und dann ein großes zusammengerolltes Bild, das ferne Länder zeigte, mit Tempeln und so weiter. Es war wundervoll.«

Oma brummte etwas Unverständliches.

»Erstaunlich, daß alle die Leute Könige und so wurden, nicht wahr? Reinste Magie.«

»Was redest du da, Magrat Knoblauch? Es war doch nur Farbe und Papier. Alle haben es deutlich gesehen.«

Magrat setzte zu einer Erwiderung an, ging die beabsichtigte Bemerkung noch einmal in Gedanken durch und schloß den Mund.

»Wo ist Nanny?« fragte sie.

»Sie liegt draußen im Gras«, antwortete Oma. »Offenbar fühlt sie sich nicht sehr gut.« Ein würgendes Geräusch — es stammte zweifellos von Nanny Ogg — bewies, daß Oma Wetterwachs' Hinweis einer Untertreibung gleichkam.

Magrat seufzte.

»Weißt du, wenn wir *wirklich* seine Patentanten sind, sollten wir ihm drei Geschenke geben. So verlangt es die Tradition.«

»Wie meinst du das, Mädchen?«

»Drei gute Hexen sollten dem Knaben drei Geschenke machen. Zum Beispiel Schönheit, Weisheit und Glück.« Trotzig fügte Magrat hinzu. »So war es damals Brauch.«

»Oh, du sprichst von Pfefferkuchenhäuschen und dergleichen«, erwiderte Oma Wetterwachs abfällig. »Von Spinnrädern, Kürbissen und Fingern, die man sich an Rosendornen aufsticht. Damit konnte ich mich nie anfreunden.«

Nachdenklich putzte sie die Kristallkugel.

»Ja, aber ...«, begann Magrat. Oma Wetterwachs sah zu ihr auf. Typisch Magrat. Den Kopf voller Kürbisse. Wäre am liebsten gleich mehrfach Patentante gewesen, die magische Geschenke verteilte. Aber sie hatte ein gutes Herz. Mochte kleine pelzige Tiere. Gehörte zu jenen Leuten, die sich um Vögelchen sorgte, die aus dem Nest fielen.

»Nun, wenn du dadurch glücklicher wirst«, sagte Oma Wetterwachs, von sich selbst überrascht. Sie vollführte eine vage Geste, die den Wagen der Schauspieler galt. »Was soll es sein? Reichtum, Schönheit?«

»Tja, Geld ist nicht alles, und wenn er nach seinem Vater kommt, dürfte er schön genug werden.« Magrat klang plötzlich ernst. »Vielleicht Weisheit?«

»Das muß er selbst lernen«, erwiderte Oma.

»Absolute Sehkraft? Eine gute Singstimme?« Draußen ertönte Nanny Oggs enthusiastisches Krächzen. *Ein Zauberstab hat einen Knauf am Ende,* teilte sie gerade dem Nachthimmel mit.

»Das ist nicht wichtig«, sagte Oma Wetterwachs laut. »Man muß dabei an Pschikologie denken, verstehst du? Mit Schönheit und Reichtum und so verschwendet man nur seine Zeit. Darauf kommt's überhaupt nicht an.«

Sie sah wieder in die Kristallkugel und winkte halbherzig. »Du solltest Nanny holen. Schließlich sind wir zu dritt.«

Magrat half Nanny Ogg herein, und man erklärte ihr alles.

»Drei Geschenke, wie?« wiederholte sie. »Mit solchen Sachen habe ich mich nicht mehr beschäftigt, seit ich ein Mädchen war. Erinnert mich an … Was hast du vor?«

Magrat eilte durchs Zimmer und entzündete Kerzen.

»Oh, wir müssen die richtige magische Atmosphäre schaffen«, erklärte die junge Hexe. Oma Wetterwachs zuckte mit den Schultern, erhob jedoch keine Einwände, obgleich sie sich provoziert fühlte. Andererseits: Alle Hexen beschworen Magie auf ihre eigene Art und Weise, und dies war Magrats Heim.

»Was sollen wir dem Knaben geben?« fragte Nanny.

»Wir haben gerade darüber gesprochen«, entgegnete Oma.

»Ich weiß, was er sich als Mann wünschen wird.« Nanny zeigte es ihren beiden Kolleginnen und empfing eisiges Schweigen.

»Was könnte er *damit* anfangen?« fragte Magrat schließlich. »So etwas muß doch sehr unbequem sein, oder?«

»Wenn er heranwächst, wäre er uns dafür sicher dankbar«, kommentierte Nanny. »Mein erster Mann, er sagte immer ...«

»Für gewöhnlich wählt man unter solchen Umständen weniger physische Dinge«, unterbrach Oma die zweite ältere Hexe. Sie bedachte Nanny Ogg mit einem durchdringenden Blick. »Warum alles verderben, Gytha? Weshalb mußt du immer ...«

»Nun, wenigstens kann ich von mir behaupten, daß ich ...«, begann Nanny.

Beide Stimmen verklangen zu einem verärgerten Flüstern, dem erneut ein recht kühles Schweigen folgte.

»Vielleicht wäre es besser, wenn wir alle zu unseren Hütten zurückkehren und dort ganz allein entscheiden«, schlug Magrat mit gekünstelter Fröhlichkeit vor. »Dann wählt jede von uns das Geschenk, das sie für geeignet hält. Wißt ihr, es war ein langer Tag, und wir sind alle müde.«

»Gute Idee«, sagte Oma Wetterwachs energisch und stand auf. »Komm, Nanny Ogg«, fügte sie scharf hinzu, »es war ein langer Tag, und wir sind alle müde.«

Magrat hörte ihre zankenden Stimmen, als sie über den Pfad wanderten.

Traurig nahm sie inmitten der bunten Kerzen Platz und hielt ein Fläschchen mit extrem thaumaturgischem Weihrauch, das aus einem Warenhaus für magische Artikel im fernen Ankh-Morpork stammte. Sie hätte den Inhalt gern ausprobiert. Manchmal, dachte sie, wäre es nett, wenn die Leute ein wenig freundlicher sein könnten.

Sie blickte in die Kristallkugel.

Sie gab sich einen inneren Ruck.

»Er wird leicht Freundschaften schließen«, hauchte sie. Kein großartiges Geschenk, zugegeben. Aber in diesem Zusammenhang hatte Magrat immer mit Problemen fertig werden müssen, und deshalb sah sie etwas Erstrebenswertes darin.

Nanny Ogg saß allein in der Küche, ihren großen Kater auf dem Schoß. Sie genehmigte sich einen Schlummertrunk und versuchte sich trotz des Benommenheitsdunstes an Strophe siebzehn des Igel-Lieds zu erinnern. Es ging darin um Ziegen, entsann sie sich, aber Einzelheiten blieben verborgen. Die Zeit war wie ein Hobel auf dem Sperrholz des Gedächtnisses.

Sie prostete der unsichtbaren Präsenz zu.

»Du solltest ein verdammt gutes Gedächtnis haben«, sagte Magrat. Und etwas würdevoller: »Er wird sich immer an die Worte erinnern.«

Oma Wetterwachs marschierte durch den nächtlichen Wald, zog den Schal fester und überlegte. Es lag tatsächlich ein langer Tag hinter ihr, und ein sehr anstrengender noch dazu. Mit dem Theater war es am schlimmsten gewesen. So viele Leute, die vorgaben, andere Personen zu sein. Dinge, die geschahen, ohne zu geschehen. Landschaftsteile, die man mit dem Fuß durchstoßen konnte ... Oma legte immer großen Wert darauf, den Überblick zu wahren, und das fiel ihr jetzt immer schwerer. Die Welt schien sich dauernd zu verändern.

Früher hatte sie sich nicht so schnell verändert. Seltsam.

Mit langen Schritten wanderte sie durch die Dunkelheit, davon überzeugt, daß der Wald in dieser regnerischen und windigen Nacht Seltsames und Schreckliches enthielt — sie selbst.

»Er soll das sein, was er zu sein glaubt«, sagte sie. »Mehr kann sich niemand in dieser Welt erhoffen.«

Wie die meisten Leute sind Hexen *nicht* in der Zeit festgehalten. Der Unterschied besteht darin, daß sie es wissen und Vorteile daraus ziehen. Sie lieben die Vergangenheit, weil ein Teil von ihnen noch immer dort lebt, und gleichzeitig können sie die Schatten der Zukunft sehen.

Oma Wetterwachs glaubte zu erkennen, wie die Zukunft langsam Gestalt annahm, und es gehörten Messer dazu.

Es begann um fünf am nächsten Morgen. Vier Männer ritten in der Nähe von Oma Wetterwachs' Hütte durch den Wald, banden die Pferde in sicherer Entfernung fest und schlichen vorsichtig durch den Nebel.

Der befehlshabende Feldwebel war eher unglücklich mit seinem Auftrag. Er kam aus den Spitzhornbergen und wußte nicht recht, wie man eine Hexe verhaftete. Irgend etwas sagte ihm, daß die fragliche Hexe nicht viel davon halten würde. Unbehagen erfüllte ihn, als er an eine Hexe dachte, die es nicht mochte, verhaftet zu werden.

Die übrigen Soldaten stammten ebenfalls aus den Spitzhornbergen. Sie folgten dem Feldwebel dichtauf, bereit dazu, sich hinter ihn zu ducken, wenn ihr Blick auf etwas anderes als einen Baum fiel.

Oma Wetterwachs' Hütte zeigte sich als pilzartiger Schemen im Dunst. Der wild wuchernde Kräutergarten schien sich sogar in der stillen Luft zu bewegen. Dort wuchsen Pflanzen, die man sonst nirgends in den Bergen fand. Man hatte ihre Wurzeln und Samen fünftausend Meilen weit über die Scheibenwelt getragen, und der Feldwebel war sicher, daß sich ihm ein oder zwei Blüten zuwandten. Ihn schauderte.

»Und jetzt?« fragte einer der anderen Männer.

»Wir ... Wir schwärmen aus«, antwortete der Anführer. »Ja. Wir schwärmen aus. Genau.«

Leise und behutsam schlichen sie durch den Adlerfarn. Der Feldwebel ging hinter einem praktischen Baumstumpf in die Hocke. »In Ordnung«, sagte er. »Ausgezeichnet. Ihr wißt genau, worauf es ankommt. Jetzt schwärmen wir erneut aus, und zwar einzeln.«

Die Soldaten murrten ein wenig, verschwanden jedoch im Nebel. Der Feldwebel gab ihnen einige Minuten Zeit, damit sie in Stellung gehen konnten. »Gut«, knurrte er dann. »Jetzt ...«

Er schwieg plötzlich.

Er fragte sich, ob er es wagen durfte, laut zu rufen, entschied sich jedoch dagegen.

Er stand auf. Er nahm den Helm ab, um Respekt zu zeigen, trat dann durchs feuchte Gras zur Hintertür. Ganz leise klopfte er an.

Nach einigen Sekunden setzte er wieder den Helm auf. »Niemand zu Hause«, sagte er. »Verdammter Mist.« Als er fortgehen wollte ...

Die Tür öffnete sich. Sie öffnete sich *sehr* langsam und mit einem bemerkenswert lauten Knarren. Einfache Vernachlässigung hätte keinen solchen akustischen Effekt erzielen können. Dazu war sorgfältige Arbeit mit heißem Wasser nötig, über mehrere Wochen hinweg. Der Feldwebel blieb stehen, drehte sich wie in Zeitlupe um und versuchte dabei, so wenige Muskeln wie möglich zu bewegen.

Mit gemischten Gefühlen nahm er zur Kenntnis, daß niemand auf der Schwelle stand. Seine bisherige Erlebniswelt bot keinen Platz für Türen, die sich allein öffneten.

Er räusperte sich nervös.

Oma Wetterwachs sagte ihm direkt ins Ohr: »Du hast einen scheußlichen Husten. Es war richtig von dir, zu mir zu kommen.«

Der Feldwebel sah sie mit einer Mischung aus Wahnsinn und Dankbarkeit an. »Grrgh«, erwiderte er.

»Sie hat *was* getan?« fragte Lord Felmet.

Der Feldwebel starrte wie hypnotisiert auf eine Stelle dicht neben dem Stuhl des Herzogs.

»Sie gab mir eine Tasse Tee, Herr«, sagte er.

»Und was ist mit deinen Männern?«

»Sie bekamen ebenfalls Tee, Herr.«

Lord Felmet stand auf und legte den Arm um die rostenden Kettenhemd-Schultern des Feldwebels. Seine Stimmung war nicht besonders gut. Die halbe Nacht hatte er damit verbracht, sich die Hände zu schrubben. Niedergeschlagen erinnerte er sich an ein Haferschleim-Frühstück, das zuviel Salz und einen gerösteten Apfel enthielt, an einen Koch, der in der Küche an hysterischen Anfällen litt. Man merkte sofort, daß Ärger im Herzog brodelte. Er war freundlich. Wenn seine Geduld litt, wurde er immer netter, bis er schließlich den Punkt erreichte, an dem Worte wie ›Herzlichen Dank‹ die Schärfe einer Guillotine-Klinge gewannen.

»Feldwebel«, sagte er, als er den Mann langsam durchs Zimmer führte.

»Herr?«

»Vielleicht habe ich es bei dem Befehl an Deutlichkeit mangeln lassen, Feldwebel«, fuhr der Herzog im Tonfall einer Schlange fort.

»Herr?«

»Ich meine, möglicherweise habe ich dich verwirrt. Ich wollte dir sagen: ›Bring mir eine Hexe, nötigenfalls in Ketten.‹ Aber vielleicht lautete meine Anweisung: ›Geh zu einer Hexe und trink Tee mit ihr.‹ Hast du eine derartige Order von mir gehört?«

Der Feldwebel runzelte die Stirn. Mit Sarkasmus konnte er nichts anfangen. Seine Erfahrungen mit Leuten, die sauer auf ihn waren, betrafen Flüche und gelegentliche Knüppel.

»Nein, Herr«, antwortete er.

»Dann frage ich mich, wieso du nicht gehorcht hast.«

»Herr?«

»Vermutlich hat sie irgendwelche Zauberformeln gemurmelt, nicht wahr? Ich kenne Hexen.« Lord Felmet hatte die vergangene Nacht damit verbracht, in einem der aufregenderen Bücher über dieses Thema zu lesen*. Schließlich mußte er die Lektüre beenden, weil seine verbundenen Hände zu sehr zitterten. »Ich nehme an, sie konfrontierte dich mit Visionen überirdischen Entzückens. Hat sie dir«, den Herzog schauderte —, »dunkle Reize und verbotene Freuden gezeigt, an die ein Normalsterblicher nicht einmal denken sollte? Hat sie dir dämonische Geheimnisse anvertraut, die einen Mann in die finsteren Tiefen seiner Begierden reißen?«

Lord Felmet nahm Platz und fächelte sich mit einem Taschentuch kühle Luft zu.

»Geht es dir nicht gut, Herr?« fragte der Feldwebel.

»Wie? Oh, es ist alles in Ordnung mit mir. Könnte gar nicht besser sein.«

»Aber dein Gesicht glüht regelrecht.«

»Schweif nicht vom Thema ab, Mann!« erwiderte der Herzog scharf und atmete mehrmals tief durch, um sich zu beruhigen. »Gib es zu: Die Hexe bot dir hedonistische und unzüchtige Vergnügen an, die nur den Liebhabern der fleischlichen Künste bekannt sind. Habe ich recht?«

Der Feldwebel stand stramm und blickte starr geradeaus.

»Nein, Herr«, sagte er wie jemand, der sich ungeachtet aller Konsequenzen der Wahrheit stellte. »Sie bot mir ein Brötchen an.«

»Ein Brötchen?«

»Ja, Herr. Mit Rosinen drin.«

Lord Felmet saß völlig reglos, während er den inneren Frieden wiederzufinden versuchte. Schließlich brachte er hervor: »Und deine Soldaten?«

---

* Geschrieben von Zauberern, die im Zölibat leben und gegen vier Uhr morgens höchst eigenartige Ideen entwickeln.

»Auch sie bekamen Rosinenbrötchen. Bis auf den jungen Roger, der streng Diät halten muß. Weil er gewisse Probleme hat.«

Der Herzog lehnte sich langsam zurück und hob eine Hand vor die Augen. *Ich bin geboren, um über die Ebenen zu herrschen,* dachte er kummervoll. *Dort ist alles flach. Dort gibt es ein anständigeres Wetter. Dort bestehen die Leute nicht aus Teig. Lieber Himmel, gleich erzählt mir der Bursche, mit* welchen *Problemen sich Roger auseinandersetzen muß.*

»Er aß einen Keks, Herr.«

Lord Felmet sah aus dem Fenster und blickte zu den Bäumen hinüber. Zorn brannte in ihm, und zwar immer heißer. Aber während der zwanzigjährigen Ehe mit Lady Felmet hatte er nicht nur gelernt, die Gefühle unter Kontrolle zu halten, sondern auch die Instinkte. Chaos kochte hinter seiner Stirn, doch das Gesicht blieb ausdruckslos. Im seelischen schwarzen Ozean des Herzogs regte sich ein emotionales Etwas, für das er bisher nie Zeit gehabt hatte. Die Rückenflosse der Neugier tauchte auf.

Fünfzig Jahre lang war Lord Felmet gut zurechtgekommen, ohne einen Anwendungsbereich für Neugier zu entdecken. Es handelte sich um eine Eigenschaft, die man bei Aristokraten nur selten förderte. Er fand Gewißheit weitaus besser. Jetzt glaubte er, einen Nutzen für Neugier zu erkennen.

Der Feldwebel verharrte mitten im Zimmer und wirkte wie jemand, der auf einen Befehl wartete und bereit war, sich in Geduld zu fassen, bis ihn die Kontinentalverschiebung von seinem Posten verdrängte. Schon seit vielen Jahren stand er in den anspruchslosen Diensten der Könige von Lancre, und darüber konnte er nicht hinwegtäuschen. Der größte Teil seines Körpers hatte Haltung angenommen, aber der Bauch entspannte sich nach wie vor.

Lord Felmets Blick fiel auf den Narren, der neben dem Thron auf seinem Stuhl saß. Die zusammengekauerte Gestalt hob verlegen den Kopf und ließ seine Glokken halbherzig läuten.

Der Herzog rang sich zu einer Entscheidung durch. Wenn man Fortschritte erzielen wollte, so mußte man schwache Stellen finden. Er verdrängte den Gedanken daran, daß dazu auch die Nieren eines Königs am oberen Ende einer Treppe zählten, konzentrierte sich statt dessen darauf, einmal mehr die Sache in die Hand zu nehmen.

In die Hand ... Er hatte geschrubbt und geschrubbt, ohne Erfolg. Schließlich ging er ins Verlies, lieh sich eine Drahtbürste des Folterers aus und schrubbte erneut. Aber auch dabei stellte sich nicht die erhoffte Wirkung ein. Ganz im Gegenteil: Alles wurde noch schlimmer. Je mehr er schrubbte, desto mehr Blut floß. Der Herzog fürchtete allmählich, den Verstand zu verlieren.

Er verjagte die Erinnerungen in einen fernen Winkel seines Bewußtseins und konzentrierte sich. Schwache Stelle. Ja. Der Narr sah wie eine schwache Stelle aus.

»Du kannst gehen, Feldwebel.«

»Herr«, sagte der Soldat und ging steifbeinig davon.

»Narr?«

»Meiner Treu, Herr ...«, sagte der Hofnarr nervös und zupfte an einer Saite seiner verhaßten Mandoline.

Der Herzog setzte sich auf den Thron.

»Sprich nicht von Treue!« erwiderte er. »Das erinnert mich zu sehr an meine Frau.« Er seufzte. »Gib mir einen Rat, Narr!«

»Fürwahr, Onkel ...«, begann der Narr.

»Ich bin nicht dein Onkel — das hätte ich wohl kaum vergessen.« Lord Felmet beugte sich vor, bis nur noch wenige Zentimeter seine Nasenspitze vom bestürzten Gesicht des Narren trennten. »Wenn du deine nächsten Bemerkungen mit Onkel, fürwahr oder meiner Treu beginnst, drehe ich dich durch die Mangel.«

Einige Sekunden lang bewegten sich die Lippen des Narren lautlos, dann sagte er: »Wie wär's mit wahrlich?«

Der Herzog wußte, wann Zugeständnisse angebracht waren. »Mit wahrlich kann ich leben«, erwiderte er. »Und du *über*lebst damit. Aber keine Kapriolen!« Er lächelte ermutigend. »Wie lange bist du schon ein Narr, Junge?«

»Wahrlich, Gebieter ...«

Lord Felmet hob die Hand. »Ich schlage vor, du läßt auch das Gebieter weg.«

»Wahrlich, Gebie ... Herr.« Der Narr schluckte unruhig. »Mein ganzes Leben lang, Herr. Siebzehn Jahre als Idiot, Mann und Kind. Und mein Vater vor mir. Und mein Onkel zur gleichen Zeit. Und mein Großvater vor ihnen. Und sein ...«

»Deine ganze Familie besteht aus Narren?«

»So ist es Tradition bei uns, Herr«, antwortete der Narr. »Ich meine, wahrlich.«

Der Herzog lächelte erneut, und der Hofnarr war viel zu besorgt, um die vielen Zähne zu sehen.

»Du kommst aus dieser Gegend, nicht wahr?« fragte Lord Felmet.

»Fürw ... Ja, Herr.«

»Dann kennst du die Ansichten und Überzeugungen der Einheimischen, oder?«

»Ich glaube schon, Herr. Wahrlich.«

»Gut. Wo schläfst du hier, Narr?«

»Im Stall, Herr.«

»Von jetzt an darfst du im Flur vor meinem Zimmer schlafen«, sagte der Herzog gönnerhaft.

»Donnerwetter!«

»Und nun ...« Die Stimme des Herzogs tropfte auf den Narren hinab, wie Sirup auf einen Pudding. »Erzähl mir von Hexen ...«

In jener Nacht schlief der Narr nicht im warmen Stroh des Stalls, sondern auf den harten königlichen Fliesen im flüsternden Flur über dem Großen Saal.

»Das ist närrisch«, sagte er zu sich selbst. »Aber ist es närrisch *genug?*«

Irgendwann döste er ein und träumte von einer geisterhaften Gestalt, die seine Aufmerksamkeit zu wekken versuchte. Wie aus weiter Ferne hörte er die Stimmen des Lords und Ihrer Ladyschaft, die auf der anderen Seite der Tür miteinander sprachen.

»Nun, wenigstens ist es jetzt nicht mehr so zugig«, gab die Herzogin widerstrebend zu.

Der Herzog sank in einen Sessel, sah seine Gemahlin an und lächelte.

»Nun?« fragte sie. »Wo sind die Hexen?«

»Der Kämmerer scheint recht zu haben, Teuerste. Die Hexen halten alle Einheimischen in ihrem Bann. Der Feldwebel unserer Wache kam mit leeren Händen zurück.« Hände ... Lord Felmet kämpfte gegen einen aufdringlichen Gedanken.

»Du solltest ihn hinrichten lassen«, sagte die Herzogin sofort. »Das wird den anderen eine Lehre sein.«

»Derartige Maßnahmen führen letztendlich dazu, daß wir dem letzten Soldaten befehlen, sich die Kehle durchzuschneiden, damit es ihm selbst eine Lehre ist. Übrigens«, fügte Lord Felmet sanft hinzu, »scheinen weniger Diener im Schloß zu sein. Normalerweise mische ich mich nicht in deine Angelegenheiten ein ...«

»Dann verzichte auch diesmal darauf!« grollte Ihre Ladyschaft. »Der Haushalt fällt in meinen Zuständigkeitsbereich. Ich kann *Nachlässigkeit* nicht ausstehen.«

»Du weißt das alles sicher am besten, aber ...«

»Was ist mit den Hexen? Willst du einfach die Hände in den Schoß legen und beobachten, wie die Saat des zukünftigen Unheils aufgeht? Willst du zulassen, daß dir die Hexen trotzen? Und die Krone?«

Der Herzog zuckte mit den Achseln. »Wahrscheinlich liegt sie irgendwo im Fluß.«

»Und der Knabe? *Hat* man ihn den Hexen gegeben? Sind bei ihnen Menschenopfer gebräuchlich?«

»Das bezweifle ich«, erwiderte Lord Felmet. Die Herzogin schien ein wenig enttäuscht zu sein.

»Die Hexen«, fuhr der Herzog fort, »verzaubern das Volk offenbar.«

»Nun, das ist doch ganz klar …«

»Nein, nicht mit Magie. Ich meine, sie genießen Respekt. Sie heilen Krankheiten und so. Eine seltsame Angelegenheit. Einerseits fürchten sich die Leute aus den Bergen vor ihnen, und andererseits sind sie stolz auf die Hexen. Es könnte schwierig werden, etwas gegen sie zu unternehmen.«

»Ich glaube fast, daß du ebenfalls beeindruckt bist«, tadelte die Herzogin finster.

Lord Felmet *war* fasziniert. Von Macht ging immer eine gewisse Faszination aus — darum hatte er Lady Felmet geheiratet. Er starrte ins Kaminfeuer.

Die Herzogin erkannte das boshafte Lächeln auf den Lippen ihres Angetrauten. »Es gefällt dir, nicht wahr?« fragte sie. »Die Gefahr, meine ich. Ich erinnere mich an unsere Hochzeit. Die Sache mit dem verknoteten Seil …«

Vor den glasigen Augen des Herzogs schnippte sie mit den Fingern. Er setzte sich jäh auf.

»Ganz und gar nicht!« rief er.

»Na schön. Wie willst du vorgehen?«

»Ich warte ab.«

»Du willst *abwarten?*«

»Abwarten und nachdenken. Die Geduld ist eine Tugend.«

Lord Felmet lehnte sich wieder zurück. Sein Lächeln hätte eine Million Jahre damit verbringen können, auf einem Felsen zu hocken. Dann, nach einigen Sekunden, zuckte es ihm in seinem Augenwinkel.

Blutflecken zeigten sich an den Verbänden der einen Hand.

Wieder ritt ein Vollmond auf den Wolken.

Oma Wetterwachs melkte und fütterte die Ziegen, löschte das Feuer, hing ein Tuch vor den Spiegel und holte ihren Besen hinter der Tür hervor. Dann ging sie nach draußen, schloß die Hintertür ab und hängte den Schlüssel an einen Nagel im Abort.

Das genügte. Nur einmal in der ganzen Hexereigeschichte der Spitzhornberge war ein Dieb in die Hütte einer Hexe eingebrochen. Sie bestrafte ihn besonders streng.*

Oma setzte sich auf den Besen und murmelte einige Worte, die kaum überzeugend klangen. Als nichts geschah, stieg sie ab, zupfte an den Borsten und versuchte es noch einmal. Am einen Ende des Stiels glühte es kurz, doch das Schimmern verblaßte sofort wieder.

»Verflixt«, murmelte die Hexe.

Sie drehte den Kopf von einer Seite zur anderen, um festzustellen, ob jemand zusah. Ein jagender Dachs hörte die hastigen Schritte, spähte hinter einem Busch hervor und beobachtete, wie Oma Wetterwachs über den Pfad lief, den Besen in steif ausgestreckten Armen. Schließlich sprang die Magie an, und die alte Hexe nahm gerade noch rechtzeitig auf dem Stiel Platz, bevor er aufstieg, so elegant und anmutig wie eine Gans, der ein Flügel fehlte.

Über den Baumwipfeln ertönte ein Fluch, der allen Arten von Zwergen-Mechanik galt.

Die meisten Hexen ziehen es vor, in einsamen Hütten mit schiefen Schornsteinen und unkrautüberwucherten Schindeldächern zu leben. Oma Wetterwachs billigte diese Einstellung. Ihrer Meinung nach

---

* Die betreffende Hexe unternahm überhaupt nichts, aber manchmal, wenn sie den Dieb im Dorf sah, lächelte sie hintergründig. Drei Wochen unablässiger Anspannung waren zuviel für ihn: Er nahm sich das Leben. Besser gesagt: Er nahm es, trug es über den ganzen Kontinent, wurde zu einem ganz neuen — und wesentlich besseren — Menschen und kehrte nie zurück.

hatte es nur dann einen Sinn, Hexe zu sein, wenn man die Leute deutlich genug darauf *hinwies.*

Nanny Ogg kümmerte sich nicht darum, was die Leute wußten, und es war ihr völlig egal, was sie dachten. Sie wohnte in einem neuen, mit Kinkerlitzchen gefüllten Haus, mitten in Lancre und im Zentrum ihres eigenen Reichs. Diverse Töchter und Schwiegertöchter besuchten sie turnusmäßig, um sich mit dem Kochen und Saubermachen abzuwechseln. Auf jeder flachen und einigermaßen ebenen Stelle standen Ziergegenstände, mitgebracht von reisenden Familienmitgliedern. Söhne und Enkel sorgten dafür, daß ihr nie das Brennholz ausging. Sie reparierten das Dach und reinigten den Kamin. Der Schrank mit den Getränken war immer gut gefüllt, und im Beutel neben dem Schaukelstuhl fehlte nie würziger Tabak. Über dem Herd hing ein Brandmalerei-Schild mit der Aufschrift ›Mutter‹. Kein Tyrann in der ganzen Weltgeschichte hatte jemals eine so absolute Herrschaft errungen.

Nanny Ogg hielt sich eine Katze, einen großen grauen und einäugigen Kater namens Greebo, der seine Zeit damit verbrachte, zu schlafen, zu fressen und eine gewaltige auf Inzest beruhende Katzensippe zu zeugen. Als Oma Wetterwachs' Besen unbeholfen hinter dem Haus landete, öffnete er das Auge — es wirkte wie ein gelbes Fenster zur Hölle. Mit einem ganz besonderen Instinkt erkannte er Oma als unversöhnliche Katzenhasserin und kroch gemächlich unter einen Stuhl.

Magrat saß bereits am Feuer.

Eine der ehernen Regeln der Magie besteht darin, daß ihre Anwender das eigene Erscheinungsbild nicht für längere Zeit verändern können. Ihre Körper entwikkeln eine Art gestaltmäßiges Trägheitsmoment und kehren nach und nach zu der ursprünglichen Form zurück. Aber Magrat gab nicht auf. An jedem Morgen war ihr Haar lang, dicht und blond, und am Abend zeigte es sich wieder als übliches zerzaustes Durcheinander.

Um ihr Aussehen ein wenig zu verbessern, flocht sie Veilchen und Schlüsselblumen in die Locken, doch auch daraus ergab sich nicht das erhoffte Resultat. Sie erweckte nur den Eindruck, als sei ihr ein Blumenkasten auf den Kopf gefallen.

»Guten Abend«, grüßte Oma Wetterwachs.

»Auf daß wir uns im Mondschein treffen«, erwiderte Magrat höflich. »Herzlich willkommen. Ein Stern scheint ...«

»Ah, da bist du ja«, sagte Nanny Ogg schlicht. Magrat verzog das Gesicht.

Oma setzte sich und entfernte die Nadeln, die ihren Hut am Knoten befestigten. Schließlich fiel ihr Blick auf Magrat und verharrte dort.

»Magrat!«

Die junge Hexe zuckte zusammen und preßte die knochigen Hände an die tugendhafte Vorderseite des Rocks.

»Ja?« fragte sie mit zittriger Stimme.

»Was hast du da auf dem Schoß?«

»Meinen Intimus«, erwiderte Magrat kleinlaut.

»Und deine Kröte?«

»Ist weggehüpft«, erklärte Magrat. »Sie hat ohnehin nicht viel getaugt.«

Oma Wetterwachs seufzte. Magrats verzweifelte Suche nach einem zuverlässigen Intimus dauerte schon seit einer ganzen Weile. Zwar begegnete sie ihnen allen mit Liebe und hingebungsvoller Zuneigung, aber jeder schien irgendeinen schrecklichen Fehler zu haben. Sie neigten zum Beißen oder gerieten unter unaufmerksame Füße; in extremen Fällen kam es zu rätselhaften Metamorphosen.

»Damit sind es schon fünfzehn in diesem Jahr«, stellte Oma fest. »Das Pferd nicht mitgezählt. Was ist es diesmal?«

»Ein Stein.« Nanny Ogg lachte leise.

»Nun, Steine gelten wenigstens als recht genügsam und widerstandsfähig«, sagte Oma.

Dieser Stein streckte einen Kopf aus und bedachte sie mit einem amüsierten Blick.

»Eine Schildkröte«, ließ sich Magrat vernehmen. »Ich habe sie beim Markt in Schafrücken gekauft. Sie ist unglaublich alt und kennt viele Geheimnisse, hat mir der Händler gesagt.«

»Ich kenne ihn«, brummte Oma Wetterwachs. »Er verkauft Goldfische, bei denen nach ein oder zwei Tagen die Farbe abbröckelt.«

»Wie dem auch sei«, warf Magrat trotzig ein, »ich nenne sie Leichtfuß. Das ist mein Recht.«

»O ja, natürlich«, entgegnete Oma. Sie seufzte erneut, diesmal fast lautlos. »Nun, wie läuft's, Schwestern? Das letzte Mal haben wir uns vor zwei Monaten gesehen.«

»Wir sollten uns bei jedem Neumond treffen«, sagte Magrat streng. »Tradition.«

»Die Jüngste von unserem Grame hat geheiratet«, meinte Nanny Ogg. »Ich durfte die Hochzeit nicht versäumen.«

»Und ich war die ganze Nacht auf den Beinen, um eine kranke Ziege zu pflegen«, verkündete Oma Wetterwachs prompt.

»Ja, hm«, antwortete Magrat skeptisch. Sie kramte in ihrer Tasche. »Nun, wenn wir jetzt beginnen, sollten wir die Kerzen anzünden.«

Die beiden älteren Hexen wechselten einen resignierten Blick.

»Aber wir haben hier die hübsche neue Lampe, die mir unsere Tracis geschickt hat«, sagte Nanny Ogg unschuldig. »Außerdem wollte ich das Feuer ein wenig schüren.«

»Ich kann auch dann *aus*gezeichnet sehen, wenn es nicht hell ist«, erwiderte Oma Wetterwachs. »*Und* du liest zu viele komische Bücher. Grimmerlinge oder so.«

»Grimoires ...«

»Bitte zeichne nicht wieder was auf den Boden«, fügte Nanny Ogg hinzu. »Beim letztenmal hat unsere Dreen Tage gebraucht, um die Dingsbums fortzuwischen.«

»Runen«, sagte Magrat. In ihren Augen glitzerte es flehentlich. »Wenigstens eine Kerze ...«

Nanny Ogg gab ein wenig nach. »Na schön, meinetwegen. Wenn du dich dadurch besser fühlst. Aber nur eine. Und eine weiße. Nichts Ausgefallenes.«

Magrat ließ enttäuscht die Schultern hängen. Wahrscheinlich war es keine gute Idee, den restlichen Inhalt ihrer Tasche hervorzuholen.

»Wir sollten mehr sein«, sagte sie traurig. »Ein Hexenzirkel, der nur aus drei Personen besteht — das ist einfach nicht richtig.«

»Ich wußte gar nicht, daß wir noch ein Zirkel sind. Niemand hat mich darauf hingewiesen.« Oma Wetterwachs schniefte. »Nun, auf dieser Seite des Berges gibt es nur noch Mütterchen Dismass, und sie verläßt ihre Hütte kaum mehr.«

»Aber die vielen Mädchen in meinem Dorf«, meinte Magrat. »Vielleicht wären sie interessiert.«

»Du weißt genau, daß wir anders vorgehen«, erwiderte Oma Wetterwachs. »Mädchen und Frau brechen nicht auf, um die Hexerei zu suchen. Es verhält sich genau umgekehrt.«

»Ja, natürlich.« Magrat nickte. »Tut mir leid.«

»Schon gut«, entgegnete Oma Wetterwachs besänftigt. Sie hatte nie ein Talent fürs Entschuldigen entwikkelt, schätzte es jedoch bei anderen.

»Was ist mit dem neuen Herzog?« fragte Nanny, um die allgemeine Stimmung zu verbessern.

Oma lehnte sich zurück. »Er hat einige Häuser im Blöden Kaff niederbrennen lassen. Wegen Steuern.«

»Wie schrecklich!« entfuhr es Magrat.

»Der alte König Verence hat ebenfalls solche Anweisungen gegeben«, sagte Nanny. »Hatte ein fürchterliches Temperament.«

»Aber *er* gab den Bewohnern rechtzeitig Bescheid«, wandte Oma Wetterwachs an. »Damit sie sich vorher in Sicherheit bringen konnten.«

»O ja«, bestätigte Nanny Ogg als getreue Royalistin. »Er konnte sehr zuvorkommend sein. Manchmal bezahlte er für den Wiederaufbau der abgebrannten Hütten. Wenn er's nicht vergaß.«

»Und an jedem Silvesterabend gab's Rehrücken«, kommentierte Oma Wetterwachs wehmütig. »Tradition.«

»Ja, und er brachte Hexen großen Respekt entgegen.« Nanny blickte ins Leere. »Wenn er irgendwelche Leute jagte, und mir im Wald begegnete, nahm er immer den Helm ab und sagte: ›Ich hoffe, es geht dir gut, Frau Ogg.‹ Am nächsten Tag schickte er seinen Diener mit einigen Flaschen oder so. Ein wahrer König.«

»Obwohl es eigentlich nicht richtig ist, Leute zu jagen«, wandte Magrat ein.

»Äh, nein«, gab Oma Wetterwachs zu. »Aber er jagte nur Bösewichter. Er meinte immer, sie fänden Gefallen daran. Und er ließ sie laufen, wenn sie sich wirklich Mühe gaben, ihm zu entkommen.«

»Und dann sein großes haariges Ding«, murmelte Nanny Ogg.

»Ah«, brummte Oma geistesabwesend. »Sein droit de seigneur.«

»Brauchte eine Menge Ertüchtigung.« Nanny sah jetzt ins Feuer.

»Aber am nächsten Tag schickte er seine Wirtschafterin mit einem Beutel Silber und Geschenken für die Hochzeit«, sagte Oma Wetterwachs. »Viele Paare bekamen dadurch einen guten Start im Leben.«

»Ja«, pflichtete ihr Nanny bei, »auch so manche Einzelpersonen.«

»Jeder Zoll ein König«, lobte Oma.

»Wovon redet ihr da?« erkundigte sich Magrat mißtrauisch. »Hat er sich Haustiere gehalten?«

Die beiden älteren Hexen kehrten in eine unschuldige Wirklichkeit zurück. Oma Wetterwachs zuckte mit den Schultern.

Magrat sprach nun in ernstem Tonfall. »Wenn ihr so gut von dem alten König denkt, warum seid ihr dann nicht über seinen Tod betroffen? Ich meine, es war ein ziemlich verdächtiger Unfall.«

»Typisch für Könige«, sagte Oma. »Sie kommen und gehen, die guten ebenso wie die schlechten. Verences Vater vergiftete den König, den wir vor ihm hatten.«

»Der alte Thargum«, erinnerte sich Nanny Ogg. »Mit einem großen roten Bart. Auch er war anständig und zuvorkommend.«

»Aber jetzt darf niemand behaupten, daß Felmet den König umgebracht hat«, warf Magrat ein.

»Was?« fragte Oma.

»Deshalb hat er vorgestern in Lancre einige Leute hinrichten lassen«, fuhr Magrat fort. »Wegen der Verbreitung boshafter Lügen. Er meinte, wer ihn als Mörder bezeichnet, sähe das Innere seines Verlieses, aber nicht für lange. Er meinte auch, Verence sei eines natürlichen Todes gestorben.«

»Nun, ein König, der ermordet wird, *stirbt* einen natürlichen Tod«, betonte Oma Wetterwachs. »Ich verstehe gar nicht, warum sich Felmet deshalb so anstellt. Als der alte Thargum ums Leben kam, steckte man seinen Kopf auf einen Pfahl und entzündete ein Freudenfeuer. Anschließend waren alle im Schloß eine Woche lang betrunken.«

»Ja.« Nanny beugte sich ein wenig vor. »Man trug seinen Kopf durch die Dörfer, damit alle sehen konnten, daß er wirklich nicht mehr lebte. Sehr überzeugend, dachte ich damals. Besonders für ihn. Er grinste. Ich glaube, er hat sich gewünscht, auf diese Weise aus der Welt zu scheiden.«

»Wir sollten den neuen Herzog im Auge behalten«, sagte Oma. »Vielleicht ist er ein wenig zu schlau. Das kann einem König nur zum Nachteil gereichen. Und ich fürchte, er weiß nicht, wie man Respekt zeigt.«

»In der letzten Woche kam ein Mann zu mir und fragte mich, ob ich Steuern bezahlen möchte«, erzählte Magrat. »Ich habe abgelehnt.«

Nanny Ogg hob den Kopf. »Er hat auch mich besucht. Aber unser Jason und unser Wane gingen hinaus und erklärten, daß wir nicht beabsichtigen, dem Verein der Steuerzahler beizutreten.«

»Klein, schütteres Haar, schwarzer Mantel?« fragte Oma Wetterwachs nachdenklich.

»Ja«, antworteten die beiden anderen Hexen.

»Er versteckte sich zwischen meinen Himbeersträuchern. Als ich nach draußen ging, um mich nach seinen Wünschen zu erkundigen, lief er fort.«

»Nun, um ehrlich zu sein ...«, begann Magrat. »Ich habe ihm zwei Vierteltaler gegeben. Wißt ihr, er meinte, man würde ihn foltern, wenn er Hexen nicht dazu bringt, Steuern zu zahlen ...«

Lord Felmet betrachtete die beiden Münzen auf seinem Schoß.

Dann sah er den Steuereintreiber an.

»Nun?«

Der Steuereintreiber räusperte sich. »Äh, Herr, weißt du. Ich habe die Notwendigkeit erläutert, ein stehendes Heer zu unterhalten ettzehtra, und sie fragten, warum, und daraufhin sagte ich, wegen der Räuber ettzehtra, und dann sagten sie, mit Räubern hätten sie überhaupt keine Probleme.«

»Und der zivile Kostenfaktor?«

»Oh. Ja. Nun, ich habe auch darauf hingewiesen, daß es nötig ist, Brücken zu bauen und instandzusetzen ettzehtra.«

»Und?«

»Sie meinten, sie benötigen keine Brücken.«

»Ah«, sagte der Herzog in einem wissenden Tonfall. »Sie können kein fließendes Wasser überqueren.«

»Da bin ich mir nicht so sicher, Herr. Ich glaube, Hexen überqueren einfach alles, wenn sie wollen.«

»Haben sie sonst noch etwas verlauten lassen?« fragte Lord Felmet.

Der Steuereintreiber zupfte nervös am Saum seines Mantels.

»Nun, Herr. Ich erwähnte, daß Steuern sehr hilfreich sind, um den königlichen Frieden zu bewahren, Herr ...«

»Und?«

»Sie sagten, der König solle sich selbst um seinen Frieden kümmern, Herr. Und dann starrten sie mich an.«

»Wie?«

»Es ist schwer zu beschreiben«, erwiderte der Steuereintreiber. Er versuchte, den Blick des Herzogs zu meiden, gewann dabei den Eindruck, daß der Fliesenboden in alle Richtungen floh und bereits mehrere Morgen zurückgelegt hatte. Lord Felmets Faszination wirkte auf ihn wie eine Nadel auf einen Schmetterling.

»Versuch es!« bat der Herzog.

Der Steuereintreiber errötete.

»Nun«, druckste er. »Es war kein — angenehmes Starren.«

Was bewies, daß er mit Zahlen wesentlich besser umgehen konnte als mit Worten. Wenn sich Verlegenheit, Furcht, schlechtes Gedächtnis und ein völliger Mangel an Phantasie nicht gegen ihn verschworen hätten, wäre er vermutlich in der Lage gewesen, folgende Antwort zu geben:

›Als ich ein kleiner Junge war und bei meiner Tante wohnte, als sie mir verbot, vom Zucker zu naschen ettzehtra, als sie den Krug ins höchste Regal der Speisekammer stellte und ich einen Stuhl nahm, während sie fort war, als sie dann zurückkam, ohne daß ich sie hörte, als ich den Krug nicht richtig zu fassen bekam, als er herunterfiel und auf dem Boden zerplatzte, als meine Tante dann die Tür öffnete und mich ansah — es war genau jene Art von Starren. Und schlimmer noch: Die Hexen *wußten*, welche Wirkung es auf mich hatte.‹

»Nicht angenehm«, sagte der Herzog.

»Nein, Herr.«

Lord Felmet trommelte mit den Fingern der linken Hand auf die Armlehne des Throns. Der Steuereintreiber hüstelte.

»Du ... Du willst mich dich nicht zwingen, noch einmal zu den Hexen zu gehen, oder?« fragte er.

»Hm?« Der Herzog winkte verärgert. »Nein, nein«, sagte er. »Käme mir nie in den Sinn. Geh auf dem Heimweg beim Folterer vorbei. Stell fest, wann er Zeit für dich hat.«

Der Steuereintreiber sah den Herzog dankbar an und verneigte sich hastig.

»Ja, Herr. Sofort, Herr. Vielen Dank, Herr. Du bist sehr ...«

»Ja, ja«, murmelte Lord Felmet geistesabwesend. »Verschwinde!«

Der Herzog blieb allein im Großen Saal zurück. Es regnete wieder. Ab und zu lösten sich kleine Putzfladen von den Wänden und fielen auf den Boden. In den Mauern knirschte es gelegentlich, als sie sich weiter setzten. Es roch nach alten Kellern.

Bei den Göttern, wie sehr ich dieses Königreich hasse!

Es war zu klein, nur vierzig Meilen lang und etwa zehn Meilen breit; der größte Teil davon bestand aus steilen Bergen mit eisgrünen Hängen und messerscharfen Kämmen oder aus dichten Wäldern. Ein solches Königreich sollte keinem Monarchen Schwierigkeiten bereiten.

Lord Felmet konnte das seltsame Empfinden nicht ergründen, daß sein Reich *Tiefe* hatte. Es schien mit zuviel Geographie ausgestattet zu sein.

Er stand auf und wanderte zum Balkon, der einen unvergleichlichen Blick auf den Wald bot. Der Herzog fühlte sich von den vielen Bäumen angestarrt.

Und er spürte ihren Groll. Lord Felmet fand das seltsam, denn die Menschen erhoben kaum Einwände. Sie protestierten praktisch gegen nichts. Verence war recht beliebt gewesen, auf seine eigene Art und Weise. Hunderte von Bürgern besuchten die Bestattungszeremonie — der Herzog erinnerte sich an die vielen ernsten Gesichter. Sie wirkten nicht dumm. Nein, dumm ganz gewiß nicht. Höchstens besorgt. Als spiele es eigentlich gar keine Rolle, was Könige unternahmen.

Das ärgerte ihn fast ebensosehr wie die Bäume. Ein ordentlicher Aufstand wäre jetzt weitaus — angemessener gewesen. Dann hätte er losreiten und Leute erhängen lassen können; unter solchen Umständen kam es zu der kreativen Anspannung, die eine richtige Entwicklung der Staatsgeschäfte ermöglichte. Im Tiefland, auf den Ebenen — wenn man dort irgendwen trat, so trat er zurück. Aber hier oben in den Bergen ... Wenn man hier jemandem einen energischen Tritt geben wollte, so wich der Betreffende beiseite und wartete geduldig darauf, daß einem das Bein abfiel. Wie sollte ein König, der über derartige Untertanen regierte, in die Geschichte eingehen? Man konnte sie ebensowenig unterdrücken wie eine Matratze.

Lord Felmet hatte die Steuern erhöht und einige Dörfer aus prinzipiellen Gründen niedergebrannt, damit alle wußten, woran sie mit ihm waren. Aber die erhofften Reaktionen blieben aus.

Und dann die Hexen. Sie ließen ihn nicht zur Ruhe kommen.

»Narr!«

Der Hofnarr hatte hinter dem Thron gedöst und erwachte entsetzt.

»Ja!«

»Komm her!«

Der Narr klirrte und läutete unglücklich über den Boden.

»Sag mir, Narr: Regnet es hier immer?«

»Meiner Treu, Onkel ...«

»Beantworte nur meine Frage«, brachte Lord Felmet mit eiserner Geduld hervor.

»Manchmal hört es auf zu regnen, Herr«, erklärte der Narr. »Damit es schneien kann. Und manchmal haben wir richtig üppigen orgulumischen Nebel.«

»Orgulumisch?« wiederholte der Herzog gedankenverloren.

Der Narr versuchte vergeblich, seine Zunge unter Kontrolle zu halten. Erschrocken lauschte er der eigenen Stimme. »Dick beziehungsweise dicht, Herr. Aus dem latatianischen *Orgulum*, was Suppe oder Brühe bedeutet.«

Aber der Herzog achtete gar nicht auf ihn. Seiner Erfahrung nach lohnte es sich kaum, dem Geplapper von Untergebenen zuzuhören.

»Ich langweile mich, Narr.«

»Dann möchte ich dich unterhalten, mein Lord, mit fröhlichen Scherzen und erbaulichen Witzen.«

»Versuch's.«

Der Hofnarr befeuchtete sich die Lippen. Diese Antwort überraschte ihn. Verence hatte sich damit zufriedengegeben, ihn zu treten oder eine Flasche nach ihm zu werfen. Ein *wahrer* König.

»Ich warte. Bring mich zum Lachen!«

Dem Narren blieb keine andere Wahl.

»Nun, Gebieter«, begann er mit bebender Stimme, »warum gilt eine mit Warmbier gefüllte Pferdetränke als Bruder einer Talgkerze in der Nacht?«

Lord Felmet runzelte die Stirn. Der Narr hielt es für besser, nicht zu warten.

»Fürwahr, eine Talgkerze mag schmierig sein, doch eine mit Warmbier gefüllte Pferdetränke macht dick«, fügte er hinzu. Weil es zum Witz gehörte, berührte er

Lord Felmets Bauch mit dem Ballon, der an seinem Stab befestigt war, und gleichzeitig zupfte er an den Saiten der Mandoline.

Der Zeigefinger des Herzogs trommelte auf die Armlehne des Throns.

»Ach?« erwiderte er. »Und weiter?«

»Das, äh, wäre eigentlich alles«, sagte der Narr. Und: »Mein Großvater hielt diesen Witz für einen seiner besten.«

»Wahrscheinlich hat er ihn anders erzählt«, brummte Lord Felmet. Er stand auf. »Ruf meine Jagdreiter! Wir verschaffen uns ein wenig Bewegung. Und du kommst mit.«

»Ich kann nicht reiten, mein Lord.«

Der Herzog lächelte zum erstenmal an diesem Morgen.

»Prächtig!« sagte er. »Dann geben wir dir eben ein Pferd, das man nicht reiten kann. Ha, ha.«

Er sah auf die Verbände hinab. *Und anschließend,* dachte er, *leihe ich mir eine Feile vom Waffenschmied aus.*

Ein Jahr verstrich. Die Tage folgten geduldig aufeinander. Als das Multiversum entstand, hatten sie versucht, alle gleichzeitig zu vergehen, doch das klappte nicht.

Tomjon saß unter Hwels wackligem Tisch und beobachtete seinen Vater, der auf und ab ging, mit einem Arm winkte und sprach. Vitoller winkte immer mit den Armen, während er redete. Wenn man ihm die Hände auf den Rücken gebunden hätte, wäre er stumm gewesen.

»Na schön«, sagte er. »Was ist mit *Des Königs Bräute?*«

»Haben wir schon im letzten Jahr gebracht«, antwortete Hwel.

»In Ordnung. Dann führen wir *Mallo, Tyrann von Klatsch* auf.« Vitollers Kehlkopf schaltete in einen anderen Gang, und seine Stimme gewann einen volltönenden Klang, der jedes Fenster an einem durchschnittlich großen Dorfplatz erzittern lassen konnte. »Mit Blut bin ich gekommen, und mit Blut werde ich herrschen. Auf daß niemand behaupten könnet, das Blut ...«

»Diese Vorstellung fand vor zwei Jahren statt«, sagte Hwel ruhig. »Wie dem auch sei: Die Leute haben genug von Königen. Sie wollen auch mal lachen.«

»Von *meinen* Königen haben sie gewiß nicht genug«, entgegnete Vitoller. »Lieber Junge, die Leute besuchen das Theater keineswegs, um dort zu lachen. Nein, sie kommen, um neue *Erfahrungen* zu sammeln, um zu *lernen* und zu *staunen* ...«

»Um zu lachen«, wiederholte Hwel noch einmal. »Sieh dir dies an!«

Tomjon hörte das Rascheln von Papier und das Knakken von Flechtwerk, als Vitoller auf einem Wäschekorb Platz nahm.

»Eine Art Zauberer«, las der Direktor. *»Oder: Wie du willst.«*

Hwel streckte die Beine unter den Tisch und schob dadurch Tomjon beiseite. Er zog den Jungen an einem Ohr hervor.

»Worum geht's dabei?« fragte Vitoller. »Zauberer? Dämonen? Kobolde? Händler?«

»Mit der vierten Szene des zweiten Akts bin ich besonders zufrieden«, verkündete Hwel und dirigierte den Knaben auf sich zu. »›Komisches Abwaschen mit zwei Dienern‹.«

»Irgendwelche Sterbebett-Szenen?« erkundigte sich Vitoller hoffnungsvoll.

»Nei-ein«, erwiderte Hwel. »Aber ich könnte für dich einen humorvollen Monolog im dritten Akt einfügen.«

»Einen humorvollen Monolog!«

»Nun gut, es gibt noch Platz für ein Soliloquium im letzten Akt«, sagte Hwel hastig. »Ich schreibe es heute abend, kein Problem.«

»Und Dolche«, fügte Vitoller hinzu, als er sich erhob. »Ein hinterhältiger Mord. Das beeindruckt die Zuschauer immer.«

Er ging fort, um die Vorbereitung der Bühne zu beaufsichtigen.

Hwel seufzte und griff nach seinem Federkiel. Irgendwo hinter den Sackleinenwänden befand sich der Ort Galgenvogel, der es zugelassen hatte, auf einem Felsvorsprung in der steilen Wand einer Schlucht erbaut zu werden. Es gab jede Menge flachen Boden in den Spitzhornbergen. Das Problem bestand nur darin, daß der größte Teil davon vertikal war.

Hwel mochte die Spitzhornberge nicht, was seltsam erscheinen mochte: Immerhin wohnten hier viele Zwerge, und er stammte ganz offensichtlich aus diesem Volk. Aber man hatte ihn vor vielen Jahren aus seinem Stamm ausgestoßen, weil er an Klaustrophobie litt und gleichzeitig zum Tagträumen neigte. Der zuständige Zwergenkönig sah darin keine nützlichen Eigenschaften für jemanden, der eine Spitzhacke schwingen soll, ohne zu vergessen, was es zu treffen gilt. Hwel wurde mit einem sehr kleinen Beutel Gold und den besten Wünschen des Stammes verabschiedet.

Zufälligerweise waren zu jenem Zeitpunkt Vitollers wandernde Schauspieler in der Nähe, und Hwel investierte eine winzige Kupfermünze, um sich *Der Drachen aus den Ebenen* anzusehen. Er beobachtete die Vorstellung, ohne einen Muskel zu rühren, zog sich anschließend wortlos in seine Unterkunft zurück. Am nächsten Morgen klopfte er bei Vitoller an und reichte ihm die erste Version von *Der König unterm Berg*. Es handelte sich nicht um ein besonders gutes Stück, aber Vitoller war scharfsinnig genug, um folgendes zu erkennen: In dem haarigen, rundschädligen Kopf steckte genug Phantasie für die ganze Welt. Woraus folgte: Als die wandernden Schauspieler fortwanderten, lief jemand, um mit ihnen Schritt zu halten ...

Partikel aus purer Inspiration rasen die ganze Zeit über durchs Universum. Ab und zu trifft eins von ihnen ein aufnahmefähiges Bewußtsein, das dann die DNA erfindet, Flötensonaten komponiert oder dafür sorgt, daß Glühlampen schon nach der halben Zeit durchbrennen. Doch die meisten von ihnen verfehlen das Ziel. Viele Leute schreiten durch ihr Leben, ohne auch nur ein einziges Kreativitätspartikel zu empfangen.

Manche Personen sind noch schlimmer dran: Sie werden von *allen* getroffen.

Zum Beispiel Hwel. Genug Inspirationen für eine vollständige Geschichte der darstellenden Künste strömten in einen kleinen dicken Schädel, den die Evolution nur dafür vorgesehen hatte, eine bemerkenswerte Widerstandsfähigkeit Axthieben gegenüber aufzuweisen.

Hwel beleckte den Federkiel und sah sich schüchtern im Lager um. Niemand beobachtete ihn. Vorsichtig schob er das *Eine Art Zauberer*-Manuskript beiseite, und darunter kam ein anderer Papierstapel zum Vorschein.

Es war kein weiteres kommerzielles Werk. Auf dem Blatt zeigten sich Schweißflecken, und die dahinkriechenden Worte wurden von Tintenklecksen, durchstrichenen Stellen und kleinen gekritzelten Einfügungen begleitet. Hwel starrte einige Sekunden lang darauf hinab, allein in einer Welt, die nur aus ihm selbst, der nächsten leeren Seite und den lauten Stimmen seiner Träume bestand.

Dann begann er zu schreiben.

Tomjon fühlte sich von Hwels nie besonders intensiver Aufmerksamkeit befreit, kroch zu einer Kiste, öffnete sie und holte in der sehr methodischen Weise von Kindern alle Kronen hervor.

Der Zwerg streckte die Zunge aus, als er den eigenwilligen Federkiel übers Papier steuerte. Er fand Platz für unglückliche Liebe, komische Totengräber und den buckligen König. Nur die Katzen und Rollschuhe bereiten ihm noch Schwierigkeiten ...

Er sah auf, als es irgendwo gluckste.

»Um Himmels willen, Junge«, rief er, »das Ding ist viel zu groß für dich. Leg es weg!«

Die Scheibenwelt drehte sich in den Winter.

Im Winter konnte man die Spitzhornberge nicht unbedingt als ein magisch-frostiges Wunderland bezeichnen, in dem jeder Zweig ein glitzerndes Eisgewand trug. Der Winter in den Spitzhornbergen war nicht zum Scherzen aufgelegt; er öffnete ein Tor, das geradewegs zur ursprünglichen Kälte führte, die vor der Erschaffung der Welt existierte. Der Winter in den Spitzhornbergen bedeutete mehrere Meter Schnee und verwandelte die Wälder in dunkle grüne Tunnel zwischen den Schneewehen. Hier kündigte der Winter den trägen, faulen Wind an, der sich nicht damit aufhielt, Leuten auszuweichen, sondern direkt durch sie hindurchblies. Die Vorstellung, daß man Gefallen am Winter finden konnte, wäre den Bewohnern der Spitzhornberge nie in den Sinn gekommen — sie kannten achtzehn verschiedene Wörter für Schnee.*

Der Geist des Königs Verence schlich hungrig und niedergeschlagen an den Zinnen vorbei, blickte über den geliebten Wald und wartete auf seine Chance.

Es war ein Winter, der Unheil verkündete. Des Nachts glühten Kometen am kalten Himmel. Die am Tag dahingleitenden Wolken sahen aus wie Wale und Drachen. Im Dorf Scharfschneide brachte eine Katze ein zweiköpfiges Junges zur Welt, aber das gehörte wahrscheinlich nicht zur Kategorie der bösen Omen.

---

* Unglücklicherweise eignet sich keins von ihnen dafür, gedruckt zu werden.

Immerhin hatte sich Greebo erhebliche Mühe gegeben, um zum männlichen Vorfahren der letzten dreißig Katzengenerationen zu werden.

Andererseits: Im Blöden Kaff überraschte sich ein Hahn dabei, ein Ei zu legen, und anschließend suchte er nach Antworten für einige ebenso peinliche wie persönliche Fragen. In Lancre schwor jemand, er sei einem Mann begegnet, der mit eigenen Augen beobachtet hatte, wie ein Baum die Wurzeln aus dem Boden zog und davonmarschierte. Einmal schneite es tiefgefrorene Krabben. Seltsame Lichter schimmerten am Himmel. Gänse gingen rückwärts. Die ganze Zeit über funkelte das kalte Feuer der Aurora Coriolis, der Mittlichter, deren frostiger Schein über den mitternächtlichen Schnee glitzerte.

Nun, das alles konnte man natürlich nicht als ungewöhnlich bezeichnen. Die Spitzhornberge erhoben sich auf der stationären magischen Welle der Scheibenwelt — man vergleiche sie mit einer Eisenstange, die unschuldig und quer auf die Schienen einer Untergrundbahn gelegt wird. Die Berge waren so sehr mit Magie gesättigt, daß sie sich ständig entlud. Häufig wachten Leute mitten in der Nacht auf, murmelten ein gelangweiltes »Oh, schon wieder so ein Omen«, und drehten sich auf die andere Seite.

Der Silvesterabend begann und kündigte ein neues Jahr an. Und dann, ganz plötzlich, geschah überhaupt nichts.

Ein klarer Himmel wölbte sich, und kalter Puderzucker schien alles zu bedecken.

Die eisumhüllten Wälder schwiegen und rochen nach Zinn. Überraschenderweise fiel nur noch Schnee vom Firmament.

Ein Mann wanderte von Scharfschneide nach Lancre, und der Weg führte ihn durchs Moor. Er sah weder Irrlichter noch kopflose Hunde, umherwandernde Bäume, geisterhafte Kutschen oder Kometen. Man brachte ihn in eine Taverne und gab ihm dort etwas zu trinken, um seine Nerven zu beunruhigen.

Die stoische Ruhe der Spitzhornbergler — sie hatte sich im Lauf der Jahre als souveräner Widerstand dem thaumaturgischen Chaos gegenüber entwickelt — wurde nicht mit der plötzlichen Veränderung fertig. Man denke in diesem Zusammenhang an ein Geräusch, das man erst hört, wenn es verklingt.

Oma Wetterwachs vernahm es jetzt, als sie unter mehreren dicken Steppdecken in ihrem eiskalten Schlafzimmer lag. Die Silvesternacht verlangt traditionsgemäß von Hexen, zu Hause zu bleiben, und Oma war früh zu Bett gegangen, in Gesellschaft einer Tüte mit Äpfeln und einer Wärmflasche. Aber irgend etwas hatte sie aus ihrem leichten Schlaf geweckt.

Eine gewöhnliche Person wäre jetzt ins Erdgeschoß gegangen, vermutlich mit einem Schürhaken bewaffnet. Oma schlang nur die Arme um die Knie und ließ ihre Gedanken treiben.

Nein, es befand sich nicht im Haus. Sie spürte die kleinen flinken Seelen der Mäuse, die vagen Träume der Ziegen, die im Stall lagen und sich behaglicher Flatulenz hingaben. Eine jagende Eule formte einen plötzlichen Dolch aus Wachsamkeit, als sie übers Haus flog.

Oma Wetterwachs konzentrierte sich noch mehr, bis ihr Geist leise zirpende Insekten im Strohdach und Holzwürmer in den Balken berührte. Auch dort fand sie nichts Interessantes.

Sie zog die Decken höher und ließ ihre mentalen Ohren in den Wald wachsen, in dem völlige Stille herrschte, nur unterbrochen von Schnee, den Bäume hier und dort abschüttelten. Selbst mitten im Winter war der Wald voller Leben: Normalerweise schlief es in kleinen Höhlen oder überwinterte in dicken Baumstämmen.

Nichts Außergewöhnliches. Das Ich der Hexe dehnte sich weiter aus, zu den hohen Mooren und verborgenen Pässen, wo Wölfe übers Eis rutschten. Sie tastete nach ihren messerscharfen Selbstsphären. Dann noch höher, bis zu den Schneefeldern, die nur noch Geziefer-Rudel enthielten.*

Alles schien völlig normal zu sein — was als Hinweis darauf genügte, daß etwas nicht mit rechten Dingen zuging, Oma Wetterwachs fühlte eine Entität im Wald, etwas *Lebendiges,* jung und doch uralt ...

Sie prüfte dieses Empfinden. Ja. Genau. Jung, alt, einsam. Allein. Und ...

Gefühle waren nie einfach, das wußte die Hexe. Wenn man sie fortnahm, kamen darunter nur andere zum Vorschein ...

Ein Etwas, das sehr *zornig* werden konnte, wenn es nicht bald damit aufhörte, sich einsam und allein zu fühlen.

Aber Oma fand es nicht. Sie nahm die winzigen Psychen der Schmetterlingspuppen unter dem gefrorenen Laubkompost wahr, spürte auch die Präsenz von Würmern, die sich unter die Frostgrenze zurückgezogen hatten. Ihre geistigen Ohren lauschten auch einigen Menschen, was gewisse Probleme mit sich brachte: Das menschlichen Bewußtsein dachte so viele Gedanken gleichzeitig, das sie sich kaum voneinander unterscheiden ließen. Ebensogut hätte man versuchen können, Nebel an die Wand zu nageln.

Nichts. Nichts. Das Empfinden verdichtete sich, aber es blieb ohne lokalisierbare Ursache. Oma Wetterwachs richtete ihre Aufmerksamkeit auch auf die kleinsten Wesen im Königreich, doch ihre Suche führte nicht zum Erfolg.

Sie setzte sich auf, entzündete die Kerze auf dem Nachtschränkchen und griff nach einem Apfel. Eine Zeitlang starrte sie an die Schlafzimmerwand.

---

* Geziefer sind kleine schwarze und weiße Geschöpfe, berühmt für ihren Pelz. Sie gelten als vorsichtigere Verwandte der Lemminge: Sie stürzen sich nur von kleinen Steinen.

Sie nahm nur ungern eine Niederlage hin. Dort draußen gab es etwas, das Magie trank, wuchs und eine solche Vitalität entfaltete, daß sich seine Präsenz auch im Haus ausdehnte. Trotzdem hielt sie vergeblich danach Ausschau.

Oma aß den Apfel, legte den Kern neben den Kerzenständer und blies die Flamme aus.

Samtweiche kalte Nacht glitt ins Zimmer zurück.

Oma Wetterwachs beschloß, einen letzten Versuch zu unternehmen. Vielleicht blickte sie in die falsche Richtung ...

Eine Sekunde später lag sie auf dem Boden, mit einem Kissen vor dem Gesicht.

Sie hatte sich etwas *Kleines* vorgestellt. In Wirklichkeit ...

Schloß Lancre erzitterte. Es erbebte nicht besonders heftig, aber das war auch gar nicht nötig — immerhin schwankte es schon in einer leichten Brise. Ein kleiner Turm neigte sich langsam zur Seite und fiel in die tiefe neblige Schlucht.

Der Narr lag auf den Fliesen und fröstelte im Schlaf. Er wußte die Ehre zu schätzen — wenn es sich tatsächlich um eine Ehre handelte —, aber wenn er im zugigen Flur schlief, träumte er immer von der Narrengilde, hinter deren strengen grauen Mauern er sich durch eine siebenjährige schreckliche Ausbildung geschaudert hatte. Allerdings waren die Fliesen nicht ganz so hart wie die Betten im Gildenhaus.

Anderthalb Meter entfernt klirrte leise eine Rüstung. Die Lanze vibrierte in einer stählernen Faust, sauste wie eine Fledermaus im Sturzflug durch die Luft und prallte dicht neben dem Ohr des Narren auf den Boden.

Er richtete sich auf und stellte fest, daß er noch immer zitterte. Ebenso wie die Steinplatten unter ihm.

In Lord Felmets Zimmer strömten Kaskaden aus

Staub vom uralten Himmelbett. Der Herzog erwachte aus einem Traum, in dem ein gewaltiges Ungeheuer ums Schloß gestapft war, und entsetzt gelangte er zu dem Schluß, daß es vielleicht wirklich geschah.

Das Porträt eines vor Äonen gestorbenen Königs fiel von der Wand. Lord Felmet schrie.

Der Narr wankte herein und versuchte, das Gleichgewicht auf einem Boden zu wahren, der sich nun wie Meereswellen hob und senkte. Seine Lordschaft taumelte aus dem Bett und packte ihn am Wams.

»Was ist los?« zischte er. »Ein Erdbeben?«

»Die sind hier recht selten, mein Lord«, erwiderte der Narr. Er wurde zur Seite gestoßen, als ein Sofa über den Teppich wackelte.

Lord Felmet eilte zum Fenster und blickte über den Wald. Der Mondschein tropfte auf weiße Baumwipfel, die sich in völlig unbewegter Luft von einer Seite zur anderen neigten.

Ein Putzfladen fiel herunter. Der Herzog wirbelte um die eigene Achse, und diesmal griff er so fest zu, daß die Füße des Narren den Bodenkontakt verloren.

Zu dem Luxus, auf den Lord Felmet verzichtete, gehörte auch die Unwissenheit. Er legte großen Wert darauf, ständig zu wissen, was passierte. Die angenehmen Ungewißheiten des Lebens übten keinen Reiz auf ihn aus.

»Die Hexen stecken dahinter, nicht wahr?« knurrte er. Seine linke Wange begann wie ein Fisch auf dem Trocknen zu zucken. »Sie sind dort draußen, stimmt's? Sie richten ihren verderblichen Bann auf das Schloß, habe ich recht?«

»Meiner Treu, Onkel ...«, begann der Narr.

»Sie regieren dieses Land, oder?«

»Nein, mein Lord, sie haben nie ...«

»Wer hat dich gefragt?«

Der Narr zitterte genau konträr zum Schloß, und dadurch schien nur er völlig stillzustehen.

»Äh, du, mein Lord«, erwiderte er hilflos.

»Willst du mir etwa widersprechen?«

»Nein, mein Lord!«

»Dachte ich mir. Du bist mit ihnen verbündet, nicht wahr?«

»Mein Lord!« entfuhr es dem Hofnarren schockiert.

»Alle stehen mit ihnen im Bunde!« fauchte der Herzog. »Euer ganzer Haufen! Ihr alle seid Rädelsführer!«

Er schleuderte den Narren beiseite, stieß das große Fenster auf und betrat den Balkon. Wütend betrachtete er das schlafende Königreich.

»Hört ihr mich!« rief er. »Ich bin der König!«

Das Zittern verblüffte den Herzog, indem es abrupt aufhörte. Nach einer Weile faßte sich Lord Felmet wieder und klopfte Mörtelstaub vom Nachthemd.

»Na bitte«, brummte er.

Aber dies war noch schlimmer. Jetzt hörte der Wald zu. Die Worte Seiner Lordschaft verschwanden in einem umfassenden Vakuum aus Stille.

Irgend etwas lauerte dort draußen. Er spürte es deutlich. Es war stark genug, um das Schloß durchzuschütteln, und jetzt beobachtete es ihn und lauschte.

Der Herzog wich vorsichtig zurück und tastete nach dem Fensterriegel. Behutsam drückte er die beiden Flügel zu und schloß die Vorhänge.

»Ich bin der König«, wiederholte er leise und sah den Narren an, der daraufhin den Eindruck gewann, daß Lord Felmet etwas von ihm erwartete.

Er ist mein Herr und Lord, dachte er. *Ich habe sein Salz gegessen oder wie das heißt. In der Gildenschule hat man mich immer wieder darauf hingewiesen, daß ein Narr seinem Herrn bis zum Ende treu sein muß, auch nachdem ihn alle anderen verlassen haben. Es spielt überhaupt keine Rolle, was ich davon halte. Jeder Monarch braucht einen Narren. Es kommt nur auf Ergebenheit an. Alles andere ist nebensächlich. Ich muß ihm treu bleiben — auch wenn er auf dem besten Weg ist, endgültig überzuschnappen. Ich bin sein Narr, bis einer von uns stirbt.*

Voller Entsetzen nahm er zur Kenntnis, daß der Herzog weinte.

Der Narr griff in seinen Ärmel und holte ein ziemlich fleckiges, rotgelbes und mit kleinen Glocken besticktes Taschentuch hervor. Lord Felmet nahm es mit großer Dankbarkeit entgegen und putzte sich die Nase. Dann hielt er das Tuch ausgestreckt und beobachtete es mit furchterfülltem Mißtrauen.

»Sehe ich hier vielleicht einen Dolch?« murmelte er.

»Äh, nein, mein Lord. Weißt du, es handelt sich um ein Taschentuch. Man kann den Unterschied feststellen, wenn man genau hinsieht. Es hat nicht so viele scharfe Kanten.«

»*Guter* Narr«, sagte der Herzog gedankenverloren.

Völlig ausgeklinkt, dachte der Hofnarr. *Bei ihm sitzen alle Schrauben locker. Er ist geistig so verdreht, daß man sein Bewußtsein benutzen könnte, um die Korken aus Weinflaschen zu ziehen.*

»Knie neben mir nieder, Narr!«

Der Hofnarr gehorchte. Lord Felmet legte ihm eine von schmutzigen Verbänden umhüllte Hand auf die Schulter.

»Bist du mir treu ergeben?« fragte er. »Kann ich dir vertrauen?«

»Ich habe geschworen, meinem Lord bis zum Tod zu folgen«, antwortete der Narr heiser.

Der Herzog schob ein vom Wahn gezeichnetes Gesicht an die Miene des Narren heran, der in blutunterlaufene Augen blickte.

»Ich wollte es nicht«, hauchte Lord Felmet in einem verschwörerischen Tonfall. »Man hat mich gezwungen. Ich wollte es nicht …«

Die Tür schwang auf. Ihre Ladyschaft füllte den Zugang. Sie hatte fast die gleiche Form.

»Leonal!« sagte sie scharf.

Der Narr stellte überrascht fest, was mit den Augen des Herzogs geschah. Das irrsinnige rote Feuer verschwand aus ihnen, wurde nach hinten gesaugt, und ein vertrauter blauer, durchdringender Blick kehrte zurück. Er bedeutete nicht, daß Lord Felmet wieder normal geworden war. Selbst sein kühler Verstand kam Wahnsinn gleich. Der Herzog hatte einen Verstand, der wie eine Uhr tickte, und wie bei einer Uhr machte es regelmäßig *Kuckuck*.

Seine Lordschaft sah ruhig auf.

»Ja, Liebste?«

»Was hat dies zu bedeuten?« fragte Ihre Ladyschaft.

»Hexen, nehme ich an«, antwortete der Herzog.

»Ich glaube nicht, daß ...«, begann der Narr. Lady Felmets Blick brachte ihn nicht nur zum Schweigen, sondern nagelte ihn fast an die Wand.

»Das ist offensichtlich«, sagte sie. »Du bist ein Idiot.«

»Ein Narr, Lady.«

»Das auch«, fügte die Herzogin hinzu und wandte sich wieder an ihren Gemahl.

»So«, verkündete sie und lächelte grimmig, »sie fordern uns noch immer heraus, wie?«

Lord Felmet zuckte mit den Schultern. »Wie soll ich gegen Magie ankämpfen?«

»Mit Worten«, sagte der Narr, ohne vorher nachzudenken. Er bedauerte es sofort. Herzog und Herzogin starrten ihn an.

»Wie bitte?« fragte Ihre Ladyschaft.

Der Narr ließ verlegen seine Mandoline sinken.

»In ... In der Gilde haben wir gelernt, daß Worte noch mächtiger sein können als Magie.«

»Clown!« platzte es aus Lord Felmet heraus. »Worte sind nur Worte. Oder Wörter. Kurze Silben. Stöcke und Steine brechen meine Gebeine ...« Er legte eine kurze Pause ein und genoß den nächsten Gedanken. »Aber Worte sind nicht imstande, mich zu verletzen.«

»Vielleicht doch, mein Lord«, wandte der Narr ein. »Wenn man die richtigen verwendet. Zum Beispiel ... Lügner! Usurpator! Mörder!«

Der Herzog zuckte zurück und klammerte sich an den Armlehnen des Throns fest.

»Natürlich enthalten solche Worte keine Wahrheit«, fuhr der Narr hastig fort. »Aber sie können sich wie ein unterirdisches Feuer ausbreiten, bereit dazu, nach oben zu dringen und zu verbrennen …«

»Das stimmt, das stimmt!« schrillte der Herzog. »Ich höre sie die ganze Zeit über.« Er beugte sich vor. »Es sind die Hexen!« zischte er.

»Dann, dann, dann müssen sie mit anderen Worten bekämpft werden«, sagte der Narr. »Sie wirken selbst bei Hexen.«

»Welche Worte meinst du?« erkundigte sich die Herzogin nachdenklich.

Der Narr zuckte mit den Achseln. »Vettel. Unheilsbringerin. Böses altes Weib.«

Ihre Ladyschaft hob eine buschige Braue.

»Eigentlich bist du gar nicht so närrisch«, sagte sie langsam. »Du beziehst dich auf Gerüchte.«

»Nur darauf, Lady.« Der Narr rollte mit den Augen. *Warum habe ich nicht geschwiegen?* dachte er kummervoll.

»Es sind die Hexen«, flüsterte Lord Felmet. Seine Stimme galt dem Rest des Multiversums. »Wir müssen die Welt vor den Hexen warnen. Sie sind böse. Sie lassen es zurückkehren, das Blut. Sogar Schmirgelpapier hilft nicht.«

Der Boden bebte erneut, als Oma Wetterwachs über schmale, eisverkrustete Pfade durch den Wald eilte. Ein Klumpen Schnee löste sich von einem hohen Ast und fiel ihr auf den Hut.

Es war einfach nicht richtig. Ganz gleich, welches Etwas den Berg und alles andere erzittern ließ: Eine Hexe, die etwas auf sich hielt, blieb in der Silvesternacht zu Hause. So verlangte es die Tradition. Niemand kannte den Grund dafür, aber darauf kam es auch nicht an.

Oma erreichte das Moor und schritt über frosterstarrtes Heidekraut, das der Wind vom Schnee befreit hatte. Ein sichelförmiger Mond hing über dem Horizont, und sein blasses Licht fiel auf hohe Gipfel. Hier oben begann eine ganz andere Welt, und selbst Hexen wagten sich nur selten dorthin. Die Landschaft stammte aus der kalten Geburt allen Seins: nur grünes Eis, messerscharfe Kämme und tiefe, verborgene Täler. Eine derartige Landschaft war nicht für Menschen bestimmt. Sie war ebensowenig feindselig wie ein Ziegelstein oder eine Wolke, aber sie zeichnete sich durch unheilvolle Gleichgültigkeit aus.

Doch diesmal fühlte sich Oma Wetterwachs von ihr beobachtet. Ein durch und durch fremdartiges Bewußtsein schenkte ihr überaus intensive Aufmerksamkeit. Sie blickte an den eisigen Hängen hinauf und rechnete fast damit, einen gewaltigen Schatten zu sehen, der sich vor den Sternen bewegte.

»Wer bist du?« rief sie. »Was willst du?«

Ihre Stimme hallte zwischen den Felsen wider. Irgendwo in der Ferne grollte das dumpfe Donnern einer Lawine.

An der höchsten Stelle des Moors, wo im Sommer Rebhühner zwischen den Sträuchern und Büschen umherhüpften, stand ein mittelgroßer Monolith. Er ragte ungefähr dort auf, wo sich die Hexenreviere berührten — obwohl man ihre Grenzen nie genau festgelegt hatte.

Der Stein mochte etwa so groß sein wie ein hochgewachsener Mann, und er bestand aus bläulichem Fels. Er galt als äußerst magisch: Zwar gab es keinen anderen, *aber bisher hatte ihn niemand zählen können.* Wenn ihn jemand nachdenklich ansah, so rückte er unauffällig beiseite und versteckte sich hinter dem Beobachter. Es war der zurückhaltendste aller Monolithen.

Gleichzeitig stellte er einen der Entladungspunkte für die Magie der Spitzhornberge dar. Der Boden in seiner Nähe war schneefrei und dampfte leicht.

Jetzt kroch der Stein fort, verharrte hinter einem Baum und maß Oma Wetterwachs mit argwöhnischen Blicken.

Sie wartete zehn Minuten lang, bis Magrat über den Pfad von Verrückter Wiesel kam — die gutmütigen Bewohner jenes Dorfes waren daran gewöhnt, alle Leiden (abgesehen von akuter Enthauptung) mit Ohrmassage und auf Blumen basierenden homöopathischen Heilmitteln zu behandeln. Die junge Hexe keuchte atemlos und trug nur einen Schal über ihrem Nachthemd, das sehr enthüllend gewesen wäre, wenn es bei ihr irgend etwas gegeben hätte, das man enthüllen konnte.

»Du hast es ebenfalls gespürt?« fragte Magrat.

Oma Wetterwachs nickte. »Wo ist Gytha?«

Sie blickten über den Weg, der nach Lancre führte, einer Ansammlung von Lichtern im verschneiten Tal.

Es fand eine Party statt. Licht fiel aus den Fenstern. Dutzende von Personen kamen aus Nanny Oggs Haus oder gingen hinein. Man hörte: gelegentliches schrilles klingendes Lachen, das Klirren von splitterndem Glas und raufende Kinder. Allem Anschein nach erreichte die Intensität des Familienlebens in dem Gebäude gerade ein Maximum.

Die beiden Hexen standen unschlüssig auf der Straße.

»Glaubst du, wir sollten hineingehen?« meinte Magrat zaghaft. »Man hat uns nicht eingeladen, weißt du. Und wir haben keine Flasche mitgebracht.«

»Ich glaube, dort drin gibt's bereits zu viele Flaschen«, erwiderte Oma Wetterwachs mißbilligend. Ein Mann taumelte durch die Tür, rülpste und stieß gegen sie. »Gutes neues Jahr, gnä' Frau.« Dann hob er den Kopf, sah ein strenges Gesicht und wurde fast sofort nüchtern.

»*Fräulein*«, korrigierte Oma eisig.

»Es tut mir schrecklich leid ...«, begann der Mann.

Oma Wetterwachs rauschte stolz an ihm vorbei. »Komm, Magrat!« befahl sie.

Der Lärm im Haus verharrte dicht vor der Schmerzschwelle. Nanny Ogg schlug der Silvester-Tradition ein Schnippchen, indem sie das ganze Dorf zu sich einlud, und die Luft im Zimmer hätte selbst hartgesottenen Meßgeräten für Umweltverschmutzung das Fürchten gelehrt. Oma Wetterwachs bahnte sich einen Weg durch das Gedränge und ließ sich dabei von einer krächzenden Stimme leiten, die der Welt im großen und ganzen erklärte, im Vergleich mit vielen anderen Tieren sei der Igel recht gut dran.

Nanny Ogg saß in einem Sessel am Kamin, in der einen Hand einen großen Krug, in der anderen eine Zigarre. Sie lächelte, als sie Omas Gesicht sah.

»Heda, du altes Suppenhuhn!« kreischte sie aus vollem Hals. »Bist also doch gekommen. Trink einen! Oder auch zwei. Hallo, Magrat! Hol dir 'n Stuhl und nenn die Katze einen Bastard!«

Greebo — er lag auf der Kamindecke und beobachtete das allgemeine Durcheinander aus einem halb geöffneten gelben Auge — schlug ein- oder zweimal mit dem Schwanz.

Oma Wetterwachs nahm Platz, saß steif und so gerade, als hätte sie einen Besen verschluckt. Ihre Haltung brachte Würde und Anstand zum Ausdruck.

»Wir bleiben nicht lange«, sagte sie und warf Magrat einen finsteren Blick zu, als sie versuchsweise die Hand nach einer Schüssel mit Erdnüssen ausstreckte. »Wie ich sehe, bist du sehr beschäftigt. Wir haben uns nur gefragt, ob du etwas — bemerkt hast. Heute nacht. Vor einer Weile.«

Nanny Ogg runzelte die Stirn.

»Der Älteste unseres Darron mußte sich übergeben«, erwiderte sie nach einer Weile. »Hat vom Bier seines Vaters getrunken.«

»Wenn es ihm nicht *extrem* schlecht ging, muß es sich um etwas anderes gehandelt haben«, stellte Oma Wetterwachs fest. Sie malte ein verschlungenes okkultes Zeichen in die Luft, doch Nanny übersah es.

»Jemand versuchte, auf dem Tisch zu tanzen«, sagte sie. »Fiel in die Kürbissoße unserer Reet. Wir haben herzhaft gelacht.«

Oma Wetterwachs hob und senkte mehrmals die Brauen, preßte sich dann einen bedeutungsvollen Zeigefinger an die Nase.

»Ich meine *völlig* andere Dinge«, betonte sie düster.

Nanny Ogg musterte sie.

»Ist mit deinem Auge was nicht in Ordnung, Esme?« fragte sie.

Oma Wetterwachs seufzte.

»Außerordentlich besorgniserregende Entwicklungen mit magischen Tendenzen bahnen sich an«, sagte sie laut.

Es wurde still im Zimmer. Alle starrten die Hexen an, abgesehen von Darrons Ältestem, der die gute Gelegenheit nutzte, um weitere alkoholische Erfahrungen zu sammeln. Einige Sekunden später kehrten mehrere Dutzend geflohene Gespräche zurück.

»Vielleicht wäre es angebracht, wenn wir einen Ort aufsuchen, wo wir in Ruhe miteinander reden können«, schlug Oma vor, als sich der Tumult einmal mehr ausbreitete.

Kurze Zeit später saßen die drei Hexen in der Waschküche, und Oma Wetterwachs versuchte, das Bewußtsein zu beschreiben, dessen Präsenz sie gefühlt hatte.

»Das Etwas ist irgendwo dort draußen, in den Bergen und hohen Wäldern«, sagte sie. »Und es ist sehr groß.«

»Ich glaube, es sucht nach jemandem«, warf Magrat ein. »Es erinnert mich an einen treuen Hund, der sich verlaufen hat und den Rückweg nicht findet.«

Oma Wetterwachs dachte darüber nach. Eigentlich gar kein schlechter Vergleich ...

»Ja«, bestätigte sie. »Ein Hund. Und zwar ein ziemlich *großer.*«

»Besorgt«, sagte Magrat.

»Auf der Suche«, meinte Oma.

»Und er wird zornig«, fügte die junge Hexe hinzu.

»Ja.« Omas Blick blieb auf Nanny gerichtet.

»Vielleicht ein Troll«, vermutete Nanny Ogg. »Ich habe einen fast vollen Krug Bier zurückgelassen«, sagte sie vorwurfsvoll.

»Ich weiß, wie sich der Geist eines Trolls anfühlt, Gytha«, brummte Oma Wetterwachs. Sie zischte die Worte nicht. Es war ihr ruhiger Tonfall, der Nanny Ogg dazu veranlaßte, eine Zeitlang zu schweigen.

»Es heißt, mittwärts gibt's besonders große Trolle«, sagte sie schließlich. »Und Eisriesen. Und riesige haarige Dingsbums, die über der Schneegrenze leben. Aber so etwas meinst du nicht, oder?«

»Nein.«

»Oh.«

Magrat schauderte. Sie wollte glauben, daß Hexen absolute Kontrolle über ihren Körper hatten und daß die Gänsehaut unter dem Nachthemd nur ein Produkt ihrer Phantasie war. Das Problem bestand darin, daß sie über eine ausgesprochen lebhafte Phantasie verfügte.

Nanny Ogg seufzte.

»Ich schätze, wir sollten der Sache auf den Grund gehen.« Sie nahm den Deckel des Waschtrogs ab.

Nanny Ogg benutzte die Waschküche nie, denn um ihre Wäsche kümmerte sich ein Stamm aus diensteifrigen Schwiegertöchtern, an deren Namen sie sich nur selten erinnerte. Deshalb diente der Raum als Lager für getrocknete Knollen, alte Hexenkessel und Gläser mit gärender Wespenmarmelade. Seit zehn Jahren war unter dem steinernen Waschtrog kein Feuer mehr entzündet worden. Mörtelbrocken lösten sich zwischen den Ziegeln, und an der Brennkammer wuchsen seltene Kräuter. Unter dem Deckel kam tintenschwarzes und, so behaupteten einige Gerüchte, unauslotbar tiefes Wasser zum Vorschein. Man bestärkte die Ogg-Enkel in ihrem Glauben, es sei die Heimstatt von Ungeheuern aus dem Morgengrauen der Zeit — Nanny meinte, ein bißchen Aufregung und sinnloser Schrecken seien unabdingbare Voraussetzungen für die richtige Magie der Kindheit.

Im Sommer kühlte sie ihr Bier im Trog.

»Es müßte eigentlich klappen«, murmelte sie nun. »Ich glaube, wir sollten uns an den Händen fassen. Magrat, vergewissere dich bitte, daß die Tür verschlossen ist.«

»Was hast du vor?« fragte Oma Wetterwachs. Sie befanden sich in Nannys Revier, und daher stand ihr die Wahl zu.

»Ich sage immer, daß eine ordentliche Beschwörung nie schaden kann.« Und: »Habe es schon seit Jahren nicht mehr versucht.«

Furchen bildeten sich in Oma Wetterwachs' Stirn.

»Aber das geht doch nicht!« stieß Magrat hervor. »Zumindest nicht hier. Man braucht einen richtigen Kessel und ein magisches Schwert. Und ein Oktagramm. Und bestimmte Gewürze und so.«

Oma und Nanny wechselten einen Blick.

»Es ist nicht ihre Schuld«, sagte Oma. »Es liegt daran, daß sie zu viele Grimmerlinge liest.« Sie wandte sich an Magrat.

»Derartige Dinge benötigen wir nicht«, erklärte sie. »Pschikologie genügt völlig.« Sie sah sich in der alten Waschküche um.

»Man begnügt sich damit, was man hat«, sagte sie.

Oma Wetterwachs griff nach einem ausgebleichten Holzstab und wog ihn nachdenklich in der Hand.

»*Wir er- und beschwören dich mit*«, — Oma Wetterwachs legte eine kurze Pause ein —, »diesem scharfen und schrecklichen Holzstab.«

Das Wasser im Trog kräuselte sich ein wenig.

»*Sieh nur, wie wir* ...« Magrat seufzte. »... wie wir altes Bleichsoda und sehr harte Seifenflocken zu deinen Ehren verstreuen. Im Ernst, Nanny, ich weiß nicht ...«

»Sei still! Jetzt du, Gytha.«

»*Ich rufe und binde dich* mit dieser Scheuerbürste der List — leider fehlen ihr viele Borsten — und dem Waschbrett des Schutzes.« Nanny winkte damit; die Wringvorrichtung fiel ab.

»Ehrlichkeit ist ja ganz gut«, flüsterte Magrat kläglich, »aber es mangelt an der richtigen Atmosphäre.«

»Jetzt hör mir mal gut zu, Mädchen«, sagte Oma Wetterwachs. »Dämonen scheren sich nicht um das äußere Erscheinungsbild von Dingen. Es kommt nur darauf an, was *du* glaubst. Weiter geht's.«

Magrat versuchte sich vorzustellen, daß die Laugenseife aus den erlesensten klatschianischen Was-auch-immer bestand. Es fiel ihr nicht leicht. Allein die Götter mochten wissen, welcher Dämon auf eine solche Beschwörung reagierte.

Auch Oma Wetterwachs empfand vages Unbehagen. Sie interessierte sich nicht sonderlich für Dämonen. Außerdem: Die Verwendung von Zaubersprüchen und diversen Werkzeugen erschien ihr zu sehr wie Zauberei. Dadurch ging man jenen Wesen nur um den Bart; sie nahmen es zum Anlaß, sich wichtig zu fühlen. Oma fand, daß Dämonen zu gehorchen hatten, wenn man sie rief.

Aber das allgemeine Protokoll gab der Gastgeberin das Recht, die Wahl zu treffen. Und Nanny mochte Dämonen, die männlich waren oder männlich wirkten.

Oma Wetterwachs hob den sechzig Zentimeter langen Holzstab, redete der Unterwelt entweder gut zu oder drohte ihr. Der eigene Wagemut erstaunte sie.

Das dunkle Wasser brodelte lustlos und glättete sich

wieder. Dann ertönte plötzlich ein leises *Plopp*, und ein Kopf tauchte auf. Magrat ließ die Seife fallen.

Es war ein recht guter Kopf. Die Augen mochten ein wenig zu grausam blicken, und die Nase erinnerte eher an einen Schnabel, aber ansonsten zeichnete sich das Geschöpf durch eine seltsame Art von Attraktivität aus. Was kaum überraschte: Da der Dämon nur ein Symbol seines wahren Selbst ins Diesseits projizierte, konnte er sich genausogut Mühe dabei geben. Er drehte sich langsam, bildete eine glänzende schwarze Statue im matten Mondschein.

»Nun?« grollte er.

»Wer bist du?« fragte Oma Wetterwachs schlicht.

Der Kopf drehte sich und sah sie an.

»Mein Name ist für Menschen unaussprechbar, Weib«, antwortete er.

»Laß mich darüber urteilen«, erwiderte Oma. »Und nenn mich nicht Weib.«

»Na schön«, brummte der Dämon selbstgefällig. *»Ich heiße WxrtHltl-jwlpklz.«*

»Wo bist du gewesen, als man die Vokale verteilt hat?« warf Nanny Ogg ein. »Hinter der Tür?«

»Nun, Herr«, — Oma Wetterwachs zögerte etwa eine Millisekunde lang —, »... WxrtHltl-jwlpklz, du fragst dich sicher, warum wir dich gerufen haben.«

»Das solltet ihr eigentlich nicht sagen«, erwiderte der Dämon. *»Die üblichen Worte lauten ...«*

»Schweig! Ich warne dich. Wir haben das Schwert der List und das Oktagramm des Schutzes.«

»Ach, wirklich?« höhnte der Dämon. *»Meiner Ansicht nach sehen die Dinger eher aus wie ein Waschbrett und ein Holzstab.«*

Oma Wetterwachs blickte zur Seite. In einer Ecke der Waschküche stapelte sich Brennholz, und davor stand ein großer schwerer Sägebock. Sie starrte den Dämon streng an, während sie ausholte und ihren Stab auf den Bock hinabsausen ließ.

Völlige Stille folgte, nur unterbrochen von einem leisen Knirschen, als der Sägebock in zwei Hälften brach, die vor dem Brennholzstapel zu Boden fielen.

Das Gesicht des Dämons blieb ausdruckslos.

»Drei Fragen sind euch erlaubt«, grummelte er.

»Geschieht etwas Seltsames im Königreich?« erkundigte sich Oma Wetterwachs.

Das Wesen schien zu überlegen.

»Und lüg bloß nicht!« warnte Magrat ernst. »Sonst lernst du die Scheuerbürste kennen.«

»Meinst du etwas Seltsameres als sonst?«

»Beeil dich!« drängte Nanny. »Meine Füße sind schon ganz kalt.«

»Nein. Es geschieht nichts Seltsames.«

»Aber wir haben etwas gespürt ...«, begann Magrat.

Oma Wetterwachs hob die Hand. »Warte, warte!« Ihre Lippen bewegten sich lautlos. Dämonen waren wie Genies oder Philosophieprofessoren: Wenn man nicht *genau* die richtige Frage stellte, fanden sie großen Gefallen daran, absolut wahrheitsgemäße, aber vollkommen irreführende Antworten zu geben.

»Existiert etwas im Königreich, das vorher fehlte?« fragte sie.

»Nein.«

Die Tradition ließ nur drei Fragen zu. Oma Wetterwachs trachtete danach, die dritte so zu formulieren, daß man sie nicht absichtlich mißverstehen konnte. Dann beschloß sie, die Spielregeln zu verändern.

»Was ist eigentlich los, zum Teufel?« entfuhr es ihr. »Und wenn du jetzt versuchst, dich irgendwie herauszuwinden, wirst du gekocht.«

Der Dämon zögerte. Omas Taktik war offenbar neu für ihn.

»Bitte hol einige Holzscheite, Magrat!« verlangte die alte Hexe.

»Ich protestiere gegen diese Behandlung!« Ungewißheit prickelte in der Stimme des Dämons.

»Nun, wir können nicht die ganze Nacht mit dir verplempern«, erwiderte Oma Wetterwachs fest. »Für Zauberer sind solche Wortspiele vielleicht interessant, aber wir haben Wichtigeres zu tun.«

»Soll ich die Scheite entzünden?« fragte Nanny unschuldig.

»Hört mal ...« Keimendes Entsetzen kroch nun in den Tonfall des Dämons. *»Wir dürfen nicht einfach so Informationen preisgeben. Wißt ihr, es gibt Regeln und Vorschriften.«*

»Die Büchse auf dem Regal dort drüben enthält altes Öl, Magrat«, sagte Nanny.

»Wenn ich euch etwas verrate ...«, begann der Dämon.

»Ja?« murmelte Oma Wetterwachs ermutigend.

»Ihr erzählt es doch nicht weiter, oder?«

»Kein einziges Wort«, versprach Oma.

»Meine Lippen sind versiegelt«, fügte Magrat hinzu.

»Es gibt nichts Neues im Königreich«, sagte der Dämon. *»Aber das Land ist erwacht.«*

Oma Wetterwachs blinzelte verwirrt. »Was soll das?«

»Es ist unglücklich. Es möchte einen fürsorglichen König.«

»Wie ...« Magrat unterbrach sich, als Oma winkte.

»Du meinst nicht das Volk, oder?« Und als der Dämon den schwarzen Kopf schüttelte: »Das dachte ich mir.«

»Was ...« Nanny sprach nicht weiter, als Oma Wetterwachs den Zeigefinger zum Mund hob.

Sie drehte sich um und trat ans Fenster der Waschküche heran, einen Spinnenweb-Friedhof aus verblaßten Schmetterlingsflügeln und den Schmeißfliegen des letzten Sommers. Ein blasses Glühen hinter der rauhreifbesetzten Scheibe wies darauf hin, daß erstaunlicherweise bald ein neuer Tag begann.

»Kannst du uns den Grund dafür nennen?« fragte Oma und blickte weiterhin nach draußen. Sie fühlte die Seele eines ganzes Landes ...

Und sie war ziemlich beeindruckt.

»Ich bin nur ein Dämon. Was weiß ich schon? Ich kenne einzig und allein das Geschehen an sich, nicht seine Ursachen.«

»Ich verstehe.«

»Darf ich jetzt gehen?«

»Hm?«

»Bitte?«

Oma Wetterwachs nickte wie in Trance.

»O ja, lauf nur!« sagte sie geistesabwesend. »Danke.«

Der Kopf rührte sich nicht von der Stelle. Er blieb da, wie ein Hotelportier, der gerade fünfzehn Koffer in den zehnten Stock getragen, dem Gast das Bad gezeigt sowie die Kissen aufgeschüttelt hat und sich nun anschickt, die bereits aufgezogenen Vorhänge noch einmal aufzuziehen.

»Wärt ihr vielleicht so nett, mich zu verbannen?« meinte der Dämon, als ihm niemand Beachtung schenkte.

»Wie?« erwiderte Oma Wetterwachs, die erneut nachdachte.

»Nun, äh, nach einer richtigen Verbannung würde ich mich besser fühlen«, sagte der Kopf. *»Den Worten ›Lauf nur‹ fehlt es am gewissen Etwas.«*

»Oh. Na schön, wenn du solchen Wert darauf legst ... Magrat!«

Die junge Hexe zuckte zusammen. »Ja?«

Oma Wetterwachs warf ihr den Holzstab zu.

»Erweise ihm die Ehre, ja?«

Magrat fing den Stab an der Stelle auf, die Oma hoffentlich für den Griff hielt. Sie lächelte.

»Natürlich. Na schön. Nun gut. Ähem. Hebe dich hinfort, Brut der Finsternis! Kehre zurück in die stinkende Tiefe ...«

Der Kopf grinste zufrieden, als er diese Bemerkungen vernahm. Sie hatten den richtigen Klang.

Der Schädel sank ins schwarze Wasser des Trogs zurück, schien einfach zu schmelzen, wie Kerzenwachs unter der Flamme. Kurz bevor er verschwand, grollte er noch voller Verachtung: *»Lauf nuuuuuuuur ...«*

Oma Wetterwachs kehrte allein nach Hause zurück, als das rosarote kalte Licht der Morgendämmerung über den Schnee glitt. Es war nicht still im Haus.

Deutlich spürte sie die Unruhe der Ziegen im Stall. Unter dem Dach flüsterten und raunten greise Stare. Die Mäuse hinterm Küchenschrank fiepten leise.

Oma kochte Tee und merkte, daß jedes Geräusch lauter klang, es als eigentlich der Fall sein sollte. Sie ließ den Löffel in die Spüle fallen, und es hörte sich an, als werde eine Glocke vom Klöppel getroffen.

Sie fühlte sich immer beunruhigt, nachdem sie sich mit organisierter Magie beschäftigt hatte. So etwas schlug ihr aufs Gemüt. Nervös schritt sie durchs Haus und suchte nach Dingen, die es zu erledigen galt, brachte jedoch keine der angefangenen Arbeiten zu Ende. Immer wieder wanderte sie ziellos über die kalten Fliesen.

Unter solchen Umständen nutzt der Verstand jede Gelegenheit, um sich von seiner eigentlichen Aufgabe abzulenken: über verschiedene Dinge nachzudenken. Ein Beobachter wäre sicher erstaunt gewesen, mit welcher Hingabe Oma Wetterwachs den Teekannenständer reinigte, uralte Nüsse aus der Obstschale auf der Anrichte grub und einen Löffel benutzte, um versteinerte Brotkrusten aus Fugen zwischen den Fliesen zu kratzen.

Tiere hatten Gedanken. Menschen ebenfalls, wenn auch verworrene. Selbst Insekten waren damit ausgestattet: Bei ihnen sah Oma Wetterwachs kleine Lichter in der Finsternis der Gedankenlosigkeit.

Die alte Hexe hielt sich für eine Expertin, was solche Dinge betraf, doch ein denkendes Land war neu für sie.

Bei den Göttern, Länder lebten nicht einmal. Ein Land bestand doch nur aus ...

He, einen Augenblick! Eine bestimmte Idee kroch in Oma Wetterwachs' Bewußtsein und versuchte dort schüchtern, ihre Aufmerksamkeit zu erringen.

Vielleicht war es doch gar nicht so absurd, sich vorzustellen, daß der düstere Wald auch mit geistigem Leben ausgestattet war. Oma setzte sich mit einem antiken Brotstück in der Hand auf und blickte zum Kamin. Ihr mentales Auge blickte durch die Wand und beobachtete die langen schneeumhüllten Reihen von Bäumen. Ja. Auf diese Weise hatte sie es noch nie zuvor betrachtet. Nun, das Ich des Waldes setzte sich aus vielen kleinen Selbstsphären darin zusammen: die Gedanken von Vögeln und Bären, auch die langsamen und trägen Überlegungen der Bäume selbst ...

Oma Wetterwachs nahm im Schaukelstuhl Platz, der von ganz allein zu schaukeln begann.

Wenn sie den Wald beobachtete, dachte sie manchmal an ein ausgestreckt liegendes großes Geschöpf — eine Mettaffer, wie sich Zauberer ausgedrückt hätten. Im Sommer war es schläfrig und summte mit Hummeln und Bienen; während der Herbststürme heulte und fauchte es wütend; im Winter schlüpfte es unter einer Decke aus Schnee und schlief. Oma Wetterwachs stellte sich nun der Erkenntnis, daß der Wald nicht nur aus anderen Dingen bestand, sondern auch ein eigenes, klar bestimmtes Ich besaß. Er lebte, wenn auch nicht auf die Art und Weise wie zum Beispiel eine Spitzmaus.

Er lebte *langsamer.*

Ein wichtiger Punkt. Wie schnell schlug das Herz eines Waldes? Vielleicht einmal im Jahr. Ja, das klang richtig. Er lag dort draußen, wartete auf helleren Sonnenschein und längere Tage, die mehrere Millionen Liter Saft Dutzende von Metern gen Himmel pumpten, mit einem systolischen Pochen, das zu lang und zu laut war, um von menschlichen Ohren gehört zu werden.

Plötzlich biß sich Oma Wetterwachs auf die Lippe.

Sie hatte gerade das Worte ›systolisch‹ verwendet, und es gehörte gewiß nicht zu ihrem Vokabular.

Jemand befand sich in ihrem Kopf.

Etwas.

Hatte sie gerade eigene Gedanken gedacht? Oder stammten sie von jemand anders?

Oma sah zu Boden und versuchte, ihre Ideen für sich zu behalten. Aber *etwas* beobachtete ihr Bewußtsein so mühelos, als verwandle sich ihr Kopf in durchsichtiges Glas.

Die Hexe stand auf und zog die Vorhänge beiseite.

Sie warteten draußen, dort, wo sich während der wärmeren Monate ein Rasen befand, und jedes einzelne starrte sie an.

Nach einigen Minuten öffnete Oma Wetterwachs die vordere Eingangstür. Ein wahres *Ereignis:* Wie die meisten Bewohner der Spitzhornberge betrat und verließ Oma ihr Haus nur durch die Hintertür. In einem gewöhnlichen Leben gab es nur drei Anlässe, die es angemessen erscheinen ließen, die Vordertür zu benutzen, und dabei wurde man jedesmal getragen.

Sie stemmte Omas Bemühungen erheblichen Widerstand entgegen, ließ sich nur ruckweise bewegen. Einige Lackfladen fielen auf eine Schneewehe davor, die nach innen rutschte. Als sie etwa halb offenstand, schaltete die Tür endgültig auf stur und klemmte energisch.

Oma Wetterwachs schob sich ungelenk durch die Lücke und stapfte durch unberührten Schnee.

Sie hatte bereits den spitzen Hut aufgesetzt und den langen schwarzen Mantel übergestreift, um keinen Zweifel daran zu lassen, daß sie eine Hexe war.

Ein älterer Küchenstuhl lag halb im kalten Weiß begraben. Im Sommer verwendete ihn Oma als geeignete Sitzgelegenheit, um zu nähen oder andere Handarbeiten zu erledigen und dabei gleichzeitig den Pfad im Auge zu behalten. Jetzt griff sie danach, klopfte Schnee ab, stellte ihn gerade und setzte sich: die Knie auseinander, die Arme entschlossen verschränkt. Sie schob das Kinn vor.

Die Sonne des Neujahrstags stand bereits hoch am

Himmel, aber das Licht blieb trüb und fiel schräg vom grauen Firmament. Es glühte auf der Dampfwolke über den versammelten Tieren. Sie rührten sich nicht. Nur dann und wann scharrte ein Geschöpf mit den Hufen oder kratzte sich.

Oma Wetterwachs drehte den Kopf, als ihr eine Bewegung auffiel. Erst jetzt bemerkte sie die vielen Vögel auf den Ästen und Zweigen aller Bäume im Garten. Dadurch hatte es den Anschein, als habe ein sonderbar brauner und schwarzer Frühling begonnen.

An jener Stelle, wo im Sommer Kräuter wuchsen, standen oder lagen Wölfe mit heraushängenden Zungen. Hinter ihnen hockten mehrere Bären, und daneben sah Oma eine Gruppe aus Rehen und Hirschen. Die Plätze im mettafforischen Parkett belegten Hasen, Wiesel, Geziefer, Dachse, Füchse und verschiedene andere Tiere, die man gemeinhin als Waldvolk bezeichnet — obwohl sie ihr ganzes Leben in einer recht blutigen Atmosphäre aus Jäger und Beute verbringen, aus Töten oder Getötetwerden, meistens mit Hilfe von Klauen, Krallen und unangenehm spitzen Zähnen.

Sie hockten zusammen im Schnee, vergaßen ihre normalen kulinarischen Beziehungen und versuchten, Oma Wetterwachs mit Blicken zu durchspießen.

Zwei Dinge wurden der Hexe sofort klar. Erstens: Die anwesenden Tiere stellten einen guten Querschnitt des Waldlebens dar.

Und zweitens ... Sie mußte es laut aussprechen.

»Ich weiß nicht, welcher Zauber euch hierhergeführt hat«, sagte Oma. »Aber eins steht fest: Wenn der Bann nachläßt, sollten sich einige von euch beeilen, von hier zu verschwinden.«

Die Tiere verharrten reglos. Es herrschte völlige Stille, sah man von einem älteren Dachs ab, der sich verlegen erleichterte.

»Hört mal«, brummte Oma. »Was erwartet ihr von mir? Es hat überhaupt keinen Sinn, daß ihr gekommen seid. Er herrscht nun. Dies ist sein Königreich. Ich kann mich nicht einmischen. Einmischungen sind in jedem Fall *falsch*. Es muß sich alles von selbst regeln, zum Guten oder zum Schlechten. So lautet ein fundamentaler Grundsatz der Magie, jawohl. Man kann nicht herumlaufen und die Leute mit Zaubersprüchen regieren; in einem solchen Fall müßte man immer mächtigere Thaumaturgie einsetzen.« Oma Wetterwachs lehnte sich zurück, dankbar für eine lange Tradition, die den Klugen, Weisen und Fähigen eine aktive oder gar dominierende Beteiligung an den Regierungsgeschäften verbot. Sie dachte daran, wie es sich angefühlt hatte, die Krone auch nur einige Sekunden lang zu tragen.

Nein, Kronen entfalteten eine sehr unangenehme Wirkung auf die Klugen. Es war besser, das Regieren Leuten zu überlassen, deren Brauen sich in der Mitte trafen, wenn sie nachzudenken versuchten. Auf eine komische Art und Weise kamen sie wesentlich besser damit zurecht.

»Die Menschen müssen allein damit fertig werden«, fügte Oma hinzu. »Das ist eine allgemein bekannte Tatsache.«

Einer der größeren Hirsche bedachte sie mit einem besonders skeptischen Blick.

»Ja, na schön, er hat den alten König umgebracht«, gestand Oma Wetterwachs ein. »So will es eben die Natur. Darüber wißt gerade ihr gut Bescheid. Das Überleben des Dingsbums. Ihr habt überhaupt keine Ahnung, was ein Erbe ist. Vielleicht haltet ihr so etwas für eine Art Kaninchen.«

Sie trommelte mit den Fingern aufs Knie.

»Wie dem auch sei: Der alte König war nicht gerade ein guter Freund von euch, oder? Ging dauernd auf die Jagd und so.«

Dreihundert dunkle Augenpaare starrten sie an.

»Was wollt ihr eigentlich von mir?« fragte Oma Wetterwachs. »Soll ich etwa mit Königen herumpfuschen, nur weil sie euch nicht gefallen? Wo würde das alles enden? Darüber hinaus: Ich habe keinen Grund, mich über den neuen König zu beklagen.«

Sie versuchte, den Blick eines extrem schielenden Wiesels zu meiden.

»Na schön, es ist egoistisch und selbstsüchtig«, fuhr sie fort. »Das gehört eben dazu, eine Hexe zu sein. Ich wünsche euch allen einen guten Tag.«

Oma marschierte ins Haus und stieß die Tür hinter sich zu. Sie klemmte mehrmals, was den dramatischen Effekt ruinierte.

Oma Wetterwachs schloß die Vorhänge, nahm im Schaukelstuhl Platz und schaukelte hingebungsvoll.

»Darum geht es«, murmelte sie. »Ich kann mich nicht einmischen. Ja. Genau.«

Die Wagen rollten langsam über holprige Straßen und näherten sich einem anderen Dorf, an dessen Namen sich die wandernden Schauspieler nicht erinnerten und den sie sofort wieder vergessen würden. Die Wintersonne hing tief über den feuchten dunstverschleierten Kohlfeldern der Sto-Ebene, und in der nebligen Stille klang das Knarren der Räder lauter als sonst.

Hwel saß im letzten Wagen und ließ die kurzen Beine übers Lehnbrett baumeln.

Er gab sich alle Mühe. Vitoller hatte ihm die Erziehung Tomjons überlassen: »Du kennst dich mit solchen Sachen besser aus«, meinte der Direktor und fügte mit dem für ihn typischen Taktgefühl hinzu: »Außerdem brauchst du dich nicht dauernd zu bücken, wenn du mit ihm sprichst.«

Aber es klappte nicht.

»Apfel«, wiederholte er und zeigte die Frucht.

Tomjon lächelte. Er war jetzt fast drei Jahre alt und hatte noch kein einziges verständliches Wort gesagt.

Argwohn und Mißtrauen begleiteten inzwischen Hwels Erinnerungen an die Hexen.

»Aber er scheint recht intelligent zu sein«, meinte Frau Vitoller. Sie saß im gleichen Wagen und stopfte Kettenhemden. »Er kennt alle Dinge. Er gehorcht aufs Wort. Ich wünschte nur, er könnte endlich sprechen«, fügte sie hinzu und klopfte dem Knaben zärtlich auf die Wange.

Hwel gab Tomjon den Apfel, und der Junge nahm ihn ernst entgegen.

»Ich fürchte, die Hexen haben euch einen bösen Streich gespielt, gnä' Frau«, sagte der Zwerg. »Du weißt schon. Wechselbalg und so. Meine Ururgroßmutter hat mir erzählt, daß so etwas auch einmal bei uns geschah. Feen vertauschten zwei Kinder — das eine stammte aus dem Volk der Menschen, das andere aus unserem. Wir schöpften erst Verdacht, als es mit dem Kopf immer wieder an die Decke stieß. Es heißt ...«

> »Es heißt, diese Frucht sei ein Segen für die Welt, so süß. Oder, so meine ich, sie ist wie das Herz des Menschen, außen rot, und doch, verborgen im Innern, finden wir den Wurm, die Fäule, den Makel. Wie herrlich sie auch glänzen mag, ein Biß genügt, und man erkennt den Kern des Menschen, verdorben.«

Hwel und Frau Vitoller drehten sich synchron um und starrten Tomjon an, der ihnen zunickte und den Apfel aß.

»Das war der Wurm-Monolog aus *Der Tyrann*«, hauchte Hwel. Sein sprachliches Geschick ließ ihn im Stich. »Zum Teufel auch«, sagte er.

»Aber er klang wie ...«

»Ich hole Vitoller.« Hwel sprang von der Ladeklappe, lief über gefrorene Pfützen und erreichte kurz darauf den ersten Wagen des Konvois. Dort begegnete er einem Theaterdirektor, der leise vor sich hin pfiff und der

Bezeichnung seiner Truppe gerecht wurde, indem er wanderte.

»Heda, *B'zgda-hiara**«, erklärte er fröhlich.

»Du mußt sofort kommen! Er spricht!«

»Spricht?«

Hwel hüpfte auf und ab. »Er *rezitiert!*« entfuhr es dem Zwerg. »Hör es dir an! Er klingt wie ...«

»Ich?« erwiderte Vitoller einige Minuten später, nachdem die Wagen neben der Straße in einem Wäldchen aus blattlosen Bäumen gehalten hatten. »Klinge ich so?«

»Ja«, erwiderten die wandernden Schauspieler.

Der junge Willikins, auf weibliche Rollen spezialisiert, gab Tomjon — er stand auf einem Faß im Zentrum der Lichtung — einen sanften Stoß.

»He, Junge, kennst du meinen Vortrag aus *Wie du willst?*« fragte er.

Tomjon nickte. »›Ich sage: Er ist nicht tot, der unter dem Steine liegt. Denn wenn der Tod hören könnte ...‹«

Alle lauschten in ehrfürchtigem Schweigen, während weitere Dunstschwaden über nasse Felder zogen und sich der rote Sonnenball dem Horizont entgegenneigte. Als der Junge seine Ansprache beendete, rollten heiße Tränen über Hwels Wangen.

»Bei allen Göttern«, brachte er hervor, »ich muß in verdammt guter Form gewesen sein, als ich das geschrieben habe.« Er putzte sich laut die Nase.

»Höre ich mich wirklich so an?« erkundigte sich ein blasser Willikins.

Vitoller klopfte ihm gutmütig auf die Schulter.

»Wenn du dich so anhören würdest, mein Lieber«, antwortete er, »stündest du jetzt nicht bis zum Allerwertesten im Schlamm dieser verdammten Felder. Und dann hättest du mehr zum Tee als nur gekochten Kohl.«

---

* Eine tödliche Beleidigung auf Zwergisch. Doch hier wird der Ausdruck als Kosewort benutzt. Er bedeutet ›Rasenschmuck‹.

Er klatschte in die Hände.

»Wir brechen auf«, verkündete er. Sein Atem formte weiße Wolken in der kalten Luft. »Alle in die Wagen! Bei Sonnenuntergang müssen wir vor den Mauern von Sto Lat sein.«

Als die murrenden Schauspieler aus dem Bann erwachten und wieder auf die Karren kletterten, winkte Vitoller den Zwerg beiseite und legte ihm den Arm um die Schultern, besser gesagt: um den Kopf.

»Nun?« begann er. »Dein Volk weiß über Magie Bescheid. Das behauptet man jedenfalls. Was hältst du davon?«

»Tomjon verbringt den größten Teil seiner Zeit im Bereich der Bühne«, erwiderte Hwel unsicher. »Kein Wunder, daß er dabei das eine oder andere aufschnappt.«

Vitoller bückte sich. »Glaubst du?«

»Ich glaube, ich habe eine Stimme gehört, die meine Knittelverse nahm, ihnen die richtige Form gab und sie durch die Ohren direkt ins Herz stieß«, antwortete Hwel schlicht. »Ich glaube, ich habe eine Stimme gehört, die hinter der ungestalten Form von Worten erklang und jene Dinge sagte, die ich nicht zum Ausdruck bringen konnte, weil es mir an Talent mangelt. Wer weiß, woher diese Fähigkeit kommt?«

Er blickte ruhig in Vitollers rotes Gesicht. »Vielleicht hat er sie von seinem Vater geerbt«, fügte er hinzu.

»Aber ...«

»Und wer weiß, was Hexen zustande bringen?« fragte der Zwerg.

Vitoller spürte die Hand seiner Frau in der eigenen. Als er verwundert und gleichzeitig verärgert aufstand, hauchte sie ihm einen Kuß an den Hals.

»Quäl dich nicht!« tröstete sie ihn. »Es ist doch alles in bester Ordnung, oder? Dein Sohn hat gerade sein erstes Wort vorgetragen.«

Der Frühling kam, und Ex-König Verence konnte sich noch immer nicht daran gewöhnen, untot zu sein. Mit unerbittlicher Entschlossenheit durchstreifte er das Schloß und suchte nach einer Möglichkeit, sich aus den erbarmungslosen Fesseln der alten Steine zu befreien.

Er versuchte auch den anderen Geistern aus dem Weg zu gehen.

Champot mochte ein wenig lästig sein, aber ansonsten gab es nichts an ihm auszusetzen. Doch Verence war zurückgewichen, als er zum erstenmal den Zwillingen begegnete: Hand in Hand schritten sie durch die mitternächtlichen Flure, zwei kleine Phantome, die an ein Verbrechen erinnerten, das noch tragischer sein mochte als die üblichen königsmörderischen Unannehmlichkeiten.

Und dann der troglodytische Wanderer, ein bereits ziemlich verblaßter Affenmensch, der einen aus Pelz bestehenden Lendenschurz trug und offenbar nur deshalb im Schloß spukte, weil man es auf seinem Grabhügel errichtet hatte. Aus unerfindlichen Gründen raste manchmal ein Streitwagen mit schreienden Frauen durch die Wäscherei. Und was die Küche betraf ...

Trotz der Hinweise Champots gab Verence eines Tages der Versuchung nach, folgte den appetitanregenden Düften und betrat den großen, heißen und kuppelförmigen Raum, der als Küche und Schlachthof diente. Komische Sache. Seit seiner Kindheit hatte er diesen Ort nicht mehr aufgesucht. Küchen und Könige schienen sich nur schlecht miteinander zu vertragen.

In der saalartigen Kammer *wimmelte* es von Geistern.

Aber es handelte sich nicht um Menschen. Man konnte sie nicht einmal als protomenschlich bezeichnen.

Verence sah Hirsche, Ochsen, Hasen, Fasane, Rebhühner, Schafe und Schweine. Er bemerkte sogar einige kleckige Dinge, die auf unangenehme Weise an Austern erinnerten. Die Geister waren so dicht gepackt, das sie miteinander verschmolzen und die Küche in einen stummen, wirren Alptraum aus Zähnen, Fellen und Hörnern verwandelten, vage, dunstig und verschwommen. Einige bemerkten Verence, und er vernahm leises Blöken und Grunzen, das aus weiter Ferne zu kommen schien, irgendwie schrill und zornig klang. Der Koch und seine Helfer wanderten unbekümmert durch das Gedränge und stellten vegetarische Würstchen her.

Verence beobachtete das lautlose Geschehen eine halbe Minute lang, und dann floh er. Einmal mehr bedauerte er, keinen Magen zu haben. Mehr denn je wünschte er sich einen — um sich Finger in den Hals zu stecken, vierzig Jahre tief, um alles zu erbrechen, was er jemals gegessen hatte.

Er hoffte, in den Ställen Trost zu finden, wo seine geliebten Jagdhunde äußerst kummervoll winselten und an der Tür kratzten, weil sie seine unsichtbare Gegenwart spürten.

Jetzt spukte er — wie sehr er dieses Wort haßte! — in der Langen Galerie, wo ihn die Porträts längst toter Könige aus den staubigen Schatten anstarrten. Er wäre durchaus bereit gewesen, ihnen freundschaftliche Gefühle entgegenzubringen — wenn er nicht ihr ständiges Brabbeln in verschiedenen Teilen des Schlosses gehört hätte.

Verence beschloß, im Tod zwei Ziele anzustreben. Erstens: Er wollte das Schloß verlassen und nach seinem Sohn suchen. Zweitens: Er ersehnte sich eine Möglichkeit, am Herzog Rache zu nehmen. Aber nicht, indem er ihn tötete, falls das überhaupt möglich war: Die Vorstellung, eine Ewigkeit in der Gesellschaft jenes kichernden Idioten zu verbringen, verlieh dem Tod völlig neues Entsetzen.

Er saß unter einem Gemälde der Königin Bemery (670—722), an deren recht strenger Wohlgestalt er vielleicht sogar Gefallen gefunden hätte — wenn er nicht zugegen gewesen wäre, als sie an diesem Morgen durch eine Mauer wanderte.

Verence vermied es, durch Wände zu gehen. Ein Mann hatte schließlich seine Würde.

Nach einer Weile spürte er einen Blick auf sich ruhen. Er drehte den Kopf.

In der nahen Tür hockte eine Katze, beobachtete ihn und blinzelte langsam. Sie war grau gefleckt und ziemlich dick ...

Nein. Nicht dick, sondern *groß*. In ihrem Leib zeigten sich so viele Narben, daß sie wie eine pelzbesetzte Faust aussah. Die Ohren präsentierten sich als zwei durchlöcherte Stummel, und träge Bosheit glühte im einen gelben Auge. Der Schwanz zuckte einige Fragezeichen.

Greebo hatte gehört, daß sich Lady Felmet eine kleine weiße Katze hielt, und daraufhin entschied er sofort, ihr seine Aufwartung zu machen.

Verence sah nun zum erstenmal ein Tier mit soviel eingebauter Gemeinheit. Er leistete keinen Widerstand, als der Kater näher kam, wie ein Wasserfall schnurrte und versuchte, sich an seinem Bein zu reiben.

»Nun, nun«, sagte der König unbestimmt. Er bückte sich, um Greebo hinter den beiden fransigen Höckern auf dem Kopf zu kraulen. Er empfand es als Erleichterung, daß ihn nicht nur Geister sehen konnten, und er zweifelte kaum daran, daß er in Greebo einen höchst ungewöhnlichen Kater erkennen durfte. Die meisten Katzen im Schloß waren entweder verhätschelte Schoßtiere oder ängstliche Pelzbündel, die sich dauernd irgendwo verkrochen. Hinzu kamen die Stammgäste der Ställe, die für gewöhnlich den Nagetieren ähnelten, von denen sie lebten. Diese Katze war eindeutig ihr eigener Herr. Natürlich erwecken alle Katzen diesen Eindruck, aber im Gegensatz zu der geistlosen Selbstversenkung, die man bei ihnen als Hinweis auf verborgene Weisheit interpretierte, strahlte Greebo echte Intelligenz aus.

Außerdem haftete ihm ein Geruch an, der Wände einstürzen lassen konnte und bei toten Füchsen zu Stirnhöhlenvereiterungen führte.

Nur ganz bestimmte Personen hielten sich derartige Katzen.

Der König ging in die Hocke und stellte fest, daß er in den Boden sank. Rasch richtete er sich wieder auf und schwebte nach oben. Wenn ein Mann versuchte, sich der ätherischen Welt anzupassen, so gab es keine Hoffnung mehr für ihn, befand Verence.

Nur nahe Verwandte und übersinnlich Begabte, hatte Tod gesagt. Es gab nicht viele entsprechende Personen im Schloß. Der Herzog fiel in die erste Kategorie, aber durch seinen unnachgiebigen Egoismus wurde er in übernatürlicher Hinsicht so nützlich wie eine Karotte. Was die anderen anging … Nur Koch und Narr schienen sich zu qualifizieren. Doch der Koch verbrachte einen großen Teil seiner Zeit damit, in der Speisekammer zu weinen, weil er nichts braten durfte, was blutiger war als eine Pastinake. Und der Narr war ein solches Nervenbündel, daß Verence die Versuche aufgegeben hatte, sich ihm mitzuteilen.

Eine Hexe. *Wenn Hexen nicht übernatürlich begabt sind,* dachte der untote König, *dann bin ich nur eine Wolke aus unsichtbarem Nebel.* Er mußte eine Hexe ins Schloß lokken. Und dann …

Er hatte einen Plan. Mehr noch: Es war ein *Plan.* Er hatte Monate damit verbracht, ihn zu entwickeln, zu verbessern und zu verfeinern. Ansonsten konnte er ohnehin kaum etwas mit seiner Zeit anfangen. *Tod hat recht,* überlegte er. *Geister haben nur Gedanken.* Zwar hatte er sich während seines Lebens kaum Zeit für irgendwelche Gedanken genommen, aber da ihn die verschiedenen Bedürfnisse des Fleischlichen nicht mehr ablenkten, fand er nun Gelegenheit, die Freuden des Geistigen zu genießen. Bisher waren seine kompliziertesten Pläne auf Bemerkungen wie »Laßt uns ausreiten und etwas töten« beschränkt gewesen. Doch jetzt nahm ein echter Plan Gestalt an, in Form einer Katze.

»Komm, Miezekätzchen!« lockte er. Greebo bedachte ihn mit einem durchdringenden gelben Blick.

»Katze«, fügte Verence hinzu, »beziehungsweise Kater.« Er trat zurück und winkte. Einige Sekunden lang hatte es den Anschein, als wolle ihm das Tier nicht folgen, doch dann beobachtete der König erleichtert, wie Greebo aufstand, gähnte und auf ihn zutappte. Es geschah nicht häufig, daß Greebo Geister sah, und deshalb brachte er dem großen bärtigen und durchscheinenden Mann vages Interesse entgegen.

Verence führte ihn durch einen staubigen Nebenkorridor und in eine Rumpelkammer, die unter anderem zur Lagerung mottenzerfressener Wandteppiche und alter Gemälde diente. Greebo sah sich kritisch um, nahm dann in der Mitte des Zimmers Platz und musterte den König erwartungsvoll.

»Hier drin gibt's viele Mäuse und so, weißt du«, sagte Verence. »Außerdem regnet's durch die zerbrochene Fensterscheibe. Und du kannst auf den Teppichen schlafen.«

»Tut mir leid«, fügte der untote König hinzu und wandte sich der Tür zu.

Damit war er während der vergangenen Monate beschäftigt gewesen. Als Lebender hatte er sich immer gut um seinen Körper gekümmert, und als Toter trachtete er danach, seine Struktur zu wahren. Er lehnte es ab, sich gehenzulassen und ganz verschwommen zu werden — einige Geister im Schloß stellten nur noch blasse Flecken dar. Verence machte sich eine eiserne Selbstbeherrschung zu eigen und übte in Gedanken, wodurch ihm beeindruckende gespenstische Muskeln wuchsen. Monatelang stemmte er Ektoplasma, und er war jetzt besser in Form als jemals zuvor, auch wenn es ihm an Leben mangelte.

Schließlich begann er mit *kleinen* Staubflocken. Die

erste hätte ihn fast umgebracht*, aber er gab nicht auf, nahm sich auch Sandkörner und sogar getrocknete Erbsen vor. Er wagte es nicht, die Küche aufzusuchen, amüsierte sich jedoch damit, Felmets Mahlzeiten zu versalzen — bis er sich zusammenriß. Der Herzog mochte zur Spezies des menschlichen Ungeziefers gehören, aber es war trotzdem unehrenhaft, ihn zu vergiften.

Jetzt lehnte er sein ganzes Gewicht gegen die Tür und versuchte mit jedem Mikrogramm des ätherischen Selbst, so schwer wie möglich zu werden. Autosuggestiver Schweiß tropfte ihm von der Nase und verschwand, bevor er den Boden berührte. Greebo sah fasziniert zu, als an den Armen des Königs geisterhafte Muskeln wie kopulierende Fußbälle zitterten.

Die Tür bewegte sich langsam, knarrte, beschleunigte und fiel mit einem dumpfen Pochen zu. Der Riegel rutschte in die Einfassung.

Jetzt muß es gelingen, dachte Verence. Er konnte den Riegel sicher nicht allein beiseite schieben. Bestimmt kam eine Hexe, um nach ihrer Katze zu suchen — oder?

Der Narr lag hinter dem Schloß an einem Hügelhang und starrte in die Tiefen eines kleinen Sees. Zwei Forellen erwiderten seinen Blick.

Irgendwo auf der Scheibenwelt, so sagte ihm die Vernunft, gab es vermutlich jemanden, der noch schlechter dran war als er. *Wer mag es sein?* dachte er niedergeschlagen.

Er hatte nicht darum gebeten, zu einem Narren zu werden, aber das spielte kaum eine Rolle. Nachdem sich Paps aus dem Staub machte ... Anschließend war niemand mehr bereit, ihn anzuhören.

---

* Sozusagen

Opa sicher nicht. Seine frühesten Erinnerungen zeigten ihm einen Großvater, der streng vor ihm aufragte und ihn zwang, alle Witze auswendig zu lernen, wobei er die jeweiligen Pointen unterstrich, indem er mit einem Gürtel ausholte und zuschlug. Das Ding bestand aus dickem Leder, und die Glocken daran machten es nicht lustiger.

Opa genoß den beneidenswerten Ruf, sieben neue offizielle Witze erfunden zu haben. Vier Jahre hintereinander hatte er in Ankh-Morpork beim Großen Preis der Trottel und Idioten die Ehrenkappe des Größten Narren gewonnen — ein einzigartiger Rekord. Angeblich wurde er dadurch zum komischsten Mann aller Zeiten. Er hatte hart daran gearbeitet, das mußte man ihm lassen.

Der Narr schauderte nun, als er sich in seiner Erinnerung als sechsjährigen Knaben sah, der nach dem Essen zum Opa ging und ihm einen eigenen Witz erzählte. Es ging dabei um eine Ente.

Anschließend bekam er die schlimmste Tracht Prügel seines Lebens, was selbst damals eine Herausforderung für den Großvater gewesen sein mußte.

Er entsann sich an die einzelnen Sätze, begleitet von läutenden Schlägen. »Mein Junge, du mußt lernen, daß es nichts Ernsteres gibt als das Scherzen. Von jetzt an wirst du nie, nie, *nie* wieder einen Witz erzählen, der nicht zuerst die Genehmigung der Gilde fand.« Opa legte eine kurze Pause ein, um die Hand zu wechseln. »Wer bist du schon, daß du entscheiden kannst, was witzig ist? Meiner Treu, sollen die Ungeschulten über die Späße von Laien kichern — es ist das Gelächter der Dummen. Laß dich nie, nie, nie wieder bei unerlaubter Heiterkeit erwischen!«

Der junge Narr kehrte in sein Zimmer zurück, um die dreihundertdreiundachtzig von der Gilde genehmigten Witze auswendig zu lernen. Das war schon schlimm genug. Aber später mußte er sich auch das noch weitaus schlimmere und wesentlich umfangreichere Glossar vornehmen.

Dann schickte man ihn nach Ankh, und dort stellte er in kahlen, kalten und düsteren Zimmern fest, daß noch andere Bücher existierten als nur das große schwere und in Messing gebundene *Buch des unheimlichen Spaßes.* Dort draußen gab es eine weite runde Welt mit vielen seltsamen Orten und Leuten, die sonderbaren Tätigkeiten nachgingen, zum Beispiel ...

Gesang. Er hörte eine singende Stimme.

Vorsichtig hob er den Kopf und zuckte zusammen, als die kleinen Glocken an seinem Hut klirrten. Hastig hielt er die verdammten Dinger fest.

Noch immer sang jemand. Der Narr spähte behutsam durch das Mädesüß, das ihm ein ideales Versteck bot.

Der Gesang war nicht besonders gut. Die Sängerin schien nur das Wort ›la‹ zu kennen und benutzte es immer wieder. Die allgemeine Melodie deutete darauf hin, daß sie glaubte, man sollte unter gewissen Umständen ›lalala‹ singen, und offenbar hielt sie an der Entschlossenheit fest, den Erwartungen der Welt zu genügen.

Der Narr riskierte es, den Kopf noch weiter zu heben, und zum erstenmal sah er Magrat.

Sie hörte jetzt damit auf, befangen und unsicher auf der kleinen Wiese zu tanzen, versuchte ohne großen Erfolg, sich Gänseblümchen ins Haar zu stecken.

Der Narr hielt den Atem an. In langen Nächten auf harten Fliesen träumte er von solchen Frauen. Nun, eigentlich ließen sie sich kaum mit dieser weiblichen Person vergleichen, mußte er zugeben. Meistens stellte er sich Frauen vor, die von der Natur im Brustbereich großzügiger ausgestattet waren. Seine Wunschvorstellungen zeigten ihm auch keine roten spitzen Nasen und weniger zerzaustes Haar. Aber die Libido des Narren war intelligent genug, um den Unterschied zwischen Unmöglichem und Erreichbarem zu erkennen, und sie aktivierte rasch einige Filterelemente.

Magrat pflückte Blumen und sprach zu ihnen. Der Narr spitzte die Ohren und lauschte angestrengt.

»Hier haben wir Woll-Swertien«, trillerte sie. »Und da ist Melassen-Gänsefuß, gut für Ohrentzündungen ...«

Selbst Nanny Ogg, die dem Rest der Welt recht aufgeschlossen und fröhlich gegenüberstand, hätte kaum etwas Schmeichelhaftes über Magrats Stimme sagen können. Doch der Narr glaubte, niemals etwas Wundervolleres gehört zu haben.

»Und fünfblättrige Falsche Alraune, ideal bei Problemen mit der Blase. Oh, und dort ist Des Alten Mannes Froschbiß. Wenn's mit dem Stuhlgang hapert.«

Ein Glockenspiel erklang, als der Narr aufstand. Bisher hielt die Wiese nichts Gefährlicheres bereit als kleine Wolken aus hellblauen Schmetterlingen und einige freischaffende Hummeln, doch nun beobachtete Magrat, wie ein großer rotgelber Dämon aus dem Gras wuchs.

Er öffnete und schloß den Mund. Drei bedrohlich wirkende Hörner ragten ihm aus dem Kopf.

Eine drängende Stimme in Magrats Hinterkopf flüsterte: *Du solltest jetzt weglaufen, wie eine verschreckte Gazelle. Es ist das anerkannt richtige Verhalten in einer derartigen Situation.*

Der gesunde Menschenverstand widersprach. Selbst wenn Magrat einen Anfall von akutem Optimismus erlitt, verglich sie sich nie mit einer Gazelle, ob verschreckt oder nicht. Außerdem hatte die Sache einen wichtigen Nachteil: Wenn sie wirklich wie eine Gazelle fortlief, entkam sie dem Fremden aller Voraussicht nach.

»Äh«, sagte die Erscheinung.

Eine andere Art von Verstand — Magrat besaß eine Menge davon, obwohl Oma Wetterwachs glaubte, die junge Hexe habe nicht alle Tassen im Schrank — meldete sich ebenfalls zu Wort und wies darauf hin, daß nur wenige Dämonen mitleiderweckend klimperten und ziemlich atemlos wirkten.

»Hallo!« sagte sie.

Das Gehirn des Narren arbeitete fieberhaft. Er geriet allmählich in Panik.

Magrat vermied es, den traditionellen spitzen Hut zu benutzen, den ältere Hexen trugen, aber sie achtete einige grundlegende Regeln der Hexerei. Zum Beispiel: Es hat keinen Sinn, eine Hexe zu sein, wenn man nicht wie eine aussieht. In ihrem Fall bedeutete das jede Menge Schmuck mit Oktagrammen, Fledermäusen, Spinnen, Drachen und anderen Symbolen des alltäglichen Mystizismus. Magrat hätte sich die Fingernägel schwarz lackiert, verzichtete jedoch darauf, weil sie glaubte, Oma Wetterwachs' strenge Verachtung nicht ertragen zu können.

Dem Narren dämmerte allmählich, daß ihm eine Hexe gegenüberstand.

»Huch!« machte er und wirbelte herum.

»Bleib doch hier ...«, begann Magrat, aber der Narr stürmte bereits über den Waldpfad, der zum Schloß führte.

Die junge Hexe rührte sich nicht von der Stelle und blickte auf das verwelkende Sträußchen in ihren Händen. Sie strich sich übers Haar, und einige farblose Blütenblätter fielen zu Boden.

Sie glaubte zu spüren, daß ihr ein wichtiger Augenblick entglitten war, ebensoschnell wie ein mit Schmierfett eingeriebenes Ferkel in einer schmalen Gasse.

Sie fühlte den unwiderstehlichen Drang, ausgiebig zu fluchen. Magrat kannte viele Flüche. In dieser Hinsicht war Gütchen Wemper sehr phantasievoll gewesen. Selbst die Geschöpfe des Waldes hatten sich nicht in die Nähe ihrer Hütte gewagt.

Doch Magrat fand keinen einzigen Fluch, der ihre Empfindungen auf angemessene Weise zum Ausdruck brachte.

»Verdammter Mist«, murmelte sie.

In jener Nacht glühte wieder der Vollmond am Himmel, und erstaunlicherweise trafen sich alle Hexen früh am Monolithen. Der große Stein war dadurch so verlegen, daß er fortschlich und sich hinter einige Stechginstersträucher duckte.

»Greebo ist schon seit zwei Tagen nicht mehr nach Hause zurückgekehrt«, sagte Nanny Ogg sofort. »Das sieht ihm gar nicht ähnlich. Ich kann ihn nirgends finden.«

»Katzen kommen auch gut allein zurecht«, erwiderte Oma Wetterwachs. »Länder nicht. Ich muß Bericht erstatten. Entzünde das Feuer, Magrat!«

»Hm?«

»Bitte entzünde das Feuer!«

»Hm? Oh. Ja.«

Die beiden älteren Frauen beobachteten, wie die junge Hexe übers Moor ging und an einigen Büschen zupfte. Sie schien mit den Gedanken ganz woanders zu sein.

»Sie ist überhaupt nicht mehr sie selbst«, sagte Nanny Ogg.

»Ja, könnte eine Verbesserung sein.« Oma Wetterwachs setzte sich auf einen kleinen Felsen. »Sie hätte schon vor unserer Ankunft ein Feuer zu entzünden sollen. Das ist ihre Aufgabe.«

»Sie meint es gut«, murmelte Nanny und hielt einen nachdenklichen Blick auf Magrats Rücken gerichtet.

»Ich habe es ebenfalls gut gemeint, als ich ein Mädchen war, doch das hat Gütchen Filters scharfe Zunge nicht stumpf werden lassen. Die jüngste Hexe muß eine Zeitlang dienen. Du weißt ja, wie das ist. Uns beiden erging es ebenso. Sieh sie dir an! Trägt nicht einmal ihren spitzen Hut. Wie sollen die Leute *Bescheid* wissen?«

»Belastet dich etwas, Esme?« fragte Nanny.

Oma Wetterwachs nickte düster.

»Gestern bekam ich Besuch«, meinte sie.

»Ich auch.«

Trotz ihrer Sorge spürte Oma, wie Ärger in ihr entstand. »Von wem?«

»Vom Bürgermeister und einigen Leuten aus Lancre. Der neue König gefällt ihnen nicht. Sie möchten einen Monarchen, dem sie vertrauen können.«

»Ich würde keinem König vertrauen, der das Vertrauen von Bürgern genießt«, brummte Oma.

»Aber es ist einfach nicht gut. Die Steuern und Hinrichtungen und so. Der neue Feldwebel soll ziemlich fleißig sein, wenn's darum geht, Häuser und Hütten niederzubrennen. Nun, der alte Verence ließ ebenfalls Feuer legen, aber ... äh ...«

»Ich weiß, ich weiß.« Oma Wetterwachs nickte. »Es war irgendwie persönlicher. Es steckte *Engagement* dahinter. Die Leute fühlten sich geschätzt.«

»Lord Felmet haßt das Königreich«, fuhr Nanny fort. »Überall spricht man darüber. Die Bürger sagen: Wenn wir zu ihm gehen, starrte er uns nur an, kichert, reibt sich die Hände und zuckt ein wenig.«

Oma kratzte sich am Kinn. »Tja, der alte König schrie sie an und jagte sie aus dem Schloß. Er betonte, er habe keine Zeit für Ladeninhaber und Krämer und so weiter«, fügte sie mit einem Hauch Anerkennung hinzu.

»Trotzdem war er freundlich und entgegenkommend«, sagte Nanny Ogg. »Und er ...«

»Das Königreich ist besorgt«, warf Oma Wetterwachs ein.

»Das habe ich bereits erwähnt.«

»Ich meine nicht die Leute, sondern das Königreich.«

Oma Wetterwachs schilderte alles, und Nanny unterbrach sie einige Male, um Fragen zu stellen. Es kam ihr nicht in den Sinn, die Ausführungen zu bezweifeln. Oma Wetterwachs schwindelte und übertrieb nie.

»Nun«, kommentierte sie schließlich.

»Finde ich auch.«

»Komisch.«

»In der Tat.«

»Und was geschah dann?«

»Die Tiere gingen fort. *Es* hatte sie zu mir gebracht und schickte sie in den Wald zurück.«

»Niemand hat irgend jemanden gefressen?«

»Nicht daß ich wüßte.«

»Seltsam.«

»Ganz meine Meinung.«

Nanny Ogg beobachtete die untergehende Sonne.

»Ich schätze, nur wenige Königreiche verhalten sich auf diese Weise«, sagte sie. »Du hast ja das Theater gesehen. Könige und solche Leute bringen sich die ganze Zeit über um. Ihre Reiche finden sich einfach damit ab. Warum nimmt unser Königreich Anstoß daran?«

»Es ist schon lange hier«, erwiderte Oma Wetterwachs.

»Alles andere auch.« Wie jemand, der sein ganzes Leben lang studiert hatte, erklärte Nanny: »Alles befindet sich dort, wo es zuerst entstand. Man nennt so etwas Geographie.«

»Du meinst gewöhnliches Land«, sagte Oma Wetterwachs. »Bei einem Königreich sieht die Sache ganz anders aus. Ein Königreich besteht aus vielen Dingen. Aus Ideen, Treuepflichten und Erinnerungen. Das alles existiert zusammen. Und dann bildet sich daraus Leben. Kein körperliches Leben. Es ist eher wie eine — lebende Idee. Sie setzt sich aus allem Lebendigen und den entsprechenden Gedanken zusammen. Und den Gedanken *davor.*«

Magrat kehrte zurück und bereitete das Feuer wie in Trance vor.

»Offenbar hast du intensiv darüber nachgedacht«, entgegnete Nanny Ogg langsam und vorsichtig. »Ich nehme an, das Königreich möchte einen besseren König, stimmt's?«

»Nein! Das heißt, ja. Ich meine ...« Oma beugte sich vor. »Es hat nicht die gleichen Vorlieben und Abneigungen wie Menschen, oder?«

Nanny Ogg lehnte sich zurück. »Wohl kaum?« antwortete sie unsicher.

»Es ist ihm gleich, ob Menschen gut oder schlecht sind. Wahrscheinlich merkt es überhaupt nichts davon. Es ist so wie ... wie ... Kannst du eine gute Ameise von einer schlechten unterscheiden? Wie dem auch: Es erwartet Interesse vom König.«

»Ja, aber ...«, machte Nanny hilflos. Sie fürchtete sich allmählich vor dem Glühen in Oma Wetterwachs' Augen. »Viele Leute haben sich gegenseitig umgebracht, weil sie König von Lancre werden wollten. Die Geschichte dieses Königreichs ist eine lange Mordserie.«

»Spielt *überhaupt* keine Rolle«, brummte Oma und ruderte mit den Armen. Sie zählte die Gründe an den Fingern ab. »Weil erstens: Könige töten sich, da das zu ihrem Schicksal gehört. Es ist kein Mord in dem Sinn. Und weil zweitens: Sie töteten für das Königreich. Diesem Punkt kommt eine besondere Bedeutung zu. Doch der Herzog will nur Macht. Er haßt das Land.«

»Es ist wie mit einem Hund«, warf Magrat ein. Oma Wetterwachs sah sie an und öffnete den Mund, um eine scharfe Antwort zu geben. Dann lächelte sie sanft.

»Ja, du hast recht«, bestätigte sie. »Ein Hund schert sich nicht darum, ob sein Herrchen gut oder schlecht ist — solange es sich um ihn kümmert.«

»Nun gut«, murmelte Nanny. »Nichts und niemand mag Felmet. Was sollen wir jetzt unternehmen?«

»Wir warten ab. Du weißt doch, daß wir uns nicht einmischen dürfen.«

»Du hast das Kind gerettet«, erinnerte Nanny.

»Das ist keine Einmischung!«

»Wie du meinst.« Nanny seufzte. »Aber vielleicht kommt der Junge eines Tages zurück. Als Mann. Schicksal, du weißt schon. Und du hast gesagt, wir sollten die Krone verstecken. *Sie* kommt bestimmt zurück, da kannst du ganz sicher sein. Beeil dich mit dem Tee, Magrat!«

»Was ist mit den Bürgern?« erkundigte sich Oma Wetterwachs.

»Ich habe sie darauf hingewiesen, daß sie ihre Probleme allein lösen müssen. Wenn wir Magie verwenden, hört es nie auf — so lauteten meine Worte.«

»Genau richtig«, erwiderte Oma, doch in ihrer Stimme erklang eine gewisse Wehmut.

»Aber eins steht fest«, fügte Nanny hinzu. »Sie waren nicht begeistert. Ich hörte sie murren, als sie gingen.«

»Kennt ihr den Narren, der im Schloß wohnt?« platzte es aus Magrat heraus.

»Ein kleiner Mann mit tränenden Augen?« fragte Nanny, froh darüber, daß die Diskussion wieder normalen Dingen galt.

»So klein nicht«, sagte Magrat. »Wißt ihr zufällig, wie er heißt?«

»Einfach nur Narr, nehme ich an«, brummte Oma Wetterwachs. »Keine gute Arbeit für einen Mann. Mit Glocken herumzulaufen und so.«

»Seine Mutter stammte aus der Familie Blödian, drüben in Schwarzglas«, sagte Nanny, deren Wissen über die Genealogie von Lancre legendär war. »Als junge Frau eine echte Schönheit. Brach vielen Männern das Herz. Sorgte für einige Skandale, wie ich hörte. Aber Esme hat recht. Letztendlich ist ein Narr ein Narr.«

»Warum fragst du, Magrat?« Oma Wetterwachs musterte die junge Hexe.

»Oh ...« Magrats Ohren glühten rot. »Eins der Mädchen im Dorf hat mich darauf angesprochen.«

Nanny räusperte sich, lächelte wissend und sah Oma an, die laut schniefte.

»Es ist ein solider Job«, sagte Nanny. »Das muß man zugeben.«

»Hm«, entgegnete Oma Wetterwachs. »Jemand, der den ganzen Tag über bimmelt. Kein geeigneter Ehemann, finde ich.«

»Ja, aber man weiß immer, wo er ist.« Nanny erwärmte sich langsam für dieses Thema. »Man braucht nur zu lauschen.«

»Jemand mit Hörnern auf dem Kopf verdient kein Vertrauen«, erwiderte Oma kategorisch.

Magrat stand auf, straffte die Gestalt und versuchte, ein paar Jahre älter zu sein.

»Ihr seid zwei dumme, einfältige Frauen«, sagte sie leise. »Und ich gehe jetzt nach Hause.«

Ohne ein weiteres Wort drehte sie sich um und marschierte über den Pfad, der zu ihrem Heimatdorf führte.

Die beiden anderen Hexen blickten sich groß an.

»Na!« stieß Nanny hervor.

»Es liegt an den Büchern, die sie heutzutage lesen«, sagte Oma Wetterwachs. »Dadurch wird das Gehirn überhitzt. Du hast ihr Flausen in den Kopf gesetzt, stimmt's?«

»Wie meinst du das?«

»Du *weißt*, was ich meine.«

Nanny erhob sich. »Ich begreife nicht, warum eine Frau ihr ganzes Leben lang allein bleiben soll, nur weil du das für richtig hältst. Außerdem: Wenn keine Kinder geboren würden, gäbe es uns nicht.«

»Keine deiner Töchter ist Hexe«, sagte Oma Wetterwachs und stand ebenfalls auf.

»Sie *hätten* es werden können«, verteidigte sich Nanny.

»Ja, wenn du bereit gewesen wärst, es ihnen zu überlassen. Statt dessen hast du sie dazu ermutigt, sich Männern an den Hals zu werfen.«

»Sie sehen gut aus. Man darf sich der menschlichen Natur nicht in den Weg stellen. Du weißt ja: Wenn du jemals ...«

»Wenn ich jemals *was?*« fragte Oma Wetterwachs leise.

Sie starrten sich einige Sekunden lang an und teilten ein schockiertes Schweigen. Beide spürten es: eine Anspannung, die vom Boden aus durch ihre Körper wuchs, die heiße, schmerzende Überzeugung, daß sie etwas angefangen hatten und unbedingt zu Ende bringen mußten.

»Ich habe dich schon als Mädchen gekannt«, sagte Nanny verdrießlich. »Du warst ziemlich hochnäsig.«

»Zumindest habe ich die meiste Zeit in der Vertikalen verbracht«, erwiderte Oma Wetterwachs. »Du hingegen hast das Waagerechte vorgezogen. Abscheulich. Alle haben die Nase über dich gerümpft.«

»Woher willst du das wissen?« zischte Nanny.

»Das ganze Dorf hat darüber geredet.«

»Das gilt auch für dich! Man hat dich Eisfräulein genannt, ha!« höhnte Nanny.

»Ich möchte mir nicht meine Lippen besudeln, indem ich deinen damaligen Spitznamen ausspreche!« rief Oma.

»Ach, tatsächlich?« kreischte Nanny. »Nun, dann will ich dir folgendes sagen, gute Frau ...«

»Wag es bloß nicht, in dem Ton mit mir zu sprechen! Und ich lasse nicht zu, daß mich jemand als gute Frau bezeichnet ...«

»Na *schön!*«

Erneut folgte Stille, und die beiden Hexen standen dicht voreinander, Nase an Nase. Diesmal war das Schweigen ein ganzes Quantenniveau an Feindseligkeit höher als das letzte — in der Hitze dieses Schweigens hätte man einen Truthahn braten können. Es wurde nicht mehr geschrien; die Ausdruckskraft lauter Schreie genügte jetzt nicht mehr. Die Stimmen klangen nun dumpf und drohend.

»Ich hätte eigentlich wissen müssen, daß es keinen Sinn hat, auf Magrat zu hören«, knurrte Oma Wetterwachs. »Die ganze Sache mit dem Hexenzirkel ist lächerlich. Dadurch lernt man nur die falschen Leute kennen.«

»Ich bin froh, daß wir dieses Gespräch geführt haben«, fauchte Nanny Ogg. »Jetzt ist wenigstens alles klar.«

Sie sah zu Boden.

»*Und* du bist in meinem Revier, gnä' Frau.«

»*Gnä' Frau!*«

Donner grollte in der Ferne. Der permanente Sturm von Lancre kehrte nach einem Ausflug zu den Vorbergen zurück, um für eine Nacht ein Gastspiel im Gebirge zu geben. Das letzte Licht der Sonne schimmerte blau durch die Wolken, und dicke Wassertropfen fielen auf die spitzen Hüte der beiden Hexen.

»Für diesen Unsinn habe ich überhaupt keine Zeit«, sagte Oma Wetterwachs scharf. »Ich muß mich um wesentlich wichtigere Dinge kümmern.«

»Ich auch«, behauptete Nanny.

»Gute Nacht.«

»Nacht.«

Sie drehten sich gleichzeitig um und schritten durch den strömenden Regen davon.

Regentropfen hämmerten an Magrats Fenster, als sie entschlossen in Gütchen Wempers Büchern blätterte und nach etwas suchte, das hier in Ermangelung eines besseren Ausdrucks ›natürliche Magie‹ genannt werden soll.

Die alte Frau hatte viele solche Dinge gesammelt und — was sehr ungewöhnlich war — darüber geschrieben. Dutzende von Büchern wurden mit sorgfältig gekritzelten kleinen Buchstaben gefüllt, die alle Einzelheiten zahlloser geduldiger Experimente in angewandter Magie schilderten. Gütchen Wemper war als erste Forschungshexe in die magische Geschichte der Scheibenwelt eingegangen.*

* Früher oder später mußte jemand solche Aktivitäten entfalten. Es mag ja ganz in Ordnung sein, nach dem Auge eines Molchs zu verlangen, aber welche Unterspezies ist damit gemeint: Kammolch, Bergmolch, Teichmolch oder vielleicht Fadenmolch? Und welches

Magrats Interesse galt insbesondere dem Liebeszauber. Wenn sie die Augen schloß, sah sie vor der Dunkelheit ihrer Lider eine rotgelbe Gestalt. Das konnte sie nicht länger dulden.

Sie klappte das Buch ruckartig zu und sah auf ihre Notizen. Zuerst mußte sie seinen Namen herausfinden, was mit dem alten Schäl-den-Apfel-Trick ganz einfach sein sollte. Man schälte einen Apfel, nahm einen langen Streifen und warf ihn über die Schulter — angeblich blieb er in der Form des Namens liegen. Millionen von jungen Frauen hatten es versucht und unweigerlich eine Enttäuschung hinnehmen müssen, es sei denn, der geliebte Mann hieß Scscs. Aber Magrat glaubte, allen Grund zu haben, zuversichtlich zu sein. Immerhin benutzte sie einen Apfel von der Sorte Abendwunder, drei Minuten vor zwölf am ersten Frosttag des Herbstes gepflückt. Darüber hinaus schälte sie ihn mit der linken Hand und benutzte dabei ein silbernes Messer, dessen Klinge weniger als einen halben Zoll breit war. Gütchen Wemper hatte in diesem Zusammenhang gründlich experimentiert und beschrieb in ihren Aufzeichnungen alle notwendigen Voraussetzungen. Magrat bewahrte immer einige Äpfel auf — für den Notfall —, und dieser eignete sich vermutlich.

Sie holte tief Luft und warf ein Stück der Schale über die Schulter.

Langsam drehte sie sich um.

Auge soll man nehmen? Genügt auch Tapioka? Und was geschieht, wenn wir das Eiweiß durch etwas anderes ersetzen? Wird der Zauber a) gelingen, b) versagen oder c) sich durch den Boden des Kessels brennen? Gütchen Wempers Neugier in bezug auf derartige Dinge war enorm und unersättlich.**

** Fast unersättlich. Zur endgültigen Sättigung kam es wahrscheinlich während des letzten Fluges, bei dem Gütchen Wemper feststellen wollte, ob ein Hexenbesen überlebt, wenn man ihm mitten in der Luft die Borsten ausreißt. Der Bericht des kleinen schwarzen Raben, den sie als Flugschreiber einsetzte, deutet darauf hin, daß die Antwort mit ziemlicher Sicherheit *nein* lautet.

Ich bin eine Hexe, erinnerte sie sich. *Dies ist nur ein Zauber. Ich brauche mich deshalb nicht zu fürchten. Reiß dich zusammen, Mädchen! Beziehungsweise* Frau.

Sie blickte nach unten, biß sich verlegen und nervös in den Handrücken.

»Wer hätte das gedacht?« murmelte sie.

Die Magie funktionierte.

Mit klopfendem Herzen wandte sie sich wieder ihren Notizen zu. Was kam jetzt? Ah, ja: das Sammeln von Farnkraut in einem seidenen Taschentuch bei Morgengrauen. Gütchen Wempers Handschrift — sie neigte dazu, alle Wörter möglichst klein zu schreiben — bot auf den nächsten beiden Seiten detaillierte botanische Anweisungen. Wer sie genau befolgte, bekam schließlich einen Liebestrank, der in einem fest zugestöpselten Krug in einem Eimer mit Eiswasser aufbewahrt werden mußte.

Magrat öffnete die Hintertür. Es donnerte inzwischen nicht mehr, aber das erste graue Licht des neuen Tages ertrank in einem beständigen Nieselregen. Dennoch: Es handelte sich zweifellos um ein Morgengrauen, und Magrat war entschlossen.

Dornen zupften an ihrem Kleid, und der Regen klebte das Haar an den Kopf, als sie durch den tropfnassen Wald schritt.

Die Bäume schüttelten sich, obwohl kein Wind wehte.

Auch Nanny Ogg war früh auf den Beinen. Sie hatte ohnehin nicht schlafen können, und außerdem machte sie sich Sorgen wegen Greebo. Der Kater gehörte zu ihren blinden Flecken. Die von Gefühlen unbeeinträchtigte Vernunft zeigte ihn ihr als dicken, verschlagenen, hinterhältigen, gemeinen und stinkenden vielfachen Vergewaltiger, aber trotzdem stellte sie sich ihn instinktiv als jenes kleine, flauschige Kätzchen vor, das er vor einigen Jahrzehnten gewesen war. Der Umstand, daß Greebo einmal eine Wölfin in einen Baumwipfel gejagt und sogar eine Bärin erschreckt hatte, die unschuldig nach Wurzeln grub, hinderte Nanny Ogg nicht an der Vermutung, ihm könne etwas zugestoßen sein. Alle anderen Bewohner des Königreichs vertraten die Ansicht, daß Greebo nur von einem direkten Meteoritentreffer vorübergehend außer Gefecht gesetzt werden konnte.

Nanny verwendete jetzt elementare Magie, um seiner Spur zu folgen — obgleich dafür eine gute Nase genügte. Die Fährte führte sie durch feuchte Straßen und zum offenen Schloßtor.

Sie nickte den Wächtern kurz zu, als sie das Portal passierte. Den beiden Soldaten kam es nicht in den Sinn, sie aufzuhalten, denn Hexen — wie Imker und große Gorillas — haben uneingeschränkte Bewegungsfreiheit. Wie dem auch sei: Eine ältere Frau, die immer wieder einen Löffel hob und damit an ihre Schüssel klopfte, war wahrscheinlich nicht die Vorhut einer Invasionsstreitmacht.

Das Leben als Schloßwächter in Lancre zeichnete sich in erster Linie durch Langeweile aus. Als Nanny vorbeiging, stützte sich einer der Soldaten auf seinen Speer und wünschte sich etwas Aufregung. Bald wird er sich nach der bisherigen Ruhe zurücksehnen. Der andere Wächter nahm Haltung an und salutierte.

»Guten Morgen, Mama.«

»Guten Morgen, unser Shawn«, sagte Nanny und wanderte über den Innenhof.

Nanny Ogg teilte die Abneigung aller Hexen gegenüber Vordertüren, und deshalb betrat sie das Schloß durch den Lieferanteneingang der Küche. Einige Dienstmädchen machten einen Knicks, ebenso wie die Wirtschafterin. Nanny erkannte sie vage als eine Schwiegertochter, konnte sich jedoch nicht an ihren Namen erinnern.

Und so kam es, daß Lord Felmet, als er sein Schlafzimmer verließ, im Flur einer Hexe begegnete. Es konnte überhaupt kein Zweifel daran bestehen. Von der Spitze des spitzen Hutes bis hin zu den Stiefeln — sie war eine Hexe. Und sie hatte es auf ihn abgesehen.

Magrat glitt hilflos eine Böschung hinunter. Sie war völlig durchnäßt, und Schlammfladen hafteten an ihr. *Wenn man solche Zauberformeln liest,* fuhr es ihr bitter durch den Sinn, *denkt man immer an einen sonnigen Morgen im späten Frühling.* Darüber hinaus hatte sie vergessen festzustellen, welche verdammte Art von verdammtem Farnkraut es verdammt noch mal zu sammeln galt.

Ein Baum schüttete seine Ladung aus Regentropfen auf sie herab. Magrat wischte sich einige Haarsträhnen aus der Stirn und nahm auf einem umgestürzten Stamm Platz, aus dem eine ganze Schar verlegener blasser Pilze wuchs.

Zunächst schien es eine ausgezeichnete Idee gewesen zu sein, und sie hatte sich viel vom Hexenzirkel erhofft. Sie war sicher, daß es nicht richtig sein konnte, als Hexe allein zu bleiben — dann kam man nur auf komische Gedanken. Sie hatte von klugen Diskussionen über natürliche Energien geträumt, während ein großer Vollmond am Himmel leuchtete, und anschließend versuchten sie es vielleicht mit einigen der in Gütchen Wempers Büchern beschriebenen Tänzen. *Nackte* Tänze — oder ›nur in den Himmel gekleidet‹, wie sich Gütchen ausdrückte — kamen natürlich nicht in Frage: Magrat gab sich keinen Illusionen in Hinsicht auf ihren Körper hin, und die beiden älteren Hexen schienen nicht einmal bereit zu sein, ihre Röcke bis zu den Waden zu heben, abgesehen vielleicht von Nanny. Nun, so etwas war auch gar nicht notwendig. In den Büchern stand, daß Hexen manchmal in ihren Nachthemden tanzten. Magrat fragte sich nach dem Grund dafür. Blieb ihnen vielleicht keine Zeit fürs Umziehen?

Sie hatte nicht mit zwei häkelnden alten Frauen gerechnet, denen die Bedeutung des Wortes Freundlichkeit unbekannt zu sein schien und die nie zu der richtigen Einstellung gewissen — Dingen gegenüber fanden. Oh, sie waren bereit gewesen, dem Kind zu helfen, auf ihre eigene Art und Weise, aber Magrat gewann den Eindruck, daß sich selbst dahinter egoistische Motive verbargen.

Und wenn sie Magie beschworen, sorgten sie dafür, daß alles so gewöhnlich wirkte wie — wie das Abwaschen zu Hause. Sie trugen keinen okkulten Schmuck. Magrat glaubte fest an die okkulte Bedeutung von okkultem Schmuck.

Alles war völlig verkehrt. Magrat beschloß, nach Hause zurückzukehren.

Sie stand auf, zog das nasse Kleid zurecht, ging durch den dunstigen Wald ...

... und hörte die eiligen Schritte. Jemand lief mit ziemlich hoher Geschwindigkeit, ohne sich darum zu kümmern, wer ihn hörte. Zweige knackten, und Magrat vernahm auch ein sonderbares Klimpern. Sie duckte sich hinter einen tropfenden Busch und spähte vorsichtig durch die Blätter.

Kurz darauf erkannte sie Shawn, den jüngsten von Nanny Oggs Söhnen, und das metallische Geräusch stammte von seinem Kettenhemd, das ihm einige Nummern zu groß war. Lancre ist ein armes Königreich, und im Lauf der Jahrhunderte mußten die Kettenhemden der Schloßwächter von einer Generation zur anderen weitergerecht werden, häufig am Ende eines langen Stocks. In seiner gegenwärtigen Aufmachung sah Shawn aus wie ein kugelsicherer Bluthund.

Magrat trat vor ihn.

»Bist du das, Fräulein Magrat?« fragte Shawn und

hob den Teil des Kettenhemds, der von der Stirn aus fast bis zum Kinn reichte. »Meine Mama!«

»Was ist mit ihr?«

»*Er* hat sie eingesperrt! Meinte, sie sei gekommen, um ihn zu vergiften! Und ich kann sie nicht im Kerker besuchen — wegen der neuen Wächter! Es heißt, sie sei in Ketten gelegt worden …« Shawn runzelte die Stirn. »Und das bedeutet, bald wird etwas Schreckliches geschehen. Du weißt ja, wie sie ist, wenn sie die Geduld verliert. Dann geht's drunter und drüber, Fräulein.«

»Was hast du vor?« erkundigte sich Magrat.

»Ich hole unseren Jason und unseren Wane und unseren Darron und unseren …«

»Einen Augenblick!«

»Oh, Fräulein Magrat, stell dir nur einmal vor, er läßt sie foltern. Du weißt ja, was mit ihrer Zunge passiert, wenn sie böse wird …«

»Ich überlege«, verkündete Magrat.

»Er hat seine Leibgarde am Tor postiert und so …«

»Würdest du mal einige Sekunden lang still sein, Shawn?«

»Wenn unser Jason davon hört, wird er dem Herzog eine ordentliche Abreibung verpassen, Fräulein. Er meint, sie sei ohnehin längst überfällig.«

Nanny Oggs Jason war ein junger Mann mit der Statur eines Ochsen und, wie Magrat glaubte, auch dem Verstand einer Ochsenherde. Er hatte ein ziemlich dikkes Fell, aber sie bezweifelte, ob er einen Pfeilhagel überleben konnte.

»Sag ihm noch nichts«, erwiderte sie nachdenklich. »Vielleicht gibt es eine andere Möglichkeit …«

»Soll ich Oma Wetterwachs Bescheid geben, Fräulein?« Shawn sprang vom einen Bein aufs andere. »*Sie* weiß bestimmt, was es jetzt zu unternehmen gilt. Immerhin ist sie eine Hexe.«

Magrat erstarrte. Vorher hatte sie geglaubt, verärgert zu sein, aber jetzt brodelte *Wut* in ihr. Sie fröstelte in der Kühle, war naß und hungrig, und diese *Person — irgendwann einmal,* lauschte sie ihren Gedanken, *sollte ich bei einer derartigen Gelegenheit in Tränen ausbrechen.*

»Oh, äh«, sagte Shawn. »Äh. Ich wollte nicht. Ich meine. Huch. Äh. Oh ...« Er wich zurück.

»Wenn du zufälligerweise Oma Wetterwachs begegnest«, erwiderte Magrat langsam und in einem Tonfall, der die Worte in Glas geätzt hätte, »so kannst du ihr mitteilen, daß ich alles in Ordnung bringe. Geh jetzt, bevor ich dich in einen Frosch verwandle. Du siehst ohnehin wie einer aus.«

Sie drehte sich um, raffte den Rock zusammen und stürmte in Richtung ihrer Hütte.

Lord Felmet hatte die Kunst der hämischen Freude bis zur Perfektion entwickelt. Er war ein echtes Naturtalent.

»Haben wir's auch hübsch gemütlich?« fragte er.

Nanny Ogg dachte darüber nach. »Abgesehen von diesem Gefangenenblock, meinst du?« erwiderte sie.

»Ich bin immun gegen deine niederträchtigen Schmeicheleien«, sagte der Herzog. »Und ich lache über deine teuflische Schläue. Du sollst es ruhig wissen: Man wird dich foltern.«

Diese Bemerkung schien nicht die gewünschte Wirkung zu erzielen. Nanny sah sich mit dem vagen Interesse eines Touristen im Verlies um.

»Und anschließend wirst du verbrannt«, fügte die Herzogin hinzu.

»Gut«, sagte Nanny.

»Gut?«

»Hier drin ist es verdammt kalt. Was ist das große schrankartige Ding mit den Spitzen?«

Lord Felmet zitterte. »Aha!« entfuhr es ihm triumphierend. »Jetzt dämmert's dir, wie? Werte Dame, es handelt sich um eine eiserne Jungfrau. Modernste Foltertechnik. Du hast allen Grund, dich zu fürchten und ...«

»Kann ich den Apparat einmal ausprobieren?«

»Dein Flehen tönt an taube Oh ...« Der Herzog unterbrach sich verwirrt. In der einen Wange zuckte es ihm.

Ihre Ladyschaft beugte sich vor, bis sie nur noch wenige Zentimeter von Nannys Nase trennten.

»Genieße deine Sorglosigkeit, solange du Gelegenheit dazu hast«, zischte sie. »Bald wirst du auf der anderen Seite deines Gesichts lachen!«

»Es hat nur diese«, entgegnete Nanny ungerührt.

Die Herzogin betrachtete ein Tablett mit diversen Werkzeugen und lächelte liebevoll. »Das wird sich bald herausstellen«, sagte sie und griff nach einer Zange.

»Und glaub nur nicht, daß dir andere Hexen zu Hilfe eilen.« Lord Felmet schwitzte trotz der Kälte. »Nur wir haben den Schlüssel für dieses Verlies. Ha, ha. Du wirst all den Leuten ein Beispiel sein, die böswillige Lügen über mich verbreiten. Beteure nur nicht deine Unschuld! Dauernd höre ich die Stimmen, wie sie lügen ...«

Die Herzogin packte ihn energisch am Arm. »Das genügt«, schnaufte sie. »Komm, Leonal, wir sollten ihr die Möglichkeit geben, eine Zeitlang über ihr Schicksal nachzudenken.«

»Die Gesichter ... häßliche Lügen ... Ich war nicht dabei, als er fiel ... Mein Haferschleim, völlig versalzen ...«, murmelte der Herzog und taumelte.

Hinter Lord und Lady Felmet fiel die Tür zur. Ein Schloß klickte; Riegel wurden vorgeschoben.

Nanny hockte allein in der Düsternis. Eine Fackel, die hoch an der Wand flackerte, verlieh dem Halbdunkel weitere unheimliche Aspekte. Seltsame Vorrichtungen aus Metall, für nichts Erhabeneres geschaffen als elaborierte Belastungstests des menschlichen Körpers, projizierten gespenstische Schatten. Nanny Ogg bewegte sich; ihre Ketten klirrten.

»Na schön«, sagte sie. »Ich sehe dich. Wer bist du?«

König Verence trat vor.

»Ich habe beobachtet, wie du hinter dem Herzog Grimassen geschnitten hast«, fuhr Nanny Ogg fort. »Ich mußte mich sehr bemühen, nicht laut zu lachen.«

»Von Grimassen kann keine Rede sein, Frau. Ich habe Felmet nur finster angestarrt.«

Nanny kniff die Augen zusammen. »Äh, ich kenne dich. Du bist tot.«

»Ich ziehe den Ausdruck ›aus dem Leben geschieden‹ vor«, erwiderte der König.

»Ich würde mich vor dir verneigen*«, sagte Nanny. »Aber die Ketten und so hindern mich daran. Du hast hier nicht zufällig eine Katze gesehen?«

»Doch. Einen Kater. Er befindet sich in einem Zimmer weiter oben und schläft.«

Nanny entspannte sich. »Dann ist ja alles in Ordnung«, seufzte sie. »Ich bin recht besorgt gewesen.« Erneut sah sie sich im Verlies um. »Was hat es mit dem großen Bett-Ding dort drüben auf sich?«

»Ein Streckbrett.« Verence erklärte die Funktionsweise. Nanny Ogg nickte.

»Der Herzog scheint ziemlich einfallsreich zu sein«, kommentierte sie.

»Nun, gnä' Frau, ich fürchte, daß ich für deine derzeitige Situation verantwortlich bin«, sagte der König. Er setzte sich auf einen Amboß — oder schwebte zumindest darüber. »Ich wollte eine Hexe hierherlocken.«

»Kannst du Schlösser knacken?«

»Dafür genügen meine ätherischen Muskeln leider noch nicht, aber ...« Der Geist des Königs vollführte eine vage Geste, die dem Kerker, Nanny und den Ketten galt. »Aber für eine Hexe ist das sicher ein Kinderspiel.«

---

* Hexen machen nie einen Knicks.

»Massives Eisen«, warf Nanny ein. »Du bist in der Lage, einfach hindurchzugehen. Im Gegensatz zu mir.«

»Das wußte ich nicht«, entgegnete Verence. »Ich dachte, Hexen …«

»Junger Mann«, sagte Nanny fest, »du wirst jetzt so freundlich sein, den Mund zu halten.«

»Gnä' Frau! Ich bin der König!«

»Aber du bist auch tot, und deshalb würde ich an deiner Stelle nicht auf persönlichen Ansichten bestehen. Sei ein guter Junge und schweig eine Zeitlang.«

Entgegen allen Instinkten stellte der König fest, daß er gehorchte. Einer solchen Stimme konnte er unmöglich widersprechen. Sie ertönte aus der Vergangenheit, aus dem Kinderzimmer. Ihre Echos gaben ihm zu verstehen, daß er früh ins Bett mußte, wenn er nicht alles aufaß.

Nanny Ogg zog an den Ketten. *Hoffentlich kommen sie bald,* dachte sie.

»Äh«, begann Verence voller Unbehagen, »ich glaube, ich bin dir eine Erklärung schuldig …«

»Danke«, sagte Oma Wetterwachs, und da es Shawn zu erwarten schien, fügte sie hinzu: »Du bist ein guter Junge gewesen.«

»Ja, gnä'f«, erwiderte Shawn. »Gnä'f?«

»Gibt es sonst noch etwas?«

Shawn zupfte verlegen am Saum seiner Kettenhemd-Weste. »Es stimmt doch nicht, was man sich über unsere Mama erzählt, oder, gnä'f?« fragte er. »Sie läuft nicht herum und spricht schreckliche Flüche über irgendwelche Leute aus. Abgesehen vom Metzger Daviss. Und dem alten Kuchenbrot, nachdem er ihre Katze trat. Aber das waren eigentlich keine echten Flüche, nicht wahr, gnä'f?«

»Du brauchst mich nicht gnä'f zu nennen.«

»Ja, gnä'f.«

»So was erzählt man sich also, wie?«

»Ja, gnä'f.«

»Nun, manchmal verärgert deine Mutter gewisse Personen.«

Shawn hüpfte vom einen Bein aufs andere.

»Ja, gnä'f, aber es werden auch üble Sachen über dich erzählt, gnä'f, wenn du mir diese Bemerkung gestattest.«

Oma Wetterwachs versteifte sich.

»Welche Sachen?«

»Ich möchte sie nicht wiederholen, gnä'f.«

»Welche Sachen?«

Shawn überlegte. Die Liste seiner Möglichkeiten war nicht besonders lang.

»Viele Dinge, die natürlich nicht wahr sind, gnä'f«, sagte er und machte damit sofort seinen Standpunkt klar. »Viele verschiedene Dinge. Alle Arten von Dingen. Zum Beispiel: Der alte Verence war ein schlechter König, und du hast ihm auf den Thron geholfen. Und: Du bist für den schlimmen Winter im letzten Jahr verantwortlich. Und: Die Kuh des alten Norbut gab keine Milch mehr, nachdem du sie angestarrt hast. Alles Lügen«, betonte Shawn loyal.

»Na«, sagte Oma Wetterwachs.

Sie warf die Tür vor dem schwitzenden Gesicht des Soldaten zu, blieb einige Sekunden lang nachdenklich stehen und zog sich dann in ihren Schaukelstuhl zurück.

»Na!« wiederholte sie schließlich, diesmal mit etwas mehr Nachdruck.

Kurz darauf fügte sie hinzu: »Sie ist eine blöde alte Schlampe, aber wir dürfen nicht zulassen, daß Hexen einfach so eingesperrt werden. Wenn man den Respekt verliert, hat man überhaupt nichts mehr. Ich erinnere mich gar nicht daran, die Kuh des alten Norbut angestarrt zu haben. Wer ist der alte Norbut?«

Sie stand auf, nahm ihren spitzen Hut vom Haken hinter der Tür und steckte ihn mit einigen lanzenartigen Nadeln fest. Sie kannten ihren Platz und glitten hinein, unaufhaltsam wie der Zorn Gottes.

Oma Wetterwachs warf einen finsteren Blick in den Spiegel, bevor sie zum Stall ging und ihren Hexenmantel holte — wenn sie ihn nicht benutzte, diente er als Decke für kranke Ziegen.

Früher einmal hatte er aus schwarzem Samt bestanden; jetzt war er nur noch schwarz. Eine dunkel angelaufene Silberbrosche hielt ihn zusammen.

Keine Samurai oder Ritter, die auszogen, um einen Drachen zu töten, hatten sich jemals so würdevoll und feierlich angezogen.

Schließlich richtete sich Oma Wetterwachs zu voller Größe auf, betrachtete ihr Spiegelbild, lächelte zufrieden und verließ das Haus durch die Hintertür.

Die allgemeine Atmosphäre der Bedrohung wurde nur ein wenig gestört, als Oma draußen auf und ab lief, um den magischen Motor ihres Besens zu starten.

Auch Magrat blickte in den Spiegel.

Sie hatte ein erstaunliches grünes Kleid hervorgeholt, das sowohl enthüllend sein als auch eng anliegen sollte. Unter anderen Umständen wäre das vielleicht auch der Fall gewesen, aber unglücklicherweise gab es bei Magrat nichts, das enthüllt werden oder bei ihr eng anliegen konnte. Deshalb schob sie sich vorn zwei zusammengerollte Kniestrümpfe unter den Stoff, um einen gewissen Ausgleich dafür zu schaffen, was ihr die Natur vorenthielt. Sie versuchte, ihr Haar mit einem Zauber zu ordnen, aber es ließ sich nur sehr widerstrebend von Magie beeinflussen und nahm bereits wieder die übliche Form an — eine Löwenzahn-Uhr mit krummen, verwelkten Zeigern.

Sie trug auch Make-up auf, doch ein voller Erfolg ihrer Bemühungen blieb aus. Vielleicht lag es darin, daß es ihr an Übung fehlte. Sie fragte sich, ob sie es mit dem Lidschatten übertrieben hatte.

An Hals, Fingern und Armen hing genug Silberschmuck für ein großes Tafelservice, und hinzu kam ein mit roter Seide bestickter schwarzer Mantel.

Unter bestimmten Lichtverhältnissen und aus einem gewissen Winkel betrachtet war Magrat nicht häßlich. Ob diese Vorbereitungen ihr äußeres Erscheinungsbild verbesserten, ist fraglich, aber sie hüllten ihr zitterndes Herz wenigstens in eine dünne Patina aus Zuversicht.

Magrat straffte ihre Gestalt, drehte sich nach rechts und links. Die zahllosen Amulette, magischen Ketten und okkulten Armreifen klirrten laut. Unter diesen Umständen mußte ein Feind, der nicht begriff, daß sich eine Hexe näherte, sowohl blind als auch taub sein.

Sie drehte sich zum Arbeitstisch um und betrachtete etwas, das sie selbstzufrieden — und nie in Oma Wetterwachs' Hörweite — als *Werkzeuge der Hexenkunst* bezeichnete. Ein Messer mit weißem Griff, das man bei der Zubereitung magischer Ingredienzen verwendete. Ein Messer mit schwarzem Griff, das man bei den magischen Vorgängen selbst benutzte — Magrat hatte so viele Runen ins Heft geschnitzt, daß es ständig Gefahr lief auseinanderzufallen. Es handelte sich zweifellos um sehr mächtige Instrumente, aber ...

Magrat schüttelte zögernd den Kopf, ging in die Küche und holte ein Brotmesser hervor. Irgend etwas teilte ihr mit, daß sich angesichts der gegenwärtigen Situation eine junge Frau keinen besseren Freund wünschen konnte als ein großes, langes und sehr scharfes Brotmesser.

»Ich weiß etwas, was du nicht weißt, und es beginnt mit S«, sagte Nanny Ogg.

Der Geist des Königs blickte sich aufmerksam im Verlies um.

»Schwedentrunk«, antwortete er versuchsweise und rümpfte die Nase.

»Nein.«

»Spanischer Stiefel?«

»Komischer Name. Was ist damit gemeint?«

»Das dort.« Verence streckte eine geisterhafte Hand aus. »Sehr unangenehm für die Waden.«

Nanny schüttelte den Kopf. »Nein.«

»Würg-Strang?« fragte der König mit wachsender Verzweiflung.

»Das fängt mit einem W an, und außerdem höre ich dieses Wort jetzt zum erstenmal«, entgegnete Nanny Ogg. Der König zeigte auf eine andere Vorrichtung und erklärte sie.

»Nein, ganz bestimmt nicht«, sagte die Hexe fest.

Verence schürzte die Lippen. »Rauchender Schuh der Strafe?«

»Meiner Meinung nach kennst du zu viele dieser Namen.« Nanny klang nun argwöhnisch. »Hast du die Dinge zu deinen Lebzeiten benutzt?«

»Nie«, behauptete der Geist.

»Lügende Jungen enden an einem bösen, bösen Ort«, warnte Nanny.

»Lady Felmet hat die meisten Dinge hierherbringen lassen, und das ist die Wahrheit«, sagte der König hastig. Er hielt seine Lage auch ohne böse, böse Orte für schwierig genug.

Nanny holte tief Luft. »Na schön«, murmelte sie, zumindest teilweise besänftigt. »Das richtige Wort lautet Stuhl der Folter.«

»Aber das sind drei Worte, und in Wirklichkeit heißt es Folterstuhl, was mit einem F be ...« Verence unterbrach sich gerade noch rechtzeitig. Während seines Lebens als Erwachsener hatte er sich weder vor Mensch noch Tier gefürchtet, nicht einmal vor Kombinationen aus beiden. Doch Nannys Stimme weckte alte Erinnerungen an Klassen- und Kinderzimmer, an eine von Vorschriften reglementierte Existenz, an die Befehle von strengen Frauen in langen Röcken, an überwiegend graubraune Mahlzeiten, die damals einen unverdaulichen Eindruck erweckt hatten und ihm jetzt wie Ambrosia erschienen.

»Damit steht's fünf zu null für mich«, sagte Nanny fröhlich.

»Bestimmt kommen der Herzog und die Herzogin bald zurück«, murmelte der König. »Ist wirklich alles in Ordnung mit dir?«

»Falls das nicht der Fall sein sollte — wieviel Hilfe kannst du mir anbieten?« erkundigte sich Nanny Ogg.

Ein dumpfes Knirschen erklang, als Riegel zurückgeschoben wurden.

⌘

Vor dem Schloß hatte sich bereits eine große Menschenmenge eingefunden, als Oma Wetterwachs' Besen unsicher landete. Die Leute schwiegen und wichen zur Seite. Oma trug einen Korb mit Äpfeln.

»Man hat eine Hexe ins Verlies gesperrt«, flüsterte ihr jemand zu. »Sie erleidet schreckliche Qualen in der Folterkammer.«

»Unsinn«, erwiderte Oma Wetterwachs. »Ausgeschlossen. Ich vermute, Nanny Ogg gibt dem König nur einen guten Rat oder so.«

»Es heißt, Jason Ogg sei aufgebrochen, um seine Brüder zu holen«, hauchte ein Ladenbesitzer voller Ehrfurcht.

»Ich schlage vor, ihr kehrt jetzt nach Hause zurück«, sagte Oma. »Sicher liegt ein Mißverständnis vor. Alle wissen, daß man Hexen nicht gegen ihren Willen festhalten kann.«

»Diesmal ist der Herzog zu weit gegangen«, brummte ein Bauer. »Erst die Steuern, dann das Niederbrennen und jetzt dies. Ihr Hexen solltet endlich was unternehmen. Es muß aufhören. Ich kenne meine Rechte.«

»Welche Rechte meinst du?« fragte Oma Wetterwachs.

»Zwei Scheite Brennholz im Winter, Bohnen zum Frühstück, Mittagessen und fürs Abendmahl, ranziges Fett, faule Eier (vier im Monat) und viel frische Luft«, antwortete der Bauer sofort. »Außerdem: feuchtes Heu, Eicheln in jedem zweiten Jahr und zwei Drittel einer dreibeinigen Ziege, mit dem Rest des Dorfes zu teilen. Bis er den Stall verbrannte. Es war eine gute Ziege.«

»Jemand, der seine Rechte so gut kennt wie du, könnte es weit bringen«, lobte Oma Wetterwachs. »Aber jetzt sollte er nach Hause gehen.«

Sie drehte sich um und sah zum Tor, vor dem zwei außerordentlich wachsame Wächter standen. Oma trat näher und richtete ihren Blick auf einen der beiden Soldaten.

»Ich bin eine harmlose alte Apfelverkäuferin«, sagte sie in einem Tonfall, der sich gut eignete, um die erste Schlacht eines mittelgroßen Krieges einzuleiten. »Bitte laß mich passieren, guter Mann.« Das letzte Wort enthielt mehrere Dolche.

»Niemand darf ins Schloß«, erwiderte der Wächter. »Befehl des Herzogs.«

Oma Wetterwachs hob die Schultern. Soweit sie wußte, hatte der Apfelverkäufer-Trick nur einmal in der ganzen Hexereigeschichte funktioniert, aber er war Tradition.

»Ich kenne dich, Champett Poldy«, sagte sie. »Ich habe deinen Großvater aufgebahrt und dich zur Welt gebracht.« Sie sah zur Menge, die sich etwas weiter entfernt erneut versammelt hatte, sah dann wieder den Wächter an, dessen Gesicht nun einer Fratze des Entsetzens gleichkam. Sie beugte sich etwas näher und fuhr fort: »Ich habe dir die erste Tracht Prügel in diesem Jammertal gegeben, und bei den Göttern — wenn du mich jetzt verärgerst, gebe ich dir auch die letzte.«

Der Speer löste sich aus den vor Furcht zitternden Fingern des Mannes und fiel mit einem dumpfen Pochen zu Boden. Oma hob die Hand und klopfte dem Soldaten beruhigend auf die Schulter.

»Sei unbesorgt«, sagte sie. »Hier, nimm einen Apfel!«

Oma Wetterwachs wollte durchs Tor schreiten, aber eine zweite Lanze versperrte ihr den Weg. Interessiert hob sie den Blick.

Der andere Wächter stammte nicht aus den Spitzhornbergen. Er war ein in den Städten aufgewachsener Söldner, und man bezahlte ihn dafür, die während der letzten Jahre zusammengeschrumpfte Schloßwache zu verstärken. Sein Gesicht präsentierte sich als ein Flickwerk aus Narben. Einige dieser Narben gerieten nun in Bewegung und formten etwas, das wie ein höhnisches Grinsen aussah.

»Das ist also Hexenmagie, wie?« knurrte er. »Ziemlich armselig, wenn du mich fragst. Vielleicht erschreckst du damit einfältige Bauerntölpel, Weib, aber mich nicht.«

»Vermutlich muß man sich sehr anstrengen, um einen so großen und starken Mann wie dich zu erschrekken.« Oma Wetterwachs tastete nach ihrem Hut.

»Versuch bloß nicht, mir Angst einzujagen!« Der Wächter blickte starr geradeaus und wippte langsam auf den Zehen. »Alte Frauen wie du, die ihre Späßchen mit Leuten treiben. Das gehört sich nicht.«

»Wie du meinst.« Oma Wetterwachs stieß den Speer beiseite.

»Hör mal, ich habe *gesagt* ...«, begann der Söldner und packte Oma an der Schulter. Ihre Hand bewegte sich so schnell, daß sie sich überhaupt nicht zu bewegen schien, doch plötzlich stöhnte der Wächter und griff nach seinem Arm.

Oma Wetterwachs schob die lange Nadel in den Hut zurück und lief los.

»Wir fangen mit dem *Zeigen der Geräte* an«, verkündete die Herzogin voller Vorfreude.

»Ich kenne sie schon«, erwiderte Nanny. »Zumindest alle, die mit S, P, I, T und W anfangen.«

»Mal sehen, wie lange du den Plauderton beibehalten kannst. Bereite das Feuer im Ofen vor, Felmet!« befahl sie.

»Bereite das Feuer im Ofen vor, Narr«, sagte der Herzog.

Der Narr schlurfte betont langsam. Mit so etwas hatte er nicht gerechnet; die Folter fehlte in seiner geistigen Tagesordnung. Das kaltblütige Quälen älterer Damen war ganz und gar nicht sein Bier, und wenn man Hexen tatsächlich ein Leid zufügte — die Temperatur des Blutes spielte dabei keine Rolle —, so ergaben sich daraus nicht die Freuden, die man bei einem Bankett mit zwölf Gängen erwarten durfte. Worte, hatte er gesagt. In diesem Fall schienen ihnen auch Taten zu folgen.

»Die Sache gefällt mir nicht«, murmelte der Narr leise.

»Gut«, sagte Nanny Ogg, die ausgezeichnet hörte. »Ich werde daran denken, daß dir die Sache nicht gefällt.«

»Was?« fragte der Herzog scharf.

»Nichts«, antwortete Nanny. »Dauert's lange? Ich habe noch nicht gefrühstückt.«

Der Narr entzündete ein Streichholz. In der Luft neben ihm *flüsterte* etwas, und die Flamme erlosch. Er fluchte lautlos und versuchte es mit einem zweiten. Seine zitternde Hand trug es bis zum Ofen, bevor es ebenfalls ausging.

»Beeil dich, Mann!« drängte die Herzogin und legte die einzelnen Werkzeuge zurecht.

»Die Dinger wollen offenbar nicht brennen«, brummte der Narr und griff nach einem dritten Streichholz. Es zischte laut, eine kleine Flamme loderte, flackerte trotzig und erlosch wie die ersten beiden.

Lord Felmet riß ihm die Schachtel aus den bebenden Fingern und versetzte ihm eine Ohrfeige. Mehrere Ringe hinterließen deutlich sichtbare Muster in der Wange des Narren.

»Wird denn keinem meiner Befehle Folge geleistet?« ereiferte er sich. »Unentschlossener Idiot! Willensschwacher Trottel! Her mit der Schachtel!«

»Meiner Treu, du hast sie bereits«, brachte der Narr hervor und wich zurück. Jemand, den er nicht sehen konnte, hauchte ihm etwas Unverständliches ins Ohr.

»Geh nach draußen!« zischte der Herzog. »Sorg dafür, daß wir nicht gestört werden!«

Der Narr stolperte über die unterste Stufe, drehte sich um, warf Nanny Ogg noch einen letzten flehentlichen Blick zu und hastete durch die Tür. Er hüpfte ein wenig, aus reiner Angewohnheit.

»Das Feuer ist nicht unbedingt notwendig«, sagte die Herzogin. »Es erleichtert nur das Verhör. Nun, Frau, willst du jetzt alles gestehen?«

»Was denn?« fragte Nanny.

»Ist doch allgemein bekannt: Verrat; boshafte Hexerei; Unterstützung der Feinde des Königs; Diebstahl der Krone ...«

Leises Klappern veranlaßte Lord und Lady Felmet, auf den Boden zu blicken. Ein blutbefleckter Dolch war von der Werkbank gefallen — als habe jemand danach gegriffen und ihn dann kraftlos fallen gelassen. Nanny hörte, wie der Geist des Königs fluchte und nach Luft schnappte, die er gar nicht mehr atmen konnte.

»... und die Verbreitung von Lügen«, beendete die Herzogin ihren anklagenden Vortrag.

»... Salz in meinem Essen ...«, fügte der Herzog nervös hinzu und starrte auf die Verbände an seiner Hand. Er hatte das Gefühl, daß sich außer ihnen noch jemand anders im Verlies befand.

»Wenn du ein Geständnis ablegst, wirst du nur auf dem Scheiterhaufen verbrannt«, versprach Ihre Ladyschaft. »Und bitte verzichte jetzt auf humorvolle Bemerkungen.«

»Welche Lügen?«

Lord Felmet schloß die Augen, aber einige unheilvolle Visionen klebten an den Rückseiten der Lider fest. »In Hinsicht auf König Verence, der durch einen Unfall starb«, flüsterte er heiser. Irgendwo in seiner Nähe raunte etwas.

Nanny neigte den Kopf zur Seite, als lausche sie einer Stimme, die nur sie allein hörte. Allerdings ... Der Herzog glaubte, ebenfalls etwas zu hören, wenn auch keine Stimme. Es klang eher wie das Seufzen des Windes.

»Oh, ich kenne überhaupt keine Lügen«, entgegnete Nanny. »Ich weiß nur, daß du den König erstochen hast. Er bekam den Dolch von *dir.* Es geschah am oberen Ende der Treppe.« Sie zögerte kurz, horchte erneut, nickte und fuhr fort: »Neben der Rüstung mit dem Speer. Und *du* hast gesagt: ›Wenn es schon notwendig ist, sollte ich es so schnell wie möglich hinter mich bringen.‹ Oder etwas in der Art. Und dann hast du dir den Dolch des Königs geschnappt, das Messer, das nun dort auf dem Boden liegt. Du hast es hinter Verences Gürtel hervorgezogen und ...«

»Du lügst!« schrie Lord Felmet. »Es gab keine Zeugen. Wir ... Zeugen hätten überhaupt nichts beobachten können. Ich hörte jemanden im Dunkeln, aber es war niemand da! Es kann niemand dagewesen sein und etwas beobachtet haben!«

Lady Felmet bedachte ihren Mann mit einem finsteren Blick.

»Sei endlich still, Leonal!« zischte sie. »Ich glaube,

hier im Verlies brauchen wir kein Blatt vor den Mund zu nehmen.«

»Wer hat ihr davon erzählt? Du?«

»Und beruhige dich! Niemand hat ihr etwas verraten. Sie ist eine Hexe, um Himmels willen. Hexen finden solche Dinge heraus. Mit dem zweiten Blick oder so.«

»Gesicht«, sagte Nanny.

»Das du bald nicht mehr hast, gute Frau«, drohte die Herzogin mit grimmiger Stimme. »Es sei denn, du sagst uns, wer sonst noch Bescheid weiß. Außerdem verlange ich, daß du uns bei einigen anderen Angelegenheiten hilfst. Und du wirst uns helfen, glaub mir. Mit der Folter gelingt es mir bestimmt, dich zu überzeugen. Ich bin darin sehr geschickt.«

Nanny ließ den Blick durchs Verlies schweifen. Inzwischen herrschte bereits ein ziemliches Gedränge. In König Verence kochte so viel zornige Vitalität, daß er fast auch für Normalsterbliche sichtbar wurde, und er versuchte verzweifelt, die Hand um ein Messer zu schließen, ohne daß die Finger das Heft durchdrangen. Hinter ihm wogten und wallten andere Phantome, nicht direkt Geister, sondern vielmehr Erinnerungen, von gräßlichen Schmerzen und heißem Entsetzen in die Substanz der Mauern gestanzt.

»Mein eigener Dolch!« stieß Verence lautlos hervor. »Der verdammte Mistkerl hat mich mit meinem eigenen Dolch umgebracht!« Er hob transparente Arme und beschwor die Unterwelt, diese größte aller Demütigungen zur Kenntnis zu nehmen. »Gib mir Kraft …«

»Ja«, sagte Nanny. »Es ist einen Versuch wert.«

»Und jetzt beginnen wir«, proklamierte die Herzogin.

»Was?« entfuhr es dem Wächter.

»Ich SAGTE: Ich bin gekommen, um diese leckeren

Äpfel zu verkaufen«, wiederholte Magrat. »Hast du was mit den Ohren?«

»Ist heute Markttag?« Der Soldat war äußerst nervös, seit man seinen Kameraden ins Lazarett gebracht hatte. *Ich habe diesen Beruf nicht gewählt, um mich mit solchen Problemen auseinandersetzen zu müssen,* dachte er.

Dann fiel ihm etwas ein.

»Du bist doch keine Hexe, oder?« fragte er und betastete unruhig seine Lanze.

»Natürlich nicht. Sehe ich wie eine aus?«

Der Wächter betrachtete magische Ketten, okkulte Armreifen, einen mit roter Seide bestickten Mantel, zitternde Hände, hob dann langsam den Blick ... Das Gesicht wirkte besonders besorgniserregend. Magrat hatte jede Menge Puder benutzt, um sich ein interessantes und *blasses* Aussehen zu geben. Angesichts der üppig aufgetragenen Wimperntusche gewann der Wächter den Eindruck, zwei Fliegen zu beobachten, die in eine Zukkerschüssel gefallen waren. Nur mit Mühe widerstand er der Versuchung, die Hand zu heben, um den bösen Fluch des Lidschattens abzuwehren.

»In Ordnung«, murmelte er zaghaft. Die eingerosteten Zahnräder seines Verstands gerieten langsam in Bewegung. *Sie ist eine Hexe. Seit einiger Zeit erzählt man sich, Hexen seien schlecht für die Gesundheit. Ich habe den Befehl, keine Hexen passieren zu lassen, aber niemand hat mich aufgefordert, Apfelverkäuferinnen fortzuschicken. Apfelverkäuferinnen stellen überhaupt keine Gefahr dar. Ganz im Gegensatz zu Hexen. Diese Frau behauptet, eine Apfelverkäuferin zu sein, und ich werde mich hüten, eine Hexe als Lügnerin zu bezeichnen.*

Der Wächter lächelte, zufrieden über diese spezielle Version der Logik. Er trat zur Seite, verbeugte sich tief und winkte.

»Du kannst passieren, Apfelverkäuferin.«

»Vielen Dank«, sagte Magrat zuckersüß. »Möchtest du einen Apfel?«

»Nein, danke. Ich muß erst noch den aufessen, den mir die andere Hexe gegeben hat.« Der Wächter rollte mit den Augen. »Nein. Nein, es war keine Hexe. Eine Apfelverkäuferin. Nur eine harmlose alte Apfelverkäuferin. So wie du. Ich meine, älter.«

»Wann kam sie hierher?«

»Vor einigen Minuten ...«

Oma Wetterwachs hatte sich nicht verirrt. Sie gehörte nicht zu den Personen, die dazu neigten, sich zu verirren. Auch jetzt wußte sie ganz genau, wo sie sich befand, aber leider blieb ihr der Aufenthaltsort aller anderen Personen verborgen. Sie war gerade in der Küche eingetroffen, und ihr Erscheinen führte beim Koch, der Stangensellerie briet, zu einem Nervenzusammenbruch. Der Umstand, daß mehrere Personen versucht hatten, Äpfel von ihr zu kaufen, verbesserte Omas Stimmung nicht.

Magrat erreichte den Großen Saal, der um diese Zeit leer war — abgesehen von zwei Wächtern, die mit Würfeln spielten. Sie trugen die Wappenröcke von Lord Felmets persönlicher Leibgarde und unterbrachen ihr Spiel sofort, als sie die junge Frau sahen.

»Na, wen haben wir denn da?« brummte einer von ihnen und grinste anzüglich. »Bist gekommen, um uns Gesellschaft zu leisten, nicht wahr, hübsches Schätzchen?«*

»Ich suche das Verlies«, erwiderte Magrat, für die der

* Niemand weiß, warum Männer so etwas sagen. Wahrscheinlich fügt er gleich noch hinzu, daß er temperamentvolle junge Frauen mag.

Ausdruck ›sexuelle Belästigung‹ nur eine sinnlose Folge von Silben war.

»Ach«, sagte einer der Wächter und zwinkerte dem anderen zu, »da können wir dir vielleicht helfen.« Die Gardisten standen auf, blieben rechts und links neben Magrat stehen. Sie sah Kinne, an denen man Streichhölzer entzünden konnte, und außerdem bemerkte sie den fast überwältigenden Geruch von abgestandenem Bier. Einige besonders aufmerksame Teile ihres Bewußtseins schickten Alarmsignale aus und kratzten an der eisenharten Überzeugung, üble Dinge stießen immer nur üblen Menschen zu.

Die Wächter führten sie mehrere Treppen hinunter und in ein Labyrinth aus dunklen gewölbten Gängen. Magrat glaubte allmählich, daß sich etwas Unangenehmes anbahnte, und sie suchte nach einem höflichen Ausweg.

»Ich sollte euch warnen«, sagte sie. »Ich bin nicht die harmlose junge Apfelverkäuferin, für die ihr mich vielleicht haltet.«

»Tatsächlich nicht?«

»Nein, in Wirklichkeit bin ich eine Hexe.«

Dieser Hinweis schien die Wächter nicht zu beeindrucken. Sie wechselten einen kurzen Blick.

»Na schön«, brummte einer. »Ich habe mich immer gefragt, wie es sein mag, eine Hexe zu küssen. Angeblich verwandelt man sich dadurch in einen Frosch.«

Der andere Gardist gab ihm einen Stoß. »Ich glaube«, begann er in dem vollen, reifen Tonfall eines Mannes, der glaubt, daß seine nächsten Worte unglaublich komisch sind, »du hast vor einigen Jahren schon eine geküßt.«

Das schallende Gelächter verklang, als Magrat an die Wand geschleudert wurde und Gelegenheit bekam, sich die Nasenlöcher eines Wächters aus unmittelbarer Nähe anzusehen.

»Jetzt hör mir mal gut zu, Schätzchen«, grollte er.

»Falls du unbedingt eine Hexe sein willst, so bist du nicht die erste, wie wir hier unten hatten. Aber vielleicht hast du Glück. Vielleicht kannst du diesen Ort wieder verlassen. Wenn du nett zu uns bist, verstanden?«

Irgendwo in der Nähe erklang ein kurzer schriller Schrei.

»Das ist — oder war — eine Hexe, die Widerstand zu leisten versuchte«, erklärte der Soldat. »Du könntest uns allen viel Mühe ersparen, weißt du. Eigentlich hast du Glück, daß du ausgerechnet uns begegnet bist.«

Seine tastende Hand unterbrach ihre Wanderung. »Was ist das hier?« fragte der Mann und sah auch weiterhin in Magrats blasses Gesicht. »Ein Messer? Ein *Messer?* Ich schätze, jetzt wird's langsam ernst, nicht wahr, Hron?«

»Du solltest sie fesseln und knebeln«, schlug Hron hastig vor. »Hexen müssen sprechen oder die Hände bewegen, um Magie zu beschwören.«

»Was ist mit *euren* Händen? Rührt sie nicht an!«

Magrat und die beiden Gardisten drehten sich um und sahen den Narren. Er läutete vor Wut.

»Laßt sie sofort los!« rief er. »Oder ich melde euch!«

»Ach, du willst uns melden, wie?« knurrte Hron. »Und wer soll dir zuhören, du ohrenschmalzfarbener kleiner Hohlkopf?«

»Wir haben hier eine Hexe«, sagte der andere Wächter. »Ich schlage vor, du klimperst woanders.« Er wandte sich wieder an Magrat. »Ich mag junge Frauen mit Temperament«, fügte er hinzu, was, wie sich kurz darauf herausstellte, nicht ganz der Wahrheit entsprach.

Der Narr kam mit einer Tapferkeit näher, die aus dem Humus unheilbaren Zorns wuchs.

»Ihr sollt sie loslassen!« wiederholte er.

Hron zog das Schwert und lächelte erwartungsvoll.

Magrat schlug zu. Es war ein nicht geplanter, instinktiver Hieb, dessen vernunftgebietende Wucht vom Gewicht der Ringe und Armreifen erheblich verstärkt wurde. Die Faust beschrieb einen weiten Bogen, traf den einen Gardisten genau am Kinn und hinterließ dort einige okkulte Symbole. Der Mann drehte sich zweimal um die eigene Achse, bevor er seufzend auf die Steinplatten sank und reglos liegenblieb.

Hron starrte verblüfft auf den Bewußtlosen hinab, sah Magrat an und hob das Schwert genau in dem Augenblick, als der Narr gegen ihn prallte. Die beiden Gestalten gingen zu Boden und rangen miteinander. Wie die meisten kleinen Männer setzte der Narr in erster Linie auf das Überraschungsmoment eines tollkühnen Angriffs, um sich einen Vorteil zu sichern, aber er wußte nicht, zu welcher Taktik er anschließend greifen sollte. Wahrscheinlich wäre er in ziemliche Schwierigkeiten geraten, wenn Hron nicht plötzlich ein Brotmesser am Hals gespürt hätte.

»Laß ihn los!« verlangte Magrat und wischte sich eine widerspenstige Haarsträhne aus den Augen.

Der Gardist versteifte sich. »Du überlegst vermutlich, ob ich wirklich fähig bin, dir die Kehle durchzuschneiden«, keuchte Magrat. »Ich weiß es nicht. Wir könnten eine Menge Spaß haben, wenn wir es gemeinsam herausfinden.«

Sie streckte die andere Hand aus, packte den Narren am Kragen und zog ihn auf die Beine.

»Woher kam der Schrei?« fragte sie, ohne den Blick vom Wächter abzuwenden.

»Von dort drüben. Sie haben die Hexe in der Folterkammer eingesperrt, und die Sache gefällt mir nicht, sie geht zu weit, und ich konnte nicht hinein, und deshalb bin ich losgelaufen, um Hilfe zu holen …«

»Nun, du hast mich gefunden«, erklärte Magrat.

»Du bleibst hier«, sagte sie zu Hron. »Von mir aus kannst du auch weglaufen. Aber du wirst uns nicht folgen.«

Der Soldat nickte und blickte ihnen nach, als sie durch den Flur eilten.

»Die Tür ist verschlossen«, brachte der Narr kurzatmig hervor. »Drinnen erklingen alle möglichen Geräusche, aber die Tür ist verschlossen.«

»Typisch für ein Verlies, nicht wahr?«

»Normale Verliestüren werden nicht von *innen* verriegelt!«

Sie ließ sich tatsächlich nicht bewegen. Auf der anderen Seite herrschte Stille — eine geschäftige, dichte Stille, die durch Ritzen und Fugen in den Flur kroch. Eine Stille, die schlimmer ist als der entsetzlichste Schrei.

Der Narr sprang von einem Fuß auf den anderen, als Magrat die rauhe Oberfläche der dicken Holztür betastete.

»Bist du wirklich eine Hexe?« fragte er. »Ich habe gehört, daß du eine Hexe bist, stimmt das? Du siehst gar nicht wie eine Hexe aus, sondern ... wie ... äh ...« Er errötete. »Ich meine, du bist keine alte, äh, Vettel, eher wunderschön ...« Die letzten Worte wurden immer leiser, und schließlich schwieg er.

Ich habe die Situation völlig unter Kontrolle, dachte Magrat. *Eigentlich hätte ich das nicht für möglich gehalten, aber ich denke kristallklar.*

Und auf eine kristallklare Weise begriff sie: Die beiden zusammengerollten Kniestrümpfe waren ihr unterm Kleid bis zur Taille gerutscht; ihr Kopf fühlte sich an, als hätten einige schmutzige Vögel darauf genistet; und der Lidschatten war nicht zerlaufen, sondern zerrannt. Hinzu kamen: ein an mehreren Stellen zerrissenes Kleid, zerkratzte Beine und blaue Flecken am einen Arm. Dennoch fühlte sie sich wundervoll.

»Du solltest jetzt besser zurücktreten, Verence«, sagte sie. »Ich bin nicht sicher, was gleich passieren wird.«

Jemand schnappte zischend nach Luft.

»Woher kennst du meinen Namen?«

Magrat beobachtete die Tür und sah jahrhundertealtes Eichenholz. Doch unter der Oberfläche, die im Lauf der Jahre fast steinhart geworden war, spürte sie einen Rest von Saft. Normalerweise mußte sie sich mindestens einen Tag lang auf das vorbereiten, was sie nun beabsichtigte, und außerdem brauchte sie dazu einen ganzen Sack voller exotischer Ingredienzen. Das hatte sie jedenfalls immer geglaubt. Jetzt zweifelte sie allmählich daran. Wenn man Dämonen aus Waschtrögen beschwören konnte, gab es überhaupt keine Grenzen für die Anwendung praktischer Magie.

Ihr Gedächtnis erinnerte sie an die Frage des Narren. »Oh«, antwortete sie unbestimmt, »ich habe ihn irgendwo gehört.«

»Das bezweifle ich«, sagte der Narr. »Ich benutze ihn nie. Es war meine Mutter, weißt du. Vermutlich mögen es Eltern, ihren Kindern den Namen von Königen zu geben. Mein Großvater sagte, ein solcher Name passe überhaupt nicht zu mir. Außerdem sagte er, ich solle nicht herumlaufen und ihn allen Leuten ...«

Magrat nickte und blickte fachmännisch durch den dunklen Flur.

Es handelte sich nicht gerade um einen vielversprechenden Ort. Die alten Eichenbohlen befanden sich schon seit vielen Jahren in der Dunkelheit. Vielleicht hatten sie den Wechsel der Jahreszeiten längst vergessen.

Andererseits ... Oma Wetterwachs meinte, alle Bäume seien ein Baum oder etwas in der Art. Magrat glaubte, das zu verstehen, obwohl sie nicht wußte, was damit gemeint war. Jenseits des Schlosses hatte längst der Frühling begonnen. Vielleicht ahnte das auch der Geist des Lebens, der noch im Holz verharrte. Und wenn nicht, so mußte man ihn daran erinnern.

Erneut preßte sie die Handflächen ans Portal, schloß die Augen und versuchte, sich durch den Stein zu denken, durch die Mauern des Schlosses, in den dünnen schwarzen Boden der Berge, in die Luft, ins Sonnenlicht ...

Der Narr merkte nur, daß Magrat völlig still stand.

Schließlich richtete sich langsam ihr Haar auf, und es roch nach Laubkompost.

Und dann, ganz plötzlich, geschah es: Jener Hammer, der einen schwammweichen Pilz durch fünfzehn Zentimeter dicken Asphalt treibt oder einen Aal veranlaßt, tausend Meilen weit durch einen feindlichen Ozean zu schwimmen, um einen ganz bestimmten Hochlandteich zu erreichen — dieser Hammer zuckte aus Magrat heraus und traf die Tür.

Sie trat verwirrt zurück und kämpfte gegen das verzweifelte Verlangen an, die Zehen in Steinplatten zu bohren und Blätter zu entwickeln. Der Narr stützte sie und spürte einen Schock, der ihn fast von den Beinen riß.

Magrat lehnte sich an den vertraut klimpernden Körper und triumphierte. Sie hatte es geschafft! Ohne irgendwelche Hilfsmittel! Wenn die anderen Hexen sie jetzt sehen könnten ...

»Komm der Tür nicht zu nahe!« murmelte sie. »Ich schätze, ich habe ihr ziemlich viel — gegeben.« Der Narr schlang die Arme um ihren toastständerartigen Leib und war viel zu verblüfft, um einen Ton hervorzubringen, aber Magrat bekam trotzdem Antwort.

»Das glaube ich auch«, sagte Oma Wetterwachs und trat aus den Schatten. »Diese Möglichkeit wäre mir nie in den Sinn gekommen.«

Magrat sah sie an.

»Du bist die ganze Zeit über hiergewesen?«

»Seit einigen Minuten.« Oma blickte zur Tür. »Eine interessante Methode. Aber es ist altes Holz. Ich nehme an, es war auch im Feuer. Viele Eisennägel stecken drin. Wahrscheinlich klappt's nicht, ich hätte es mit den Steinen versucht, aber ...«

Ein leises *Plopp* unterbrach sie.

Es wiederholte sich, und dann folgte eine ganz Serie von *Plopps.* Es klang so, als ginge ein Schauer aus Meringen nieder.

Hinter Oma Wetterwachs wuchsen Blätter aus der Tür. Sie starrte einige Sekunden lang darauf und begegnete dann Magrats erschrockenem Blick.

»Weg von hier!« rief sie.

Die beiden Hexen packten den Narren, stürmten durch den Flur und duckten sich hinter einen geeigneten Strebepfeiler.

Die Tür knackte warnend. Mehrere Bohlen erzitterten und krümmten sich in pflanzlichen Krämpfen. Festes Gestein splitterte, als einige Nägel wie Dornen aus Wunden gestoßen wurden und von den Wänden abprallten. Der Narr zog den Kopf ein, als Teile des Schlosses über ihn hinwegsausten und an die gegenüberliegende Mauer klatschten.

Zaghafte weiße Wurzeln krochen aus dem unteren Teil des Portals, tasteten über feuchtkalte Steinplatten und bohrten sich in den nächsten Riß. Astlöcher wölbten sich, platzten und streckten Zweige aus, die einzelne Steine aus dem Türrahmen lösten. Ein leises Stöhnen begleitete diesen Vorgang; es stammte von den Holzzellen, die versuchten, das durch sie strömende pure Leben festzuhalten.

»Wenn *ich* an deiner Stelle gewesen wäre«, sagte Oma Wetterwachs, als ein Teil der Decke herabsank, »hätte ich es anders angefangen. Ich will natürlich keine Kritik üben«, fügte sie rasch hinzu, als Magrat den Mund öffnete. »Ausgezeichnete Arbeit, im großen und ganzen. Du hast es nur ein wenig übertrieben, finde ich.«

»Entschuldigt bitte«, warf der Narr ein.

»Mit Steinen komme ich nicht klar«, erwiderte Magrat.

»Nun, an Steine, Felsen und dergleichen muß man sich natürlich erst gewöhnen ...«

»Entschuldigt bitte.«

Die beiden Hexen sahen den Narren an, der daraufhin sicherheitshalber einen Schritt zurückwich.

»Solltet ihr nicht jemanden retten?« fragte er.

»Oh«, entgegnete Oma Wetterwachs. »Ja. Komm, Magrat! Sehen wir nach, was Nanny in der Zwischenzeit angestellt hat.«

»Ich habe Schreie gehört«, sagte der Narr. Er konnte sich kaum des Eindrucks erwehren, daß die Hexen nicht mit dem nötigen Ernst bei der Sache waren.

»Kann ich mir denken.« Oma schob ihn beiseite und trat über eine sich hin und her windende Pfahlwurzel. »Wenn man *mich* in ein Verlies sperren würde, käme es ebenfalls zu Schreien.«

Der Kerker enthielt jede Menge Staub, und im blassen Lichtschein der einen Fackel sah Magrat zwei Gestalten, die in der fernsten Ecke hockten. Ein großer Teil der Einrichtung war umgestürzt und lag, mehr oder weniger zerschmettert, auf dem Boden — nichts davon schien dazu bestimmt zu sein, ein möglichst hohes Maß an Komfort zu bieten. Nanny Ogg saß ruhig und gelassen in einer Vorrichtung, die wie ein Gefangenenblock aussah.

»Wird auch Zeit«, sagte sie. »Bitte befreit mich aus diesem Ding! Ich kriege langsam Krämpfe.«

Und dann der Dolch.

Er schwebte mitten im Zimmer, drehte sich um die eigene Achse und glitzerte, wenn die Klinge den Fakkelschein reflektierte.

»Mein eigener Dolch!« sagte der Geist des Königs mit einer Stimme, die nur Hexen hören konnten. »Ich hatte keine Ahnung! Mein eigener Dolch! Sie haben mich verdammt noch mal mit meinem eigenen verdammten Messer erledigt!«

Erneut näherte er sich dem herzoglichen Ehepaar und hob den Dolch. Ein leises Röcheln entrang sich Lord Felmets Kehle und war froh, daraus entkommen zu sein.

»Er macht sich gut, nicht wahr?« meinte Nanny, als Magrat ihr aus dem Block half.

»Ist das der alte König? Können ihn die andern sehen?«

»Ich glaube nicht.«

König Verence wankte unter dem Gewicht. Er war zu alt für diese Poltergeist-Aktivität; dazu mußte man ein junger, vor Ektoplasma strotzender Geist sein ...

»Wartet nur, bis ich dieses Ding richtig in den Griff bekomme«, knurrte er. »Oh, verdammt ...«

Das Messer entglitt den recht substanzlosen Fingern und fiel zu Boden. Oma Wetterwachs trat clever vor und setzte den Fuß darauf.

»Die Toten sollten nicht die Lebenden umbringen«, sagte sie. »Dadurch könnte ein gefährlicher Dingsbums, Präzedenzfall geschaffen werden. Zum Beispiel wären wir alle in der Minderzahl.«

Der Herzogin gelang es als erste, aus dem Kokon des Entsetzens zu schlüpfen. Umherfliegende Messer, explodierende Türen — und jetzt diese Frauen, die sie in ihrem eigenen Verlies herausforderten. Sie wußte nicht genau, wie man auf übernatürliche Ereignisse reagierte, aber was den letzten Punkt betraf, hatte sie völlig klare Vorstellungen.

Ihr Mund öffnete sich wie ein Tor zur roten Hölle. »Wachen!« kreischte sie und bemerkte den Narren neben der Tür. »Narr! Hol die Wachen!«

»Sie sind beschäftigt«, erklärte Oma Wetterwachs. »Und wir brechen jetzt ohnehin auf. Wer von euch beiden ist der Herzog?«

Felmet kauerte noch immer in der Ecke und blickte aus rosaroten Augen auf. Er kicherte, und Speichel tropfte ihm von den Lippen.

Oma sah genauer hin. Irgendwo in den tränenden Augen Seiner Lordschaft schien es etwas zu geben, das sie anstarrte. »Ich will dich zu nichts zwingen«, sagte sie. »Aber es wäre besser, wenn du das Land verläßt. Was hältst du davon, abzudanken?«

»Und wer soll meinen Platz einnehmen?« fragte die Herzogin eisig. »Eine Hexe?«

»Kommt nicht in Frage«, zischte Lord Felmet.

»Wie bitte?«

Der Herzog stand auf, klopfte sich den Staub von der Kleidung und sah Oma Wetterwachs an. Die Kälte im Zentrum seiner Augen war jetzt größer.

»Ich danke *nicht* ab«, betonte er. »Glaubst du etwa, einige magische Tricks genügen, um mich zu erschrekken? Ich habe den Thron erobert, und jetzt gehört er mir. Daran kannst du nichts ändern. So einfach ist das, Hexe.«

Lord Felmet kam näher.

Oma Wetterwachs musterte ihn. Einem solchen Mann begegnete sie nun zum erstenmal. Er war zweifellos verrückt, aber im Herzen des Wahnsinns ruhte schrecklich kalte Vernunft — ein Kern aus purem interstellaren Eis mitten in heißem Feuer. Oma hatte ihn unter der harten Schale für schwach gehalten, aber das stimmte nicht ganz. Irgendwo tief in seinem Bewußtsein, jenseits des Ereignishorizonts der Vernunft, führte der enorme Druck des Irrsinns dazu, daß der Wahn des Herzogs noch härter wurde als Diamant.

»Wenn du mich mit Magie besiegst, so muß Magie herrschen«, fuhr Lord Felmet fort. »Dazu bist du nicht imstande. Jeder König, der durch dich an die Macht kommt, wäre unter deinem Einfluß. Er stünde im Bann einer Hexe. Wo Magie herrscht, zerstört sie. Auch dich würde sie vernichten, und das weißt du. Ha, ha.«

Oma Wetterwachs ballte die Fäuste und trat auf den Herzog zu.

»Du könntest mich besiegen«, sagte Lord Felmet. »Und vielleicht fändest du sogar jemanden, um mich zu ersetzen. Aber nur ein wahrer Narr wäre bereit, unter solchen Umständen meine Nachfolge anzutreten, denn er wüßte, daß er die ganze Zeit über deinem bösen Blick ausgesetzt ist. Und wenn er dir mißfällt ... Dann ist sein Leben sofort verwirkt. Auch wenn du es noch so sehr abstreitest: Er weiß, daß er nur mit deiner Erlaubnis regiert. Und dadurch kann er nicht zu einem echten König werden. Habe ich recht?«

Oma Wetterwachs wandte den Blick ab. Die beiden anderen Hexen wahrten einen sicheren Abstand, bereit dazu, sich sofort zu ducken.

»Ich *sagte:* Habe ich recht?«

»Ja«, bestätigte Oma. »Es stimmt ...«

»Ja.«

»... aber es gibt jemand anders, der dich besiegen könnte«, fügte Oma Wetterwachs langsam hinzu.

»Der Junge? Soll er nur kommen, wenn er erwachsen ist. Ein junger Mann, mit einem Schwert bewaffnet, auf der Suche nach seinem Schicksal.« Der Herzog lachte spöttisch. »Sehr romantisch. Aber ich habe viele Jahre Zeit, um mich vorzubereiten. Er hat keine Chance.«

Neben ihm raste König Verences Faust durch die Luft und durchdrang das Ziel.

Lord Felmet beugte sich vor, bis seine Nase fast Oma Wetterwachs' Gesicht berührte.

»Kehrt zu euren Hexenkesseln zurück, seltsame Schwestern!« sagte er leise.

Wie eine große zornige Fledermaus rauschte Oma Wetterwachs durch die Flure des Schlosses, und das höhnische Gelächter des Herzogs hallte hinter ihrer Stirn wider.

»Du könntest dafür sorgen, daß er Furunkeln bekommt«, sagte Nanny Ogg. »Oder Hämorrhoiden. Das ist erlaubt. Sie würden ihn nicht am Regieren hindern, aber er müßte dabei stehen. Und wir hätten was zu lachen.«

Oma Wetterwachs gab keine Antwort. Wenn Zorn Hitze entfaltet hätte, wäre ihr Hut in Flammen aufgegangen.

»Andererseits ...« Nanny mußte laufen, um mit Oma Schritt zu halten. »Vielleicht würde er dadurch noch schlimmer. Mit Zahnschmerzen verhält es sich ähnlich.« Sie warf einen kurzen Blick in Omas verzerrtes Gesicht.

»Sei unbesorgt«, sagte sie. »Der Herzog und die Herzogin kamen gar nicht dazu, mich zu foltern. Aber trotzdem besten Dank.«

»Ich mache mir keine Sorgen um dich, Gytha Ogg«, erwiderte Oma scharf. »Ich bin hier, weil Magrat besorgt war. Du kennst ja meinen Standpunkt: Wenn eine Hexe nicht allein zurechtkommt, hat sie kein Recht, sich Hexe zu nennen.«

»Das mit der Tür war nicht schlecht. Magrat verdient ein Lob.«

Oma Wetterwachs unterbrach ihre Wut lange genug, um kurz zu nicken.

»Sie erzielt gewisse Fortschritte«, räumte sie ein. Argwöhnisch drehte sie den Kopf von einer Seite zur anderen, blickte durch den Flur und beugte sich dann zu Nanny.

»Ich wollte ihm nicht die Genugtuung geben, es laut auszusprechen«, flüsterte sie, »aber er hat uns geschlagen.«

»Nun, ich weiß nicht«, entgegnete Nanny. »Unser Jason und einige kräftige Burschen könnten ...«

»Du hast seine Gardisten gesehen. Es sind nicht mehr die alten Wächter. Sie gehören zur sturen und zähen Sorte.«

»Wenn wir unserem Jason und den anderen ein wenig unter die Arme greifen ...«

»Nein. Mit solchen Dingen müssen die Leute allein fertig werden.«

»Wenn du das meinst, Esme ...«

»Das meine ich, ja. Magie darf nicht herrschen, sondern muß beherrscht werden.«

Nanny Ogg nickte, erinnerte sich dann an ein Versprechen und nahm einen losen Stein vom Boden.

»Ich dachte schon, du hättest es vergessen«, sagte der Geist des Königs neben ihr.

Weiter hinten im Gang hüpfte der Narr und folgte Magrat.

»Wann sehen wir uns wieder?« fragte er.

»Tja ... Ich weiß nicht«, antwortete Magrat, während ihr Herz ein selbstzufriedenes Lied sang.

»Heute abend?« fügte der Narr hoffnungsvoll hinzu.

»O nein.« Magrat schüttelte den Kopf. »Heute abend bin ich sehr beschäftigt.« Sie beabsichtigte, es sich mit warmer Milch gemütlich zu machen und in Gütchen Wempers Büchern über experimentelle Astrologie zu lesen. Aber der weibliche Instinkt teilte ihr mit, daß man einem Freier Hindernisse in den Weg legen mußte, um seine Entschlossenheit zu stärken.

»Und morgen abend?« beharrte der Narr.

»Ich glaube, da wasche ich mir das Haar.«

»Ich könnte mir den Freitagabend freinehmen.«

»Weißt du, abends haben Hexen immer viel zu tun ...«

»Am Nachmittag?«

Magrat zögerte. Vielleicht irrte sich ihr Instinkt. »Nun ...«

»Um zwei Uhr. Auf der Wiese am kleinen See, in Ordnung?«

»Nun ...«

»Dort treffen wir uns, einverstanden?« fragte der Narr verzweifelt.

»Narr!« Die Stimme der Herzogin hallte durch den Flur, und Entsetzen huschte über die Züge des jungen Mannes.

»Ich muß jetzt gehen«, sagte er. »Auf der Wiese, ja? Ich trage etwas, damit du mich erkennst. Ja?«

»Na schön«, erwiderte Magrat, von der enormen Hartnäckigkeit des Narren wie hypnotisiert. Sie lief los, um zu den beiden anderen Hexen aufzuschließen.

Vor dem Schloß herrschte ziemliche Aufregung. Jene Menge, die Oma Wetterwachs' Ankunft beobachtet hatte, war inzwischen noch größer geworden. Sie strömte durch das jetzt unbewachte Tor und erreichte den Innenhof. Ziviler Ungehorsam galt als völlig neu in Lancre, aber die Bürger hatten bereits einige der elementaren Formen dieses Konzepts gelernt. Mit anderen Worten: In einem beständigen Rhythmus hoben und senkten sie Harken, Sicheln und andere landwirtschaftliche Werkzeuge, riefen dabei immer wieder »Grrgh!« Einige andere Untertanen schienen noch nicht ganz zu begreifen, worum es ging — sie winkten mit Fähnchen und jubelten. Fortgeschrittene Schüler hielten bereits nach brennbaren Komponenten des Schlosses Ausschau. Mehrere Verkäufer von Frikadellen und heißen Würstchen waren aus dem Nichts* erschienen und machten gute Geschäfte.

Die drei Hexen standen am oberen Ende der Treppe, die zum Haupttor des Bergfrieds führte. Interessiert beobachteten sie das Meer aus Gesichtern.

»Da ist unser Jason«, sagte Nanny fröhlich. »Und Wane und Darron und Kev und Trev und Nev...«

»Ich werde mich an sie erinnern«, versicherte Lord Felmet. Er trat zwischen die Hexen und legte ihnen die Hände auf die Schultern. »Seht ihr auch meine Bogenschützen auf den Wehrwällen?«

»Ich sehe sie«, erwiderte Oma Wetterwachs grimmig.

»Dann solltest du lächeln und winken«, schlug der Herzog vor. »Damit die Leute wissen, daß alles in Ordnung ist. Immerhin: Du hast mich doch besucht, um dringende Staatsgeschäfte mit mir zu besprechen, nicht wahr?«

Er beugte sich näher zu Oma.

»Ja, hundert oder mehr Möglichkeiten stehen dir offen«, fuhr Lord Felmet fort. »Aber es käme in jedem Fall zum gleichen Ergebnis.« Er wich wieder zurück.

---

* Sie kommen immer aus dem Nichts. Niemand sieht, wie sie eintreffen. Die logische Erklärung lautet: Zu ihrer Konzession gehört die Bude, der Papierhut und eine gasbetriebene kleine Zeitmaschine.

»Ich hoffe, ich bin kein unvernünftiger Mann«, fügte er in einem heiteren Tonfall hinzu. »Wenn du die Leute dazu bringst, ruhig zu bleiben, bin ich vielleicht bereit, meine Herrschaft etwas liberaler zu gestalten. Natürlich verspreche ich nichts.«

Oma Wetterwachs schwieg.

»Lächeln und winken«, erinnerte sie der Herzog.

Oma hob eine Hand und bewegte sie in einem kurzen, krampfartigen Bogen, der nichts mit irgendeiner Art von Frohsinn zu tun hatte. Dann schnitt sie eine finstere Miene und stieß Nanny Ogg an, die mit beiden Armen ruderte und wie eine Verrückte grinste.

»Übertreib es nicht!« zischte sie.

»Aber dort unten stehen unsere Reet und unsere Sharleen und ihre kleinen Kinder«, erwiderte Nanny. »Hall*oho!*«

»Halt endlich die Klappe, du blöde alte Schlampe!« schnappte Oma Wetterwachs. »Und reiß dich zusammen!«

»Gut, ausgezeichnet«, lobte der Herzog. Er hob ebenfalls die Hände — oder zumindest eine Hand (die andere schmerzte noch immer). Er hatte es erneut mit der Raspel versucht, ohne Erfolg.

»Bürger von Lancre!« rief er. »Fürchtet euch nicht! Ich bin euer Freund. Ich beschütze euch vor den Hexen! Sie haben sich bereit erklärt, euch in Ruhe zu lassen!«

Oma Wetterwachs starrte ihn an, als er sprach. *Zweifellos ein Manisch-Depressiver,* diagnostizierte sie. *Und verrückt obendrein. Völlig Dingsbums, unberechenbar. Tötet jemanden in der einen Minute und fragt ihn in der nächsten, wie's ihm geht.*

Nach einer Weile spürte sie den erwartungsvollen Blick des Herzogs auf sich ruhen.

»Was ist?«

»Ich sagte: Nun bitte ich die geschätzte Oma Wetterwachs, einige Worte an euch zu richten, haha«, erwiderte Lord Felmet.

»Das hast du wirklich gesagt, wie?«

»Ja!«

»Du bist entschieden zu weit gegangen«, stellte Oma fest.

»Das bin ich, nicht wahr?« Der Herzog kicherte.

Die alte Hexe wandte sich der schweigenden Menge zu.

»Geht nach Hause!« rief sie.

Das Schweigen dauerte an.

»Mehr nicht?« fragte Lord Felmet.

»Nein.«

»Was ist mit dem Eid ewiger Treue?«

»Was soll damit sein? Gytha, würdest du endlich damit aufhören, den Leuten zuzuwinken?«

»Entschuldige.«

»Und jetzt gehen wir auch«, fügte Oma Wetterwachs hinzu.

»Aber wir kommen doch so gut miteinander zurecht«, meinte der Herzog.

»Komm, Gytha«, sagte Oma kühl. »Wo steckt Magrat?«

Magrat hob verlegen den Kopf. Sie hatte ein höchst interessantes Gespräch mit dem Narren geführt: Es handelte sich um jene Art von Konversation, bei der man den größten Teil der Zeit damit verbringt, auf den Boden zu starren und an den Fingernägeln zu knabbern. Neunzig Prozent von wahrer Liebe bestehen aus umfassender Verlegenheit, die einem die Ohren glühen läßt.

»Wir brechen auf«, verkündete Oma.

»Freitagnachmittag, denk dran!« flüsterte der Narr.

»Nun, wenn ich Zeit finde«, erwiderte Magrat.

Nanny Ogg grinste anzüglich.

Oma Wetterwachs marschierte die Treppe hinunter und durch die Menge; Magrat und Nanny mußten laufen, um mit ihr Schritt zu halten. Einige lächelnde Wächter begegneten Omas Blick und bedauerten das sofort, doch hier und dort erklang leises Kichern. Oma passierte das Tor, eilte über die Zugbrücke und durch den Ort. Wenn sie schnell ging, fiel es selbst einem Sprinter schwer, nicht den Anschluß zu verlieren.

Hinter den Hexen erreichte Lord Felmet die letzte irrsinnige Höhe in der Achterbahn seines Wahnsinns und raste ins Tal der Verzweiflung. Er lachte laut.

»Ha, ha!«

Oma Wetterwachs blieb erst am Waldrand jenseits des Ortes stehen. Dort verließ sie den Pfad, hockte sich auf einen umgestürzten Baumstamm und schlug die Hände vors Gesicht.

Ihre beiden Kolleginnen traten vorsichtig näher. Magrat klopfte ihr auf den Rücken.

»Verzweifle nicht«, sagte sie. »Du hast dich genau richtig verhalten.«

»Ich verzweifle nicht«, entgegnete Oma. »Ich denke nach. Laßt mich in Ruhe!«

Nanny Ogg wölbte die Brauen und warf Magrat einen warnenden Blick zu. Sie wichen in eine sichere Distanz zurück — obgleich das nächste Universum nicht weit genug entfernt gewesen wäre, wenn man Oma Wetterwachs' gegenwärtige Stimmung als Maßstab nahm — und setzten sich auf einen moosbewachsenen Stein.

»Ist alles in Ordnung mit dir?« erkundigte sich Magrat. »Mußtest du sehr leiden?«

»Niemand hat mich angerührt«, erwiderte Nanny und schniefte. »Der Herzog und die Herzogin sind nicht besonders königlich«, fuhr sie fort. »Der alte König Grünewald zum Beispiel ... Er hätte keine Zeit damit verloren, irgendwelche Dinge zu zeigen und zu drohen. Bei ihm wären einem sofort die Fingernägel ausgerissen worden. O ja, er wußte, worauf es bei einer richtigen Folter ankommt. Und er lachte nicht wie ein Irrer. Ein wahrer König. Sehr freundlich und zuvorkommend.«

»Lord Felmet wollte dich auf dem Scheiterhaufen verbrennen.«

»Oh, das hätte ich nicht zugelassen«, antwortete Nanny ruhig. Und dann: »Offenbar hast du einen Anhänger gefunden.«

»Wie bitte?« fragte Magrat.

»Der junge Bursche mit den Glocken«, erklärte Nanny. »Und mit dem Gesicht eines Spaniels, den man gerade getreten hat.«

»Ach, *ihn* meinst du.« Die junge Hexe errötete unter ihrem Make-up. »Weißt du, er folgt mir dauernd.«

»Kann recht unangenehm sein, nicht wahr?« kommentierte Nanny weise.

»Außerdem ist er so klein«, sagte Magrat. »Und er *hüpft* immerzu durchs Schloß.«

»Hast ihn gut beobachtet, stimmt's?«

»Pardon?«

»Oder vielleicht auch nicht. Der Narr ist sehr gescheit, finde ich. Er hätte zu einem guten wandernden Schauspieler werden können.«

»Was soll das heißen?«

»Wenn du ihm das nächste Mal begegnest ...« Nanny stieß Magrat verschwörerisch in die Rippen. »Sieh ihn mit den Augen einer Hexe, nicht mit denen einer Frau. Übrigens: Das mit der Tür war nicht schlecht. Du machst Fortschritte. Ich hoffe, du hast ihm von Greebo erzählt.«

»Er hat versprochen, ihn sofort freizulassen.«

Oma Wetterwachs schnaufte leise.

»Habt ihr das Kichern in der Menge gehört?« fragte sie. »Jemand hat gekichert!«

Nanny Ogg nahm neben ihr Platz.

»Und einige von ihnen haben auf uns gezeigt«, fügte sie hinzu. »Ich hab's genau gesehen.«

»Unfaßbar!«

Magrat setzte sich ebenfalls auf den umgestürzten Baumstamm.

»Es gibt noch andere Hexen in den Spitzhornbergen«, murmelte sie. »Vielleicht können sie uns helfen.«

Oma und Nanny bedachten sie mit einem Blick schmerzerfüllter Überraschung.

»Ich glaube, *so* weit brauchen wir nicht zu gehen«, zischte Oma. »Um *Hilfe* zu *bitten.*«

Nanny Ogg nickte. »Üble Sache. Ziemlich schlechte Angewohnheit.«

»Aber ihr habt einen Dämon um Auskunft gebeten«, sagte Magrat.

»Nein, das stimmt nicht«, widersprach Oma Wetterwachs.

»Nein«, bestätigte Nanny.

»Wir haben ihm *befohlen,* Auskunft zu geben.«

»Genau.«

Oma streckte die Beine und sah auf ihre Stiefel. Es waren gute feste Stiefel mit großen Schuhnägeln und halbmondförmigen Beschlägen. Man konnte kaum glauben, daß sie von einem Schuster stammten; sie erweckten vielmehr den Eindruck, als habe jemand eine Sohle genommen und dann *gebaut.*

»Ich meine, zum Beispiel die Hexe drüben bei Skund«, sagte Oma Wetterwachs. »Schwester Wieso oder Wasweißich, ihr Sohn ging fort, um Seemann zu werden. Du kennst sie sicher, Gytha: *schnieft* dauernd und holt sofort die Sofaschoner hervor, kaum sitzt man bei ihr in einem Sessel ...«

»Mütterchen Flinkputz«, brummte Nanny Ogg. »Spreizt den kleinen Finger, wenn sie Tee trinkt. Und läßt nie die Milch anbrennen.«

»Ja. *Ge*nau. Seit der Sache mit dem Galgen — du erinnerst dich bestimmt daran — habe ich mich nicht mehr dazu herabgelassen, mit ihr zu reden. Oh, es würde ihr zweifellos gefallen, hier herumzuschnüffeln, ihre häßliche Nase in unsere Angelegenheiten zu stekken und zu sagen, wie man alles besser machen kann und so. *Hilfe,* ha! Es führt nur zu Problemen, wenn Hexen sich gegenseitig *helfen.*«

»Ja, und drüben bei Skund sprechen die Bäume und wandern des Nachts umher«, behauptete Nanny. »Ohne vorher um Erlaubnis zu fragen. Armselige Organisation.«

»Dort ist die Organisation also nicht so gut wie bei uns?« vergewisserte sich Magrat.

Oma Wetterwachs stand entschlossen auf.

»Ich gehe nach Hause«, proklamierte sie.

Es gibt Tausende von guten Gründen, warum Magie nicht die Welt regiert. *Sie heißen Hexen und Zauberer,* dachte Magrat, als sie den beiden alten Frauen zum Pfad folgte.

Wahrscheinlich handelte es sich um einen Mechanismus der Natur, der zu ihrem eigenen Schutz diente. Er sorgte dafür, daß alle mit magischen Talenten ausgestatteten Personen ebenso viel Kooperationsbereitschaft zeigten wie eine Bärin mit Zahnschmerzen: Auf diese Weise verpuffte die gefährliche Kraft in Form zufälligen Zanks und sinnloser Rivalität. Natürlich gab es Unterschiede im Stil. Zauberer ermordeten sich in zugigen Korridoren; Hexen hingegen brachten sich mitten auf der Straße um. Darüber hinaus waren sie alle so egozentrisch wie ein Kreisel. *Selbst wenn sie den Anschein erwecken, sich gegenseitig zu helfen,* überlegte Magrat. *In Wirklichkeit denken sie dabei nur an sich. Im Grunde genommen sind sie wie große Kinder.*

Ich bin die einzige Ausnahme, fügte sie selbstgefällig hinzu.

»Sie ist sehr verärgert, nicht wahr?« wandte sich Magrat an Nanny.

»Nun, tja«, erwiderte Nanny Ogg. »Genau da liegt das Problem. Je mehr man sich an Magie gewöhnt, desto weniger möchte man sie verwenden. Desto häufiger gerät sie einem in den Weg. Ganz zu Anfang hast du vermutlich einige Zaubersprüche von Gütchen Wemper

— mögesieinfriedenruhen — gelernt und sie ständig benutzt, nicht wahr?«

»Äh, ja. Das ist doch üblich, oder?«

»Eine allgemein bekannte Tatsache«, bestätigte Nanny. »Aber wenn du dich länger mit der Hexerei beschäftigst, lernst du irgendwann folgendes: Die schwierigste Magie ist jene, die man nicht beschwört.«

Magrat dachte eine Zeitlang über diese Bemerkung nach. Sie klang nach einem wichtigen Grundsatz. »Das ist nicht zufällig eine Art von Zen, oder?« fragte sie.

»Keine Ahnung. Bin nie einem begegnet.«

»Als wir im Verlies waren, meinte Oma, sie hätte es mit Steinen versucht. Es hörte sich nach recht schwieriger Magie an.«

»Nun, Gütchen Wemper hat sich nie sehr intensiv mit Steinen beschäftigt«, erläuterte Nanny. »Eigentlich ist es gar nicht so schwer. Man muß nur ihrem Gedächtnis auf die Sprünge helfen. Wenn sie sich an die alten Tage erinnern, als sie heiß und flüssig waren ...«

Sie zögerte, griff in die Tasche, fühlte den Schloßstein und entspannte sich.

»Ich dachte schon, ich hätte ihn vergessen«, sagte Nanny und holte den Gegenstand hervor. »Du kannst dich jetzt zeigen.«

Im hellen Tageslicht fiel es nicht leicht, den Geist zu erkennen. König Verence präsentierte sich als vages Schimmern neben einem Baum und blinzelte — er war nicht mehr an den Sonnenschein gewöhnt.

Nanny wandte sich an die zweite ältere Hexe. »Es gibt hier etwas, das du dir ansehen solltest, Esme.«

Oma Wetterwachs drehte sich langsam um und kniff die Augen zusammen.

»Wir sind uns im Verlies begegnet, nicht wahr?« fragte sie. »Wer bist du?«

»Verence, König von Lancre«, erwiderte der Geist und verbeugte sich. »Habe ich die Ehre, mit Oma Wetterwachs zu sprechen, der Doyenne aller Hexen?«

Es wurde bereits darauf hingewiesen: Verence stammte zwar aus einem alten Königsgeschlecht, aber das bedeutete nicht notwendigerweise, daß es ihm an einer gewissen elementaren Intelligenz mangelte, und ein Jahr ohne die Ablenkungen des Fleischlichen hatte bei ihm Wunder gewirkt. Normalerweise blieb Oma Wetterwachs ganz und gar unbeeindruckt, wenn jemand versuchte, ihr Honig um den Mund zu schmieren, doch Verence verwendete nun die jährliche Produktion aller Imker eines Königreichs. Hinzu kam die galante Verneigung.

In Oma Wetterwachs' Wange zuckt es kurz, und sie deutete eine steife Verbeugung an — hauptsächlich deswegen, weil sie nichts mit dem Wort ›Doyenne‹ anfangen konnte.

»Du hast sie«, räumte sie ein.

»Von mir aus kannst du dich jetzt wieder aufrichten«, fügte sie würdevoll hinzu.

König Verence kniete fünf Zentimeter über dem Boden.

»Ich erflehe deine Hilfe«, sagte er drängend. »Wie hast du überhaupt das Schloß verlassen?« fragte Oma.

»Ich verdanke es der geschätzten Nanny Ogg«, antwortete der König. »Wenn ich an die Steine des Schlosses Lancre gebunden bin, so überlegte ich, müßte es mir eigentlich möglich sein, sie zu begleiten, wenn man sie fortbringt. Leider mußte ich zu einem kleinen Trick greifen, um alles zu arrangieren. Derzeit spuke ich in Nannys Schürze.«

»Da bist du vermutlich nicht der erste«, erwiderte Oma aus einem Reflex heraus.

»Esme!«

»Oma Wetterwachs, ich bitte dich nun, den Thron meinem Sohn zu geben.«

»Ich soll ihm den Thron geben?«

»Du weißt, was ich meine. Geht es ihm gut?«

Oma nickte. »Als wir ihn das letzte Mal beobachtet haben, aß er einen Apfel.«

»Das Schicksal bestimmt ihn dazu, König von Lancre zu sein!«

»Ja, nun«, entgegnete Oma Wetterwachs, »mit dem Schicksal ist das so eine Sache.«

»Du bist nicht bereit, mir zu helfen?«

Oma verzog das Gesicht. »Es wäre Einmischung«, sagte sie. »Und wenn man sich in Politik einmischt, geht immer alles schief. Zum Beispiel: Wenn man damit anfängt, kann man nicht wieder aufhören. Eine fundamentale Regel der Magie, jawohl. Und mit fundamentalen Regeln der Magie sollte man nicht herumpfuschen.«

»Du willst nicht helfen?« wiederholte der König.

»Nun, äh, eines Tages, wenn dein Sohn älter ist ...«

»Wo befindet er sich jetzt?« fragte Verence kühl.

Die Hexen vermieden es, sich anzusehen.

»Äh, wir haben ihn außer Landes gebracht, in Sicherheit, äh«, antwortete Oma nervös.

»Er lebt jetzt bei einer sehr guten Familie«, warf Nanny Ogg hastig ein.

»Bei wem?« erkundigte sich der König. »Doch hoffentlich nicht bei gewöhnlichen Leuten, oder?«

»Nein«, erwiderte Oma überzeugt und stellte sich dabei Vitoller vor. »Sie sind nicht gewöhnlich. Eher recht ungewöhnlich. Äh.«

Sie richtete einen verzweifelten Blick auf Magrat.

»Es waren Thespisjünger«, stellte die junge Hexe fest. Ihre Stimme brachte dabei ein so hohes Maß an Anerkennung zum Ausdruck, daß der König automatisch nickte.

»Oh«, sagte er. »Gut.«

»Im Ernst?« flüsterte Nanny. »Sie sahen überhaupt nicht wie Thespisjünger aus.«

»Du solltest deine Unwissenheit besser verbergen, Gytha Ogg«, schniefte Oma Wetterwachs und wandte sich wieder dem Geist des Königs zu. »Entschuldige bitte, Euer Majestät. Es ist nur ihre Angeberei. Sie weiß nicht einmal, wo Thespis *liegt*.«

»Wo auch immer Thespis liegen mag — ich hoffe, dort versteht man sich darauf, jemanden mit der Kunst des Krieges vertraut zu machen«, sagte Verence. »Ich kenne Felmet. In den nächsten zehn Jahren gräbt er sich hier wie eine Kröte ein.«

Der König musterte die Hexen nacheinander. »In welches Königreich kehrt mein Sohn dann zurück? Ich höre schon jetzt, was daraus wird. Wollt ihr tatenlos beobachten, wie es sich verwandelt, wie es schäbig und gemein wird?« Verences schemenhafte Gestalt verblaßte.

Seine Stimme hing noch immer in der Luft, leise wie das Flüstern einer Brise.

»Denkt daran, gute Schwestern«, raunte es. »Das Land und der König sind eins.«

Dann verschwand er.

Das verlegene Schweigen endete, als sich Magrat die Nase putzte.

»Eins was?« fragte Nanny Ogg.

»Wir können nicht einfach die Hände in den Schoß legen«, sagte Magrat leidenschaftlich. »Die magischen Regeln spielen in diesem Zusammenhang keine Rolle mehr.«

»Es ist alles sehr ärgerlich«, gab Oma Wetterwachs zu.

»Ja, aber was willst du unternehmen?« fragte die junge Hexe.

»Ich werde nachdenken und mir alles gründlich durch den Kopf gehen lassen«, antwortete Oma.

»Schon seit einem Jahr denkst du darüber nach«, erwiderte Magrat.

»Eins was?« wiederholte Nanny Ogg. »Das Land und der König sind eins was?«

»Es nützt nichts, einfach nur zu reagieren«, murmelte Oma. »Man muß ...«

Ein Karren rumpelte über den Weg von Lancre. Oma Wetterwachs achtete nicht darauf.

»... die Situation sorgfältig prüfen und alle Aspekte in Erwägung ziehen.«

»Du weißt gar nicht, was es jetzt zu tun gilt, oder?« meinte Magrat.

»Unsinn. Ich ...«

»Da kommt ein Karren.«

Oma Wetterwachs zuckte mit den Schultern. »Ihr jungen Leute begreift nicht ...«, begann sie.

Hexen verschwendeten keinen Gedanken an Verkehrssicherheit. Der auf den Straßen von Lancre herrschende Verkehr wich ihnen entweder aus oder wartete, bis sie zur Seite traten. Oma Wetterwachs war mit der unerschütterlichen Überzeugung aufgewachsen, daß es sich um ein ehernes Prinzip handelte. Sie starb nur deshalb nicht mit der Erkenntnis, einem Irrtum erlegen zu sein, weil Magrat über bessere Reflexe verfügte und sie in den Graben stieß.

Es war ein interessanter Graben. Er enthielt sich hin und her windende korkenzieherartige Dinge — direkte Nachkommen von Wesen, die in der primordialen Schöpfungssuppe gelebt hatten. Wer Grabenwasser für langweilig hielt, hätte hier eine erbauliche halbe Stunde mit einem leistungsstarken Mikroskop verbringen können. Brennesseln wuchsen dort. Und jetzt lag Oma Wetterwachs darin.

Sie kroch durchs Gestrüpp und bebte vor Zorn. Wie eine Venus Anadyomene kletterte sie aus dem Graben; der einzige Unterschied bestand nur darin, daß sie älter war — und daß mehr Wasserlinse an ihr klebte.

»T-t-t«, sagte sie und richtete einen zitternden Zeigefinger auf den davonratternden Karren.

»Der junge Nesheley von Tintenkappe saß auf dem Kutschbock«, meinte Nanny Ogg, die in einem nahen Busch hockte. »Stammt aus einer recht wilden Familie. Seine Mutter war eine Wippel.«

»Er hätte uns fast überfahren!« entfuhr es Oma.

»Vielleicht wäre es besser gewesen, rechtzeitig zur Seite zu treten«, sagte Magrat.

»Zur Seite treten?« wiederholte Oma. »Wir sind He-

xen! Die Leute weichen *uns* aus!« Sie platschte auf den Weg und zeigte noch immer zum fernen Karren. »Bei Hoki, ich werde dafür sorgen, daß er sich wünscht, nie geboren zu sein ...«

»Ich weiß noch, daß er ein ziemlich großes Baby war«, murmelte der Busch. »Seine Mutter hatte es sehr schwer.«

»So etwas ist mir noch nie zuvor passiert.« Oma zitterte noch immer wie die gespannte Sehne eines Bogens. »Ich zeige ihm, was es bedeutet, die Fahrt einfach fortzusetzen, so als seien wir, als seien wir, als seien wir gewöhnliche Leute.«

»Er weiß es bereits«, erwiderte Magrat. »Bitte hilf mir jetzt, Nanny aus dem Busch zu ziehen.«

»Ich verwandle ihn in ...«

»Die Leute haben keinen Respekt mehr«, brummte Nanny, als Magrat sie von den Dornen befreite. »Bestimmt liegt's am neuen König.«

»Wir sind Hexen!« kreischte Oma Wetterwachs, blickte gen Himmel und schüttelte die Fäuste.

»Nun ja«, pflichtete ihr Magrat bei. »Das harmonische Gleichgewicht des Universums und so. Ich glaube, Nanny ist ein wenig müde.«

»Was habe ich die ganze Zeit über getan?« fragte Oma mit einem rhetorischen Schwung, der sogar Vitoller beeindruckt hätte.

»Nicht viel«, antwortete Magrat.

»Gelacht!« ereiferte sich Oma Wetterwachs. »Man hat über mich gelacht! Auf meinen eigenen Straßen! In meinem eigenen Land. Das ist zuviel! Das ertrage ich keine zehn Jahre mehr! Nicht einmal einen *Tag* lang!«

Die Bäume um sie herum begannen zu schwanken. Staub stieg vom Weg auf und bildete kleine wogende Wolken, die der zornigen Hexe auszuweichen versuchten. Oma Wetterwachs streckte einen langen Arm aus und entfaltete an seinem Ende einen langen Finger. Oktarines Feuer glühte am entsprechenden Fingernagel.

Eine halbe Meile entfernt verlor der Karren seine vier Räder.

»Er hat es gewagt, eine Hexe einzusperren, nicht wahr?« rief Oma den Bäumen zu.

Nanny stemmte sich in die Höhe.

»Wir sollten sie packen und festhalten«, flüsterte sie Magrat zu. Sie sprangen, griffen nach Omas Armen und zwangen sie nach unten.

»Verdammt, ich zeige ihm, wozu eine Hexe imstande ist!« schrie sie.

»Ja, ja, gut, in Ordnung, *völlig* in Ordnung«, entgegnete Nanny. »Aber nicht jetzt, und nicht auf diese Weise, einverstanden?«

»Seltsame Schwestern, ha!« donnerte Oma. »Das wird er bereu ...«

»Laß sie nicht los, Magrat!« bat Nanny Ogg und rollte den Ärmel hoch.

»Solche Anfälle sind bei besonders fähigen Hexen möglich«, fügte sie hinzu, holte aus und schlug so fest zu, daß sie für eine Sekunde beide den Boden unter den Füßen verloren. Ein derartiges Klatschen könnte das Ende des Universums einleiten.

Atemloses Schweigen folgte, und schließlich sagte Oma Wetterwachs: »Danke.«

Betont würdevoll zupfte sie ihre Kleidung zurecht. »Aber ich hab's ernst gemeint. Heute abend treffen wir uns am Monolithen und überlegen, was es zu unternehmen gilt. Ähem.«

Sie schob die Nadeln tiefer in den Hut, taumelte kurz und stapfte in Richtung ihrer Hütte.

»Was ist mit der fundamentalen magischen Regel, die Einmischungen in Politik verbietet?« fragte Magrat und sah Oma nach.

Nanny Ogg massierte sich die stark schmerzende Hand.

»Bei Hoki, das Kinn der Frau ist so hart wie ein Amboß«, sagte sie. »Äh, wie war das?«

»Was ist mit der Regel, die keine Einmischungen zuläßt?«

»Äh«, murmelte Nanny und schloß die Finger um den Arm der jungen Hexe, »wenn du unser Gewerbe besser kennenlernst, Mädchen, findest du irgendwann heraus, daß es noch eine wichtigere Regel gibt. Esme hat sich ihr ganzes Leben lang daran gehalten.«

»Und wie lautet sie?«

»Wenn man Regeln verletzt, so sollte man sie besonders gründlich brechen«, erwiderte Nanny. Sie lächelte und offenbarte dabei Zahnfleisch, das noch bedrohlicher wirkte als Zähne.

Der Herzog sah über den Wald und grinste.

»Es funktioniert«, sagte er. »Überall murrt man gegen die Hexen. Wie hast du das fertiggebracht, Narr?«

»Meiner Treu, mit Witzen. Und mit Gerüchten. Die Leute waren ohnehin mehr oder weniger bereit, daran zu glauben. Alle respektieren die Hexen, aber kaum jemand mag sie.«

Freitagnachmittag, dachte er. *Ich muß Blumen pflücken und mich besonders gut anziehen. Das Wams mit den silbernen Glocken, ja.* Erwartungsvolle Aufregung vibrierte in ihm.

»Ich bin sehr zufrieden«, verkündete Lord Felmet. »Wenn es so weitergeht, verdienst du dir den Ritterstand.«

Der Narr dachte sofort an Scherz Nummer 302 — das Stichwort bohrte sich ins Herz eines gequälten Humors. »Fürwahr, Onkel«, begann er und achtete nicht darauf, daß der Herzog eine Grimasse schnitt, »wenn der Ritterstand (Ritter stand) eine Auszeichnung ist, so darf er nie ruhen und sich hinlegen. Andererseits: Meiner Treu, wenn ein Narr zum Ritter wird, was geschieht dann mit ...«

»Ja, ja, schon gut«, zischte Lord Felmet. Er fühlte sich schon viel besser. An diesem Abend war sein Haferschleim nicht versalzen gewesen, und das Schloß erschien angenehm leer. Es raunten keine Stimmen mehr, die ihm Unverständliches zuflüsterten.

Er nahm auf dem Thron Platz. Zum erstenmal hatte er es dort bequem.

Die Herzogin saß neben ihm und beobachtete den Narren, das Kinn auf die Hand gestützt. Ihr Blick besorgte ihn. Er wußte, woran er mit Seiner Lordschaft war: Bei ihm brauchte man nur zu warten, bis in seinem Wahnsinn die fröhliche Phase begann. Aber Lady Felmet entsetzte ihn.

»Offenbar sind Worte außerordentlich mächtig«, sagte sie.

»Wahrlich, Lady.«

»Du hast dich sicher eingehend damit befaßt.«

Der Narr nickte. Die Macht des Wortes hatte ihm geholfen, alle Schrecken der Gilde zu überstehen. Zauberer und Hexen benutzten Worte als Werkzeuge, um bestimmte Dinge zu erreichen, aber der Narr glaubte, daß Worte selbst Dinge waren.

»Man kann damit die Welt verändern«, sagte er.

Lady Felmet kniff die Augen zusammen.

»Das hast du schon einmal behauptet. Ich bin noch immer nicht davon überzeugt. Starke Männer verändern die Welt.« Sie zögerte kurz. »Starke Männer und ihre Taten. Worte sind nur wie Marzipan auf einem Kuchen. Du glaubst natürlich, daß Worte wichtig sind. Du bist schwach und hast nichts anderes.«

»Ihre Ladyschaft irrt sich.«

Die dicke Hand der Herzogin trommelte ungeduldig auf die Armlehne ihres Throns.

»Du solltest besser in der Lage sein, diese Bemerkung zu rechtfertigen.«

»Lady, der Herzog möchte den Wald abholzen lassen, nicht wahr?«

»Die Bäume reden über mich«, hauchte Lord Felmet. »Beim Reiten höre ich sie flüstern. Sie erzählen Lügen über mich!«

Der Narr begegnete dem Blick der Herzogin.

»Aber diese Politik stößt auf fanatischen Widerstand«, fügte der Hofnarr hinzu.

»Was?«

»Die Leute mögen so etwas nicht.«

Lady Felmet explodierte regelrecht. »Welche Rolle spielt das schon?« erwiderte sie schrill. »Wir herrschen! Die Bürger müssen unsere Anweisungen befolgen, wenn sie nicht erbarmunglos hingerichtet werden wollen!«

Der Narr hüpfte umher und gestikulierte beschwichtigend.

»Dann gehen uns irgendwann die Untertanen aus, Teuerste«, murmelte der Herzog.

»So etwas ist überhaupt nicht nötig, nein, nein!« brachte der Narr verzweifelt hervor. »Auf drastische Maßnahmen dieser Art könnt ihr verzichten. Es genügt, wenn ihr …« Er legte eine kurze Pause ein, und seine Lippen bewegten sich lautlos. »Ihr beginnt mit einem wohlüberlegten und ehrgeizigen Plan, um die landwirtschaftliche Industrie zu entwickeln, mittelfristig neue Arbeitsplätze in Sägemühlen zu schaffen, weiteres Land zu erschließen und dem Räuberwesen die soziale Basis zu entziehen.«

Der Herzog blinzelte verwirrt. »Und wie stelle ich das an?« fragte er.

»Indem du die Wälder abholzen läßt.«

»Aber du hast doch gesagt …«

»Sei still, Felmet!« knurrte die Herzogin. Sie bedachte den Narren mit einem nachdenklichen und durchdringenden Blick.

Nach einer Weile erkundigte sie sich: »Welche Erklärung bietet man an, wenn man die Häuser unsympathischer Leute zerstören möchte?«

»Urbane Sanierung«, sagte der Narr.

»Ich dachte daran, sie zu verbrennen.«

»*Hygienische* urbane Sanierung«, meinte der Narr sofort.

»Außerdem erwäge ich die Möglichkeit, auf bestimmten Äckern und Feldern Salz auszustreuen.«

»Meiner Treu, ich nehme an, das ist hygienische urbane Sanierung mit einem Programm für ambientale Verbesserung. Es wäre vielleicht eine gute Idee, auch einige Bäume zu pflanzen.«

»Keine Bäume mehr!« platzte es aus Felmet heraus.

»Oh, sei unbesorgt! Sie gehen ohnehin ein. Wegen des Salzes. Wichtig ist nur, daß du sie gepflanzt hast.«

»Aber ich will auch die Steuern erhöhen ...«

»Fürwahr, Onkel ...«

»Ich bin nicht dein Onkel.«

»Tante?« fragte der Narr zaghaft.

»Nein.«

»Fürwahr ... äh, wahrlich ... Du mußt dein ehrgeiziges Programm für die Entwicklung des Landes finanzieren.«

»Wie?« Der Herzog verlor erneut den Faden.

»Er meint, das Abholzen des Waldes kostet Geld«, erklärte die Herzogin. Sie musterte den Narren und lächelte. Zum erstenmal spürte er einen solchen Blick auf sich ruhen; für gewöhnlich sah Ihre Ladyschaft so auf ihn herab, als sei er eine schäbige kleine Kakerlake. Es gab noch immer etwas Käferhaftes in ihren Augen, aber jetzt teilten die Pupillen mit: Guter kleiner Käfer; du hast einen interessanten Trick gelernt.

»Faszinierend«, kommentierte die Herzogin. »Können Worte auch die Vergangenheit verändern?«

Der Narr dachte darüber nach.

»Das ist sogar noch einfacher, glaube ich«, antwortete er. »Die Vergangenheit besteht aus Dingen, an die sich die Leute erinnern, und Erinnerungen sind Worte. Wer weiß, wie sich ein König vor tausend Jahren verhielt? Nur Geschichten berichten darüber. Und natürlich Theaterstücke.«

»O ja«, warf Felmet ein, »ich habe einmal eine Vorführung gesehen. Komische Burschen in Strumpfhosen. Viel Geschrei. Den Leuten hat's gefallen.«

»Soll das heißen, Geschichte ist nur das, was man den Menschen erzählt?« fragte die Herzogin.

Der Narr sah sich im Thronsaal um und deutete auf ein Porträt, das König Grünbeer den Guten (906—967) zeigte.

»*Stimmt* der Beiname? Wer weiß das heute noch? War er wirklich gut? Es spielt keine Rolle mehr. Bis zum Ende der Welt bleibt er Grünbeer der Gute.«

Der Herzog beugte sich vor, und in seinen Augen glühte es.

»Ich möchte ein *guter* Herrscher sein«, sagte er. »Ich möchte, daß mich die Leute mögen. Ich möchte, daß man sich liebevoll an mich erinnert.«

»Nehmen wir an, es gibt andere Dinge, die Anlaß für Kontroversen geben«, dachte die Herzogin laut. »Historische Ereignisse, die — falsch dargestellt werden.«

»Mich trifft überhaupt keine Schuld!« stieß der Herzog hastig hervor. »Er rutschte aus und fiel. Ja. Er rutschte aus und fiel. Ich war nicht einmal dabei. Er griff mich an. Reine Notwehr, jawohl. Er rutschte aus und fiel in Notwehr auf seinen Dolch.« Er nuschelte nur noch. »Ich entsinne mich gar nicht mehr daran.« Lord Felmet rieb sich die Dolchhand, obwohl diese Bezeichnung nicht mehr ganz zutraf.

»Schweig endlich, Gemahl!« sagte die Herzogin scharf. »Ich weiß, daß du völlig schuldlos bist. Ich habe dir keine Gesellschaft geleistet, wie du dich bestimmt erinnerst. Ich war es, die dir nicht den Dolch gab.« Lord Felmet schauderte erneut.

»Und jetzt, Narr ...« Lady Felmet holte tief Luft. »Ich wollte auf folgendes hinaus: Es gibt einige Dinge, an die man sich *richtig* erinnern sollte.«

»Meinst du, daß du zu jenem Zeitpunkt nicht dort warst?« erwiderte der Hofnarr.

Es stimmt schon: Worte haben Macht. Aber manchmal entwickeln sie auch ein seltsames Eigenleben und verlassen den Mund des Sprechers, bevor er Gelegenheit hat, sie zurückzuhalten. Wenn man Worte mit unschuldigen kleinen Lämmern vergleichen kann, so beobachtete der Narr nun, wie sie fröhlich davonliefen, direkt in den Flammenwerfer von Lady Felmets Blick.

»Nicht *wo?*«

»Äh, nirgends«, sagte der Narr eilig.

»Dummer Kerl! Jeder hält sich irgendwo auf.«

»Ich meine, du warst irgendwo, aber gewiß nicht am oberen Ende der Treppe«, versicherte der Narr.

»Am Ende *welcher* Treppe?«

»Irgendeiner.« Der Narr begann zu schwitzen. »Ich erinnere mich ganz deutlich daran, dich nicht gesehen zu haben.«

Die Herzogin starrte ihn eine Zeitlang an.

»Vergiß es nur nicht!« grollte sie und rieb sich das Kinn. Ein leises Kratzen erklang dabei.

»Die Realität besteht also nur aus schwachen Worten. Woraus folgt: Worte sind Realität. Wie kann man daraus Geschichte formen?«

»Die Vorführung, die ich gesehen habe, wurde wirklich gut vorgeführt«, sagte Lord Felmet verträumt. »Auf der Bühne kam es zu Kämpfen, aber niemand erlitt wirkliche Verletzungen. Und dann die Reden. Hörten sich gut an, die Reden.«

Von der Herzogin kam ein weiteres schmirgelpapierartiges Geräusch.

»Narr?« fragte sie.

»Lady?«

»Kannst du ein Theaterstück schreiben? Ein Stück, das über die ganze Welt zieht? Das alle böswilligen Gerüchte besiegt?«

»Nein, Lady. Dazu ist besonderes Talent notwendig.«

»Kennst du Personen, die dazu fähig sind?«

»Oh, es gibt solche Leute, Lady.«

»Finde jemanden!« murmelte der Herzog. »Finde den Besten. Finde den Besten. Damit die Wahrheit bekannt wird. Finde jemanden ...«

Der Sturm ruhte sich aus. Er wollte es nicht, aber ihm blieb keine Wahl. Zwei Wochen hatte er damit verbracht, ein berühmtes Hochdruckgebiet über dem Runden Meer zu vertreten. Jeden Tag spannte er die böigen Muskeln und wartete in der Kaltluftfront, dankbar für die Chance, ab und zu einen Baum zu entwurzeln beziehungsweise das eine oder andere Bauernhaus zu zertrümmern. Aber der erhoffte grundlegende Wetterwechsel stellte sich nicht ein.

Er tröstete sich mit dem Gedanken, daß auch die großen Stürme der Vergangenheit — zum Beispiel das Gewaltige Tosen von 1789, oder Orkan Zelda und Ihre Erstaunlichen Regnenden Frösche — irgendwann während ihrer Karriere eine solche Phase erlebt hatten. So etwas gehörte eben zur Tradition des Wetters.

Außerdem hatte er sich in der weiten Ebene mit dem Äquivalent einer Pantomime vergnügt, saisongemäßen Schnee gebracht und Millionen von Menschen Frostbeulen beschert. Er mußte sich einfach damit abfinden, hier oben zu warten und nur das Heidekraut zu bewegen. Wenn Wetter menschliche Gestalt annehmen konnte, hätte dieser Sturm die Wartezeit damit überbrückt, einen Papierhut zu tragen und in einer Imbißstube hinter dem Tresen zu stehen.

Derzeit beobachtete er drei Frauen, die langsam durchs Moor wanderten und sich zielstrebig einer Lichtung näherten, wo der Monolith stand. Oder eigentlich stehen sollte; er hatte sich wieder versteckt.

Der Sturm erkannte sie als alte Freunde und Kenner,

begrüßte sie mit einem Donnern, das nicht der Jahreszeit entsprach und völlig übersehen wurde.

»Der verdammte Stein ist nicht da«, sagte Oma Wetterwachs. »Wie viele auch immer es sein mögen.«

Sie war blaß. Ihr Gesicht war verzerrt und erweckte den Eindruck, von einem neurotischen Künstler entworfen zu sein. Sie schien es ernst zu meinen. Sehr ernst.

»Entzünde das Feuer, Magrat!« fügte sie automatisch hinzu.

»Nach einer guten Tasse Tee fühlen wir uns bestimmt viel besser«, erwiderte Nanny Ogg und formulierte diese Worte wie ein Mantra. Sie griff unter ihren Schal. »Mit was drin«, murmelte sie und holte eine kleine Flasche Apfelschnaps hervor.

»Alkohol lähmt das Hirn und trübt die Seele«, kommentierte Magrat tugendhaft.

»Ich rühre das Zeug nie an«, stellte Oma Wetterwachs fest. »Wir müssen einen klaren Kopf bewahren, Gytha.«

»Ein Tropfen im Tee schadet bestimmt nicht«, behauptete Nanny. »Ganz im Gegenteil: Es ist Medizin. Gegen die Kälte hier oben.«

»Na gut«, räumte Oma ein, »aber nur ein Tropfen.«

Sie tranken schweigend. »Nun, Magrat«, sagte Oma Wetterwachs schließlich, »du kennst dich ja mit Hexenzirkeln und so aus. Wir sollten es ruhig richtig anstellen. Was tun wir jetzt?«

Magrat zögerte. Sie überlegte, ob sie nacktes Tanzen vorschlagen sollte, entschied sich dann aber dagegen.

»Wir könnten singen«, entgegnete sie. »Um den Vollmond zu preisen.«

»Er ist nicht voll, sondern Dingsbums, gewölbt«, widersprach Oma.

»Konvex«, warf Nanny ein.

Magrat suchte nach den richtigen Worten. »Man preist den Vollmond nur im allgemeinen. Und dann müssen wir unser Bewußtsein erweitern. Ich fürchte allerdings, das geht nur bei Vollmond. Monde sind dabei sehr wichtig.«

Oma musterte sie nachdenklich.

»Moderne Hexerei, wie?« fragte sie.

»Der Mond gehört dazu. Und noch viele andere Dinge.«

Oma Wetterwachs seufzte. »Jedem das seine, denke ich. Nun, ich will verdammt sein, wenn ich mir von einer glänzenden Felskugel sagen lasse, was es zu unternehmen gilt.«

»Alles Firlefanz«, bestätigte Nanny. »Ich schlage vor, wir verfluchen jemanden.«

Der Narr schlich vorsichtig durch die nächtlichen Flure. Er wollte kein Risiko eingehen. Magrat hatte ihm Greebos übliche Verhaltensweise sehr anschaulich beschrieben, und deshalb trug er sowohl Handschuhe als auch eine Art Metallschleier. Seine Ausrüstung stammte aus dem Schloßlager mit den vererbten Kettenhemden.

Er erreichte die Rumpelkammer, schob behutsam den Riegel beiseite, stieß die Tür auf und preßte sich an die Wand.

Es wurde etwas dunkler im Flur, als die schwärzere Finsternis in der Kammer durch den Zugang strömte und sich gewöhnlicher Dunkelheit hinzugesellte.

Sonst geschah nichts. Die Anzahl der zischenden, wütenden Kugeln aus mörderischem Fell war gleich null. Der Narr entspannte sich und betrat den Raum.

Greebo fiel ihm auf den Kopf.

Ein langer Tag lag hinter dem Kater. Die Rumpelkammer bot ihm nicht jenes tätige Leben, an das er sich gewöhnt hatte. Es kam nur zu einer Abwechslung, als er am späten Vormittag eine Mäusekolonie entdeckte, die sich seit Generationen durch einen kostbaren

Wandteppich fraß. Er zeigte eine kompakte Form der Geschichte von Lancre, und die Nagetiere waren bis zum König Murune (709—745) gekommen, der einem schrecklichen Schicksal zum Opfer fiel*, als es ihnen ähnlich erging. Greebo hatte sich die Krallen an einer Büste geschärft, die Lancres einzige königliche Vampirin zeigte, Königin Grimnir die Pfählerin (1514—1553, 1553—1557, 1557—1562, 1562—1567 und 1568—1573). Er hatte seine morgendliche Notdurft auf dem Porträt eines unbekannten Monarchen verrichtet — das Bild löste sich langsam auf. Jetzt langweilte er sich, und hinzu kam ein gewisser Ärger.

Er streckte die Krallen dorthin, wo sich eigentlich die Ohren des Narren befinden sollten, doch erstaunlicherweise erklang nur metallenes Kratzen.

»Sei ein lieber Junge«, sagte der Hofnarr, »Kuschimuschi-duh.«

Das überraschte Greebo. Die einzige andere Person, die jemals so mit ihm gesprochen hatte, hieß Nanny Ogg; alle anderen nannten ihn ›LaßdieverdammtenPfotendavondumistvieh‹. Er beugte sich vor, fasziniert von dieser neuen Erfahrung.

Der Narr sah einen umgekehrten Katzenkopf, der sich allmählich in sein Blickfeld schob. Greebos Gesichtsausdruck deutete auf boshaftes Interesse hin.

»Möchtest du vielleicht nach Hause, Miezekätzchen?« fragte der Narr hoffnungsvoll. »Sieh nur, das Türchen steht offen.«

Greebo griff fester zu. Er hatte einen Freund gefunden.

Der Hofnarr zuckte — ganz vorsichtig — mit den Schultern, drehte sich um und kehrte in den Flur zu-

* Es betraf einen rotglühenden Schürhaken, einen Abort, zehn Pfund lebende Aale, einen über drei Meilen hinweg zugefrorenen Fluß, ein großes Faß Wein, zwei Tulpenzwiebeln, mehrere vergiftete Ohrentropfen, eine Auster und einen Mann mit einem Holzhammer. König Murune fand nicht leicht Freunde.

rück. Er ging durch den dunklen Korridor, trat auf den Hof, schritt am Wachhaus vorbei zum Haupttor und nickte den Wächtern behutsam zu.

»Eben habe ich jemanden mit einer Katze auf dem Kopf gesehen«, sagte einer der beiden Gardisten, nachdem er sich eine Minute Zeit genommen hatte, um gründlich zu überlegen.

»Wer war's?«

»Der Narr, glaube ich.«

Erneut folgte nachdenkliche Stille. Der zweite Wächter rückte seine Hellebarde zurecht.

»Es ist ein mieser Job«, sagte er. »Aber ich schätze, irgend jemand muß ihn erledigen.«

»Wir verfluchen niemanden«, sagte Oma Wetterwachs fest. »Es klappt fast nie, wenn die Betreffenden nicht wissen, daß sie verflucht worden sind.«

»Für gewöhnlich schickt man ihnen eine kleine Puppe mit Nadeln drin.«

»Nein, Gytha.«

»Man braucht nur Schnipsel von einem Zehennagel«, beharrte Nanny voller Begeisterung.

»Nein.«

»Oder einige Haare. Ich habe Nadeln.«

»Nein.«

»Das Verfluchen von Leuten ist moralisch verkehrt und sehr schlecht fürs eigene Karma«, sagte Magrat.

»Nun, ich verfluche ihn trotzdem«, versprach Nanny. »Ganz leise. In seinem kalten Verlies hätte ich mir den Tod holen können. Er hat mir nicht einmal eine Decke gebracht.«

»Wir verfluchen ihn *nicht*«, stellte Oma Wetterwachs fest. »Nein, wir ersetzen ihn durch jemand anders. Was ist mit dem alten König?«

»Ich habe den Schloßstein auf dem Küchentisch gelassen«, antwortete Nanny. »Weil ich es nicht mehr ertragen konnte.«

»Wieso?« fragte Magrat. »Verence schien doch sehr freundlich zu sein. Für einen Geist, meine ich.«

»Oh, mit *ihm* ist alles in Ordnung«, erwiderte Nanny. »Aber die anderen ...«

»Die anderen?«

»›Bitte nimm einen Stein aus dem Schloß mit, damit ich ihn bespuken kann, gute Mutter‹, sagte er«, erklärte Nanny. »›Es ist so verdammt langweilig hier drin, Frau Ogg, bitte entschuldige mein Klatschianisch‹, fügte er hinzu, und ich war natürlich bereit, ihm einen Gefallen zu erweisen. Vermutlich haben sie alle zugehört. Heda, ist ja toll, dachten sie sicher. Alle an Bord, wird höchste Zeit für einen Urlaub. Ich habe nichts gegen Geister, erst recht nichts gegen königliche«, betonte Nanny loyal. »Aber meine Hütte ist kein geeigneter Ort für sie. Ich meine, es gibt da eine Frau, die immerzu laut schreit und mit ihrem Streitwagen in der Waschküche herumbraust. Ich bitte euch! Und dann zwei kleine Mädchen in der Speisekammer, und überall kopflose Männer, und jemand stöhnte unter der Spüle, und dann ein haariger Affenmensch, der ständig umherirrt und so. Das alles geht mir langsam auf die Nerven.«

»Wenigstens ist der verstorbene König nicht zugegen«, sagte Oma Wetterwachs. »Wir wollen hier keine Männer.«

»Er ist ein Geist, kein Mann«, erwiderte Magrat.

»Wir brauchen nicht gleich in die Einzelheiten zu gehen«, kommentierte Oma kühl.

»Wie dem auch sei: Den alten König kannst du nicht wieder auf den Thron setzen«, fuhr die junge Hexe fort. »Geister eignen sich kaum dafür, ein Königreich zu regieren. Und dann die Krone. Er könnte sie nicht auf dem Kopf behalten.«

»Wir ersetzen ihn durch seinen Sohn«, sagte Oma. »Er ist der rechtmäßige Nachfolger.«

Nanny Ogg winkte ab. »Ach, das haben wir doch schon besprochen. In fünfzehn Jahren wäre es vielleicht möglich, aber ...«

»Heute nacht«, sagte Oma.

»Ein Kind auf dem Thron? Seine Amtszeit würde fünf Minuten dauern. Höchstens.«

»Kein Kind«, brummte Oma Wetterwachs. »Ein erwachsener Mann. Erinnert ihr euch an Aliss Steheviel?«

Stille. Irgendwann lehnte sich Nanny zurück.

»*Lieber* Himmel«, hauchte sie. »*Das* willst du doch nicht versuchen, oder?«

»Ich bin fest entschlossen.«

»Lieber *Himmel*«, flüsterte Nanny und fügte hinzu: »Hast du dir das gut überlegt?«

»Ja.«

»Hör mal, Esme. Ich meine, die Schwarze Aliss war eine der besten. Ich meine, du bist ziemlich gut, soweit es, äh, Pschikologie und Denken betrifft. Ich meine, die Schwarze Aliss ging immer voll drauf los.«

»Glaubst du, sie sei fähiger gewesen als ich?«

»Entschuldigt bitte«, ließ sich Magrat vernehmen.

»Nein. Nein, natürlich nicht.« Nanny überhörte die junge Hexe.

»Gut.«

»Allerdings ... Nun, sie war ein, äh, echter Wildfang, so wie der König sagte.«

»Doyenne«, verbesserte Oma Wetterwachs, die im Lexikon nachgesehen hatte. »Er sprach von Doyenne. Das bedeutet etwas ganz anderes.«

»Entschuldigt bitte.« Magrat sprach nun lauter. »Wer war die Schwarze Aliss?« Rasch fuhr sie fort: »Und fangt jetzt bloß nicht damit an, wortlose Blicke zu wechseln und über meinen Kopf hinweg zu reden. Immerhin besteht dieser Zirkel aus drei Hexen.«

»Sie lebte vor deiner Zeit«, antwortete Nanny Ogg. »Auch vor meiner. Drüben bei Skund. Soll sehr mächtig gewesen sein.«

»Wenn man den Gerüchten Glauben schenken darf«, schränkte Oma Wetterwachs ein.

»Einmal hat sie einen Kürbis in eine königliche Kutsche verwandelt«, sagte Nanny.

»Angeberei«, kommentierte Oma. »Es nützt niemandem etwas, wenn man bei einem Ball erscheint und wie eine Pastete riecht. Und dann die Sache mit dem gläsernen Schuh. Gefährlich, wenn ihr mich fragt.«

Nanny achtete nicht auf die Unterbrechung. »Ihre größte Leistung bestand darin, ein ganzes Schloß hundert Jahre lang schlafen zu lassen. Bis ...« Sie zögerte. »Kann mich nicht mehr erinnern. Ging es dabei um Rosensträucher oder ein Spinnrad? Ich glaube, irgendeine Prinzessin mußte sich in den Finger stechen ... Nein, es war ein Prinz. Ja, ich bin ziemlich sicher.«

»Ein Prinz mußte sich in den Finger stechen?« warf Magrat verwirrt ein.

»Nein. Er sollte die Prinzessin küssen. Tja, die Schwarze Aliss war sehr romantisch. Das fand auch in ihren Zaubersprüchen Niederschlag. Sie mochte kleine Spielchen, zum Beispiel *Mädchen trifft Frosch.*«

»Warum nannte man sie Schwarze Aliss?«

»Wegen der Fingernägel«, erläuterte Oma Wetterwachs. Nanny Ogg nickte. »Und der Zähne. Aß dauernd Süßigkeiten. Wohnte in einem Pfefferkuchenhäuschen. Zwei Kinder haben sie schließlich in den Ofen geschoben. Schockierend.«

»Und jetzt wollt ihr Schloß Lancre schlafen lassen?« vergewisserte sich Magrat.

»Es hat nie irgendein Schloß geschlafen«, entgegnete Oma Wetterwachs. »Das sind nur die dummen Geschichten dummer Frauen.« Sie bedachte Nanny mit einem finsteren Blick. »Aliss hat nur die Zeit ein wenig beschleunigt. Das ist gar nicht so schwer, wie viele Leute glauben. Es geschieht immerzu. Man vergleiche die Zeit mit Gummi, das man ganz nach Belieben strecken kann.«

So etwas gehört sich doch nicht, wollte Magrat antworten. *Die Zeit ist Zeit. Jede Sekunde dauert genau eine Sekunde. Das ist ihre Aufgabe, ihre* Pflicht …

Dann erinnerte sie sich an Wochen, die wie im Flug vergingen, und an Nachmittage, die sich zu einer Ewigkeit dehnten. Gelegentlich schienen aus Minuten Stunden zu werden, und manche Stunden verstrichen so schnell, daß man es kaum merkte …

»Aber das ist doch nur persönliche Wahrnehmung«, sagte sie. »Nicht wahr?«

»O ja«, bestätigte Oma Wetterwachs. »Natürlich. Das gilt für praktisch alles. Macht es irgendeinen Unterschied?«

»Nun, hundert Jahre wären ein wenig übertrieben«, murmelte Nanny.

»Fünfzehn genügen sicher«, meinte Oma. »Fünfzehn, eine hübsche runde Zahl. Dann ist der Junge achtzehn. Wir bringen einfach den Zauber hinter uns und holen den Kna … den Mann, damit er sein Schicksal erfüllen kann. Anschließend ist wieder alles in bester Ordnung.«

Magrat schwieg. Sie dachte daran, daß Schicksale völlig problemlos zu sein schienen, wenn man so über sie sprach, aber meistens ergaben sich Schwierigkeiten, sobald es dabei um lebende Menschen ging. Unterdessen griff Nanny Ogg erneut nach der Flasche und gab einen ordentlichen Schuß Apfelschnaps in ihre Tasse.

»Gar nicht übel«, sagte sie. »Ein bißchen Frieden und Stille für fünfzehn Jahre. Wenn ich den Zauber richtig im Gedächtnis habe, muß man vor dem ersten Hahnenschrei einmal ums Schloß fliegen.«

Oma Wetterwachs schüttelte den Kopf. »Nein, das genügt nicht. Es wäre nicht richtig. Felmet bliebe die ganze Zeit über König. Und das Land würde krank. Nein, ich habe mir vorgestellt, den Zauber auf das ganze Königreich auszudehnen.«

Sie sah die beiden anderen Hexen an und strahlte.

»Ganz Lancre?« fragte Nanny.
»Ja.«
»Fünfzehn Jahre in die Zukunft?«
»Ja.«
Nanny betrachtete Omas Besen. Abgesehen vom häufig recht störrischen magischen Motor, handelte es sich um einen guten Besen, dazu bestimmt, Äonen zu überdauern. Aber seine Leistungsfähigkeit hatte Grenzen.
»Unmöglich«, sagte Nanny. »Du schaffst es nicht ums ganze Königreich. Es ist ein sehr langer Weg, hoch bis nach Pudermesser und runter bis nach Schottervlies. Dazu reicht die Magie einfach nicht aus.«
»Das habe ich mir bereits überlegt«, erwiderte Oma Wetterwachs.
Sie strahlte erneut. Es wirkte schrecklich.
Dann erklärte sie ihren Plan. Er war fürchterlich.
Eine Minute später erstreckte sich eine leere Lichtung in der Nacht — die Hexen eilten fort, um alle notwendigen Vorbereitungen zu treffen. Eine Zeitlang herrschte Stille, abgesehen vom Zirpen der Fledermäuse und dem leisen Flüstern des Winds im Heidekraut.
Dann blubberte es im nahen Torfmoor. Ganz langsam verließ der Monolith sein Versteck, schüttelte möglichst leise einige Bleichmoosfladen ab und sah sich mit ausgeprägtem Argwohn um.

Greebo hatte viel Spaß. Zuerst glaubte er, sein neuer Freund bringe ihn zu Magrats Hütte, aber aus irgendeinem Grund wich er im Dunkeln vom Pfad ab und wanderte durch den Wald — an einer besonders interessanten Stelle, fand der Kater. Hier gab es viele Hügel, verborgene Löcher im Boden und kleine Sümpfe, über denen selbst bei gutem Wetter Nebelwolken schwebten. Greebo kam oft hierher, in der Hoffnung, einen Wolf zu finden, der sich gerade ausruhte.

»Ich dachte immer, Katzen finden ganz allein den Weg nach Hause«, brummte der Narr.

Er fluchte leise vor sich hin. Es wäre leicht gewesen, das blöde Tier Nanny Ogg zu bringen, die im Ort wohnte, praktisch im Schatten des Schlosses. Doch dann kam er auf die Idee, Magrat zu besuchen, um sie zu beeindrucken. Hexen mochten Katzen. Er stellte sich vor, wie sie ihn hereinbat, ihm eine Tasse Tee anbot ...

Erneut trat er in ein mit Wasser gefülltes Loch. Etwas bewegte sich darin. Der Narr stöhnte und wich auf einen dicken Pilz zurück.

»Hör mal, Katze«, sagte er, »du verläßt jetzt meinen Kopf, einverstanden? Du springst auf den Boden und gehst nach Hause. Ich folge dir. Katzen können auch im Dunkeln gut sehen und finden immer den Heimweg«, fügte er hoffnungsvoll hinzu.

Er hob die Hände. Greebo entschloß sich zu einer freundlichen Warnung, bohrte die Krallen in den einen Arm des Narren und stellte überrascht fest, daß er überhaupt keine Wirkung auf das Kettenhemd erzielte.

»Ja, brave Katze«, lobte der junge Mann und ließ ihn herab. »Nur zu, lauf jetzt nach Hause. *Irgendein* Haus genügt.«

Greebos Grinsen verblaßte allmählich, bis nur noch der Kater übrigblieb. Der umgekehrte Vorgang hätte kaum gespenstischer sein können.

Er streckte sich und gähnte, um über seine Verlegenheit hinwegzutäuschen. Es konnte seiner Jagd-Reputation nur abträglich sein, wenn man ihn mitten in einem seiner besten Schleichreviere als ›brave Katze‹ bezeichnete. Rasch verschwand er im Unterholz.

Der Narr starrte in die Finsternis und stellte sich folgender Erkenntnis: Er mochte den Wald — wenn er ihn vom Schloß aus beobachtete. Es war nett zu wissen, daß Wälder existierten, aber es gab einen wichtigen Unterschied zwischen echten Wäldern und denen der Phantasie: In letzteren verirrte man sich nicht so leicht.

Darüber hinaus zog er den Wald bei hellem Sonnenschein vor, ohne lästige Dornen, ohne Bäume, die Grimassen zu schneiden schienen. Viele *dieser* Bäume sahen wie pflanzliche Gnome aus, dienten nur als Gerüst für Pilze und Efeu.

Der Hofnarr erinnerte sich undeutlich daran, daß man die Richtung feststellen konnte, indem man beobachtete, an welcher Seite des Stammes Moos wuchs. Eine kurze Untersuchung der nächsten Bäume deutete darauf hin, daß es ungeachtet der normalen Geographie überall nach mittwärts ging.

Von Greebo fehlte jede Spur.

Der Narr seufzte, löste den Metallschleier, klimperte vorsichtig durch die Nacht und suchte nach höher gelegenem Terrain. Höher gelegenes Terrain erschien ihm richtig. Der Boden, auf dem er jetzt stand, begann zu zittern, und das sollte eigentlich nicht der Fall sein, glaubte er.

Magrat hockte auf ihrem Besen, der fast hundert Meter über der drehwärtigen Grenze von Lancre schwebte. Sie sah auf das Meer aus Nebel hinab: Hier und dort ragte ein Baumwipfel daraus hervor, wie ein algenbewachsener Felsen bei Flut. Ein wie aufgebläht wirkender Mond leuchtete über ihr. *Wahrscheinlich ist er wieder konvex,* dachte Magrat und fragte sich, was dieses Wort bedeutete. Selbst eine schmale Sichel wäre besser und angemessener gewesen, fand sie.

Die junge Hexe schauderte und überlegte, wo Oma Wetterwachs jetzt sein mochte.

Ihr Besen war überall am Himmel von Lancre bekannt und gefürchtet. Oma hatte das Fliegen erst spät gelernt, und nach anfänglichem Mißtrauen reagierte sie darauf mit dem gleichen Enthusiasmus, den Schmeißfliegen einem leckeren Fischkopf entgegenbringen. Es gab jedoch ein Problem: Oma Wetterwachs sah in jedem Flug eine gerade Linie von A nach B und konnte sich einfach nicht an die Vorstellung gewöhnen, daß andere fliegende Dinge ebenfalls gewisse Rechte hatten. Dieser Umstand veranlaßte den Vogelzug eines ganzen Kontinents dazu, eine Generation zu entwikkeln, die auf dem Rücken flog, so daß sie aufmerksam den Himmel beobachten konnte.

Omas feste Überzeugung, daß ihr alles ausweichen sollte, galt auch anderen Hexen, sehr hohen Bäumen und gelegentlichen Bergen.

Darüber hinaus war es ihr gelungen, den unter dem Gebirge lebenden Zwergen einen solchen Schrecken einzujagen, daß sie ihren Besen mit einem leistungsstärkeren magischen Motor ausstatteten. So mancher nichtsahnende Vogel hatte mitten in der Luft ein Ei gelegt, als er plötzlich Oma Wetterwachs sah, die mit finsterer Miene geradewegs auf ihn zuraste.

Bei den Göttern! fuhr es Magrat durch den Sinn. *Ich hoffe, sie ist niemandem zugestoßen.*

Eine mitternächtliche Brise drehte sie langsam, wie einen Wetterhahn ohne Halterung. Sie zitterte und spähte zum mondscheinerhellten Massiv, den hohen Spitzhornbergen, deren frostumhüllte Felsen und eisgrünen Schluchten weder Könige noch Kartographen achten. Nur auf der randwärtigen Seite öffnete sich Lancre dem Rest der Welt; die übrigen Grenzen waren so zerklüftet wie das Maul eines Wolfs und weitaus unpassierbarer. Von hier aus konnte man das ganze Königreich überblicken ...

Am Himmel über Magrat fauchte es. Ein Windstoß erfaßte sie, drehte sie herum, und dann vernahm sie einen vom Dopplereffekt verzerrten Ruf: »Träum nicht, Mädchen!«

Sie preßte ihre Knie an die Borsten und lenkte den Besen nach oben.

Es dauerte einige Minuten, um zu Oma Wetterwachs aufzuschließen, die sich an den Besenstiel drückte, um den Luftwiderstand zu reduzieren. Dunkle Baumwipfel rasten unter ihnen hinweg, als Magrat längsseits ging. Oma drehte den Kopf und hielt sich mit der einen Hand den Hut fest.

»Wird auch Zeit!« zischte sie. »Ich schätze, dieses Ding hat nur noch Magie für einige Flugminuten. Komm, beeil dich.«

Sie streckte den Arm aus. Magrat folgte ihrem Beispiel. Die beiden Besen bebten und schwankten in den Turbulenzen; zwei Fingerspitzen zielten unsicher aufeinander, berührten sich ...

Magrats Arm prickelte, als Kraft hindurchfloß.* Omas Besen beschleunigte jäh.

»Laß mir etwas übrig!« rief Magrat. »Ich möchte nach unten zurück.«

»Das sollte nicht schwer sein!« kreischte Oma Wetterwachs, um das Rauschen der Luft zu übertönen.

»Ich will nicht abstürzen, sondern sicher landen!«

»Du bist doch eine Hexe, oder? Übrigens: Hast du den Kakao mitgebracht? Ich erfriere hier fast!«

Magrat nickte verzweifelt und griff mit der freien Hand nach einem Beutel.

Oma nahm ihn entgegen. »In Ordnung. Gut. Wir sehen uns an der Lancre-Brücke.«

Sie streckte die Finger.

Magrat trieb im böigen Wind ab und klammerte sich an einem Besen fest, der — wie sie fürchtete — jetzt den gleichen Auftrieb hatte wie ein Stück Feuerholz. Er war zweifellos nicht in der Lage, eine erwachsene Frau vor den zerrenden Klauen der Gravitation zu schützen.

Als sich ihre Flugbahn allmählich nach unten neigte, dachte Magrat daran, daß in Oma Wetterwachs' Angewohnheit, nicht an die Probleme anderer Leute zu denken, vermutlich etwas Schmeichelhaftes zum Ausdruck

* Vermutlich handelt es sich um den ersten erfolgreichen Versuch, einen Besen während des Fluges aufzutanken.

kam. Ihre Einstellung ließ den Schluß zu, daß sie andere Leute für fähig hielt, ihre Probleme selbst zu lösen.

Gegen einen kleinen Veränderungszauber gab es sicher nichts einzuwenden.

Magrat konzentrierte sich.

Nun, es schien zu klappen.

Die für jeden Normalsterblichen sichtbare Realität blieb in ihrer derzeitigen Form erhalten. Magrat hatte nur ihre eigene geistige Perspektive metamorphiert: Sie war nun keine verwirrte und auch ängstliche Frau mehr, die sich mit recht hoher Geschwindigkeit einem eher ungastlichen Boden näherte; sie wurde jetzt zu einer optimistischen, positiv denkenden Frau, die sich mutig der Wirklichkeit stellte, volle Verantwortung für ihr Leben trug und genau wußte, woher sie kam. Unglücklicherweise hatte das keinen Einfluß auf ihr gegenwärtiges *Ziel.* Trotzdem fühlte sich Magrat jetzt wesentlich besser.

Sie preßte die Hacken an den Stiel und zwang ihren Besen, die letzte Kraft in einem kurzen Schub zu verausgaben. Einige Sekunden lang flog Magrat wenige Meter über den Baumwipfeln. Als das Holz unter ihr wieder an Höhe verlor und eine Schneise ins mitternächtliche Grün zu graben begann, holte die junge Hexe tief Luft und betete zu allen Waldgöttern, die ihr zuhörten: *Bitte laßt mich auf etwas Weichem landen.* Dann ließ sie los.

Auf der Scheibenwelt gibt es dreitausend bekannte Hauptgötter, und Forschungstheologen entdecken in jeder Woche weitere. Abgesehen von einigen Nebengöttern der Felsen, der Bäume und des Wassers sind zwei bekannt, die in den Spitzhornbergen wohnen: Hoki, halb Mensch, halb Ziege und ein ganzer Witzbold, den man aus Würdentracht verbannte, weil er den Trick mit der explodierenden Mistel beim Blinden Io versuchte, dem Oberhaupt aller Götter; und Hern der Gejagte, furchtsamer und leicht zu erschreckender Gott der kleinen pelzigen Geschöpfe, deren Schicksal darin besteht, ihr Leben mit einem kurzen knirschenden Quieken auszuhauchen ...

Beide sind Kandidaten für das kleine Wunder, das jetzt geschah: In einem Wald aus kalten Felsen, splittrigen Baumstümpfen und Dornbüschen fiel Magrat tatsächlich auf etwas Weiches.

Inzwischen begann für Oma Wetterwachs die zweite Etappe des Fluges, als sie die Geschwindigkeit erhöhte und zu den Bergen flog. Sie trank leider lauwarmen Kakao und ließ die Flasche mit ausgeprägtem Umweltschutzbewußtsein über einem Hochlandsee fallen.

Kurz darauf stellte sie fest, daß sich Magrat unter nahrhaftem Essen zwei Brote mit Eiern und Kresse vorstellte; die Krusten waren abgeschnitten. Oma bemerkte auch hübsche Garnierungen aus Petersilie, bevor der Wind sie fortriß. Eine Zeitlang betrachtete sie die Brote skeptisch. Dann biß sie hinein.

Weiter vorn öffnete sich eine Schlucht, noch immer halb von Winterschnee erstickt. Ein Funke gleißte in der Finsternis, bildete einen hellen Fleck vor den gewaltigen, weit aufragenden Schatten der Spitzhornberge — Oma Wetterwachs, die das Gebirge herausforderte.

Unten im Wald setzte sich Magrat auf und zupfte geistesabwesend einen kleinen Zweig aus ihrem Haar. Einige Meter entfernt fiel der Besen durch die Wipfel; es regnete Blätter.

Die junge Hexe sah sich um, als sie ein leises Stöhnen vernahm, gefolgt von einem halbherzigen Läuten. Eine undeutliche Gestalt ruhte auf allen vieren, tastete umher und suchte etwas.

»Bin ich auf dir gelandet?« fragte Magrat.

»Wenn du's nicht gewesen bist, war's jemand anders«, antwortete der Narr.

Sie krochen aufeinander zu.

»Du?«

»Du!«

»Was tust du denn hier?«

»Nun, ich bin auf dem Boden umhergegangen«, erwiderte der Narr. »Das ist bei vielen Leuten der Fall. Ich meine, es passiert nicht zum erstenmal. Es ist alles andere als originell. Wahrscheinlich läßt so etwas einen Mangel an Phantasie vermuten, aber für mich ist es immer gut genug gewesen.«

»Habe ich dich verletzt?«

»Ich fürchte, ein oder zwei meiner Glocken können nie wieder das sein, was sie einmal waren.« Der Narr strich mit den Händen durchs Laub, und schließlich fand er den verhaßten Hut. Er bimmelte nicht mehr, sondern rasselte dumpf.

»Völlig hin, wahrlich«, sagte der Hofnarr und setzte das Ding trotzdem auf. Er schien sich wieder zu fassen. »Regen, ja. Hagel, ja. Sogar kleine Steine. Von mir aus auch Fische und Frösche, in Ordnung. Aber Frauen? Nein. Wird sich das wiederholen?«

»Du hast einen verdammt harten Kopf«, sagte Magrat und stand auf.

»Bescheidenheit verbietet es mir, eine passende Antwort darauf zu geben«, erwiderte der Narr. Dann erinnerte er sich und fügte hastig hinzu: »Meiner Treu.«

Sie musterten sich gegenseitig, und ihre Gedanken rasten.

Sieh ihn dir gut an, hat Nanny gesagt, dachte Magrat. *Jetzt sehe ich ihn an. Aber er verändert sich nicht. Er ist noch immer ein trauriger, kleiner, dünner Mann in einem närrischen Narrengewand. Und er hat praktisch einen Buckel.*

Und dann erfolgte eine überraschende Verwandlung, so wie bei Wolken, die für das Auge des Betrachters plötzlich die Form von Schiffen oder Walen gewinnen. In Magrats Vorstellung wuchs der Narr plötzlich, und sie erkannte: Er war mindestens durchschnittlich groß, *machte* sich jedoch klein, indem er die Schultern hängen ließ und mit krummen Beinen ging, wodurch er den Eindruck erweckte, auf der Stelle zu hüpfen.

Ich frage mich, was Gytha sonst noch aufgefallen ist, dachte die junge Hexe verwundert.

Der Narr rieb sich den Arm und lächelte schief. »Hast du irgendeine Ahnung, wo wir hier sind?«

»Hexen verirren sich nie«, sagte Magrat fest. »Manchmal vergessen sie nur, wo sie abstürzen. Lancre ist *dort,* glaube ich. Wenn du mich jetzt entschuldigen würdest ... Ich erklettere einen Hügel.«

»Um herauszufinden, wo du bist?«

»Um herauszufinden, *wann* ich bin. Heute nacht entfaltet sich jede Menge Magie.«

»Tatsächlich? Dann begleite ich dich«, entgegnete der Narr ritterlich, nachdem er einige Sekunden lang in die von Bäumen heimgesuchte Finsternis gestarrt hatte, die sich zwischen ihm und den kalten Fliesen im Schloß erstreckte. »Ich möchte nicht, daß dir etwas zustößt.«

Oma Wetterwachs beugte sich noch tiefer über den Besen, als er durch die einsamen, leeren Schluchten der Berge raste. Sie neigte sich von einer Seite zur anderen, in der Hoffnung, dadurch die Steuerung beeinflussen zu können, die sonderbarerweise immer schwieriger wurde. Der hinter ihr rieselnde Schnee stob im Sog hin und her, tanzte und zitterte. Hohe Wellen aus verkrustetem Weiß, die sich im Verlauf des Winters im Bereich der Gletscher aufgetürmt hatten, erbebten und rollten übers Eis. Das dumpfe Donnern von Lawinen untermalte Omas Flug.

Sie sah nach unten auf das Land aus plötzlichem Tod und schroffer Schönheit, und sie wußte dabei, daß es ihren Blick erwiderte, so wie ein dösender Mensch, der eine Mücke beobachtet. Oma fragte sich, ob es wußte, was sie beabsichtigte. Sie überlegte, ob es sie deshalb weicher fallen ließ — und tadelte sich in Gedanken für diese Schwäche. Nein, mit dem Land stand es ganz anders. Es ließ nicht mit sich handeln. Es nahm hart, und es gab hart. Ein Hund beißt besonders tief in die Hand des Tierarztes.

Und dann hatte es Oma Wetterwachs geschafft. So tief sauste sie über den letzten Gipfel hinweg, daß sich ein Stiefel mit Schnee füllte. Sie raste nun zum Tiefland.

Der Nebel verbarg sich immer irgendwo im Gebirge. Er kehrte jetzt zurück, und diesmal meinte er es besonders ernst, wurde zu einem dichten silbergrauen Meer. Oma stöhnte leise.

Irgendwo in der Mitte davon schwebte Nanny Ogg und trank ab und zu aus einer kleinen Flasche, die ein Schutzmittel gegen Kälte enthielt.

Eis bildete sich an Oma Wetterwachs' Stiefel, und Nässe glänzte an ihrem Hut und im Haar, als sie eine ferne, dumpf klingende Stimme hörte, die dem Himmel begeistert verkündete, der Igel sei in jedem Fall besser dran als alle anderen Tiere. Sie drehte den Besen und jagte durch die träge Wogen den Wolken, wie ein Falke, der etwas Kleines und Flauschiges im Gras gesehen hat, wie ein umherziehender interstellarer Grippe-Bazillus, der einen hübschen blauen Planeten entdeckt.

»Komm!« rief Oma, trunken von der Geschwindigkeit und dem Hochgefühl des Fliegens. Das in einer Höhe von etwa hundertfünfzig Metern erklingende Geräusch verschreckte einen Wolf und lenkte ihn von seinem späten Abendessen ab. »Verlier keine Zeit, Gytha!«

Nanny Ogg griff mit erheblichem Widerwillen nach ihrer Hand, und die beiden Besen stiegen wieder auf, flogen zum sternenbesetzten Firmament empor.

Die Scheibenwelt erweckte wie immer den Eindruck, daß der Schöpfer sie geplant hat, um von oben betrachtet zu werden. Weiße und silberne Wolkenbänder reichten bis zum Rand, und die drehende Welt verlieh ihnen die Gestalt langgestreckter Wirbel. Hinter den beschleunigenden Besen zerfaserte ein Teil des Nebeldaches und wurde nach oben gerissen; die beobachtenden Götter — und sie beobachteten ganz bestimmt — sahen den schrecklichen Flug als eine Furche am Himmel.

Eisige Luft umwehte die beiden Hexen, als sie eine Höhe von dreihundert Metern erreichten und sich einmal mehr zankten.

»Es war eine verdammt dumme Idee«, klagte Nanny. »Ich habe es nie ausstehen können, so weit über dem Boden zu sein.«

»Hast du etwas zu trinken mitgebracht?«

»Natürlich. Wie du sagtest.«

»Und?«

»Ich hab's getrunken«, erwiderte Nanny. »Mitten in der kalten Luft zu warten, in meinem Alter ... Unser Jason hätte einen Anfall bekommen.«

Oma Wetterwachs knirschte mit den Zähnen. »Nun, gib mir jetzt neue Magie«, brummte sie. »Meine geht allmählich zur Neige. Erstaunlich, wie ...«

Ein Schrei schloß sich an, als Omas Besen ganz plötzlich trudelte und in die Tiefe stürzte.

Der Narr und Magrat saßen auf einem kleinen Felsvorsprung, von dem man über den Wald blicken konnte. Die Lichter von Lancre waren nicht weit entfernt, aber niemand schlug vor, zum Ort zurückzukehren.

Zwischen ihnen knisterten unausgesprochene Gedanken und wilde Vermutungen.

»Bist du schon lange ein Narr?« fragte Magrat höflich. Sie errötete in der Dunkelheit. Angesichts der aktuellen Atmosphäre hörte es sich wie die unhöflichste aller Fragen an.

»Mein ganzes Leben lang«, erwiderte der Hofnarr bitter. »Als ich in der Wiege lag, habe ich mit kleinen Glocken gespielt.«

»Ich nehme an, es ist eine Familientradition«, sagte Magrat. »Man tritt in die Fußstapfen des Vaters, nicht wahr?«

»Meinen Vater bekam ich nur selten zu Gesicht«, antwortete der Narr. »Als ich noch ein kleiner Junge war, ging er fort, um Hofnarr bei den Lords von Quirm zu werden. Er hatte eine Auseinandersetzung mit meinem Großvater. Ab und zu kehrt er zurück, um meine Mutter zu besuchen.«

»Das tut mir leid.«

Es klimperte leise, als der Narr mit den Schultern zuckte. Er erinnerte sich vage an seinen Vater, sah ihn als kleinen freundlichen Mann mit Augen wie Austern. Es war nicht gerade typisch für ihn, sich auf eine Konfrontation mit Großvater einzulassen. Im Gedächtnis des Narren herrschte kein Mangel an unangenehmen Erinnerungen, aber er schauderte innerlich, als er an zwei Glockenkostüme dachte, die voller Zorn läuteten.

»Aber es muß ein glückliches Leben sein«, sagte Magrat. Ihre Stimme war etwas höher als sonst, und ein Vibrato der Ungewißheit erklang in ihr. »Ich meine, du bringst die Leute zum Lachen und so.«

Als sie keine Antwort bekam, sah sie auf und musterte den jungen Mann. Sein Gesicht wirkte steinern. Schließlich sprach er leise und rauh, wie zu sich selbst.

Er erzählte von der Gilde der Narren und Witzbolde in Ankh-Morpork.

Die meisten Besucher verwechselten sie zuerst mit den Büros der Meuchelmördergilde, deren Verwaltungs- und Ausbildungszentrum jedoch im recht hübsch wirkenden und großzügig angelegten Gebäudekomplex nebenan untergebracht war — die Meuchelmörder hatten immer genug Geld. Während die jungen Narren schufteten, um Hunderte von Witzen auswendig zu lernen, während sie in dunklen Zimmern froren, die selbst im Hochsommer kalt blieben, hörten sie manchmal Meuchelmörderschüler, die jenseits der Mauern spielten. Sie beneideten die Studienkollegen der anderen Gilde — obgleich im Verlauf des Semesters immer weniger fröhliche Stimmen ertönten. Der Grund: Meuchelmörder glaubten an den Sinn von Ausleseprüfungen.

Viele Geräusche durchdrangen die hohen fensterlosen Mauern, und durch wißbegierige Befragungen der Bediensteten gewannen die jüngeren Narren eine Vorstellung von der Stadt. Dort draußen gab es Tavernen und Parks. Dort draußen gab es eine aufregende Welt; die Lehrlinge und Studenten der verschiedenen Gilden und Universitäten genossen sie in vollen Zügen, indem sie ihr Streiche spielten, schreiend durch sie liefen oder Teile davon in die Höhe warfen. Dort draußen gab es Gelächter, das überhaupt nicht auf die Fünf Kadenzen und zwölf Tonveränderungen achtete. Des Nachts in den Schlafsälen munkelte man sogar von nicht autorisiertem Humor, der keinen Stilbeschränkungen unterlag und dem jeder Bezug zum *Buch des unheimliches Spaßes* oder zum Rat fehlte.

Dort draußen, jenseits der fleckigen Wände, erzählte man sich Witze, ohne auf die Lords des Unfugs Rücksicht zu nehmen.

Es war ein ernüchternder Gedanke. Nun, nicht unbedingt *ernüchternd,* denn in der Gilde erlaubte man keinen Alkohol. Aber er hatte die gleiche Wirkung.

Auf der ganzen Scheibenwelt existierte kein ernüchternderer Ort als die Gilde.

Der Narr berichtete verbittert vom großen zornigen Bruder Schelm, von langen Abenden, die er damit verbracht hatte, die Fröhlichen Scherze zu lernen, von ebenso langen Vormittagen in der eiskalten Sporthalle, wo man den Schülern sowohl die Achtzehn Hopser als auch die vorgeschriebene Flugbahn einer Sahnetorte zeigte. Und dann das Jonglieren! Der dafür zuständige Lehrer hieß Bruder Spaßvogel — ein Mann mit einer Seele, die aus kalt gekochten Riemen zu bestehen schien. Der Narr mußte nicht etwa deshalb regelmäßige Wutausbrüche hinnehmen, weil er schlecht jonglierte. Man *erwartete* von Narren, daß sie schlecht jonglierten, insbesondere dann, wenn es dabei um Dinge wie Torten, brennende Fackeln und extrem scharfe Hackbeile ging. Aber Bruder Spaßvogel wies ihn mit rotglühender brodelnder Wut darauf hin, daß er schlecht jonglierte, *weil er überhaupt kein Talent hatte, um schlecht zu jonglieren.*

»Wolltest du nicht etwas anderes werden?« fragte Magrat.

»Was gibt es sonst?« erwiderte der Narr. »Ich habe nichts gesehen, das mir eine Möglichkeit geboten hätte.«

Im letzten Ausbildungsjahr durften die Narrenschüler das Gebäude verlassen, wobei sie sich allerdings an überaus strenge Regeln halten mußten. Während er kummervoll durch die Straßen hüpfte, sah der Narr zum erstenmal Zauberer, die sich wie würdevolle Karnevalswagen bewegten. Er sah die überlebenden Meuchelmörder, geckenhafte, kichernde junge Männer in schwarzer Seide, ihre Sinne so scharf wie Messer. Er sah Priester, die phantastische Kostüme trugen; in ihrer beeindruckenden Aufmachung störten nur die langen Opferschürzen, die sie bei wichtigen Gottesdiensten benötigten. Jedes Gewerbe hatte eine eigene Kleidung, stellte der Narr fest. Zum erstenmal begriff er, daß seine Uniform einzig und allein dafür bestimmt war, den Träger wie einen hirnlosen Idioten aussehen zu lassen.

Trotzdem hielt er durch. Er verbrachte sein ganzes Leben mit Durchhalten.

Er hielt durch, weil er absolut unfähig war — und weil ihn sein Großvater andernfalls verdroschen hätte. Er lernte die zugelassenen Witze auswendig, bis ihm der Kopf dröhnte. Er stand frühmorgens auf und jonglierte, bis seine Ellbogen knackten. Er perfektionierte das Verständnis fürs komische Vokabular, bis ihn nur noch die ältesten Lords verstanden. Er hüpfte und tollte mit grimmiger, unerschütterlicher Entschlossenheit. Er beendete die Ausbildung als Klassenbester und bekam dafür die Ehrenblase — zu Hause warf er sie in den Abort.

Magrat schwieg.

»Wie bist du zu einer Hexe geworden?« fragte der Narr.

»Hm?«

»Ich meine, bist du zur Schule gegangen oder so?«

»Oh. Nein. Gütchen Wemper kam eines Tages ins Dorf, versammelte alle Mädchen auf dem Platz und deutete auf mich. Weißt du, man wählt die Hexerei nicht. Es verhält sich genau umgekehrt.«

»Ja, aber wann wird man zu einer richtigen Hexe?«

»Ich schätze, wenn einen die anderen Hexen wie eine Kollegin behandeln.« Magrat seufzte. »Vielleicht ist das bei mir nie der Fall. Ich dachte, nach dem Zauber im Flur würden sie mich endlich respektieren. Immerhin war er ziemlich gut.«

»Meiner Treu, er kam einem Durchgangsritus gleich«, entfuhr es dem Narren, bevor er seine Zunge fesseln konnte. Magrat warf ihm einen verwirrten Blick zu. Der junge Mann hüstelte.

»Die beiden älteren Damen sind die anderen Hexen?« erkundigte er sich. Die übliche Schwermut kroch in ihn zurück.

»Ja.«

»Offenbar zeichnen sie sich durch einen starken Charakter aus.«

»Und ob«, bestätigte Magrat mit Nachdruck.

»Ich frage mich, ob sie jemals meinem Großvater begegnet sind«, murmelte der Narr.

Magrat starrte auf ihre Füße.

»Eigentlich sind sie ganz nett«, sagte sie. »Es ist nur ... Nun, als Hexe denkt man nicht oft an andere Leute. Ich meine, man *denkt* an sie, aber man kümmert sich kaum um ihre Gefühle, wenn du verstehst, was ich meine. Es sei denn, man denkt an sie.« Erneut sah sie zu Boden.

»Du bist anders«, entgegnete der Narr.

»Wenn du doch nur aufhören würdest, für den Herzog zu arbeiten!« Magrat war verzweifelt. »Du weißt ja, wie er ist. Er foltert Gefangene, steckt Hütten in Brand und so weiter.«

»Ich bin sein Narr«, sagte der Narr. »Ein Narr muß seinem Herrn treu bleiben. Bis er stirbt. Ich fürchte, so verlangt es die Tradition. Und die Tradition hat große Bedeutung.«

»Aber es gefällt dir doch gar nicht, ein Narr zu sein!«

»Ich hasse es. Aber das hat nichts damit zu tun. Wenn ich schon ein Narr sein muß, so will ich wenigstens ein *richtiger* Narr sein.«

»Das ist dumm«, kommentierte Magrat.

»Ich ziehe den Ausdruck ›närrisch‹ vor.«

Der Narr rückte etwas näher. »Wenn ich dich küsse«, fügte er vorsichtig hinzu. »Verwandle ich mich dann in einen Frosch?«

Die junge Hexe sah wieder auf ihre Füße. Dieses hohe Maß an Aufmerksamkeit stimmte sie verlegen, und deshalb krochen sie unters Kleid.

Magrat sah die Schatten von Gytha Ogg und Oma Wetterwachs. Sie kamen näher, nahmen rechts und links von ihr Platz. Oma bedachte sie mit einem warnenden Blick und verkündete: *Eine Hexe hat jede Situation unter Kontrolle.*

Sie ist immer Herr der Lage, meinte die Vision Nanny Oggs, grinste von einem Ohr zum anderen, winkte und zwinkerte.

»Es wird sich herausstellen«, sagte Magrat laut.

Es war der beeindruckendste Kuß in der Geschichte des Vorspiels.

Die Zeit ist tatsächlich eine subjektive Erfahrung, wie Oma Wetterwachs bereits andeutete. Die Jahre des Narren in der Gilde dehnten sich zu einer Ewigkeit, während die Stunden mit Magrat im Wald wie zwei Minuten verstrichen. Hoch über Lancre zogen sich zwei Handvoll Sekunden wie Toffee in die Länge, wurden zu Stunden des Entsetzens.

»Eis!« stieß Oma Wetterwachs hervor. »Das Ding ist vereist!«

Nanny Ogg ging längsseits und versuchte vergeblich, ihren Kurs dem zitternden, bockenden Besen anzupassen. Oktarine Glut flackerte über frosterstarrte Borsten und führte zu magischen Kurzschlüssen. Nanny beugte sich vor und griff nach Omas Rock.

»Eine dumme Idee, wie ich schon sagte!« rief sie. »Erst bist du durch den feuchten Nebel geflogen und dann nach oben in die kalte Luft, verblödetes Weib!«

»Laß meinen Rock los, Gytha Ogg!«

»Komm schon, halt dich an mir fest. Hinten hat dein Besen bereits Feuer gefangen!«

Sie passierten eine Wolkenwand und schrien synchron, als der von Sträuchern bewachsene Boden wie aus dem Nichts erschien und direkt auf sie zielte.

Und dann sauste er *vorbei*.

Nanny starrte in etwas Schwarzes, und tief unten glaubte sie, schäumendes Wasser zu erkennen. Sie waren über den Rand der Lancre-Schlucht geflogen.

Blauer Rauch quoll aus Omas Besen, aber sie ließ nicht locker und zwang ihn auf einen neuen Kurs.

»Lieber Himmel, was hast du jetzt vor?« kreischte Nanny.

»Ich folge dem Fluß!« erwiderte Oma Wetterwachs ebenso laut. Flammen züngelten und prasselten. »Sei unbesorgt!«

»Komm an Bord, hörst du? Es ist vorbei. Jetzt kannst du unmöglich ...«

Hinter Oma Wetterwachs krachte eine kleine Explosion. Dutzende von brennenden Borsten lösten sich und fielen ins breite schwarze Maul der Schlucht. Der Besen kippte zur Seite, und Nanny packte die andere Hexe an der Schulter, als das Feuer über andere Teile des Stiels leckte.

Der lodernde Besen zuckte zwischen Omas Beinen hervor, krümmte sich und raste nach oben. Er zog einen Schweif aus Funken hinter sich her, und das dabei ertönende Geräusch ... Nun, es klang so, als streiche jemand mit einem feuchten Finger über den Rand eines Weinglases.

Nanny flog plötzlich verkehrt herum und hielt Oma Wetterwachs am Arm. Sie sahen sich an und schrien erneut.

»Ich kann dich nicht hochziehen!«

»Nun, ich bin wohl kaum in der Lage, nach oben zu klettern, oder? Sei nicht kindisch, Gytha!«

Nanny Ogg dachte kurz nach. Dann ließ sie los.

Drei Ehen und eine abenteuerliche Kindheit hatten Nanny mit Muskeln ausgestattet, die eine Kokosnuß aufbrechen konnten, und der Andruck zerrte an ihr, als sie den Besen in einem engen Bogen herumzwang.

Weiter unten fiel Oma Wetterwachs wie ein Stein. Mit der einen Hand hielt sie ihren Hut fest, und mit der anderen verhinderte sie, daß die Schwerkraft unter ihre Röcke spähte. Nanny beschleunigte so heftig, daß der Besen knackte, ergriff die fallende Hexe an der Taille, richtete den Stiel auf — und seufzte erleichtert.

Das Schweigen endete erst, als Oma Wetterwachs sagte: »Tu das nie wieder, Gytha Ogg!«

»Ich verspreche es.«

»Kehr um! Wir wollen zur Lancre-Brücke, erinnerst du dich?«

Nanny gehorchte, flog eine weite Kurve und streifte dabei die Schluchtwand.

»Es sind noch immer viele Meilen«, gab sie zu bedenken.

»Ich schaffe es«, erwiderte Oma Wetterwachs. »Es ist noch immer viel Nacht übrig.«

»Aber vielleicht nicht genug.«

»Eine Hexe weiß überhaupt nicht, was das Wort ›Fehlschlag‹ bedeutet, Gytha.«

Sie gewannen wieder an Höhe. Der Horizont zeigte sich als Linie aus goldenem Licht, als die langsame

Morgendämmerung der Scheibenwelt übers Land kroch und die Wehrwälle der Nacht niederwalzte.

»Esme?« fragte Nanny Ogg nach einer Weile.

»Ja?«

»Es bedeutet, daß sich der erhoffte Erfolg nicht einstellt.«

Einige Sekunden lang flogen sie in eisiger Stille.

»Ich habe es Dingsbums gemeint«, sagte Oma. »Im übertragenen Sinn.«

»Oh. Nun. Hättest gleich darauf hinweisen sollen.«

Die Linie aus Licht wurde heller und breiter. Zum erstenmal schlich sich behutsamer Zweifel in Oma Wetterwachs' Bewußtsein, verwirrt von der unvertrauten Umgebung.

»Wie viele junge Hähne mag es in Lancre geben?« brummte sie.

»Ist das eine der Dingsbums-Fragen?«

»Ich habe nur laut gedacht.«

Nanny Ogg lehnte sich zurück. Es gab insgesamt zweiunddreißig im Krähalter. Sie wußte es, weil sie am vergangenen Abend Nachforschungen angestellt und Jason alle notwendigen Anweisungen gegeben hatte. Nannys Familie bestand aus fünfzehn erwachsenen Kindern sowie zahllosen Enkeln und Urenkeln. *Bestimmt haben sie inzwischen ihre Plätze eingenommen,* überlegte sie. *Schließlich hatten sie die ganze Nacht Zeit.*

»Hast du das gehört?« platzte es aus Oma Wetterwachs heraus. »Dort drüben bei Scharfschneide?«

Nanny blickte unschuldig über die dunstige Landschaft. In diesen frühen Stunden schienen alle Geräusche lauter zu sein als sonst.

»Was?« erwiderte sie.

»Es klang wie *Urrgh.*«

»Ich habe nichts bemerkt.«

Oma drehte ruckartig den Kopf. »Und auch dort. Diesmal bin ich ganz sicher. Es hörte sich an wie *Kiekerekieharrgh.*«

»Ich glaube, du hörst Gespenster.« Nanny blickte gen Himmel und lächelte. »Lancre-Brücke voraus.«

»Und dort drüben! Direkt unter uns! Es hat ganz eindeutig gequiekt!«

»Vermutlich das Morgenkonzert der Vögel, Esme. Sieh mal, nur noch eine halbe Meile.«

Oma Wetterwachs starrte auf den Hinterkopf ihrer Kollegin.

»Irgend etwas geht hier vor«, sagte sie.

»Ich weiß überhaupt nicht, was du meinst, Esme.«

»Deine Schultern zittern!«

»Weil ich meinen Schal verloren habe und friere. He, gleich sind wir da.«

Oma Wetterwachs sah nach vorn, und hinter ihrer Stirn rang Argwohn mit Mißtrauen. Sie nahm sich vor, dieser Sache auf den Grund zu gehen. Sobald sie Zeit dafür hatte.

Das feuchte Holz von Lancres Hauptverbindung mit dem Rest der Welt glitt sanft unter ihnen hinweg. Im Bereich der etwa eine halbe Meile entfernten Hühnerfarm ertönte ersticktes Quieken, gefolgt von einem dumpfen Pochen.

»Und das?« fragte Oma scharf. »Was war das?«

»Hühnerpest. Achtung, ich lande jetzt.«

»Lachst du über mich?«

»Es ist nur die Freude über deinen Erfolg, Esme. Damit gehst du in die Hexengeschichte ein.«

Sie schwebten über der Brücke. Oma Wetterwachs kletterte vorsichtig auf die glitschigen Planken hinab und strich ihr Kleid glatt.

»Ja, nun«, murmelte sie mit vagem Interesse.

»Man wird sagen, daß du besser warst als die Schwarze Aliss«, meinte Nanny Ogg.

»Manche Leute behaupten einfach alles«, grummelte Oma. Sie beugte sich übers Geländer, beobachtete die reißende Strömung des Flusses und blickte dann zum fernen Felsvorsprung, auf dem sich Schloß Lancre erhob.

»Glaubst du wirklich?« fragte sie wie beiläufig.

»Ich bin ganz sicher.«

»Hmm.«

»Aber zuerst mußt du den Zauber vervollständigen.«

Oma Wetterwachs nickte. Sie wandte sich der Morgendämmerung zu, hob die Arme und beschwor die letzte erforderliche Magie.

Es ist fast unmöglich, das plötzliche Verstreichen von fünfzehn Jahren und zwei Monaten mit Worten zu beschreiben.

Bilder sind in diesem Zusammenhang weitaus nützlicher. Man stelle sich einen Kalender vor, dessen Blätter fortwehen, oder eine Uhr, deren Zeiger sich immer schneller drehen, bis ihre Konturen verschwimmen, oder Bäume, die innerhalb weniger Sekunden erblühen und Früchte tragen ...

Nun, Sie kennen das bestimmt. Die Sonne wird zu einem feurigen Streifen am Himmel; Tage und Nächte flackern wie ein schlecht eingestelltes Stroboskop. Im Laden auf der anderen Straßenseite zieht sich die Schaufensterpuppe schneller an und aus als eine Mittagsstripperin, die in fünf Pubs auftreten muß.

Es gibt noch viele andere Beispiele, aber sie brauchen hier nicht genannt zu werden, weil nichts dergleichen geschah.

Nun, die Sonne *rückte* ein wenig zur Seite, und die Bäume auf der randwärtigen Schluchtseite schienen etwas größer zu sein. Darüber hinaus konnte Nanny nicht das seltsame Gefühl verdrängen, daß sich jemand auf sie gesetzt hatte, um sie plattzudrücken und anschließend wieder aufzupumpen.

Dafür soll hier folgende Erklärung angeführt werden: Als das Königreich durch die Zeit raste, bewegte es sich dabei nicht auf eine Weise, die Spezialeffekte wie flakkernden Himmel oder Hochgeschwindigkeitsphotographie erforderte. Es *raste* auch nicht *durch* die Zeit, sondern glitt *um sie herum*, was viel eleganter und leichter ist. Außerdem braucht man dazu kein Laboratorium zu finden, von dem aus man einen Laden sehen kann, in dessen Schaufenster sechzig Jahre lang die gleiche Puppe steht — ein Unterfangen, das traditionsgemäß besonders zeitaufwendig und kostspielig ist.

Der Kuß dauerte mehr als fünfzehn Jahre.

So etwas schaffen nicht einmal Frösche.

Der Narr wich mit trüben Augen zurück, und Verblüffung zeigte sich in seinen Zügen.

»Hast du gespürt, wie sich die Welt bewegt hat?« fragte er.

Magrat blickte über die Schulter und beobachtete den Wald.

»Ich glaube, sie hat es tatsächlich fertiggebracht«, erwiderte sie.

»Was meinst du?«

Die junge Hexe zögerte. »Oh. Nichts. Überhaupt nichts.«

»Sollen wir es noch einmal versuchen? Offenbar hat es beim erstenmal nicht ganz geklappt.«

Magrat nickte.

Diesmal dauerte der Kuß nur fünfzehn Sekunden. Es schien länger zu sein.

Eine Erschütterung erfaßte das Schloß und ließ Lord Felmets Frühstückstablett erzittern, auf dem ein Teller mit Haferschleim stand, der — zur großen Erleichterung des Herzogs — nicht zu salzig schmeckte.

Auch Nanny Oggs Haus erzitterte; dort drängten

sich die Geister wie eine Rugbymannschaft in einer Telefonzelle.

Das Beben schüttelte alle Hühnerställe im Königreich, und mehrere Hände lockerten ihren Griff. Zweiunddreißig junge, rot angelaufene Hähne holten tief Luft und krähten aus vollem Hals, aber es war bereits zu spät, zu spät …

»Bestimmt hast du irgend etwas ausgeheckt«, sagte Oma Wetterwachs.

»Möchtest du noch eine Tasse Tee?« erwiderte Nanny liebenswürdig.

»Du willst doch nichts hineinschütten, oder?« fragte Oma scharf. »Es liegt am Hineingeschütteten von gestern abend. Andernfalls wäre ich nicht auf eine solche Idee gekommen. Du solltest dich schämen.«

»Die Schwarze Aliss hat nie so etwas geleistet«, sagte Nanny aufmunternd. »Ich meine, bei ihr waren's hundert Jahre, in Ordnung, aber sie bewegte nur ein Schloß. Ich schätze, jeder kann ein Schloß bewegen.«

Dünne Falten fraßen sich in Oma Wetterwachs' Stirn.

»Und sie hat es von Unkraut überwuchern lassen«, fügte sie überkorrekt hinzu.

»In der Tat.«

»Gut gemacht«, lobte König Verence eifrig. »Wir alle halten es für eine ausgezeichnete Leistung. Da wir uns in der ätherischen Sphäre befinden, hatten wir eine Art Logenplatz.«

»Danke, Euer Majestät.« Nanny Ogg drehte sich um und beobachtete die vielen Geister hinter dem verstorbenen König. Ihnen fehlte das Privileg, am Tisch Platz zu nehmen beziehungsweise dicht über den Stühlen zu schweben.

»Aber die anderen sollten jetzt endlich verschwinden«, sagte sie. »Ab mit euch nach draußen! Bis auf die beiden Mädchen«, fügte Nanny hinzu. »Sie können bleiben. Arme kleine Würmchen!«

»Weißt du, es fühlt sich einfach zu gut an, nicht mehr im Schloß zu sein«, erklärte Verence.

Oma Wetterwachs gähnte.

»Wie dem auch sei ...«, brummte sie. »Jetzt müssen wir den Jungen finden. Das ist der nächste Schritt.«

»Wir beginnen sofort nach dem Essen mit der Suche.«

»Essen?«

»Es gibt gebratene Hähnchen«, sagte Nanny. »Und du bist müde. Außerdem: Eine gründliche Suche nimmt sicher viel Zeit in Anspruch.«

»Er ist in Ankh-Morpork«, stellte Oma Wetterwachs fest. »Daran besteht überhaupt kein Zweifel. Früher oder später treibt es jeden zur Stadt. Wir halten dort nach ihm Ausschau. Man braucht nicht nach Menschen zu suchen, wenn das Schicksal im Spiel ist. Man wartet einfach in Ankh-Morpork auf sie.«

Nannys Miene erhellte sich. »Unsere Karen hat dort einen Wirt geheiratet. Ich habe ihr Kind noch nicht gesehen. Wir hätten dort freie Kost und Logis und alles.«

»Es ist nicht nötig, daß wir Lancre verlassen«, entgegnete Oma. »Es kommt nur darauf an, daß der Sohn des Königs hierherkommt.« Eine kurze Pause. »Die Stadt würde uns bestimmt nicht gefallen. Sie ist wie eine — Abflußrinne.«

»Das sind fünfhundert Meilen!« brachte Magrat hervor. »Es wird eine Ewigkeit dauern, bis du zurückkehrst!«

»Mir bleibt keine Wahl«, antwortete der Narr. »Der Herzog hat mir einen Sonderauftrag gegeben. Er vertraut mir.«

»Ha! Du sollst noch mehr Söldner holen, wie?«

»Nein. Keineswegs. So schlimm ist es nicht.« Der Narr zögerte. Er hatte für Felmet die Tür zur Welt der Worte geöffnet. Das war doch bestimmt besser, als Leute mit Schwertern zu erschlagen, oder? Gewannen sie dadurch nicht Zeit? Konnte man unter den gegenwärtigen Umständen mehr erhoffen?

»Aber du *mußt* nicht gehen! Du *willst* es doch gar nicht!«

»Das spielt keine Rolle. Ich habe dem Herzog Treue geschworen, bis zum ...«

»Ja, ja, bis zum Tod. Aber das ist doch *Unsinn!* Du hast mir erzählt, wie sehr du die Gilde und alles andere haßt!«

»Nun, ja. Trotzdem bin ich gebunden. Ich habe mein Wort gegeben.«

Magrat hätte fast mit dem Fuß aufgestampft, sank jedoch nicht so tief.

»Und wir haben gerade damit begonnen, uns besser kennenzulernen!« rief sie. »Du bist ein Schuft!«

Der Narr kniff die Augen zusammen. »Ich wäre ein Schuft, wenn ich meinen Eid bräche«, erwiderte er. »Ich bin nur sehr schlecht beraten. Tut mir leid. In einigen Wochen komme ich zurück.«

»Will es dir denn nicht in den Kopf, daß ich dich bitte, den Auftrag des Herzogs abzulehnen?«

»Tut mir leid«, wiederholte der Narr. »Äh, können wir uns noch einmal wiedersehen, bevor ich aufbreche?«

»Ich wasche mir das Haar«, sagte Magrat steif.

»Wann?«

»Wann auch immer!«

Hwel zwickte sich in den Nasenrücken und schielte auf das mit Wachsflecken übersäte Papier.

Er kam nicht gut mit dem Stück voran.

Vor einer Weile hatte er die Sache mit dem fallenden

Kronleuchter in Ordnung gebracht und auch einen Platz für den Schurken gefunden, der sein entstelltes Gesicht hinter einer Maske verbarg. Des weiteren hatte er eine der komischen Stellen geändert, um zu berücksichtigen, daß der Held in einer Handtasche geboren war. Aber die Clowns bereiteten ihm nach wie vor Probleme: Sie veränderten sich ständig, wenn er an sie dachte. Er zog zwei vor — so entsprach es der Tradition —, doch jetzt schien ein dritter Gestalt anzunehmen, und dem Zwerg fielen einfach keine lustigen Bemerkungen für ihn ein.

Sein Federkiel kratzte übers letzte Blatt und versuchte, jene Stimmen einzufangen, die in Hwels träumender Phantasie ertönten und zunächst so humorvoll geklungen hatten.

Die Zunge schob sich zwischen den Lippen hervor. Schweiß perlte ihm auf der Stirn.

Dies ist Mein Kleines Arbeitszimmer, schrieb er. *He, mit einem Kleinen Arbeitszimmer könntest du es weit bringen. Ich schlage vor, du machst dich jetzt auf den Weg. Wenn du nicht Sofort aufbrechen kannst, so gehe Sogleich. Wenn das zu schnell ist, solltest du Unverzüglich loslaufen. Hast du vielleicht einen Kugelschreiber? Oder einen Bleistift?*

Hwel starrte entsetzt auf die Worte hinab. Auf dem Papier wirkten sie völlig unsinnig. Und doch, und doch, im bis auf den letzten Platz gefüllten Zuschauersaal ...

Er tauchte den Federkiel ins Tintenfaß und lauschte wieder den Echos.

Zweiter Clown: Is' geritzt, Boß.

Dritter Clown: (Ding aus Ballon und Stange) Tröt. Tröt.

Hwel gab auf. Ja, es wirkte komisch. Er *wußte,* daß es komisch war; in seinen Träumen hörte er ganz deutlich das Gelächter. Aber irgend etwas stimmte nicht. Noch nicht. Vielleicht nie. Er verglich diese Sache mit der anderen Idee bezüglich der beiden Clowns, der eine dick, der andere doof ... (Klagende Stimme) *Was hast du jeeetzt schon wieder angestellt, Stanleigh?* — Hwel hatte gelacht, bis ihm der Bauch schmerzte, während er die verwirrten Blicke der Schauspieler auf sich ruhen spürte. In seinen Träumen war es zum Schreien.

Er ließ den Federkiel sinken und rieb sich die Augen. Inzwischen mußte es fast Mitternacht sein, und eine lebenslange Angewohnheit forderte ihn auf, mit den Kerzen sparsam zu sein — obwohl sie sich jetzt so viele Kerzen leisten konnten, wie sie wollten, auch wenn Vitoller etwas anderes behauptete.

Überall in der Stadt schlugen Stundengongs, und Nachtwächter verkündeten, daß es tatsächlich Mitternacht war. Sie bewiesen einen ziemlich gestörten Sinn für die Realität, indem sie hinzufügten, alles sei in bester Ordnung. Einige von ihnen brachten den Satz zu Ende, bevor man sie niederschlug.

Hwel öffnete die Fensterläden und blickte über Ankh-Morpork hinweg.

Es wäre verlockend, jetzt darauf hinzuweisen, daß die Metropole gerade die beste Zeit des Jahres erlebte. Aber das entspräche nicht ganz den Tatsachen. Die Zwillingsstadt befand sich in ihrer *tyischen* Phase.

Der Ankhstrom, Kloake eines ganzen Kontinents, war bereits recht breit und schlammig, wenn er den Stadtrand erreichte, doch auf der anderen Seite floß er nicht mehr, sondern *schwitzte.* Im Lauf der Jahrhunderte hatte sich soviel Schlick angesammelt, daß das Flußbett an einigen Stellen höher lag als manche Viertel Ankh-Morporks. Die Schneeschmelze führte nun dazu, daß einige Distrikte von Morpork — dort waren die Mieten besonders gering — überflutet wurden. Wobei allerdings fraglich bleibt, ob man wirklich von einer echten Überflutung sprechen kann: Man brauchte keine Eimer, um die Flüssigkeit fortzutragen; Netze genügten. Diese Sache wiederholte sich in jedem Jahr und hätte sicher verheerende Schäden in der Kanalisation angerichtet: Die vorbeugenden Maßnahmen bestanden darin, daß man auf ein ausgeklügeltes System der Abwasserbeseitigung verzichtete. Die Bürger hielten nur einen Stechkahn auf dem Hinterhof bereit, und gelegentlich fügten sie ihren Häusern ein weiteres Stockwerk hinzu.

Ankh-Morpork galt als sehr gesund. Nur wenige Bazillen überlebten dort.

Hwel beobachtete eine Art dunstiges Meer, in dem sich Gebäude aneinanderdrängten wie Sandburgen bei Flut. Leuchtfeuer und helle Fenster schufen interessante Muster auf der schillernden Oberfläche, doch die Aufmerksamkeit des Zwerges galt in erster Linie einem Licht, das wesentlich näher war.

Auf einer höheren Stelle neben dem Fluß — Vitoller hatte enorm viel Geld für das Grundstück ausgegeben — entstand ein neues Gebäude. Es wuchs selbst in der Nacht, wie ein Pilz. Überall im Gerüst brannten Fakkeln; Handwerker und sogar einige der Schauspieler lehnten es ab, ihre Arbeit von der Farbe des Himmels beeinflussen zu lassen.

Neue Gebäude waren recht selten in Morpork, und in diesem Fall handelte es sich sogar um eine neue *Art* von Gebäude.

Die *Scheibe.*

Vitoller hatte die Idee zuerst abgelehnt, aber Tomjon bestand darauf. Und alle wußten, daß der junge Mann Wasser dazu veranlassen konnte, bergauf zu fließen, wenn er das richtige Gefühl dafür entwickelte.

»Aber wir sind *immer* auf Wanderschaft gewesen«, sagte Vitoller im verzweifelten Tonfall eines Mannes, der weiß, daß er letztendlich nachgeben wird. »In meinem Alter kann ich nicht mehr damit anfangen, mich irgendwo niederzulassen.«

»Sie schaden dir nur«, erwiderte Tomjon fest. »All die frostigen Nächte, meine ich. Und die kalten Vormittage. Immerhin wirst du nicht jünger. Wir sollten irgendwo bleiben und die Leute zu uns kommen lassen.

Das Publikum bleibt bestimmt nicht aus. Du weißt ja, wie viele Zuschauer wir jetzt haben. Praktisch jede Vorstellung ist ausverkauft. Hwels Stücke sind berühmt.«

»Nicht meine Stücke«, meinte der Zwerg. »Die Schauspieler.«

»Ich kann mir kaum vorstellen, in einem stickigen Zimmer am Kamin zu sitzen und in einem Federbett zu schlafen«, sagte Vitoller. Aber er fügte sich, als er den Gesichtsausdruck seiner Frau sah.

Und dann das Theater. Es fiel wesentlich leichter, Wasser bergauf fließen zu lassen, als Vitoller Geld aus der Tasche zu locken, aber seit einiger Zeit erzielten sie große Erfolge. Seit Tomjon groß genug war, um eine Halskrause zu tragen und einige Worte zu sprechen, ohne daß seine Stimme sich überschlug.

Hwel und Vitoller hatten beobachtet, wie die ersten Holzlatten des Gerüsts zusammengenagelt wurden.

»Es ist gegen die Natur«, klagte der Direktor und stützte sich auf seinen Stock. »Den Geist des Theaters einzufangen und ihn in einen Käfig zu sperren. Bestimmt stirbt er.«

»Oh, ich weiß nicht«, entgegnete Hwel zurückhaltend. Tomjon hatte sich alles gut überlegt und dem Zwerg einen ganzen Abend gewidmet, bevor er sich an seinen Vater wandte. Jetzt dachte Hwel voller Begeisterung an verschiedene Hintergründe und rasche Szenenwechsel, an Kulissen, Soffitten und herrliche Apparate, die Götter vom Himmel herablassen konnten, an Falltüren, die Dämonen Gelegenheit gaben, aus der Hölle auf die Bühne zu klettern. Er sah sich außerstande, gegen das neue Theater Einwände zu erheben; ebensowenig war ein Affe bereit, gegen eine Bananenplantage zu protestieren.

»Das verdammte Ding hat noch nicht einmal einen Namen«, brummte Vitoller. »Ich sollte es *Meiniges Gold* nennen, weil es mich soviel kostet. Wer bezahlt das alles? Und wie?«

Sie hatten sich bereits viele mögliche Namen einfallen lassen, aber Tomjon fand sie ungeeignet.

»Es muß ein Name sein, der alles zum Ausdruck bringt«, sagte er. »Weil das Theater *alles* bedeutet. Die ganze Welt auf der Bühne, verstehst du?«

Hwels Zunge bewegte sich von ganz allein. Er lauschte seiner Stimme und begriff sofort, daß er genau die richtigen Worte sprach: »Die Scheibe.«

Nun dauerte es nicht mehr lange bis zur Fertigstellung der Scheibe, und das neue Stück wartete noch immer darauf, von ihm verfaßt zu werden.

Er schloß das Fenster, kehrte zum Tisch zurück, griff nach dem Federkiel und zog ein neues Blatt Papier heran. Plötzlich fiel ihm etwas ein. Die ganze Welt *war* eine Bühne, zumindest für die Götter ...

Kurz darauf begann er zu schreiben.

Die Scheibenwelt kommet einer Bühne gleich, und alle Männer und Frauen sindet ihre Schauspieler. Hwel beging den Fehler, eine kurze Pause einzulegen, und sofort regnete eine neue Inspiration auf ihn herab, lenkte den Zug seiner Gedanken auf ein anderes Gleis.

Er blickte auf das Geschriebene und fügte hinzu: *Bis auf die Popcorn-Verkäufer.*

Nach einer Weile strich er das durch und kritzelte: *Wie die Bühne eines Theaters isset die Welt, und alle Menschen schreitigen wie Schauspieler darauf.*

Das schien ein wenig besser zu sein.

Hwel dachte nach und schrieb gewissenhaft: *Manchmal tretigen sie auf. Manchmal tretigen sie ab.*

Er verlor den Faden. Zeit, Zeit. Er brauchte eine ganze Ewigkeit ...

Im Nebenzimmer erklang ein gedämpfter Schrei, gefolgt von einem leisen Pochen. Hwel legte den Federkiel beiseite und öffnete vorsichtig die Tür.

Tomjon saß mit kalkweißem Gesicht im Bett. Er entspannte sich, als der Zwerg hereinkam.

»Hwel?«

»Was ist los, Junge? Alpträume?«

»Bei den Göttern, es war schrecklich! Ich habe sie wieder gesehen! Einige Sekunden lang dachte ich ...«

Hwel hatte geistesabwesend damit begonnen, Tomjons verstreut auf dem Boden herumliegende Kleidungsstücke einzusammeln, doch nun hielt er inne. Träume interessierten ihn. Träume waren der Schoß, der Ideen gebar.

»Was hast du gedacht?« fragte er.

»Ich ... Ich befand mich *in* irgend etwas, in einer Art Kugel, und drei schreckliche Gesichter starrten mich an.«

»Ach?«

»Ja. Und dann sagten sie: ›Heil dir.‹ Und dann stritten sie sich über meinen Namen, und dann sagten sie: ›Wie dem auch sei — hernach soll er König sein.‹ Und dann sagte eine von ihnen: ›Hernach was?‹ Und eine der beiden anderen antwortete: ›Einfach nur hernach, Mädchen. Das sagt man bei solchen Sachen. Du könntest ruhig versuchen, dich etwas mehr zu bemühen.‹ Und dann kamen ihre Gesichter näher, und eine der anderen sagte: ›Sieht ein bißchen blaß und kränklich aus. Liegt wahrscheinlich an dem ausländischen Essen.‹ Und dann sagte die jüngste: ›Nanny, ich habe dich bereits darauf hingewiesen, daß es keinen Ort namens Thespis gibt.‹ Und dann zankten sie ein wenig, und eine der älteren sagte: ›Er kann uns doch nicht hören, oder? Seht nur, er dreht sich dauernd von der einen Seite auf die andere.‹ Und die andere sagte: ›Du weißt doch, daß der Ton bei diesem Ding nicht funktioniert, Esme.‹ Und dann zankten sie wieder etwas, und alles verschwamm, und dann ... bin ich aufgewacht.« Tomjon schnappte nach Luft. »Es war grauenhaft. Wenn sie sich vorbeugten, vergrößerte die Kugel alles, so daß man nur noch die Augen und Nasenlöcher sehen konnte.«

Hwel nahm auf der Kante des schmalen Betts Platz.

»Manche Träume sind recht komisch«, erwiderte er.

»Meiner war ganz und gar nicht zum Lachen.«

»Ja, das glaube ich dir«, entgegnete Hwel. »Aber weißt du, gestern nacht habe ich von einem kleinen krummbeinigen Mann geträumt, der über eine Straße wanderte. Er trug einen kleinen schwarzen Hut und ging so, als seien seine Schuhe voller Wasser.«

Tomjon nickte höflich.

»Ja?« fragte er. »Und ...?«

»Nun, das ist alles. Nichts weiter. Er hatte einen Spazierstock, den er dauernd drehte, und es war unglaublich ...«

Der Zwerg unterbrach sich. Tomjons Gesicht zeigte einen bereits vertrauten Ausdruck, der jene Art von höflicher und ein wenig herablassender Verwirrung zeigte, die Hwel kannte und zu fürchten gelernt hatte.

»Nun, ich fand es recht amüsant«, murmelte er mehr zu sich selbst. Aber er wußte, daß es ihm nie gelingen würde, die Schauspieler zu überzeugen. Wenn man nicht irgendwann eine Sahnetorte werfen durfte, so meinten sie, war kaum etwas Komisches dran.

Tomjon schwang die Beine aus dem Bett und griff nach der Hose.

»Ich kann jetzt nicht mehr schlafen«, sagte er. »Wie spät ist es?«

»Nach Mitternacht. Und dein Vater möchte nicht, daß du spät zu Bett gehst. Das weißt du doch.«

Tomjon streifte die Stiefel über. »Ich gehe nicht spät zu Bett. Ich stehe früh auf. Frühes Aufstehen ist gesund. Und jetzt gehe ich los, um etwas sehr Gesundes zu trinken. Du kannst mitkommen«, fügte er hinzu. »Um mich im Auge zu behalten.«

Hwel bedachte ihn mit einem skeptischen Blick.

»Du weißt auch, was dein Vater von Kneipenbesuchen und dergleichen hält«, warnte er.

»Ja, er hat mir erzählt, daß er als junger Mann dauernd irgendwelche Tavernen besuchte. Er meinte, er habe die ganze Nacht über Bier geschlabbert und sei erst gegen fünf nach Hause zurückgekehrt, wobei er sich unterwegs einen Spaß daraus machte, Fensterscheiben zu zertrümmern. Er beschrieb sich als jemand, der es verstand, ordentlich auf den Putz zu hauen, ohne gleich nach den ersten Gläsern umzufallen — im Gegensatz zu den heutigen Schwächlingen, die überhaupt nichts vertragen.« Tomjon trat vor den Spiegel und rückte sein Wams zurecht. »Nun, Hwel, ich glaube, verantwortliches Verhalten erwirbt man erst, wenn man älter wird. So wie Krampfadern.«

Der Zwerg seufzte. Tomjons gutes Gedächtnis für schlecht überlegte Bemerkungen war bereits legendär.

»Na schön«, brummte er. »Aber nur ein Glas. In irgendeiner anständigen Schenke.«

»Einverstanden.« Tomjon setzte seinen Hut auf. Eine Feder steckte darin.

»Übrigens«, sagte er. »Wie ›schlabbert‹ man eigentlich?«

»Ich glaube, es bedeutet, daß man den größten Teil verschüttet«, erklärte Hwel.

Das Wasser des Ankhstroms war dicker und mit mehr Persönlichkeit ausgestattet als das gewöhnlicher Flüsse, und ähnlich verhielt es sich mit der *Geflickten Trommel:* Die Luft darin zeichnete sich durch eine höhere Dichte aus und erinnerte an trockenen Nebel.

Tomjon und Hwel beobachteten, wie sie auf die Straße strömte. Die Tür öffnete sich, und ein Mann flog mit dem Rücken voran hindurch, berührte den Boden erst, als er auf der gegenüberliegenden Straßenseite an die Wand prallte.

Ein riesiger Troll — der Wirt bezahlte ihn dafür, eine gewisse Ordnung in der Taverne zu gewährleisten —

stapfte nach draußen, zog zwei andere Bewußtlose hinter sich her, ließ sie auf dem Kopfsteinpflaster liegen und trat sie an ihre empfindlichen Stellen.

»Ich glaube, die Leute da drin krakeelen, nicht wahr?« fragte Tomjon.

»So hat es den Anschein«, bestätigte Hwel und schauderte. Er verabscheute Tavernen. Die Gäste neigten dazu, ihre Krüge auf ihm abzustellen.

Sie eilten durch die offene Tür, während der Troll einen ohnmächtigen Trinker am Bein hochzog und nach Münzen suchte, indem er ihm den Kopf mehrmals aufs Pflaster rammte.

Man vergleicht das Trinken in der *Geflickten Trommel* häufig damit, in einem Sumpf zu tauchen. Es gibt nur einen nennenswerten Unterschied: Im Sumpf klauen einem die Krokodile nicht zuerst das Geld. Zweihundert Augen beobachteten Tomjon und Hwel, als sie sich durchs Gedränge zur Theke schoben. Hundert Münder hörten damit auf, Bier zu kippen, zu fluchen und um Gnade zu flehen. Neunundneunzig Stirnen wurden gerunzelt, während die dahinter befindlichen Gehirne festzustellen versuchten, ob die beiden Neuankömmlinge zur Kategorie A (Leute, vor denen man sich fürchten sollte) oder zur Kategorie B (Leute, denen man Furcht einjagen kann) gehörten.

Tomjon wanderte so durch die Menge, als gehöre sie ihm, und mit dem Ungestüm der Jugend klopfte er auf den Tresen. In der *Geflickten Trommel* war eine derartige Verhaltensweise dem Überleben nicht förderlich.

»Zwei Halbe von deinem besten Bier, Wirt«, sagte er in einem so sorgfältig modulierten Tonfall, daß sich der Mann hinter der Theke erstaunt dabei ertappte, wie er sofort den ersten Krug füllte, noch bevor Tomjons Stimme verklang.

Hwel sah auf. Rechts von ihm stand ein *großer* Hüne, der die Haut von einigen Stieren und mehr als genug Ketten trug, um ein Kriegsschiff zu vertäuen. Das Gesicht sah aus wie ein Bauplatz mit Haaren und starrte auf den Zwerg herab.

»Ist das zu fassen?« grollte der Riese. »Ein verdammter Rasenschmuck.«

Hwel erstarrte. Die Bürger von Morpork mochten recht kosmopolitisch sein, aber wenn es um nichtmenschliche Völker ging, vertraten sie forsche und energische Einstellungen. Sie lassen sich in folgendem Prinzip zusammenfassen: Man zertrümmere Ziegelsteine auf ihren Schädeln und werfe sie in den Fluß. Das galt natürlich nicht für Trolle. Es fällt sehr schwer, jemandem für längere Zeit mit Vorurteilen zu begegnen, der zwei Meter zwanzig groß ist und sich durch dicke Mauern beißen kann. Aber neunzig Zentimeter kleine Leute waren praktisch dazu *bestimmt*, diskriminiert zu werden.

Der Hüne klopfte Hwel auf den Kopf.

»Wo ist deine Angelrute, Rasenschmuck?« fragte er.

Der Wirt schob zwei gefüllte Krüge über die Theke.

»Hier«, sagte er und grinste spöttisch. »Ein Halber. Und ein halber Halber.«

Tomjon setzte zu einer Erwiderung an, aber Hwel stieß ihn rechtzeitig ans Knie. *Einfach alles überhören, sich nicht provozieren lassen, bloß keinen Streit anfangen und so schnell wie möglich von hier verschwinden,* lautete seine stumme Botschaft. *Sonst geht's uns an den Kragen ...*

»He, wo ist dein kleiner spitzer Hut?« grollte der Bärtige.

Es war jetzt still im Raum. Die übrigen Gäste erwarteten ein interessantes Kabarett.

»Ich habe dich etwas *gefragt*«, knurrte der Riese. »Wo ist dein spitzer Hut, Wicht?«

Der Wirt tastete unter den Tresen, griff vorsichtshalber nach einem dicken Schwarzdornknüppel mit Nägeln drin und sagte: »Äh ...«

»Ich spreche mit dem Rasenschmuck hier.«

Der Bärtige hob seinen Krug und goß ihn langsam über dem stummen Zwerg aus.

»Hier trinke ich nie wieder«, grunzte er, als die erhoffte Reaktion ausblieb. »Es ist schon schlimm genug, daß hier Tiere zugelassen sind, aber Pygmäen ...«

Die Stille im Zimmer gewann nun eine ganz neue Intensität. Jemand schob einen Stuhl zurück, und das leise Kratzen klang wie das Donnern der Apokalypse. Alle Blicke glitten zur anderen Seite des Raums, wo der einzige Gast saß, der in die Kategorie C fiel.

Was Tomjon bisher für einen alten Sack gehalten hatte, der am Tresen lehnte, streckte Arme und ... andere Arme aus, die als Beine dienten. Ein trauriges ledriges Gesicht wandte sich dem Hünen zu, und es wirkte so melancholisch wie die Nebelschwaden der Evolution. Breite Lippen kräuselten sich; die darunter zum Vorschein kommenden Zähne schienen nicht zum Scherzen aufgelegt zu sein.

»Äh«, wiederholte der Wirt, und in der, nun, *tierischen* Stille erschreckte ihn die eigene Stimme. »Das hast du doch bestimmt nicht ernst gemeint, nicht wahr? Das über Tiere. Äh. Sicher möchtest du dich jetzt entschuldigen, habe ich recht?«

»Bei allen Dämonen, was ist das?« flüsterte Tomjon.

»Ein Orang-Utan«, erwiderte Hwel. »Ein Affe.«

»Ein Tier ist ein Tier«, brummte der Bärtige, woraufhin einige der vorsichtigeren Gäste der *Geflickten Trommel* zur Tür schlichen. »Ich meine: Und wenn schon? Aber dieser blöde Rasenschmuck ...«

Hwels Faust schlug in Lendenhöhe zu.

Zwerge stehen in dem Ruf, erbarmungslose Kämpfer zu sein. Ein Volk, das aus neunzig Zentimeter großen Personen besteht, die gern Äxte schwingen und so in den Kampf ziehen, als handele es sich um einen Wettbewerb im Bäumefällen — so ein Volk gerät schnell ins Gerede. Aber Hwel hatte seit Jahren nichts Schwereres gehoben als Federkiele, und dieser Umstand reduzierte die vernunftgebietende Kraft seines Hiebs. Vermutlich hätte es sein Ende sein können, als der Hüne brüllte und ein Schwert zog, doch zwei schmale rotbraune Hände griffen sofort nach der langen Klinge und verbogen sie mühelos.*

Als der Riese knurrte und sich umdrehte, geschah folgendes: Ein Arm — er sah aus wie mehrere Besenstiele, die von Gummibändern zusammengehalten wurden, aus denen rotes Fell wuchs — entfaltete sich in einer komplizierten Bewegung, holte aus und traf den Hünen so fest am Kinn, das ihn die Wucht des Schlages zwanzig Zentimeter in die Höhe riß. Er landete auf einem Tisch.

Der Tisch rutschte gegen mehrere andere und stieß einige Sitzbänke um, was dazu führte, daß die Stimmung im Raum eine kritische Schwelle erreichte und die längst überfällige Prügelei begann. Es waren auch einige Freunde des Bärtigen zugegen, und sie nutzten die gute Gelegenheit, ihren Ärger in Form von sehr energischen Gesten zum Ausdruck zu bringen. Da es niemand wagte, den Affen anzugreifen — er hatte verträumt eine Flasche aus dem Regal gezogen und ihre untere Hälfte am Tresen zertrümmert —, stürzten sich die Anwesenden einfach auf jene Leute, die zufälligerweise in ihrer Nähe standen. Das ist genau die richtige Etikette für jede ordentliche Tavernenschlägerei.

---

* An dieser Stelle ist eine Erklärung notwendig. In der Unsichtbaren Universität von Ankh-Morpork, dem wichtigsten Lehrinstitut für Zauberei auf der Scheibenwelt, kam es häufig zu thaumaturgischen Zwischenfällen, und der Bibliothekar war vor einigen Jahren einem magischen Unfall zum Opfer gefallen, der ihn in einen Orang-Utan verwandelt hatte. Seit jener Zeit lehnte er es strikt ab, wieder zu einem Menschen zu werden. Lange Arme und Greifzehen erwiesen sich als recht nützlich, wenn es darum ging, hohe Regale zu erklettern, und hinzu kam ein weiterer Vorteil: Affen fürchteten sich nicht so sehr. Er stellte zufrieden fest, daß sein neuer Körper zwar wie ein Gummisack voller Wasser aussah, jedoch dreimal so viel Kraft entfaltete wie der alte. Außerdem war seine Reichweite jetzt doppelt so groß.

Hwel schritt unter einen Tisch und zog Tomjon mit sich, der alles mit großem Interesse beobachtete.

»Das meint man also, wenn man von ›krakeelen‹ spricht. Jetzt verstehe ich.«

»Ich halte es für eine gute Idee, die Schenke zu verlassen«, erwiderte der Zwerg fest. »Bevor sich, äh, Schwierigkeiten ergeben.«

Es krachte, als jemand auf den Tisch über ihnen fiel. Ein Glas zerbrach.

»Handelt es sich um echtes Krakeelen, oder ist es nur einfaches Herumtollen?« fragte Tomjon und lächelte.

»Wenn wir noch eine Minute warten, beginnt die Haut-sie-alle-in-Stücke-Phase, Junge!«

Tomjon nickte und kroch ins allgemeine Getümmel zurück. Hwel hörte, wie er mit etwas auf die Theke klopfte und um Ruhe bat.

Panikerfüllt hob der Zwerg die Arme über den Kopf.

»Ich wollte nicht ...«, begann er.

Es geschah nur sehr selten, daß jemand während einer ausgewachsenen Prügelei in der *Geflickten Trommel* um Ruhe bat, und deshalb schwiegen die Gäste, um Tomjon verwundert anzustarren. Praktisch von einem Augenblick zum anderen herrschte Stille.

Hwel zuckte unwillkürlich zusammen, als er die Stimme des jungen Mannes hörte. Voller Zuversicht begann Tomjon mit einem erstklassigen Vortrag.

»Brüder! Und doch möchte ich alle Menschen Brüder nennen, denn in dieser Nacht ...«

Der Zwerg reckte den Hals und sah, daß Tomjon auf einem Stuhl stand und die Hand in der vorgeschriebenen deklamatorischen Weise gehoben hatte. Um ihn herum warteten Dutzende von Männern, die Fäuste mitten im Zuschlagen erstarrt. Alle sahen den Jungen an.

Unten in Tischhöhe bewegten sich Hwels Lippen in perfekter Synchronisation mit den Worten, als Tomjon den vertrauten Vortrag hielt. Er riskierte einen neuerlichen Blick.

Die Kämpfer richteten sich auf, klopften Hosen ab, rückten Jacken zurecht und wechselten entschuldigende Blicke. Mehrere von ihnen nahmen Haltung an.

Selbst Hwel spürte ein Prickeln in seinem Blut — obwohl die Worte von ihm stammten. Eine halbe Nacht lang hatte er über ihnen gebrütet, nachdem Vitoller erklärte, sie brauchten zusätzliche fünf Minuten im dritten Akt des Stücks *Der König von Ankh.*

»Schreib uns was mit Leidenschaft«, erinnerte sich Hwel an die Hinweise des Direktors. »Etwas mit Schmiß und Schwung, du weißt schon. Etwas Ergreifendes, das unseren Freunden auf den Halben-Taler-Sitzen ans Herz geht. Und es sollte lang genug sein, um uns einen Szenenwechsel zu erlauben.«

Damals hatte sich Hwel über das Stück geschämt. Die berühmte Schlacht von Morpork, so argwöhnte er, bestand aus zweitausend Soldaten, die an einem kalten regnerischen Tag durch den Sumpf stapften und mit rostigen Schwertern aufeinander einschlugen. Welche Worte mochte der letzte König von Ankh an einen Haufen müder, zerlumpter Krieger gerichtet haben, die ganz genau wußten, daß sie in der Minderzahl und umzingelt waren — und daß der feindliche Oberbefehlshaber ein weitaus besseres taktisch-strategisches Talent hatte als ihr Anführer? Etwas mit Biß, etwas Scharfes, wie der letzte Brandy für einen Sterbenden. Keine Logik, keine Erklärungen, nur Worte, die direkt im Hirn eines müden Kämpfers erklangen und ihn an den Hoden auf die Beine zogen.

Jetzt sah Hwel die Wirkung.

Er glaubte zu spüren, wie sich die Wände verflüchtigten. Kalter Wind wehte über den Sumpf, und in der erstickenden Stille ertönten die ungeduldigen Schreie hungriger Aasvögel.

Und die Stimme ...

Der Zwerg hatte diese Worte geschrieben; sie waren das Produkt *seiner* Phantasie. Kein König, ob übergeschnappt oder nicht, hatte jemals auf diese Weise gesprochen. Der Monolog diente nur dazu, einen Szenenwechsel zu ermöglichen, um ein Schloß aus bemaltem, über Holzlatten gespanntem Sackleinen hinter den Vorhang zu schieben. Die Stimme nahm nun den Kohlenstaub dieser Worte und füllte den Raum mit Diamanten.

Ich habe sie formuliert, dachte Hwel. *Aber sie gehören mir nicht. Sie gehören ihm.*

Man sehe sich nur die Leute an. Kein einziger Patriot ist unter ihnen. Aber wenn Tomjon den Haufen von Trunkenbolden auffordern würde, mit ihm den Palast des Patriziers zu stürmen, so würden sie sofort aufbrechen. Und wahrscheinlich hätten sie Erfolg.

Ich hoffe, Tomjons Mund fällt nie in die falschen Hände ...

Als die letzten Silben verklangen, als ihre heißen Echos über die Seelen aller Anwesenden sengten, schüttelte sich Hwel, kroch aus seinem Versteck und stieß den Jungen ans Knie.

»Komm jetzt, du Narr!« brachte er hervor. »Bevor der Bann nachläßt.«

Er packte Tomjon am Arm, reichte dem verblüfften Wirt einige Freikarten und eilte die Stufen hoch. Erst eine Straße weiter blieb er stehen.

»Ich glaube, ich habe die Leute ziemlich beeindruckt«, sagte der junge Mann.

»Zu sehr, wenn du mich fragst«, erwiderte Hwel.

Tomjon rieb sich die Hände. »Na schön. Wohin gehen wir jetzt.«

»*Wie* bitte?«

»Der Abend ist noch jung.«

»Der Abend ist längst tot«, sagte der Zwerg hastig. »Es hat bereits ein neuer Tag begonnen.«

»Wie dem auch sei: Es ist noch zu früh, um nach Hause zurückzukehren. Kennst du einen freundlicheren Ort? Eigentlich haben wir noch gar nichts getrunken.«

Hwel seufzte.

»Eine Trolltaverne«, meinte Tomjon. »Davon habe ich gehört. In den Schatten* gibt es einige. Ja, ich würde mir gern eine Trolltaverne ansehen.«

»Sie eignen sich nur für Trolle, Junge. Dort schenkt man heiße Lava aus, und es klingt Felsmusik, und wenn man sich einen Imbiß bestellt, bekommt man Kieselsteine mit Chutney-Geschmack.«

»Was ist mit Zwergenkneipen?«

»Sie würden dir sicher nicht gefallen«, versicherte Hwel. »Außerdem müßtest du dort dauernd den Kopf einziehen.«

»Richtige Spelunken, wie?«

»Sieh es mal aus dieser Perspektive: Wie lange könntest du über Gold singen?«

»Es ist gelb und klimpert, und außerdem kann man sich viele Dinge damit kaufen«, entgegnete Tomjon versuchsweise, als sie durch die Menge auf dem Platz der Gebrochenen Monde schlenderten. »Vier Sekunden lang, glaube ich.«

»Eben. Fünf Stunden davon können recht langweilig werden.« Hwel trat verdrießlich nach einem Stein. Während ihres letzten Aufenthalts in der Stadt hatte er einige Zwergenkneipen besucht und dort nur Enttäuschungen erlebt. Zu Hause offenbarten seine Landsleute ein tugendhaftes Verhalten und beschränkten sich darauf, Eisenerz abzubauen und kleine Tiere zu jagen. Aber wenn sie sich in einer großen Stadt aufhielten, schien sie irgend etwas zu zwingen, Kettenhemden als Unterwäsche zu tragen, Äxte hinter die Gürtel zu klemmen und sich Namen wie Timkin Bauchaufschlitzer zu geben. Außerdem: Zwerge waren die mit Abstand besten Schlabberer. Manchmal verfehlten sie ihren eigenen Mund.

---

* Die Schatten sind ein besonders altes Viertel von Ankh-Morpork, und sie stehen in einem noch wesentlich schlechteren Ruf als der Rest der Stadt. Besucher finden das immer wieder erstaunlich.

»Nun«, fügte Hwel hinzu, »man würde dich bestimmt hinauswerfen, weil du zu kreativ bist. Die Worte des Lieblingsliedes der meisten Zwerge lauten: Gold, Gold, Gold, Gold, Gold, Gold.«

»Gibt es einen Refrain?«

»Gold, Gold, Gold, Gold, Gold.«

»Du hast einmal ›Gold‹ ausgelassen.«

»Wahrscheinlich deshalb, weil ich nicht dazu geschaffen bin, ein Zwerg zu sein.«

»Du siehst mir aber ganz wie ein Zwerg aus, Rasenschmuck«, meinte Tomjon.

Es zischte leise, als Hwel nach Luft schnappte.

»Tut mir leid«, sagte der junge Mann schnell. »Es ist nur ... Ich höre es häufig. Mein Vater ...«

»Ich kenne deinen Vater schon sehr lange«, warf Hwel ein. »Wir sind durch dick und dünn gegangen, und es war viel häufiger dünn als dick. Vor deiner Gebur ...« Er zögerte. »Damals herrschten recht schwierige Zeiten«, murmelte er. »Ich meine ... Nun, einige Dinge muß man sich erst verdienen.«

»Ja. Entschuldige bitte.«

»Nun, weißt du ...« Hwel unterbrach sich und sah in den Zugang einer dunklen Gasse. »Hast du was gehört?« fragte er.

Sie spähten in die Finsternis und bewiesen damit einmal mehr, daß sie neu in der Stadt waren. Morporkianer starren nicht in dunkle Gassen, wenn sie seltsame Geräusche hören. Wenn sie vier miteinander ringende Gestalten sehen, so neigen sie nicht dazu, jemandem zu Hilfe zu eilen. Zumindest verzichten sie darauf, einer Person zu helfen, die zu verlieren scheint oder sich am falschen Ende eines Stiefels befindet. Sie rufen auch nicht ›He!‹ Vor allen Dingen wirken sie nicht überrascht, wenn die Angreifer, anstatt wegzulaufen, eine kleine Pappkarte hervorholen und sie ihnen vor die Augen halten.

»Was ist das?« fragte Tomjon.

»Ein Clown!« entfuhr es Hwel. »Sie haben einen Clown niedergeschlagen!«

»›Diebeslizenz‹?« las Tomjon und hielt die Karte ins Licht.

»Genau«, bestätigte einer der drei Männer. »Aber erwartet bloß nicht von uns, daß wir euch ebenfalls die Taschen ausräumen. Wir sind nämlich auf dem Heimweg.«

»Das stimmt«, bestätigte ein anderer. »Es liegt am Soundso, am Kontingent.«

»Aber ihr habt ihn getreten!«

»Nun, äh, nicht viel. Und eher vorsichtig. Von richtigem Treten kann kaum die Rede sein.«

»Wir haben ihn nur ein wenig mit den Stiefelspitzen angestoßen«, sagte der dritte Dieb.

»Wir wollen doch fair bleiben. Der Kerl hat sich zur Wehr gesetzt und Ron hier ein echtes Ding verpaßt, nichwahr?«

»Stimmt haarscharfgenau. Manche Leute haben überhaupt keine Manieren.«

»Ihr gemeinen Schur ...«, begann Hwel, aber Tomjon unterbrach den Zwerg, indem er ihm die Hand auf den Kopf legte.

Er drehte die Karte herum. Auf der Rückseite stand:

J. H. ›Flanellfuß‹ Boggis und Neffen
Diebe nach Maß
›Die Alte Firma‹
(Gegr. AM 1789)
Alle Arten fon Diebställen
Wir sind diskrehte Profies — auf uns ist Verlass
Ganze Häuser. 24-Stunden-Service. Kein Job zu klein.
WIR LEGEN AUCH FAMILIENQUOTEN FEST

»Scheint alles in Ordnung zu sein«, kommentierte Tomjon widerstrebend.

Hwel hatte dem benommenen Opfer gerade auf die Beine helfen wollen, doch nun zögerte er.

»In Ordnung?« platzte es aus ihm heraus. »Soll es etwa in Ordnung sein, jemanden zu überfallen?«

»Natürlich hat er eine Quittung bekommen«, erwiderte Boggis. »Er kann von Glück sagen, daß wir ihn zuerst gefunden haben. Einige Neulinge in unserem Genre wissen noch nicht, daß man bestimmte Regeln beachten muß.«*

»Solche Leute sind zu allem fähig«, pflichtete ihm ein Neffe bei. »Empörend.«

»Wieviel habt ihr gestohlen?« erkundigte sich Tomjon.

---

* Ankh-Morporks beneidenswertes System amtlich zugelassener Verbrechen geht auf den gegenwärtigen Patrizier Lord Vetinari zurück. Seiner Ansicht nach ist es nur dann möglich, die Ordnung in einer Millionenstadt zu wahren, indem man die verschiedenen Banden und Räubergilden anerkennt, ihnen einen professionellen Status verleiht, die Anführer gelegentlich zu einem Bankett einlädt, ein erträgliches Maß an Straßenkriminalität erlaubt *und es dann den Oberhäuptern der Gilden überläßt, die Einhaltung der Quoten zu gewährleisten.* Wenn sie ihrer Verantwortung nicht gerecht werden, verlieren sie sowohl ihre bürgerlichen Ehren als auch große Teil der Haut. Es klappte auf Anhieb. Wie sich herausstellte, eigneten sich Verbrecher gut dazu, die Pflichten der Polizei wahrzunehmen. Zum Beispiel machten nicht autorisierte Räuber bald die Erfahrung, daß ihnen jetzt nicht mehr eine Nacht im Kerker drohte, sondern eine Ewigkeit am Grund des Flusses.

Allerdings ergab sich das Problem, die Kriminalstatistiken angemessen aufzuteilen. Aus diesem Grund erfand man Jahresbudgets, Bezuschussungen, Rabatte und Gutscheine, um sicherzustellen, daß a) Mitglieder der Gilden ein regelmäßiges Einkommen hatten und b) kein Bürger mehr als die vereinbarte Anzahl von Überfällen hinnehmen mußte. Viele mit Weitblick ausgestattete Bewohner der Stadt trafen Übereinkünfte mit den lizenzierten Verbrechern, die zu Beginn des Rechnungsjahrs ein akzeptables Minimum an Diebstählen und dergleichen vorsahen, meistens in der behaglichen Gemütlichkeit des eigenen Heims, und somit konnten sie während des restlichen Jahres in den Straßen umherwandern, ohne etwas befürchten zu müssen. Dieses System garantierte den sozialen Frieden und funktionierte ausgezeichnet, was einmal mehr beweist: Im Vergleich mit dem Patrizier von Ankh wäre Machiavelli nicht einmal imstande gewesen, einen Stall mit Wellhornschnecken zu verwalten.

Boggis öffnete den Geldbeutel des Clowns, der inzwischen an seinem Gürtel hing. Eine Sekunde später erbleichte er.

»Oh, verdammter Mist!« hauchte er. Die Neffen kamen besorgt näher und blickten ebenfalls in den Beutel.

»Himmel, jetzt sitzen wir ganz schön in der Patsche.«

»Das passiert uns schon zum zweiten Mal in diesem Jahr, Onkel.«

Boggis starrte auf das Opfer hinab.

»Woher sollte ich das wissen? So etwas konnte ich doch nicht ahnen, oder? Ich meine, seht ihn euch an. Hättet ihr vermutet, daß er soviel Geld bei sich hat? Einige Kupfermünzen, ja, aber mehr nicht. Ich meine, unter normalen Umständen wäre er gar nicht überfallen worden. Aber als wir ihn auf unserem Heimweg sahen ... Das hat man davon, wenn man jemandem einen Gefallen erweisen möchte.«

»Wieviel Geld ist es?« fragte Tomjon.

»Hier drin sind mindestens hundert Silberdollar«, stöhnte Boggis und winkte mit dem Beutel. »Ich meine, das ist einfach zuviel für mich. Damit komme ich nicht zurecht. Ich meine, für solche Summen sind andere zuständig. Vermutlich muß man Mitglied der Anwaltsgilde sein, um soviel Geld zu stehlen. Es ist viel mehr als meine Quote.«

»Dann gib es zurück«, schlug Tomjon vor.

»Aber ich habe ihm bereits eine Quittung gegeben!«

»Wißt ihr, sie sind numeriert«, erklärte der jüngste Neffe. »Die Gilde, äh, überprüft alles ...«

Hwel griff nach Tomjons Hand.

»Bitte entschuldigt uns für einige Sekunden«, sagte er zu dem verzweifelten Dieb und zog Tomjon zur anderen Seite der Gasse.

»Na schön«, brummte er. »Wer ist hier verrückt? Sie? Ich? Du?«

Der junge Mann begann mit einer Erklärung.

»Es soll legal sein?«

»Bis zu einem gewissen Punkt. Faszinierend, nicht wahr? Jemand hat mir davon erzählt.«

»Die Diebe dort drüben haben dem Kerl *zuviel* gestohlen?«

»Ja, so scheint es. Ich schätze, die Gilde hat in dieser Hinsicht sehr strenge Vorschriften erlassen.«

Das Opfer zwischen ihnen ächzte leise und läutete.

»Kümmere dich um ihn«, sagte Tomjon. »Ich bringe diese Sache in Ordnung.«

Er trat wieder auf die recht besorgt wirkenden Diebe zu.

»Mein Klient glaubt, daß wir dieses Problem lösen können, indem ihr das Geld zurückgebt«, meinte er.

»J-ja«, entgegnete Boggis und zog diese Idee so in Erwägung, als handele es sich um eine völlig neue Theorie der kosmischen Schöpfung. »Aber die Quittung, weißt du ... Wir mußten sie ausfüllen, Zeit und Ort angeben, sie unterschreiben ...«

»Mein Klient ist der Ansicht, daß ihr ihm vielleicht, nun, fünf Kupfermünzen stehlen könnt«, sagte Tomjon glatt.

»Von wegen!« rief der Narr, der nun wieder zu sich kam.

»Das wären zwei Kupfermünzen für die Quote plus eine Vergütung für die Arbeitszeit, allgemeine Auslagen, Spesen ...«

»Abnutzung des Knüppels ...«, fügte Boggis hinzu.

»Genau.«

»Fair und angemessen.« Boggis sah über Tomjons Kopf hinweg zum Narren, der jetzt völlig wach und sehr zornig war. »Fair und angemessen«, wiederholte er laut. »Und gerecht. Um nicht zu sagen: staatsmännisch. Ausgesprochen entgegenkommend, jawohl.« Er blickte auf Tomjon hinab. »Und für dich, Herr?« fügte er hinzu. »Nenn mir ruhig deine Wünsche. Wir haben derzeit ein Sonderangebot an schwerer Körperverletzung. Ist praktisch völlig schmerzlos; man spürt kaum etwas dabei.«

»Läßt kaum Spuren auf der Haut zurück«, warf der ältere Neffe ein. »Und du kannst dir die Stelle selbst aussuchen.«

»Nein, danke, in dieser Hinsicht bin ich bereits gut bedient«, antwortete Tomjon.

»Oh. Na schön. Wie du meinst. Kein Problem.«

Als sich die Diebe abwandten, um den Heimweg fortzusetzen, sagte der junge Mann: »Damit bleibt nur noch die Frage, wie hoch das Anwaltshonorar sein soll.«

Die sanfte Gräue am Stumpf der Nacht floß über Ankh-Morpork. Tomjon und Hwel saßen in ihrer Unterkunft am Tisch und zählten das Geld.

»Drei Silberdollar und achtzehn Kupfermünzen Gewinn«, sagte Tomjon.

»Es war wirklich erstaunlich«, murmelte der Narr. »Ich meine, daß die Diebe nach Hause gingen, um mehr Geld zu holen, nachdem du den Vortrag über die Rechte des Menschen genannt hast.«

Er strich sich etwas mehr Salbe auf den Kopf.

»Und der jüngste Neffe begann zu weinen«, fuhr er fort. »Bemerkenswert.«

»Bestimmt erholt er sich bald von seinem Kummer«, sagte Hwel.

»Du bist ein Zwerg, nicht wahr?«

Dem konnte Hwel kaum widersprechen.

»Und ich sehe deutlich, daß du ein Narr bist«, entgegnete er.

»Man erkennt es an den Glocken, stimmt's?« erwiderte der Narr und rieb sich die Rippen.

»Ja, auch an den Glocken.« Tomjon schnitt eine Grimasse und trat unterm Tisch nach Hwel.

»Nun, ich bin euch sehr dankbar.« Der Narr stand

auf und verzog das Gesicht. »Ich würde euch gern meine Dankbarkeit zeigen. Gibt es hier irgendwo eine Taverne, die noch geöffnet hat?«

Tomjon ging mit ihm zum Fenster und deutete die Straße hinunter.

»Siehst du die Schenke am Ende, mit dem blauweißen Schild?«

»Ja, ich glaube schon.«

»Nun, soweit ich weiß, ist sie hier die einzige, die niemals schließt.«

»Dann erlaubt mir bitte, euch einzuladen — zumindest dazu bin ich verpflichtet«, sagte der Narr nervös. »Dein kleiner Freund möchte bestimmt was zum Schlabbern.«

Hwel schloß beide Hände um die Tischkante und öffnete den Mund, um zu brüllen.

Aber es kam kein Laut von seinen Lippen.

Er starrte die beiden jungen Männer an. Der Mund blieb offen.

Nach einigen Sekunden klappte er ihn zu.

»Stimmt was nicht?« fragte Tomjon.

Hwel senkte den Blick. Eine lange Nacht lag hinter ihm. »Sicher liegt's am Licht«, murmelte er. Und: »Ich brauche jetzt tatsächlich etwas zu trinken. Ein ordentliches Schlabbern wäre genau das Richtige.«

»Wie heischt das nächschte Wort?«

»Gold, glaube ich.«

»Ah.«

Hwel schielte in seinen Krug. Einen Vorteil hatte es, betrunken zu sein: Das Strömen der Inspirationen verwandelte sich in ein dünnes Rinnsal.

»Und du hascht das ›Gold‹ ausgelassen«, sagte er.

»Wo?« fragte Tomjon. Er trug den Hut des Narren.

Hwel überlegte. »Ich schätze«, erwiderte er und konzentrierte sich, »ich schätze, zwischen dem ›Gold‹ und ›Gold‹. Und ich schätze ...« Erneut starrte er in den Krug. Das Ding war leer — ein schrecklicher Anblick. »Ja, und ich schätze ...«, begann er noch einmal. Schließlich gab er auf und brummte statt dessen: »Ich schätze, ich möchte noch einen Halben.«

»Diesmal bin ich dran«, sagte der Narr. »He — hahaha — Wirtchen, noch eine Runde. Hahaha.« Er versuchte aufzustehen, stieß dadurch mit dem Kopf an die Decke.

In der düsteren Taverne griffen ein Dutzend Hände nach Äxten. Ein kleiner nüchterner Teil von Hwel stellte entsetzt fest, daß der Rest vollkommen betrunken war. Hastig veranlaßte er ihn, die Hand zu heben und einigen buschigen Brauen zuzuwinken, unter denen zornige Augen durchs Halbdunkel starrten.

»Regt euch nich' auf!« lallte er und trachtete danach, die einzelnen Silben an den richtigen Platz zu rücken. »Er hat'sch nich' so gemeint. Isch ein komischer Dingsbums, Idiot. Ein Narr. Ja, ein scher komischer Narr. Kommt ausch dem fernen Wieheischtdaschland.«

»Lancre«, sagte der Narr und ließ sich auf die Theke sinken.

»Ja, genauig. Weit von Dingsbums entfernt, klingt wie 'n Fußleiden. Weisch nich', wie man schich richtig benimmt. Hatte kaum Gelegenheit, Schwerge kennenzulernen.«

»Hahaha«, sagte der Narr und preßte sich die Hände an den Kopf. »In meiner Heimat sind selbst die *Kinder* größer.«

Jemand klopfte Hwel auf die Schulter. Er drehte den Kopf und sah ein kantiges, haariges Gesicht unter einem Eisenhelm. Der betreffende Zwerg warf demonstrativ sein Beil hoch und fing es wieder auf.

»Du solltest deinen Freund bitten, etwas weniger komisch zu sein«, schlug er vor. »Sonst amüsiert er bald die Dämonen in der Hölle.«

Hwel zwinkerte mehrmals, um den Alkoholdunst vor seinen Augen zu lichten.

»Wer bischt du?« fragte er.

»Schnapptopf Donnerstoß.« Der Zwerg schlug sich an die kettenhemdgepanzerte Brust. »Und ich gebe dir den guten Rat ...«

Hwel beugte sich vor.

»He, ich kenne dich«, sagte er. »Du hascht einen Kosmetikladen unten an der Hüpfschnell-Straße. Letzte Woche habe ich jede Menge Schminke bei dir gekauft ...«

Panik huschte über Donnerstoß' Züge, und er winkte hastig. »Seibloßstill, seibloßstill«, flüsterte er.

»Ja, genau, dein Geschäft heischt Saal des Elfenparfüms und Rouge Co.«, erwiderte Hwel fröhlich.

»Verdammt gute Schachen«, meinte Tomjon, der immer wieder von der kleinen Sitzbank rutschte. »Inschbesondere Nummer 19, Leichengrün. Mein Vater schwört, es schei das Beste vom Besten. Erschtklassig.«

Der Zwerg ließ unsicher die Axt sinken. »Nun, äh«, antwortete er. »Oh. Aber. Ja. Nun, vielen Dank. Nur die erlesensten Ingredienzen, da könnt ihr ganz sicher sein.«

»Zerkleinerst schie vermutlich mit dem Ding, wasch?« erkundigte sich Hwel unschuldig. »Hascht du heute deine freie Nacht?«

Donnerstoß zog erneut die Brauen zusammen. Es sah aus, als träfen sich mehrere Kakerlaken zu einer Konferenz.

»Seid ihr vielleicht vom Theater?«

»Das schind wir«, bestätigte Tomjon. »Wandernde Schauspieler.« Er berichtigte sich: »Derzeit stillstehende Schauspieler. Haha. Und jetz' herunterrutschende Schauspieler.«

Der Zwerg legte die Axt beiseite, setzte sich auf die Bank und lächelte plötzlich.

»In der vergangenen Woche habe ich eine Vorstellung besucht«, erzählte er. »Tolle Sache. Es ging dabei um eine junge Frau und einen Burschen, aber sie war mit dem alten Mann verheiratet, und dann kam der andere Kerl, und sie sagten, er sei gestorben, und dann verzehrte sie sich vor Gram und nahm Gift, und dann stellte sich heraus, daß dieser Mann in Wirklichkeit der andere Mann war, aber er durfte es ihr nicht sagen, weil ...« Donnerstoß brach ab und putzte sich die Nase. »Am Ende starben alle. Sehr tragisch. Auf dem Weg nach Hause hab' ich geweint, ich geb's ruhig zu. Sie war so blaß.«

»Nummer 19 und Puder«, erwiderte Tomjon. Er grinste. »Und eine Prise brauner Lidschatten.«

»Wie?«

»Und einige Taschentücher unter der Weste.«

»Was soll das heißen?« wandte sich der Zwerg an die Theatergruppe im — hier fehlt ein besserer Ausdruck — großen und ganzen.

Hwel lächelte in seinen Humpen.

»Trag einen Teil von Gretalinasch Monolog vor, Junge!« verlangte er.

»Gern.«

Tomjon stand auf, stieß mit dem Kopf an die Decke und schloß einen Kompromiß, indem er sich auf den Boden kniete. Dann preßte er die Hände an etwas, das sein Busen gewesen wäre, wenn ihn die Natur mit einigen zusätzlichen Chromosomen ausgestattet hätte.

»*Es lüget, wer dies Sommer nennt* ...«, begann er.

Die versammelten Zwerge hörten mehrere Minuten lang still zu. Einer von ihnen ließ seine Axt fallen, und die anderen kommentierten das laute Klappern mit bitterbösen Blicken.

»*... und schmelzender Schnee. So lebt denn wohl*«, schloß Tomjon. »Trinkt Fläschchen aus, fällt hinter den Wehrwall, die Leiter herunter; zieht sich um, Heroldsrock für Komischen Wächter Zwei, tritt auf. *Heda, gut* ...«

»Das genügt«, sagte Hwel leise.

Mehrere Zwerge weinten in ihre Helme. Hier und dort wurden Nasen geputzt.

Donnerstoß holte ein Kettenhemd-Taschentuch hervor und wischte sich Tränen aus den Augen.

»Das sind die traurigsten Worte, die ich jemals gehört habe«, sagte er. Dann fiel ihm plötzlich etwas auf, und er starrte Tomjon an. »He, einen Augenblick. Er ist ein Mann. Verdammt, ich habe mich in die junge Frau auf der Bühne verliebt.« Er gab Hwel einen Stoß in die Rippen. »Hat er etwas von einem Elfen?«

»Nein.« Hwel schüttelte den Kopf. »Es besteht kein Zweifel daran, daß er ein Mensch ist. Ich kenne seinen Vater.«

Wieder musterte er den Narren, der sie mit offenem Mund beobachtete, und dann sah er Tomjon an.

Nein, unmöglich, dachte er. *Reiner Zufall, weiter nichts.*

»Schauspielkunst«, erklärte Hwel. »Ein guter Schauspieler kann alles sein.«

Er spürte, wie sich ihm der Blick des Narren in den kurzen Nacken bohrte.

»Ja, aber sich wie eine Frau anzuziehen, ist ein wenig übertrieben«, sagte Donnerstoß skeptisch.

Tomjon zog die Schuhe aus, kniete und brachte sein Gesicht auf eine Höhe mit dem des Zwergs. Einige Sekunden lang betrachtete er die fremden Züge, bevor er seine Mimik veränderte.

Daraufhin gab es Schnapptopf Donnerstoß plötzlich zweimal. Einer von ihnen kniete und schien sich gerade rasiert zu haben.

»Hede, heda«, sagte Tomjon mit der Stimme des Zwergs.

Die übrigen Zwerge — sie zeichneten sich durch einen unkomplizierten Sinn für Humor aus — fanden das urkomisch. Als sie näher kamen, fühlte Hwel, wie ihn jemand an der Schulter berührte.

»Gehört ihr beiden zum Theater?« fragte der inzwischen fast nüchterne Narr.

»Ja, da hascht du recht.«

»Dann habe ich fünfhundert Meilen zurückgelegt, um mit euch zu sprechen.«

Es war, wie Hwel in einer Bühnenanweisung geschrieben hätte, *später am gleichen Tag.* Die Scheibe wuchs in ihrem Gerüst; beständiges Hämmern hallte durch Hwels Kopf und auf der anderen Seite heraus.

Er glaubte, sich einigermaßen genau an das Trinken zu erinnern. Die Zwerge gaben viele Runden aus, als Tomjon mit seinen Imitationen begann. Anschließend besuchten sie alle eine andere Taverne, die Donnerstoß gut kannte, und von dort aus torkelten sie zu einer klatschianischen Pizzeria. Wenig später kam geistiger Nebel auf, der alle Einzelheiten verschleierte ...

Hwel konnte nicht besonders gut schlabbern. Zuviel vom Inhalt der Krüge gelangte ihm in den Mund.

Nach dem Geschmack zu urteilen, hatte dort auch ein inkontinentes Geschöpf der Nacht mehrere direkte Treffer erzielt.

»Schaffst du es?« fragte Vitoller.

Hwel schlug sich auf die Lippen, um die üblen Aromen zu vertreiben.

»Ich denke schon«, erwiderte Tomjon. »So wie er es erzählte ... Es klang recht interessant. Ein böser König, der mit Hilfe von bösen Hexen regiert. Stürme. Geisterhafte Wälder. Wahrer Thronerbe, der einen Kampf um Leben und Tod führt. Aufblitzender Dolch. Schreie. Alarme. Böser König stirbt. Das Gute triumphiert. Läutende Glocken beenden die Vorstellung.«

»Wir könnten auch Rosenblätter herabregnen lassen«, schlug Vitoller vor. »Ich kenne jemanden, der sie fast gratis besorgt.«

Vater und Sohn blickten zu Hwel, der mit den Fingern auf einen Stuhl trommelte. Alle drei spürten, wie ihre Blicke von dem Geldbeutel angezogen wurde, den der Narr Hwel gegeben hatte. Er enthielt genug Silber, um die Scheibe fertigzustellen. Und es stand noch mehr in Aussicht. Das Wunder hieß Patronat.

»Bist du dazu bereit?« wandte sich Vitoller an den Zwerg.

»Nun, ein gewisses Etwas läßt sich nicht leugnen«, räumte Hwel ein. »Aber ... Ich weiß nicht ...«

»Ich versuche keineswegs, dich unter Druck zu setzen«, versprach Vitoller. Wieder sahen sie zu dem Geldbeutel.

»An der Sache scheint irgend etwas faul zu sein«, sagte Tomjon. »Ich meine, mit dem Narren ist alles in Ordnung. Doch wie er uns alles schilderte ... Seltsam. Der Mund spricht die Worte, aber seine Augen behaupten etwas ganz anderes. Ich hatte den Eindruck, daß es ihm lieber gewesen wäre, wenn wir seinen Augen glauben.«

»Andererseits ...«, warf Vitoller hastig ein. »Was kann es schaden? Die Bezahlung stimmt.«

Hwel hob benommen den Kopf.

»Wie?« fragte er.

»Ich sagte: Es kommt nur auf das Stück an«, antwortete Vitoller.

Stille folgte, nur unterbrochen von Hwels trommelnden Fingern. Der Beutel mit den Silbermünzen schien größer zu werden und das ganze Zimmer zu füllen.

»So wie ich die Sache sehe ...«, begann Vitoller unnötig laut.

»Meiner Ansicht nach ...«, begann Hwel.

Sie unterbrachen sich beide.

»Entschuldige. Nach dir.«

»Es ist nicht wichtig. Ich überlasse dir den Vortritt.«

»Ich wollte nur sagen, daß wir es uns ohnehin leisten können, die Scheibe zu bauen«, murmelte Hwel.

»Mauern und Bühne«, gab Vitoller zurück. »Aber nicht all die anderen Dinge. Mit den Falltüren müßten wir noch warten. Ebenso mit der Apparatur, die es erlaubt, Götter vom Himmel herabzulassen. Und denk nur an die große Drehscheibe und den Ventilator für Wind und so.«

»Bisher sind wir auch ohne diese Vorrichtungen zurechtgekommen«, sagte Hwel. »Erinnerst du dich an damals? Uns standen nur einige Bretter und bemaltes Sackleinen zur Verfügung. Aber wir hatten jede Menge Schwung und Elan. Wenn wir Wind brauchten, mußten wir ihn selbst erzeugen.« Eine Zeitlang trommelte er mit den Fingern. »Natürlich sollte eine Wellenmaschine möglich sein«, fügte er leise hinzu. »Eine kleine. Ich habe da eine Idee, wißt ihr. Ein Schiff strandet auf einer Insel, wo ...«

»Tut mir leid.« Vitoller schüttelte den Kopf.

»Viele unserer Vorstellungen waren ausverkauft!« protestierte Tomjon.

»Ja, sicher. Aber die Zuschauer bezahlen nur halbe Taler. Beziehungsweise Zehnteldollar, hier in Ankh-Morpork. Die Handwerker wollen Silber. Um reich zu werden, muß man heute Tischler sein.« Vitoller warf Hwel einen kurzen Blick zu. »Oder in einer Goldmine arbeiten.« Er rutschte unruhig auf dem Stuhl hin und her. »Ich schulde dem Troll Chrysopras bereits mehr, als mir lieb ist.«

Die beiden anderen starrten ihn groß an.

»Er steht in dem Ruf, Leute zu zerfetzen!« entfuhr es Tomjon.

»Wieviel schuldest du ihm?« fragte der Zwerg.

»Seid unbesorgt«, erwiderte Vitoller schnell. »Was die Zinsen betrifft, werde ich meinen Zahlungsverpflichtungen gerecht. Mehr oder weniger.«

»Wieviel verlangt er?«

»Einen Arm und ein Bein.«

Hwel und Tomjon rissen entsetzt die Augen auf. »Wie konntest du ...«

»Ich habe dabei an euch beide gedacht! Tomjon verdient eine bessere Bühne. Er soll sich nicht die Gesundheit ruinieren, indem er in wackligen Karren schläft und überhaupt kein Zuhause kennt. Und du, Hwel … Ich wollte dir endlich Gelegenheit geben, deine Kreativität voll zu entfalten, mit Falltüren und … und Wellenmaschinen und so weiter. Immer wieder habt ihr mich darauf angesprochen, und schließlich dachte ich: Ja, sie haben recht. Das Leben auf der Straße taugt nichts. Zwei Aufführungen am Tag, vor einem Publikum, das nur aus Bauern besteht, und dann mit einem Hut herumgehen. So etwas bietet keine Zukunft. Ich dachte: Wir sollten uns irgendwo niederlassen, den Zuschauern bequeme Sitze geben und vor Leuten spielen, die keine Kartoffeln auf die Bühne werfen. Ich dachte: Zum Teufel mit den Kosten. Ich wollte nur …«

»Schon gut!« rief Hwel. »Ich schreibe das Stück!«

»Und ich trete dabei auf«, sagte Tomjon.

»Ich möchte nur noch einmal darauf hinweisen, daß ich euch zu nichts zwinge«, betonte Vitoller. »Es ist eure eigene Entscheidung.«

Hwel runzelte die Stirn. Es gab tatsächlich einige interessante Aspekte, das mußte er zugeben. Drei Hexen, gut. Zwei genügten nicht, und vier wären zuviel gewesen. Vielleicht mischten sie sich in das Schicksal der Menschheit ein und so. Viel Rauch und grünes Licht. Ja, mit drei Hexen konnte man eine Menge anstellen. Erstaunlich, daß noch niemand daran gedacht hatte.

»Wir können dem Narren also mitteilen, daß wir den Auftrag übernehmen, nicht wahr?« fragte Vitoller, die eine Hand bereits auf dem Geldbeutel.

Und ein ordentlicher Sturm machte sich immer gut. Und dann die Geist-Szene, die Vitoller aus *Wie du willst* gestrichen hatte, weil er meinte, der Musselin sei zu teuer. Und vielleicht fand Hwel auch Platz für einen Auftritt des Todes. Mit weißer Schminke und Plateauschuhen gab der junge Dafe einen ausgezeichneten Tod ab …

»Er erwähnte einen weiten Weg, den er zurückgelegt hat«, sagte der Zwerg.

»Er kommt aus den Spitzhornbergen«, entgegnete Vitoller. »Aus einem kleinen Königreich, von dem noch nie jemand etwas gehört hat. Der Name klingt wie eine Lungenkrankheit.«

»Wir wären Monate unterwegs.«

»Ich würde mir die Spitzhornberge gern ansehen«, meinte Tomjon. »Immerhin bin ich dort geboren.«

Vitoller sah zur Decke hoch. Hwel starrte zu Boden. Derzeit war alles besser, als sich direkt anzusehen.

»Das hast du mir jedenfalls gesagt«, fuhr Tomjon fort. »Als ihr im Gebirge unterwegs wart, hast du gesagt.«

»Ja, aber an den genauen Ort erinnere ich mich nicht mehr«, erwiderte Vitoller. »Die vielen kleine Bergdörfer unterschieden sich kaum voneinander. Meine Güte, wir hatten kaum Gelegenheit, auf der Bühne zu stehen; die meiste Zeit verbrachten wir damit, Flüsse zu durchqueren und unsere Karren über steile Hänge zu lenken.«

»Wie wär's, wenn ich mit einigen von den jungen Burschen aufbreche?« sagte Tomjon. »Wir reisen den Sommer über und führen unsere alten Lieblingsstücke auf. Bis zum Seelenkuchentag sind wir bestimmt zurück. Du bleibst hier und kümmerst dich ums Theater. Ich bin sicher, daß wir rechtzeitig wieder da sind, um an der Eröffnungsvorstellung teilzunehmen.« Er sah seinen Vater an und lächelte. »Eine derartige Erfahrung kann ihnen nur zum Vorteil gereichen«, fügte er listig hinzu. »Du hast selbst gesagt, daß es einigen der jungen Burschen an richtiger Lebenserfahrung mangelt. Wenn gute Schauspieler aus ihnen werden sollen, sollten sie wissen, wie das wahre Leben beschaffen ist.«

»Hwel muß erst noch das Stück schreiben«, gab Vitoller zu bedenken.

Der Zwerg schwieg und blickte ins Leere. Nach einer Weile tastete eine Hand ins Wams und holte ein Bündel hervor, verschwand dann irgendwo im Bereich des

Gürtels, um kurz darauf mit einem zugestöpselten Tintenfaß und mehreren Federkielen zum Vorschein zu kommen.

Vater und Sohn beobachteten stumm, wie Hwel tranceartig das Papier glättete, den kleinen Korken aus dem Tintenfaß zog, einen Federkiel hineintauchte und ihn hielt wie ein Falke, der auf das nächste Opfer wartet. Dann beugte er sich vor und begann zu schreiben.

Vitoller nickte Tomjon zu.

Auf leisen Sohlen verließen sie das Zimmer.

Am späten Nachmittag brachten sie eine Mahlzeit und ein weiteres Bündel Papier nach oben.

Am frühen Abend stand der gefüllte Teller noch immer auf dem Tablett. Das Papier fehlte.

Einige Stunden später berichtete ein Schauspieler, der an Hwels Tür vorbeigangen war, er habe ein lautes »So klappt es nicht! Noch einmal von vorn!« vernommen zu haben. Diesem Ausruf folgte das typische Geräusch eines Gegenstands, der quer durch den Raum geworfen wurde.

Gegen acht hörte Vitoller, wie der Zwerg mehr Kerzen und neue Federkiele verlangte.

Tomjon ging früh zu Bett, fand jedoch keine Ruhe: Die hektische Kreativität im Nebenzimmer hielt den Schlaf von ihm fern. Hwel brummte von Balkonen und fragte sich im Selbstgespräch, ob die Welt wirklich Wellenmaschinen brauchte. Dann herrschte wieder Stille, untermalt vom fleißigen Kratzen der Federkiele.

Irgendwann träumte Tomjon.

»So. Haben wir jetzt alles?«

»Ja, Oma.«

»Entzünde das Feuer, Magrat.«

»Ja, Oma.«

»Gut. Mal sehen, wie ...«

»Ich hab' alles aufgeschrieben, Oma.«

»Ich kann lesen, Mädchen, vielen herzlichen Dank. Hm, was ist das denn? ›Um den Kessel schlingt den Reihn: Eingeweid' voll Gift hinein.‹ Was soll das bedeuten?«

»Unser Jason hat gestern ein Schwein geschlachtet, Esme.«

»Für mich sieht's aus wie einwandfreies Gekröse, Gytha. Dort drin schwimmen jetzt mindestens zwei gute Mahlzeiten, wenn du mich fragst.«

»Bitte, Oma.«

»Ich meine nur: In Klatsch gibt's viele Verhungernde, die darüber bestimmt nicht die Nase rümpfen würden ... Na schön, na schön. ›Vollkornweizen und auch Linsen, zu des Kessels Binsen‹? Was ist mit dem Frosch passiert, der einunddreißig Tag' unterm kalten Steine lag?«

»Bitte, Oma. Du verzögerst alles. Du weißt doch, wie sehr Gütchen gegen unnötige Grausamkeit war. Pflanzliches Protein ist ein durchaus geeigneter Ersatz.«

»Also auch keine Molchesaugen und sumpfgeborner Schlange Lende?«

»Nein, Oma.«

»Und Unkenzehen?«

»Hier.«

»Was ist das denn für ein Blödsinn, entschuldige bitte mein Klatschianisch?«

»Eine Unkenzehe. Unser Wane hat sie von einem Händler gekauft, der aus weiter Ferne kam.«

»Bist du sicher?«

»Unser Wane hat sich extra danach erkundigt, Esme.«

»Scheint eher eine Knoblauchzehe zu sein, nach dem Geruch zu urteilen. Na schön. ›Doppelt, doppelt Plag' und Mühe: Feuer sprühe; Kessel glühe.‹ WARUM glüht der Kessel nicht, Magrat?«

Tomjon erwachte und zitterte am ganzen Leib. Es war dunkel in der Kammer. Draußen durchdrang das Funkeln einiger Sterne den Dunst über der Stadt; ab und zu pfiffen Einbrecher und Wegelagerer, die ihren streng reglementierten Geschäften nachgingen.

Stille herrschte im Nebenzimmer, aber Tomjon sah Kerzenlicht unter der Tür.

Er legte sich wieder hin.

Auf der anderen Seite des sich träge dahinwälzenden Ankhstroms erwachte auch der Narr. Er wohnte in der Gilde — das entsprach zwar nicht seinem Wunsch, aber der Herzog hatte ihm nur das fürs Theater bestimmte Geld gegeben —, und das Einschlafen war ihm sehr schwergefallen. Die kalten Wände brachten zu viele Erinnerungen. Außerdem: Wenn er aufmerksam lauschte, hörte er das gelegentliche Schluchzen und Wimmern in den Schlafsälen der Schüler, die sich entsetzt fragten, welches Leben ihnen bevorstand.

Der Narr klopfte auf das steinharte Kissen, schloß die Augen und döste ein. Vielleicht träumte er. Zum Beispiel dies:

»›Klebrig-dick die Grütze‹, ja. Aber hier steht nicht wie *klebrig-dick.«*

»Gütchen Wemper riet immer, einen Teil davon in einer Tasse mit kaltem Wasser auszuprobieren. So wie Toffee.«

»Wie bedauerlich, daß wir nicht daran gedacht haben, eine mitzubringen, Magrat.«

»Ich glaube, wir sollten keine Zeit mehr verlieren, Esme. Die Nacht ist fast vorbei.«

»Gebt bloß nicht mir die Schuld, wenn die erhoffte Wirkung ausbleibt. Nun, sehen wir mal... ›Pavianshaar und...?‹ Wer hat das Pavianshaar? Oh, danke, Gytha. Sieht eher wie Katzenhaar aus, aber was soll's. ›Pavianshaar und Alraune...‹ Wenn das eine echte Alraune ist, will ich nicht mehr Oma Wetterwachs heißen. ›Karottensaft und Stiefellatz.‹ Nun, ihr dachtet wohl, ein wenig Humor kann nicht schaden, wie?«

»Bitte beeil dich!«

»Ist ja gut, ist ja gut. ›Beim Eulenschrei und des Wurmes Bohren — Koche, und laß es gut und lange schmoren.‹«

»Weißt du, Esme, es schmeckt überraschend gut.«

»Du sollst das Zeug nicht trinken, du blöde Doyenne!«

Tomjon schreckte hoch. *Sie* waren es wieder: die gleichen Gesichter, die zankenden Stimmen, verzerrt von Raum und Zeit.

Er stand auf und blickte aus dem Fenster, sah frisches Tageslicht, das durch die Stadt strömte. Trotzdem hörte er die murrenden, schimpfenden Stimmen in der Ferne, wie dumpfes Gewittergrollen, das langsam verklang ...

»Das mit dem Stiefellatz war bestimmt nur ein Scherz.«

»Von ›klebrig-dick‹ kann noch immer keine Rede sein. Sollen wir etwas Reismehl hineingeben?«

»Spielt keine Rolle. Entweder ist er jetzt hierher unterwegs, oder er ist es nicht ...«

Tomjon wankte zum Becken und spritzte sich kaltes Wasser ins Gesicht.

Stille rollte in dichten Schwaden aus Hwels Zimmer. Tomjon zog sich an und öffnete die Tür.

Es sah aus, als habe es in der anderen Kammer geschneit: Große schneeflockenartige Dinge lagen in den Ecken. Hwel hockte am niedrigen Tisch in der Mitte des Raums, benutzte einen Stapel Papier als Kissen und schnarchte hingebungsvoll.

Tomjon schlich auf Zehenspitzen weiter und griff nach einem zusammengeknüllten Blatt. Er glättete es vorsichtig und las:

KÖNIG: Nun, ich setze die Krone jetzt auf diesen Strauch hier, und ihr sagt mir, ob jemand versucht, sie zu nehmen, einverstanden?

GRÜNDLINGE: Ja!

KÖNIG: Wenn ich jetzt nur mein Pferdchen finden könnte ...

(Erster Mörder schaut hinter einem Felsen hervor)

PUBLIKUM: Hinter dir!

(Erster Mörder verschwindet)

KÖNIG: Wollt ihr einem alten König Streiche spielen, ihr frechen ...

Viele Worte waren durchgestrichen, und hinzu kam ein großer Tintenklecks. Tomjon ließ das Blatt fallen und wählte einen anderen weißen Ball.

KÖNIG: Ist das ~~eine Ente~~ ein ~~Messer~~ Dolch, ~~die das~~ was ich ~~hinter neben vorn~~ da vor mir sehe, den ~~Sehnabel~~ Griff zum ~~Zuschnappen~~ Greifen nah?

ERSTER MÖRDER: Meiner Treu, ich glaube nicht. ~~Oh, nein, natürlich nicht!~~

ZWEITER MÖRDER: Wahr ist's, Herr. ~~O ja, natürlich!~~

Die Falten im Papier deuteten darauf hin, daß dieses Blatt mit besonderer Wucht an die Wand geschleudert worden war. Tomjon erinnerte sich an Hwels Theorie in Hinsicht auf Inspirationen; alles deutete darauf hin, daß sich in der vergangenen Nacht eine ganze Flut von Einfällen auf ihn ergossen hatte.

Der Einblick in die Vorgänge des Kreativen faszinierte den jungen Mann so sehr, daß er einen dritten fortgeworfenen Versuch aufhob:

KÖNIGIN: O je, draußen klopft jemand an die Tür! Vielleicht mein zurückkehrender Gemahl! Rasch, in den Kleiderschrank, und warte dort, bis du von mir hörst!

MÖRDER: Fürwahr, aber deine Zofe hat noch meine Pantoffeln!

ZOFE *(öffnet die Tür):* Der Erzbischof, Euer Majestät.

PRIESTER *(unterm Bett):* Du meine Güte!

(Diverse Alarme)

Irgendwo fügte Hwel den Bühnenanweisungen immer diverse Alarme hinzu, und Tomjon fragte sich, was damit gemeint sein mochte. Vielleicht bedeutete es, daß die Burg der Phantasie brannte und von der Feuerwehr seiner Kreativität gerettet werden mußte.

Er schlich zum Tisch, zog ganz vorsichtig den Papierstapel unter Hwels Kopf hervor und ersetzte ihn durch ein Kissen.

Auf dem obersten Blatt stand:

~~Verence Felmet Abend der Geringen Götter~~ Nacht der ~~Messer Dolche~~ Könige, von Hwel aus Vitollers Gruppe. Eine ~~Komödie~~ Tragödie in ~~acht sechs fünf drei~~ neun Akten.

Personen: Felmet, ein guter König
Verence, ein böser König
Wetterwaks, eine böse Hexe
Hogg, gleichfalls eine böse Hexe
Magerat, eine Sirene …

Tomjon griff nach dem nächsten Blatt.

Szene: ~~ein Salon Schiff auf hoher See Straße in Pseudopolis~~ sturmumheultes Moor. Drei Hexen treten auf.

Der junge Mann las eine Weile und nahm dann das letzte Blatt.

Leute, laßt uns tanzen und singen und dem König alles Gute wünschen. (Gehen ab, singen Falala usw. Es regnet Rosenblätter. Glocken läuten. Götter kommen vom Himmel herab; Dämonen klettern aus der Hölle. Viel Trara mit der Drehscheibe etc.) Ende.

Hwel schnarchte.

In seinen Träumen stiegen Götter auf und fielen. Schiffe segelten kühn und geschickt über Leinwandozeane. Bilder sprangen umher und verschmolzen zu Dutzenden von verschiednen Szenen. Menschen flogen an Drähten, und auch ohne. Große Schiffe der Phantasie rangen an imaginären Himmeln miteinander. Meere öffneten sich; Frauen wurden in der Mitte durchgesägt.

Tausend Experten für Spezialeffekte kicherten und brabbelten. Mit verzweifelt ausgebreiteten Armen rannte der Zwerg durch das Durcheinander und wußte genau, daß dies alles nicht existierte und nie existieren würde, daß ihm in *Wirklichkeit* nur einige Quadratmeter Bühne, etwas Sackleinen und Farbe zur Verfügung standen, um die verlockenden Szenen in seinem Kopf festzuhalten.

Nur in unseren Träumen sind wir frei. Die meiste Zeit über brauchen wir Lohn.

»Ein gutes Stück«, lobte Vitoller. »Abgesehen von dem Geist.«

»Der Geist bleibt«, sagte Hwel verdrießlich.

»Bei solchen Gelegenheiten stimmen Zuschauer immer ein hämisches Gelächter an und werfen mit Dingen. Außerdem weißt du, wie schwer es ist, den Kreidestaub aus der Kleidung zu entfernen.«

»Der Geist bleibt. Er ist eine dramatische Notwendigkeit.«

»Das hast du auch beim *letzten* Stück behauptet.«

»Und ich hatte recht.«

»Und bei *Wie du willst,* und bei *Der Zauberer von Ankh,* und bei allen anderen.«

»Ich mag Geister.«

Sie standen auf der einen Seite und beobachteten, wie die Zwergenhandwerker eine Wellenmaschine montierten. Sie bestand aus mehreren Spindeln, bedeckt von komplexen Leinwandspiralen, die blau, grün und weiß bemalt waren, sich über die ganze Länge der Bühne erstreckten. Eine verwirrende Vorrichtung aus Zahnrädern und Dutzenden von Riemen verband das Ding mit einem Tretwerk hinter den Kulissen. Wenn sich die Spiralen alle gleichzeitig drehten, mußten Zuschauer mit schwachen Mägen den Blick abwenden.

»Seeschlachten«, hauchte Hwel. »Wracks. Meergötter. Piraten!«

»Es quietscht und knarrt überall«, brummte Vitoller und stützte sich auf den Gehstock. »Wartungskosten. Überstunden.«

»Die Apparatur sieht außerordentlich — kompliziert aus«, gestand Hwel ein. »Wer hat sie entworfen?«

»Ein bekloppter alter Knabe«, erwiderte Vitoller. »Wohnt in der Straße schlauer Kunsthandwerker. Heißt Leonard von Quirm. Eigentlich ist er Maler, und mit solchen Sachen beschäftigt er sich nur in seiner Freizeit. Zufälligerweise hörte ich, daß er schon seit einigen Monaten an diesem Ding arbeitete. Ich hab's rasch gekauft, bevor er damit fliegen konnte.«

Sie sahen, wie sich Leinwandwellen hoben und senkten.

»Du willst wirklich los?« fragte Vitoller schließlich.

»Ja. Tomjon ist noch immer ein bißchen — ungezügelt. Er braucht einen kühleren und älteren Kopf, der auf ihn achtgibt.«

»Um ganz offen zu sein: Ich werde dich vermissen, Bürschchen. Ich habe dich immer für eine Art Sohn gehalten. Wie alt bist du eigentlich? Ich weiß es noch immer nicht.«

»Hundertzwei.«

Vitoller nickte kummervoll. Er war sechzig und litt bereits sehr an seiner Arthritis.

»Dann sehe ich von jetzt an eine Art Vater in dir«, sagte er.

»Letztendlich gleicht es sich aus«, entgegnete Hwel zaghaft. »Halbe Größe, doppeltes Alter. Wenn man einen allgemeinen Durchschnitt als Maßstab nimmt, leben wir Zwerge etwa ebensolange wie Menschen.«

Der Direktor seufzte. »Nun, ich weiß nicht, wie ich ohne dich und Tomjon zurechtkommen soll. Im Ernst.«

»Es ist nur für einen Sommer, und die meisten jungen Leute bleiben hier. Eigentlich gehen nur die Lehrlinge. Du hast selbst gesagt, es sei eine gute Chance für sie, Erfahrungen zu sammeln.«

Vitoller schnitt eine Grimasse. In der Kühle des halb fertiggestellten Theaters wirkte er wesentlich kleiner als sonst, wie ein Luftballon zwei Wochen nach der Party. Mit dem Gehstock stocherte er nach einigen Sägespänen.

»Wir werden alt, Meister Hwel. Zumindest ich«, berichtigte er sich. »Ich werde alt, und du wirst älter. Wir haben bereits die Mitternachtsgongs gehört.«

»Ja. Du möchtest nicht, daß er aufbricht, oder?«

»Zuerst war ich dafür. Das weißt du ja. Dann dachte ich: Das Schicksal tritt auf. Wenn's endlich einmal gut läuft, mischt sich immer das verdammte Schicksal ein. Ich meine, er kommt von dort. Aus den Bergen. Und jetzt ruft ihn die Vorsehung zurück. Ich sehe ihn nie wieder.«

»Es ist nur für einen Sommer«, wiederholte der Zwerg.

Vitoller hob die Hand. »Unterbrich mich nicht! Ich bin gerade in der richtigen dramatischen Stimmung.«

»Entschuldige.«

Plock-plock — der Gehstock wirbelte die Späne davon.

»Ich meine, du weißt, daß ich nicht sein richtiger Vater bin.«

»Trotzdem ist er dein Sohn«, sagte Hwel. »Das mit der Vererbung funktioniert häufig nicht so, wie man es sich vorstellt.«

»Dank dafür, daß du mich aufzumuntern versuchst.«

»Ich meine es ernst. Nimm mich als Beispiel. Ich sollte eigentlich gar keine Theaterstücke schreiben. Normalerweise können Zwerge nicht einmal *lesen*. An deiner Stelle würde ich keine Gedanken an das Schicksal verschwenden. Ich war dazu bestimmt, in irgendwelchen Bergwerken zu graben. Die meiste Zeit über liegt die Vorsehung völlig falsch.«

»Aber du hast gesagt, daß er dem Narren ähnelt. Und ich hab's selbst gesehen.«

»Wahrscheinlich liegt's am Licht. Eine optische Täuschung oder so.«

»Vielleicht ist hier das Schicksal am Werk.«

Hwel zuckte mit den Schultern. Das Schicksal war eine komische Sache. Man konnte ihm nicht vertrauen. Oft konnte man es nicht einmal sehen. Wenn man glaubte, es in die Enge getrieben zu haben, stellte es sich als etwas ganz anderes heraus: Zufall vielleicht, oder ein Scherz der Götter. Man verriegelte Türen und Fenster, um das Schicksal auszusperren, und plötzlich stand es direkt hinter einem. Und wenn man hoffte, es endgültig festgenagelt zu haben, schlenderte es mit dem Hammer fort.

Der Zwerg setzte das Schicksal oft ein — als dramaturgisches Werkzeug in seinen Stücken war es noch besser als Geister. Ja, das Schicksal eignete sich prächtig dafür, um den guten alten Plot in Bewegung zu bringen. Aber Hwel hielt es für falsch anzunehmen, daß man ihm eine bestimmte Form geben konnte. Und wer gar versuchte, es zu kontrollieren ...

Oma Wetterwachs starrte verärgert in Nanny Oggs Kristallkugel. Es war keine besonders gute Kristallkugel: Sie bestand aus grünlichem Glas, und Oma argwöhnte, daß sie einst dazu gedient hatte, Fische zu fangen. Einer von Nannys Söhnen hatte das Ding als Souvenir von der Küste des Runden Meers mitgebracht. Es verzerrte alles, wahrscheinlich auch die Wahrheit.

»Er ist hierher unterwegs, kein Zweifel«, sagte sie schließlich. »In einem Wagen.«

»Ein prächtiges weißes Roß wäre angemessener gewesen«, sagte Nanny Ogg. »Du weißt schon. Mit hübsch bestickten Schabracken und so.«

»Hat er ein magisches Schwert?« fragte Magrat und beugte sich vor.

Oma Wetterwachs lehnte sich zurück.

»Ihr beide solltet euch was schämen«, brummte sie. »Magische Rösser und prächtige Schwerter ... Lieber Himmel, ihr glotzt wie zwei Milchmädchen.«

»Ein magisches Schwert *ist* wichtig«, beharrte Magrat. »Ein richtiger Held braucht so etwas. Wir könnten ihm eins geben«, fügte sie wehmütig hinzu. »Aus Eisen, das von Blitz und Donner geschmiedet wurde. Ich kenne einen Zauberspruch dafür. Es ist ganz einfach. Man nimmt von Blitz und Donner geschmiedetes Eisen und stellte ein Schwert daraus her. Äh.«

»Von dem alten Kram halte ich nichts«, erwiderte Oma Wetterwachs. »Manchmal wartet man tagelang auf den richtigen Blitz, und wenn er schließlich vom Himmel herabzuckt, muß man aufpassen, daß man sich nicht den ganzen Arm verbrennt.«

»Und ein Muttermal in Form einer Erdbeere«, sagte Nanny Ogg verträumt.

Die anderen beiden Hexen sahen sie erwartungsvoll an.

»Ein Muttermal in Form einer Erdbeere«, betonte sie. »Das braucht man, wenn man ein Prinz ist, der rechtmäßigen Anspruch auf sein Königreich erheben will. Dadurch wissen alle Bescheid. Obwohl ich nicht ganz sicher bin, was Erdbeeren damit zu tun haben.«

»Ich mag keine Erdbeeren«, sagte Oma unbestimmt und schielte wieder in die Kristallkugel.

In den rissigen grünen Tiefen — sie rochen nach längst gekochten Hummern — küßte ein winziger Tomjon seine Eltern, verabschiedete sich von den anderen Mitgliedern der Theatergruppe und kletterte in den ersten Karren.

Offenbar hat's geklappt, dachte Oma Wetterwachs. *Sonst käme er nicht hierher, oder? Die anderen sind vermutlich seine getreuen Freunde. Vernünftig von ihm, daß er nicht allein aufbricht. Immerhin muß er fünfhundert Meilen durch unbekanntes Land zurücklegen. Bei einer solchen Reise kann viel passieren.*

Die Rüstungen und Schwerter liegen vermutlich in den Wagen.

Sie entdeckte einen Hauch von Zweifel und verdrängte ihn sofort. *Es gibt keinen anderen Grund, warum er hierherkommen sollte, ist doch ganz klar. Wir haben den Zauber genau richtig hingekriegt. Abgesehen von den Zutaten. Und den meisten Reimen. Sicher war's auch nicht der richtige Zeitpunkt. Und Gytha hat den größten Teil nach Hause mitgenommen, für ihren Kater. Hat man Töne!*

Aber er ist auf dem Weg. Wer nicht zu sprechen vermag, kann auch nicht lügen.

»Leg besser das Tuch darüber, wenn du fertig bist, Esme«, sagte Nanny. »Ich fürchte immer, daß mich jemand beobachtet, wenn ich ein Bad nehme.«

»Er ist unterwegs«, stellte Oma Wetterwachs fest, und die Zuversicht in ihrer Stimme war so stark, daß man Korn damit mahlen konnte. Sie stülpte einen schwarzen Samtbeutel über die Kugel.

»Eine lange Reise steht ihm bevor«, meinte Nanny. »Man soll den Tag nicht vor dem nächsten Wochenende loben. Vielleicht lauern ihm Räuber auf.«

»Wir schützen ihn«, sagte Oma.

»Das ist nicht richtig«, warf Magrat ein. »Wenn er König sein soll, muß er sich allein durchschlagen.«

»Wir möchten doch nicht, daß er seine Kraft verausgabt«, wandte Nanny ein. »Er soll frisch und ausgeruht sein, wenn er hier eintrifft.«

»Und dann wird er hoffentlich *ohne* unsere Hilfe in den Kampf ziehen«, erwiderte Magrat.

Oma Wetterwachs rieb sich energisch die Hände.

»In der Tat«, bestätigte sie. »Falls alles darauf hindeutet, daß er den Sieg erringt.«

Sie hatten sich in Nanny Oggs Haus getroffen. Als Oma Wetterwachs kurz vor der Morgendämmerung ging, fand Magrat einen Vorwand, um noch etwas zu bleiben. Angeblich wollte sie Nanny beim Aufräumen helfen.

»Was ist mit der Regel passiert, die Einmischungen verbietet?« fragte sie.

»Was meinst du?«

»Das weißt du genau, Nanny.«

»Es ist kein Einmischen in dem Sinne«, erwiderte die andere Hexe unsicher. »Wir sorgen nur dafür, daß alles seinen richtigen Lauf nimmt.«

»Das glaubst du doch nicht im Ernst!«

Nanny setzte sich und zupfte nervös an einem Kissen.

»Nun, äh, normalerweise ist es gut, sich nicht einzumischen«, erklärte sie. »Es fällt leicht, auf Einmischungen zu verzichten, wenn sie unnötig sind. Außerdem muß ich an meine Familie denken. Unser Jason hat mehrmals die Fäuste schwingen lassen, weil ihm nicht gefällt, was die Leute sagen. Man warf unseren Shawn aus dem Heer. So wie ich die Sache sehe ... Wenn wir den neuen König auf seinen Thron setzen, schuldet er uns den einen oder anderen Gefallen. Das ist nur fair und gerecht.«

»Aber erst vor einer Woche hast du gesagt ...« Magrat unterbrach sich. Soviel Pragmatismus schockierte sie.

»Eine Woche kann ziemlich lang sein, wenn Magie im Spiel ist«, erwiderte Nanny. »Zum Beispiel fünfzehn Jahre. Wie dem auch sei: Esme hat eine Entscheidung getroffen, und ich bin nicht in der richtigen Stimmung, ihr alles auszureden.«

»Du willst also auf folgendes hinaus«, kommentierte Magrat eisig. »Mit dem ›Du sollst dich nicht einmischen‹ ist es ähnlich wie mit dem Eid, nie zu schwimmen. Man hält sich immer daran — bis man in tiefes Wasser fällt.«

»Scheint mir besser zu sein, als einfach so zu ertrinken«, antwortete Nanny.

Sie hob die Hand zum Kaminsims und nahm eine Tonpfeife, die einer kleinen Teergrube ähnelte. Sie entzündete das Ding mit einem Span aus den Resten des Feuers, und der auf seinem Kissen liegende Greebo beobachtete sie aufmerksam.

Magrat zog den Samtbeutel von der Kristallkugel und blickte ins grüne Glas.

»Ich glaube, ich werde die Hexerei nie ganz verstehen«, sagte sie. »Wenn ich das Gefühl habe, die Sache in den Griff zu bekommen, verändert sie sich plötzlich.«

»Wir sind eben nur Menschen.« Nanny blies eine Wolke aus blauem Rauch zum Kamin. »Alle sind nur Menschen.«

»Leihst du mir die Kristallkugel?« fragte Magrat abrupt.

»Klar, nimm sie nur!« Nanny bedachte Magrats Rükken mit einem breiten Lächeln. »Hast dich mit dem jungen Mann gestritten, wie?«

»Ich weiß gar nicht, wovon du redest.«

»Habe ihn schon seit Wochen nicht mehr gesehen.«

»Oh, der Herzog schickte ihn nach ...« Magrat unterbrach sich und fuhr dann fort: »Er hat ihn irgendwohin geschickt. Mit einem Auftrag oder so. Interessiert mich überhaupt nicht.«

»Ich verstehe. Nun, nimm die Kugel ruhig mit.«

Magrat atmete erleichtert auf, als sie ihre Hütte erreichte. Des Nachts wagte sich kaum jemand ins Moor, aber während der letzten Monate war vieles schlimmer geworden. Man begegnete den Hexen mit vagem Mißtrauen, und den Leuten in Lancre, die Kontakte zum Rest der Welt unterhielten, dämmerte langsam, daß sich a) entweder überraschend viele Dinge ereignet hatten, von denen sie nichts wußten, oder daß b) die Zeit aus den Fugen geriet. Es ließ sich kaum beweisen*, aber

---

* Wegen der verschiedenen Arten von Zeitrechnung in den einzelnen Staaten, Königreichen und Städten. In einem hundert Quadrat-

einige Händler, die nach dem Winter über die Bergpfade kamen, schienen älter zu sein, als sie es eigentlich sein sollten. Angesichts des hohen magischen Potentials der Spitzhornberge rechnete man dauernd mit unerklärlichen Geschehnissen, doch mehrere Jahre, die einfach über Nacht verschwanden ... Das ging zu weit.

Magrat verriegelte die Tür, schloß alle Fensterläden und legte die Kristallkugel vorsichtig auf den Tisch.

Sie konzentrierte sich ...

Der Narr döste unter den Planen des Flußkahns, der auf dem Ankh mit zwei Meilen pro Stunde stromaufwärts fuhr. Es handelte sich nicht um ein besonders aufregendes Transportmittel, aber irgendwann erreichte man das Ziel.

Er schien in Sicherheit zu sein, aber trotzdem wälzte er sich im Schlaf immer von einer Seite auf die andere.

Magrat fragte sich, wie es sein mochte, das ganze Leben mit einer Tätigkeit zu verbringen, die man haßte. *Als sei man tot,* dachte sie. *Aber es ist noch schlimmer, weil man es er*lebt *und daran leidet.*

---

meilen umfassenden Bereich ist das gleiche Jahr das Jahr der Kleinen Fledermaus, des Erwarteten Affen, der Jagenden Wolke, der Dicken Kühe und der Drei Großen Hengste. Hinzu kommen mindestens neun Zahlen, mit denen man die verstrichene Zeit angibt, seit bestimmte Könige, Propheten und seltsame Ereignisse entweder gekrönt oder geboren wurden beziehungsweise geschahen.** Jedes Jahr hat eine unterschiedliche Anzahl von Monaten, und einigen von ihnen fehlen Wochen, und bei einem nimmt man keine Unterteilungen in Tage vor. Unter derartigen Umständen herrscht nur in einem Punkt Gewißheit: Guter Sex dauert nicht lange genug.***

** In der Theokratie von Muntab benutzt man einen Kalender, der nicht mehr Jahre zählt, sondern immer weniger. Niemand kennt den Grund dafür, aber wahrscheinlich ist es keine gute Idee, dort abzuwarten, bis die Null erreicht wird.

*** Was natürlich nicht für den Zabingo-Stamm am Großen Nef gilt.

Sie hielt den Narren für schwach und glaubte ihn in die Irre geleitet. Er brauchte eine gehörige Portion Rückgrat, jemand, der ihm half. Ungeduldig wartete sie auf seine Rückkehr, damit sie sich darauf freuen konnte, ihn nie wiederzusehen.

Es war ein langer, heißer Sommer.

Sie hatten es nicht besonders eilig. Es erstreckte sich viel Land zwischen Ankh-Morpork und den Spitzhornbergen, und die Reise machte Spaß, wie Hwel zugeben mußte. Für gewöhnlich gehörten solche Dinge nicht zur emotionalen Erfahrungswelt von Zwergen.

Wie du willst erzielte große Erfolge — das Stück kam immer gut beim Publikum an. Die Lehrlinge übertrafen sich selbst. Sie vergaßen ihren Text und improvisierten Witze; in Sto Lat zeigten sie den dritten Akt von *Gretalina und Mellias* vor den Kulissen des zweiten Akts von *Der magische Krieg*, aber niemand schien zu bemerken, daß die größte Liebesszene in der Geschichte vor einer gemalten Flutwelle stattfand, die sich über einen Kontinent ergoß. Die Erklärung: Tomjon spielte Gretalina. Er fesselte die Zuschauer so sehr, daß Hwel ihn bat, im nächsten Haus — wenn diese Bezeichnung für den gemieteten Schuppen angemessen war — die Rolle zu wechseln. Trotzdem verhielt sich das Publikum wie Rotwild, das des Nachts in besonders helles Licht sieht — obgleich Gretalina nun der junge Wimsloe war, der dazu neigte, sich steifbeinig zu bewegen und zu stottern. Hwel hoffte, daß irgendwann die Pickel aus seinem Gesicht verschwanden.

Am nächsten Tag, in einem namenlosen, von endlosen Kohlfeldern umgebenen Dorf, gab Hwel Tomjon die Rolle des Alten Miskin in *Wie du willst* — Vitoller hatte sie immer vollendet gespielt. Normalerweise kam dafür nur jemand in Frage, der mindestens vierzig war

— es sei denn, man wollte einen Alten Miskin, der ein Kissen unter dem Wams und Falten aus sorgfältig aufgetragener Schminke trug.

Hwel hielt sich nicht für alt. Sein Vater hatte noch als Zweihundertjähriger drei Tonnen Erz am Tag gefördert.

Jetzt fühlte er sich alt. Er beobachtete, wie Tomjon über die Bühne humpelte, und für einige Sekunden wußte er, was es bedeutete, ein dicker, alter, in Wein eingelegter Mann zu sein, der längst vergessene Kriege führte und sich grimmig am Schluchtrand des mittleren Alters festklammerte, um nicht ins Greisenhafte zu stürzen — aber nur mit einer Hand, denn die andere zeigte dem Tod ein V. Hwel hatte sich so etwas vorgestellt, als er die Szene schrieb, doch jetzt wurde sie *real*.

Dem neuen Stück mangelte es an dieser Art von Magie. Sie führten es einige Male auf, um zu sehen, wie das Publikum reagierte. Die Zuschauer schauten aufmerksam zu und gingen dann nach Hause. Sie machten sich nicht einmal die Mühe, irgend etwas zu werfen. Es ging keineswegs darum, daß sie das Stück für schlecht hielten; sie wußten überhaupt nichts damit anzufangen.

Und doch hatte es alle notwendigen dramaturgischen Ingredienzen, oder? Das traditionelle Theater war voller Untertanen, die bösen Herrschern eine gerechte Lektion erteilten. Hexen beeindruckten immer, und das galt auch für den Auftritt des Todes, falls man ihn einige düster klingende Sätze sprechen ließ. Wenn man das alles mischte ... Dann schienen sich die Einzelwirkungen gegenseitig aufzuheben. Dann ergaben sich Eintönigkeit und Langeweile, die zwei Stunden lang das Geschehen auf der Bühne bestimmten.

Spätabends, wenn die Schauspieler bereits schliefen, saß Hwel in einem der Wagen und schrieb das Drama voller Eifer um. Er veränderte die Szenen, strich Dialoge, schrieb neue, erfand einen Clown, fügte einen weiteren Kampf hinzu und verstärkte die Spezialeffekte. Ohne Erfolg. Das Stück war wie ein herrlich komplexes

Gemälde, ein Gelage aus Impressionen, solange man dicht davorstand; doch aus einem gewissen Abstand betrachtet, verwandelte es sich in eine bedeutungslose Ansammlung von Farben.

Als die einzelnen Inspirationen noch schneller aufeinander folgten, versuchte es Hwel sogar mit einem anderen Stil. Frühaufsteher gewöhnten sich daran, gescheiterte Experimente im Gras neben den Karren zu finden — sie wirkten wie außerordentlich literarische Pilze.

Tomjon behielt eins der seltsamsten:

ERSTE HEXE: Er ist spät dran.

(Pause)

ZWEITE HEXE: Er hat versprochen, zu kommen.

(Pause)

DRITTE HEXE: Er hat versprochen, zu kommen, aber er ist noch nicht da. Dies ist mein letzter Molch. Ich habe ihn extra aufgespart. Und er ist nicht gekommen.

(Pause)

»Ich glaube, du solltest dir ein wenig Ruhe gönnen«, sagte Tomjon später. »Du hast deine Arbeit erledigt. Niemand verlangt, daß du *brillierst*.«

»Aber das wäre möglich. Wenn es mir endlich gelänge, die Worte so aufs Papier zu bringen, wie ich sie höre.«

»Du bist ganz sicher, was den Geist betrifft?« fragte Tomjon. Sein Tonfall machte deutlich, daß in ihm noch immer ein Rest von Zweifel verharrte.

»Mit dem Geist ist alles in Ordnung«, erwiderte Hwel eingeschnappt. »Nie habe ich eine bessere Szene geschrieben als die mit dem Geist.«

»Aber, nun, äh, vielleicht paßt sie nicht in dieses Stück.«

»Der Geist bleibt. Ich schlage vor, wir machen uns jetzt wieder auf den Weg, Junge.«

Zwei Tage später — die Spitzhornberge ragten als blauweiße Wand auf, die den mittwärtigen Horizont dominierte — wurde die Gruppe angegriffen. Die allgemeine Dramatik hielt sich in Grenzen: Tomjon und seine Gefährten hatten die Karren gerade über eine Furt gelenkt und ruhten sich nun im Schatten eines Wäldchens aus, dem plötzlich Räuber wuchsen.

Hwels Blick fiel auf ein halbes Dutzende fleckige und rostige Schwerter. Ihre Eigentümer schienen nicht genau zu wissen, wie sie sich jetzt verhalten sollten.

»Wir haben irgendwo eine Quittung ...«, begann der Zwerg.

Tomjon stieß ihn sanft in die Rippen. »Diese Leute sehen nicht wie Diebe von der Gilde aus«, flüsterte er. »Ich vermute, es sind Freiberufler.«

Es wäre vielleicht ganz nett, den Anführer der Räuber als schwarzbärtigen und arroganten gemeinen Kerl zu beschreiben, der ein rotes Kopftuch und goldene Ohrringe trug. Romantische Imagination fügt dieser Vorstellung ein Kinn hinzu, mit dem man Töpfe reinigen kann. Erstaunlicherweise sah er genauso aus. Hwel hielt das Holzbein für ein wenig übertrieben, aber ganz offensichtlich hatte der Mann seine Rolle gründlich studiert.

»Nun, ho«, sagte das Oberhaupt der Räuber, »wen haben wir denn hier, und sind ihre Taschen voller Geld?«

»Wir sind Schauspieler«, erwiderte Tomjon.

»Damit dürften beide Punkte geklärt sein«, meinte Hwel.

»Und bloß keine schlagfertigen Antworten«, sagte der Räuber. »Ich bin in der Stadt gewesen, jawohl. Schlagfertige Antworten erkenne ich auf den ersten Blick ...« Er wandte sich halb zu seinen Männern um und hob die Brauen, um darauf hinzuweisen, daß er einige geistreiche Worte plante. »Wenn ihr nicht aufpaßt, lasse ich mich zu einigen *scharfen* Bemerkungen hinreißen.«

Hinter ihm blieb alles still, und daraufhin winkte er ungeduldig mit dem Entermesser.

»Na schön«, knurrte er, als das unsichere Gelächter verklang. »Wir nehmen nur das Wechselgeld, das ihr zufällig bei euch tragt. Und natürlich alle wertvollen Gegenstände sowie Proviant und Kleidung.«

»Darf ich was sagen?« fragte Tomjon.

Die anderen Schauspieler wichen von ihm fort. Hwel sah zu Boden und lächelte.

»Du willst um Gnade winseln, wie?« fragte der Räuber.

»Ja, das stimmt.«

Hwel schob die Hände tief in die Taschen, blickte zum Himmel hoch, pfiff leise vor sich hin und versuchte, nicht wie ein Irrer zu grinsen. Die übrigen Mitglieder der Theatergruppe schwiegen erwartungsvoll.

Bestimmt trägt er jetzt den Gnadenmonolog aus Die Sage vom Troll *vor,* dachte der Zwerg.

»Wenn ihr gestattet ...«, begann Tomjon. Seine Haltung veränderte sich auf subtile Weise, und er streckte die rechte Hand aus. »›Der Wert des Menschen liegt nicht in tapfer'm Handeln mit blutgem Stahl, auch nicht in Habgier oder dreistem Plündern ...‹«

Hwel dachte an die Diebe, die in Ankh-Morpork den Narren niedergeschlagen hatten. *Jetzt steht uns etwas ähnliches bevor,* dachte er. *Vielleicht geben sie uns ihre Schwerter — was sollen wir nur damit anfangen? Und es ist so peinlich, wenn sie zu schluchzen beginnen.*

Im gleichen Augenblick gewann alles um ihn herum einen grünlichen Glanz, und Hwel glaubte, wie aus weiter Ferne leise Stimmen zu hören.

»Da sind Männer mit Schwertern, Oma!«

»... die Schönheit der Welt mit glüh'ndem Schwerte zu zerreißen ...«, sagte Tomjon, und die Stimmen am Rand der Phantasie fügten hinzu: *»Ich lasse nicht zu, daß* mein *König jemanden um etwas bitten muß. Gib mir den Milchkrug, Magrat.«*

»... im Herzen des Mitgefühls, der Kuß ...«

»Er ist ein Geschenk von meiner Tante.«

»... die Kostbarste aller Kostbarkeiten, die Krone der Kronen.«

Stille folgte. Ein oder zwei Räuber hoben die Hände vors Gesicht und weinten leise.

»Ist das alles?« fragte der Anführer.

Zum erstenmal in seinem Leben wirkte Tomjon verblüfft.

»Nun, ja«, entgegnete er. »Äh. Möchtest du, daß ich es noch einmal wiederhole?«

»Es war ein guter Vortrag«, räumte der Räuber ein. »Aber ich weiß nicht, was er mit mir zu tun hat. Ich bin ein praktisch denkender Mann. Rückt nun eure Wertgegenstände heraus.«

Er hob das Schwert, und die Spitze verharrte dicht vor Tomjons Kehle.

»Die anderen sollten nicht wie Idioten herumstehen«, fügte er hinzu. »Bewegt euch! Sonst geht's dem Jungen an den Kragen. An den Hals, meine ich.«

»Äh«, sagte der Lehrling Wimsloe vorsichtig.

»Was ist denn?« brummte der Räuber.

»B-bist du s-sicher, daß du r-richtig zugehört h-hast, Herr?«

»Ich wiederhole mich nicht gern. Entweder höre ich jetzt das Klimpern von Münzen, oder ihr hört ein Röcheln!«

Statt dessen hörten alle ein Pfeifen hoch in der Luft, kurz darauf gefolgt von einem lauten Krachen. Ein rauhreifbedeckter Milchkrug raste vom Himmel herab und traf die Spitze auf dem Helm des Anführer.

Die anderen Räuber betrachteten das Ergebnis ein oder zwei Sekunden lang, und dann flohen sie.

Die Schauspieler starrten auf den reglosen Mann. Hwel stieß einen Klumpen gefrorener Milch mit der Stiefelspitze an.

»Na so was!« murmelte er.

»Er hat überhaupt nicht auf den Monolog reagiert«, hauchte Tomjon fassungslos.

»Ein geborener Kritiker«, sagte der Zwerg. Es war ein blauweißer Krug. Seltsam, daß man bei solchen Gelegenheiten bestimmte Einzelheiten bemerkte. Das Ding mußte schon mehrmals zerbrochen sein, denn man hatte die einzelnen Teile sorgfältig zusammengeleimt. *Jemand hat diesen Krug geliebt,* dachte Hwel.

»Bestimmt haben wir es hier mit einem absonderlichen Wirbelwind zu tun«, sagte er laut und versuchte, einen letzten Rest von Logik zu bewahren. »Ganz klar.«

»Milchkrüge fallen nicht einfach so vom Himmel«, erwiderte Tomjon und demonstrierte damit die erstaunliche menschliche Fähigkeit, das Offensichtliche zu leugnen.

»Vielleicht doch«, murmelte Hwel. »Ich meine, ich habe gehört, daß es Fische, Frösche und Steine geregnet hat. Warum nicht auch Geschirr?« Er erholte sich langsam von der Überraschung. »Es war nur eins von diesen ungewöhnlichen Phänomenen. In diesem Teil der Welt passieren sie dauernd, das ist ganz normal.«

Sie kletterten wieder auf die Karren und setzten den Weg in höchst ungewöhnlichem Schweigen fort. Der junge Wimsloe sammelte alle Scherben des Krugs ein, legte sie in eine Schachtel und verbrachte den Rest des Tages damit, den Himmel zu beobachten. Er hoffte auf eine Zuckerschüssel.

Die Wagen quälten sich über die staubigen Hänge der Spitzhornberge, kaum mehr als winzige Flecken im fleckigen Glas der Kristallkugel.

»Sind sie wohlauf?« fragte Magrat.

»Sie ziehen kreuz und quer umher«, erwiderte Oma. »Als Schauspieler mögen sie ganz gut sein, aber was das Reisen betrifft, müssen sie noch eine Menge lernen.«

»Es war ein hübscher Krug«, sagte Magrat. »Solche Krüge bekommt man heute nicht mehr. Ich meine, wenn du mich auf deine Absicht hingewiesen hättest ... Dort steht eine alte Zuckerschüssel im Regal.«

»Es gibt mehr im Leben als nur Milchkrüge.«

»Oben war er mit hübschen Gänseblümchen gemustert.«

Oma Wetterwachs schenkte ihr keine Beachtung.

»Meiner Ansicht nach wird's Zeit, daß wir uns den neuen König aus der Nähe ansehen«, sagte sie. Und gackerte.

»Du hast gegackert«, stellte Magrat mit finsterer Stimme fest.

»Das ist nicht wahr! Ich habe nur«, — Oma suchte nach dem richtigen Wort —, »gekichert.«

»Ich wette, die Schwarze Aliss hat immerzu gegakkert.«

»Paß bloß auf, daß du nicht ebenso endest wie sie«, riet Nanny Ogg, die am Feuer saß. »Zum Schluß wurde sie ein wenig komisch, weißt du. Vergiftete Äpfel und dergleichen.«

»Nur weil ich ein bißchen, äh, laut gekichert habe ...« Oma Wetterwachs fühlte sich in die Defensive gedrängt, was ihr ganz und gar nicht behagte. »Nun, mit dem Kichern an sich ist alles in Ordnung. Wenn man's nicht übertreibt.«

»Ich glaube, wir haben uns verirrt«, sagte Tomjon.

Hwel ließ seinen Blick über das vom Hitzedunst umhüllte Moor schweifen, das sich bis zu den hohen Felstürmen der Spitzhornberge erstreckte. Selbst im Hochsommer klebten Wimpel aus Schnee an den höchsten Gipfeln. Es handelte sich um eine Landschaft beschreibbarer Schönheit.

Im Thymian am Wegesrand waren Bienen fleißig —

oder versuchten zumindest, möglichst fleißig zu summen. Wolkenschatten glitten über die alpinen Wiesen. Es herrschte jene Art von großer leerer Stille, die von einer Umwelt geschaffen wird, in der sich keine Menschen befinden, die überhaupt keine braucht.

Das galt auch für Wegweiser.

»Wir haben uns schon vor zehn Meilen verirrt«, erwiderte Hwel. »Um unseren derzeitigen Zustand zum Ausdruck zu bringen, sind ganz neue Worte notwendig.«

»Du hast gesagt, daß es hier überall Zwergen-Bergwerke mit vielen Tunneln gibt«, meinte Tomjon. »Du hast gesagt, im Gebirge weiß ein Zwerg immer, wo er ist.«

»*Unter* dem Gebirge. Man erkennt seinen jeweiligen Aufenthaltsort an den verschiedenen Gesteinsschichten und Felsformationen. An der Oberfläche ergeben sich gewisse Probleme. Dort ist die ganze Landschaft im Weg.«

»Wir könnten dir ein Loch graben«, schlug Tomjon vor.

Aber es war ein schöner Tag, und als sich die Straße an Schierlingstannen und Kiefern vorbeiwand, überließen sie es den Eseln, das Tempo selbst zu bestimmen. Die Straße, fand Hwel, mußte irgendwo enden.

Dieser geographische Irrglaube hat vielen Leuten den Tod beschert. Straßen brauchen kein Ende, nur einen Anfang.

»Wir *haben* uns verirrt, nicht wahr?« erkundigte sich Tomjon nach einer Weile.

»Natürlich nicht.«

»Wo sind wir dann?«

»In den Bergen. Sie stehen in jedem Atlas.«

»Wir sollten anhalten und jemanden fragen.«

Tomjon blickte übers hügelige Land. Irgendwo zirpte ein einsamer Brachvogel, oder vielleicht war es auch ein Dachs — Hwel kannte sich mit ländlichen Dingen nicht besonders gut aus, sofern sie an einem Ort stattfanden, der sich über der Kalksteinschicht befand. Weit und breit war kein menschliches Wesen zu sehen.

»Wen denn?« erwiderte er sarkastisch.

»Die alte Frau mit dem komischen Hut«, sagte Tomjon und streckte die Hand aus. »Ich habe sie beobachtet. Sie duckt sich immer wieder hinter einen Strauch, wenn sie glaubt, daß ich sie sehe.«

Hwel drehte den Kopf und spähte zu einem zitternden Brombeerstrauch.

»Heda, gute Mutter!« rief er.

Ein empörter Kopf sproß aus dem Busch.

»Wessen Mutter soll ich sein?« fragte er.

Hwel zögerte. »Es ist nur eine Redensart, Frau ... Fräulein ...«

»Frau«, schnappte Oma Wetterwachs. »Und ich bin eine arme alte Holzsammlerin«, fügte sie trotzig hinzu.

Oma räusperte sich. »Herrje«, fuhr sie fort. »Du hast mich wirklich erschreckt, junger Herr. Mein armes altes Herz.«

Die Schauspieler schwiegen. »Bitte?« fragte Tomjon schließlich.

»Wie?« antwortete Oma.

»Was ist mit deinem armen alten Herz?«

»Was soll damit sein?« entgegnete Oma Wetterwachs. Sie war nicht daran gewöhnt, sich wie eine alte Frau zu verhalten, und deshalb unterlag ihr diesbezügliches Repertoire gewissen Beschränkungen. Aber der Brauch verlangte, daß junge Thronerben, die ihr Schicksal erfüllen wollten, Hilfe von geheimnisvollen alten Frauen bekamen, die irgendwo Holz sammelten, und Oma hielt an der Entschlossenheit fest, allen Erfordernissen der Tradition zu genügen.

»Nun, du hast es erwähnt, und deshalb dachte ich ...«, sagte Tomjon.

»Mein Herz spielt keine Rolle. Herrje, ich schätze, ihr wollt nach Lancre«, brummte Oma Wetterwachs gereizt. Sie wollte so schnell wie möglich auf den Kern der Sache kommen.

»Äh, ja«, bestätigte Tomjon. »Schon den ganzen Tag lang.«

»Hier seid ihr völlig falsch.« Oma deutete in die Richtung, aus der die Karren kamen. »Kehrt etwa zwei Meilen weit zurück und nehmt dort den Weg nach rechts, an den Kiefern vorbei.«

Wimsloe zupfte an Tomjons Hemd.

»Wenn m-man eine g-geheimnisvolle alte Frau auf der Straße t-trifft, so m-muß man anbieten, d-das Abendessen mit ihr zu t-teilen oder ihr über einen F-fluß zu h-helfen«, stotterte er.

»Tatsächlich?«

»Andernfalls b-bahnt sich unheilvolles Unheil an.«

Tomjon richtete den Blick auf Oma Wetterwachs und lächelte freundlich.

»Was hältst du davon, das Abendessen mit uns zu teilen, gute Mu ... altes W ... gnä' Frau?«

Oma zögerte skeptisch.

»Was gibt's denn?«

»Gepökeltes Schweinefleisch.«

Sie schüttelte den Kopf. »Nein, besten Dank«, sagte sie höflich. »Davon bekomme ich immer Blähungen.«

Oma drehte sich brüsk um und marschierte durchs Gestrüpp davon.

»Wir könnten dich über einen Fluß bringen, wenn du möchtest!« rief ihr Tomjon nach.

»Über welchen Fluß?« fragte Hwel. »Wir sind hier in einem Moor. Der nächste Fluß ist sicher viele Meilen entfernt.«

»M-man muß ihre Freundschaft g-gewinnen«, brachte Wimsloe mühsam hervor. »Dann h-helfen sie.«

»Vielleicht hätten wir sie bitten sollen, hier zu warten, während wir nach einem Fluß suchen«, erwiderte Hwel verdrießlich.

Sie fanden die Abzweigung. Die rechte Straße führte

in einen Wald, in dem sich mindestens ebenso viele Wege kreuzten wie in einem Rangierbahnhof. In einem solchen Wald flüsterte der Hinterkopf des Wanderers, daß sich die Bäume umdrehten, um ihn zu beobachten. Es war einer jener Wälder, über denen der Himmel besonders hoch und fern erscheint. Trotz des warmen, hellen Tages hing undurchdringliche Düsternis zwischen den Stämmen, die sich so dicht an den Weg heranschoben, als wollten sie ihn ganz bedecken.

Es dauerte nicht lange, bis Tomjon und seine Begleiter erneut die Orientierung verloren. Sie alle hätten es vorgezogen, sich in offener Landschaft zu verirren; als weitaus schlimmer empfanden sie es, überhaupt nicht mehr zu wissen, wo sie waren.

»Sie hätte uns genauere Beschreibungen geben können«, klagte Hwel.

»Fragen wir einfach die nächste Frau«, meinte Tomjon. »Zum Beispiel die dort drüben.«

Er erhob sich auf dem Kutschbock.

»Heda, alte ... gute ...«, begann er.

Magrat löste ihren Schal.

»Ich bin nur eine schlichte Holzsammlerin«, sagte sie verärgert und hob einen Zweig als Beweis. Sie hatte mehrere Stunden in der Gesellschaft stummer Bäume verbracht, was für ihre Stimmung nicht ohne Folgen blieb.

Wimsloe stieß Tomjon an, der daraufhin besonders freundlich lächelte.

»Möchtest du vielleicht unser Abendessen mit uns teilen, alte ... gute Fr ... Fräulein?« fragte er. »Leider gibt es nur gepökeltes Schweinefleisch.«

»Fleisch ist schlecht fürs Verdauungssystem«, antwortete Magrat. »Wenn ihr in euren Dickdarm sehen könntet, wärt ihr bestimmt erschrocken.«

»Das glaube ich auch«, murmelte Hwel.

»Wißt ihr eigentlich, daß ein erwachsener Mann die ganze Zeit über bis zu fünf Pfund unverdautes rohes

Fleisch in seinem Darm herumträgt?« fuhr Magrat fort. Ihre informativen Vorträge über Ernährung hatten ganze Familien dazu veranlaßt, sich im Keller zu verstekken, bis sie wieder fortging. »Wohingegen Haferschrot und Sonnenblumensamen ...«

»Gibt es hier zufällig einen Fluß, den du überqueren willst?« erkundigte sich Tomjon verzweifelt. »Wir wären dir gern dabei behilflich.«

»Sei nicht dumm«, entgegnete Magrat. »Ich bin nur eine einfache Holzsammlerin. Herrje, ich sammle Äste und Zweige, und manchmal zeige ich verirrten Reisenden den Weg nach Lancre.«

»Ah«, brummte Hwel. »Dachte mir schon, daß wir darauf kommen.«

»Biegt weiter vorn nach links ab und dann nach rechts, am großen Stein mit dem Riß drin«, erklärte Magrat. »Ihr könnt ihn nicht übersehen.«

»Danke«, knurrte Hwel. »Nun, wir möchten dich nicht aufhalten. Ich bin sicher, du mußt noch viel Holz sammeln und so.«

Er trieb die Esel mit einem Pfiff an und grummelte leise vor sich hin.

Als die Straße eine Stunde später an Dutzenden von hausgroßen Monolithen vorbeiführte, die alle sehr rissig wirkten, ließ der Zwerg langsam die Zügel sinken und verschränkte die Arme. Tomjon starrte ihn groß an.

»Was soll das?« fragte er.

»Ich warte«, erwiderte Hwel grimmig.

»Es wird bald dunkel.«

»Wir bleiben bestimmt nicht lange hier.«

Schließlich gab Nanny Ogg auf und kam hinter einem Felsen hervor.

»Wir haben nur gepökeltes Schweinefleisch«, sagte Hwel scharf. »Entweder du magst es, oder du magst es nicht. Und nun: Wo geht's nach Lancre?«

»Geradeaus, an der Schlucht nach links, dann die

Straße zur Brücke, ist nicht zu übersehen«, erwiderte Nanny sofort.

Hwel griff nach den Zügeln. »Du hast das Herrje vergessen.«

»Verdammter Mist. Entschuldigt bitte. Herrje.«

»Und ich nehme an, du bist eine arme, alte, schlichte, einfache Holzsammlerin«, fuhr Hwel fort.

»Du hast's erfaßt«, erwiderte Nanny fröhlich. »Ich wollte gerade damit anfangen, Holz zu sammeln.«

Tomjon gab dem Zwerg einen Stups.

»Der Fluß«, flüsterte er. »Denk an den Fluß!« Hwel warf ihm einen finsteren Blick zu.

»O ja«, brummte er. »Du kannst hier warten, während wir einen Fluß suchen.«

»Um dir hinüberzuhelfen«, sagte Tomjon vorsichtig.

Nanny Ogg lächelte munter. »Mit der Brücke ist alles in Ordnung. Aber ich lasse mich gern von euch mitnehmen. Rückt beiseite!«

Hwel beobachtete verärgert, wie Nanny Ogg ihre Röcke raffte, auf den Kutschbock kletterte und sich zwischen ihn und Tomjon setzte. Dann rutschte sie wie ein Austernmesser hin und her, bis ihr die Hälfte des Platzes gehörte.

»Was das gepökelte Schweinefleisch betrifft ...«, sagte sie. »Habt ihr auch Senf?«

»Nein«, antwortete Hwel mürrisch.

»Ohne die richtige Würze kann ich gepökeltes Schweinefleisch nicht ausstehen«, fügte Nanny im Plauderton hinzu. »Aber holt's trotzdem hervor.« Wimsloe reichte ihr wortlos den Korb mit dem Abendessen der Theatergruppe. Nanny Ogg öffnete ihn und betrachtete den Inhalt kritisch.

»Der Käse ist ein wenig angelaufen«, stellte sie fest. »Man sollte ihn so schnell wie möglich aufessen. Was enthält die Lederflasche?«

»Bier«, sagte Tomjon. Einen Sekundenbruchteil zu spät log der Zwerg geistesgegenwärtig: »Wasser.«

Nanny trank. »Ziemlich schwaches Zeug«, kommentierte sie, tastete in die Tasche der Schürze und fand den Tabaksbeutel.

»Hat jemand Feuer?« fragte sie.

Zwei Schauspieler boten ihr Streichholzschachteln an. Nanny nickte und legte den Beutel beiseite.

»Gut. Nun, hat jemand Tabak?«

Eine halbe Stunde später erreichten sie die Lancre-Brücke. Die Karren rollten darüber hinweg, an einigen Bauernhöfen vorbei und durch den Wald, aus dem der größte Teil des Königreichs bestand.

»Das ist es?« fragte Tomjon.

»Nun, nicht alles«, entgegnete Nanny, die mehr Enthusiasmus erwartet hatte. »Hinter den Bergen dort drüben gibt's noch mehr. Dies ist die flache Stelle.«

»Du nennst das flach?«

»Mehr oder weniger«, räumte Nanny ein. »Aber die Luft tut gut. Dort oben steht das Schloß und bietet einen herrlichen Blick übers Land.«

»Über den Wald, meinst du wohl.«

»Es wird dir hier gefallen«, behauptete Nanny.

»Das Königreich scheint nicht besonders groß zu sein.«

Nanny Ogg dachte darüber nach. Fast ihr ganzes Leben hatte sie innerhalb der Grenzen von Lancre verbracht, ohne jemals den Eindruck zu gewinnen, daß es an Platz mangelte.

»Hübsch und ruhig«, sagte sie. »Hier verliert man nie den Überblick.«

»Über den Wald?«

Nanny gab auf. »Und die Steilhänge«, erwiderte sie.

Hwel schwieg. Die Luft *tat* gut. Wie eine Stirnhöhlenwaschung rollte sie an den unerklimmbaren Graten der Spitzhornberge herunter, und die hohen Wälder verliehen ihr einen gesunden Terpentinduft. Nach einer

Weile passierte die Gruppe ein Tor, das in eine Art, nun, Stadt führte. Der Zwerg hatte sich inzwischen eine kosmopolitische Einstellung zu eigen gemacht und kam zu dem Schluß, daß dieser Ort im Vergleich mit den Städten der Ebene nur ein Platz gewesen wäre.

»Dort ist eine Schenke«, sagte Tomjon unsicher.

Hwel starrte in die gleiche Richtung. »Ja«, bestätigte er schließlich. »Ich glaube, du hast recht.«

»Wann führen wir das Stück auf?«

»Keine Ahnung. Ich glaube, wir sollten zuerst den Leuten im Schloß Bescheid geben.« Hwel kratzte sich am Kinn. »Der Narr meinte, der König oder so möchte das Manuskript sehen.«

Tomjon blickte sich im Ort um. Er wirkte recht friedlich. Offenbar handelte es sich nicht um einen Ort, der Schauspieler am Abend fortschickte — er brauchte die zusätzliche Bevölkerung.

»Dies ist die Hauptstadt des Königreichs«, verkündete Nanny Ogg. »Euch fallen sicher die gut geplanten Straßen auf.«

»Straßen?«

»Die Straße«, berichtigte sich Nanny. »Die Häuser sind alle in einem ausgezeichneten Zustand, nur einen Steinwurf vom Fluß entfernt ...«

»Wurf?«

»Fall«, gab Nanny zu. »Hübsche Misthaufen, seht nur! Außerdem elegante ...«

»Wir sind gekommen, um die Stadt zu unterhalten, gnä' Frau«, sagte Hwel. »Wir wollen sie nicht kaufen.«

Nanny Ogg musterte Tomjon aus den Augenwinkeln. »Ich wollte euch nur auf die Vorzüge hinweisen.«

»Dein Lokalpatriotismus ist durchaus ehrenhaft«, brummte Hwel. »Wenn du jetzt bitte so freundlich wärst, den Wagen zu verlassen ... Bestimmt mußt du noch etwas Holz sammeln. Herrje.«

»Besten Dank für den kleinen Imbiß«, sagte Nanny und stieg ab.

»Für die Mahlzeiten«, murmelte Hwel.

Tomjon stieß ihn an. »Du solltest freundlicher sein«, meinte er. »Man kann nie wissen.« Er wandte sich an Nanny. »Vielen Dank, gute ... Oh, sie ist weg.«

»Sie sind gekommen, um ein Theaterstück aufzuführen«, berichtete Nanny.

Oma Wetterwachs fuhr damit fort, Bohnen zu entschoten. Nanny beobachtete sie verärgert.

»Nun?« drängte sie nach einigen Sekunden. »Hast du nichts zu sagen? Ich habe Dinge herausgefunden, Informationen gesammelt, nicht herumgesessen und Suppe vorbereitet ...«

»Eintopf.«

»Ist bestimmt sehr wichtig, nicht wahr?« zischte Nanny und schniefte.

»Was für ein Theaterstück?«

»Ich weiß es nicht. Eins für den Herzog, glaube ich.«

»Was will er mit dem Theater anfangen?«

»Darüber gaben mir die Schauspieler keine Auskunft.«

»Wahrscheinlich ein Trick, um ins Schloß zu gelangen«, meinte Oma Wetterwachs und lächelte wissend. »Ausgesprochen klug und schlau. Hast du in den Karren etwas bemerkt?«

»Kisten und Bündel und dergleichen.«

»Sicher voller Rüstungen und Waffen, verlaß dich drauf.«

Nanny Ogg blieb skeptisch.

»Die Leute sahen nicht wie Soldaten aus. Ich meine, die jungen Männer sind *jung*, manche sogar picklig.«

»Gerissen von ihnen. Ich schätze, irgendwann während der Aufführung manifestiert der König vor allen Zuschauern sein Schicksal. Guter Plan.«

»Da wäre noch etwas«, sagte Nanny, nahm eine Bohnenschote und kaute darauf. »Er scheint dieses Land nicht sehr zu mögen.«

»Unsinn. Es *muß* ihm gefallen. Das liegt ihm im Blut.«

»Ich habe ihn über den hübschen Weg hierhergebracht. Er zeigte sich kaum beeindruckt.«

Oma Wetterwachs zögerte.

»Ich nehme an, er hat dir mißtraut«, vermutete sie schließlich. »Er war zu überwältigt, um seine Begeisterung zum Ausdruck zu bringen.«

Oma ließ die Schüssel mit den Bohnen sinken und blickte nachdenklich zu den Bäumen.

»Arbeiten noch immer Verwandte von dir im Schloß?« fragte sie.

»Shirl und Daff helfen in der Küche, seit der Koch übergeschnappt ist.«

»Gut. Ich spreche mit Magrat. Vielleicht sollten wir die Theatervorstellung besuchen.«

»Perfekt«, sagte der Herzog.

»Danke«, erwiderte Hwel.

»Du hast den schrecklichen Zwischenfall genau richtig dargestellt«, fügte Lord Felmet hinzu. »Man könnte fast meinen, du seiest dabei zugegen gewesen. Ha. Ha.«

»Das warst du doch nicht, oder?« Lady Felmet beugte sich vor und starrte den Zwerg an.

»Ich habe nur meine Phantasie benutzt«, versicherte Hwel hastig. Ihre Ladyschaft durchbohrte ihn mit eisigen Blicken, die ihm folgende Botschaft übermittelten: *Deine Phantasie kann froh sein, daß sie nicht auf den Hof gezerrt wird, um dort vier Pferden und einer langen Kette gegenüber Rechenschaft abzulegen.*

»Genau richtig«, wiederholte der Herzog und blätterte mit einer Hand im Manuskript. »Haargenau richtig.

Um nicht zu sagen: exakt. So und nicht anders ist es geschehen.«

»*Wird es geschehen sein*«, fügte die Herzogin scharf hinzu.

Lord Felmet blickte auf eine Seite hinab.

»Du trittst auch auf«, sagte er. »Erstaunlich: Es ist Wort für Wort so, wie ich mich daran erinnern werde. Wie ich sehe, hast du auch dem Tod eine Rolle gegeben.«

»Die des Todes«, antwortete Hwel. »Solche Szenen sind sehr beliebt. Das Publikum erwartet so etwas.«

»Wann könnt ihr das Stück darstellen?«

»Aufführen«, berichtigte Hwel. »Wir haben es schon mehrmals geprobt. Wann du möchtest.« *Damit wir so schnell wie möglich von hier fort können*, dachte er. *Fort von deinen Augen, die wie rohe Eier aussehen. Fort von diesem weiblichen Berg im roten Kleid. Fort von dem Schloß, das auf den Wind die gleiche Wirkung entfaltet wie ein Magnet auf Eisen. Eins steht fest: Später wird man dieses Stück nicht als eins meiner besten loben.*

»Welchen Lohn haben wir dir in Aussicht gestellt?« fragte die Herzogin.

»Ich glaube, es war die Rede von hundert Silbermünzen«, erwiderte Hwel.

»Und du hast sie alle verdient«, sagte Lord Felmet.

Hwel eilte aus dem Thronsaal, um Ihrer Ladyschaft keine Gelegenheit zu geben, mit ihm zu handeln. Andererseits: Er wäre gern bereit gewesen, etwas zu bezahlen, um diesen Ort zu verlassen. *Hübsch und ruhig*, fuhr es ihm durch den Sinn. *Bei den Göttern, wie kann jemand ein solches Königreich mögen?*

Der Narr wartete auf der Wiese am See. Wehmütig sah er zum Himmel auf und fragte sich, wo zum Teufel Magrat blieb. Dies war *ihr* Platz, wie sie gesagt hatte.

Die Tatsache, daß auch mehrere Dutzend Kühe zugegen waren, schien nicht weiter wichtig zu sein.

Die junge Hexe kam mit einem grünen Kleid und in ziemlich mieser Stimmung.

»Was hat es mit dem Theaterstück auf sich?« fragte sie. Der Narr setzte sich auf den umgestürzten Baumstamm einer Weide.

»Freust du dich nicht, mich wiederzusehen?« erwiderte er.

»Nun, ja. Natürlich. Was das Theater betrifft ...«

»Mein Lord möchte seine Untertanen — und vor allen Dingen sich selbst — davon überzeugen, daß er der rechtmäßige König von Lancre ist.«

»Bist du deshalb in der großen Stadt gewesen?«

»Ja.«

»Abscheulich.«

Der Narr seufzte leise. »Sind dir die Methoden der Herzogin lieber?« entgegnete er. »Wenn's nach ihr ginge, würde man alle hinrichten. Sie versteht sich gut auf so etwas. Und dann käme es zu Kämpfen und dergleichen. Viele Leute hätten die Möglichkeit festzustellen, ob es ein Leben nach dem Tod gibt. Auf diese Weise wird weitaus weniger Blut vergossen.«

»Oh, wo ist dein Mumm, Menschenskind?«

»Bitte?«

»Möchtest du nicht einen ehrenvollen Tod sterben, für eine ehrenvolle Sache?«

»Es wäre mir viel lieber, ein ruhiges, ehrenvolles Leben zu führen«, murmelte der Narr. »Für euch Hexen spielt so etwas keine Rolle; ihr könnt ganz nach Belieben handeln. Aber mir sind die Hände gebunden.«

Magrat nahm neben ihm Platz. *Finde alles über das Theaterstück heraus,* hatte ihr Oma Wetterwachs aufgetragen. *Geh und sprich mit deinem klimpernden Freund!* Woraufhin die junge Hexe antwortete: *Er ist sehr loyal. Vielleicht verrät er mir nichts.* Und Oma: *Wir haben keine Zeit für halbe Maßnahmen. Verführ ihn, wenn's notwendig wird.*

»Für wann ist die Vorstellung geplant?« erkundigte sich Magrat und rückte etwas näher.

»Meiner Treu, das darf ich dir nicht sagen«, gab der Narr zurück. »Der Herzog meinte zu mir, er meinte: Verrat den Hexen bloß nicht, daß die Aufführung morgen abend stattfindet.«

Magrat nickte. »Dann solltest du darüber schweigen.«

»Um acht Uhr.«

»Ich verstehe.«

»Fürwahr, die Ehrengäste kommen schon eine halbe Stunde vorher. Um Sherry zu trinken.«

»Bestimmt sollst du auch nicht verlauten lassen, wer eingeladen ist«, vermutete Magrat.

»Du hast recht. Die meisten Würdenträger von Lancre. Das sage ich dir natürlich nicht.«

»Nein«, bestätigte Magrat.

»Aber meiner Meinung nach hast du ein Recht darauf zu erfahren, was ich dir nicht verraten darf.«

»Nett von dir. Gibt es noch immer die kleine Hintertür, die zur Küche führt?«

»Meinst du das Tor, das fast nie bewacht ist?«

»Ja.«

»Oh, seit einiger Zeit werden dort keine Wächter mehr postiert.«

»Glaubst du, daß dort morgen abend gegen acht jemand steht?«

»Nun, *ich* vielleicht.«

»Gut.«

Der Narr schob das feuchte Maul einer neugierigen Kuh fort.

»Der Herzog erwartet euch«, sagte er.

»Aber wir sollten doch gar nichts erfahren.«

»Er verbot mir, euch auf die Vorstellung hinzuweisen. Aber er meinte auch: ›Sie kommen ohnehin. Ich hoffe es.‹ Seltsam. Er schien in recht guter Stimmung zu sein, als er diese Worte formulierte. Äh. Sehen wir uns nach der Aufführung?«

»Mehr hat er nicht gesagt?«

»Oh, er sprach davon, Hexen die Zukunft zu zeigen. Es klang sehr sonderbar. Nun, ich würde dich wirklich gern nach der Vorstellung sehen, weißt du. Ich habe ...«

»Wahrscheinlich wasche ich mir das Haar«, erwiderte Magrat nachdenklich. »Entschuldige, ich muß jetzt gehen.«

»Ja, aber ich habe dir ein Geschenk gekauft ...« Der Narr unterbrach sich und sah Magrat nach.

Er ließ die Schultern hängen, als sie zwischen den Bäumen verschwand, blickte dann auf die Halskette, die sich zwischen nervösen Fingern spannte. Sie war schrecklich geschmacklos, das mußte er zugeben, aber Magrat hätte bestimmt Gefallen an den kleinen Totenköpfen gefunden, an den ins Silber gekratzten Runen. Ihm schwindelte, als er sich an den Preis erinnerte.

Eine Kuh, von den Hörnern auf dem Kopf des Narren in die Irre geführt, streckte ihm die Zunge ins Ohr.

Es stimmt schon, dachte er. *Manchmal* stellen *Hexen unangenehme Dinge mit Menschen an. Insbesondere mit Männern.*

Der nächste Abend begann, und die Hexen näherten sich auf Umwegen — und mit großem Widerstreben — dem Schloß.

»Wenn der Herzog hofft, daß wir zugegen sind, sollten wir eigentlich darauf verzichten, die Vorstellung zu besuchen«, sagte Oma Wetterwachs. »Bestimmt hat er einen Plan. Er setzt Pschikologie gegen uns ein.«

»Irgend etwas geht vor«, erwiderte Magrat. »Gestern nacht hat er in meinem Dorf drei Hütten in Brand setzen lassen. So etwas geschieht immer dann, wenn er sich freut. Hinzu kommt: Der neue Feldwebel ist recht flink mit den Streichhölzern.«

»Unsere Daff hat heute morgen gesehen, wie die

Schauspieler übten«, meinte Nanny Ogg. Sie trug einen Beutel mit Walnüssen und eine lederne Flasche, die einen aromatischen, scharfen Geruch verströmte. »Sie erzählte von lauten Stimmen und umherstechenden Dolchen, und anschließend fragten sich alle, wer der Mörder ist. Und dann hielten Leute lange Vorträge.«

»Schauspieler«, brummte Oma Wetterwachs in einem vernichtenden Tonfall. »Die Welt hat doch schon genug Geschichte. Warum erfinden sie noch mehr?«

»Sie rufen so laut, daß man sich fast nicht mehr sprechen hören kann«, fügte Nanny hinzu. Sie trug auch noch etwas anderes bei sich, tief verborgen in der Tasche ihrer Schürze — den kleinen Schloßstein. Eine Freikarte für den Geist des Königs.

Oma nickte. Sie war trotzdem sicher, daß ihnen ein interessanter Abend bevorstand. Natürlich wußte sie nicht, was Tomjon beabsichtigte, aber ihr angeborener Sinn für Dramatik versicherte, daß der Junge etwas Wichtiges unternehmen würde. *Vielleicht springt er von der Bühne, um den Herzog zu erstechen,* dachte sie und stellte fest, daß sich diese Vorstellung mit ihren innigsten Hoffnungen deckte.

»Heil dem Dingsbums«, murmelte sie, »dem neuen König her und nach.«

»Wir sollten uns beeilen«, schlug Nanny vor. »Sonst bleibt kein Sherry mehr für uns übrig.«

Der Narr wartete niedergeschlagen an der kleinen Pforte. Seine Miene erhellte sich, als er Magrat sah, fror dann in einem Ausdruck höflicher Überraschung ein, als er die beiden anderen Hexen bemerkte.

»Es kündigen sich doch keine Schwierigkeiten an, oder?« fragte er. »Ich möchte nicht, daß irgendwelche Probleme entstehen. Bitte.«

»Ich bin ganz sicher, daß ich überhaupt nicht weiß, was du meinst«, erwiderte Oma Wetterwachs würdevoll und rauschte an ihm vorbei.

»Heda, Freund Glöckchen«, sagte Nanny und stieß

den jungen Mann in die Rippen, »ich hoffe, du hast unsere liebe Magrat immer hübsch allein ins Bett gehen lassen!«

»Nanny!« platzte es schockiert aus Magrat heraus. Der Narr zeigte das nervöse, krampfhafte Lächeln von jungen Männern, die mit aufdringlichen älteren Damen konfrontiert werden und Kommentare in bezug auf ihr intimes Privatleben hinnehmen müssen.

Nanny Ogg schritt ebenfalls durchs Tor. Der Narr griff nach Magrats Hand.

»Ich kenne einen Platz, an dem wir ungestört sind und von dem aus man einen guten Blick auf die Bühne hat«, sagte er.

Sie zögerte.

»Sei unbesorgt«, fuhr der Narr fort. »Bei mir bist du völlig sicher.«

»Ja, das bin ich, nicht wahr?« Magrat reckte den Hals, spähte durch die offene Pforte und versuchte festzustellen, wohin ihre beiden Kolleginnen gegangen waren.

»Die Vorstellung findet draußen statt, auf dem großen Hof. Von einem der Wachtürme aus können wir alles sehen, und außer uns ist niemand zugegen. Ich habe bereits alles vorbereitet, Wein und so.«

Als Magrat keine Antwort gab, fügte der Narr hinzu: »Es gibt dort auch einen Behälter mit Wasser und eine Feuerstelle, die manchmal von den Wächtern benutzt wird. Falls du dir das Haar waschen willst.«

Hunderte von Personen hatten sich im Schloß eingefunden und offenbarten die höfliche Unsicherheit von Leuten, die häufig miteinander zu tun haben und sich nun unter ungewöhnlichen sozialen Umständen wiedersehen, zum Beispiel bei einer Büroparty. Niemand schenkte den Hexen Beachtung, als sie umherwanderten und sich den Sitzbänken näherten, die auf dem Hof vor einer hastig montierten Bühne standen.

Nanny Ogg setzte sich und bot Oma Wetterwachs den Walnuß-Beutel an.

»Möchtest du?« fragte sie.

Ein Ratsherr von Lancre schob sich vorbei und deutete auf den Platz links von ihr.

»Sitzt dort jemand?« erkundigte er sich.

»Ja«, erwiderte Nanny.

Der Ratsherr blickte gedankenverloren zu den anderen Bänken, die sich rasch füllten, sah dann wieder auf die leere Stelle neben Nanny. Entschlossen raffte er seinen Umhang zusammen.

»Die Vorstellung beginnt jetzt anzufangen, und deshalb müssen deine Freunde einen anderen Platz finden, wenn sie eintreffen«, sagte er und setzte sich.

Innerhalb weniger Sekunden erbleichte er. Ihm klapperten die Zähne. Er preßte sich beide Hände auf den Bauch und stöhnte.*

»Ich hab's dir ja *gesagt*«, meinte Nanny, als der Mann forttaumelte. »Welchen Sinn hat es, solche Fragen zu stellen, wenn man die Antwort überhört?« Sie beugte sich zum scheinbar leeren Sitz. »Eine Walnuß?«

»Nein, danke«, erwiderte König Verence und winkte mit einer Ektoplasmahand. »Weißt du, ich kann sie nicht im Magen behalten.«

»So hört nun, mit geneigtem Ohre, denn wir möchten euch eine Geschichte erzählen ...«

»Was soll das?« zischte Oma Wetterwachs. »Wer ist der Bursche in der Strumpfhose?«

»Er heißt Prolog«, sagte Nanny. »Tritt immer am Anfang auf, damit die Leute wissen, worum's geht.«

---

* Der aufmerksame Beobachter kennt den Grund dafür: Der Geist des Königs saß bereits dort. Der Ratsherr litt nicht etwa, weil er mit verbaler Kaltblütigkeit den Ausdruck ›beginnt jetzt anzufangen‹ benutzt hatte — obwohl das eigentlich der Fall sein sollte.

»Verstehe kein Wort davon«, brummte Oma. »Was ist ein geneigtes Ohr?«

»Muß irgendwie krumm sein.«

»Wirklich ein freundlicher Empfang«, kommentierte Oma Wetterwachs. »›Jetzt hört mal zu, ihr Krummohren.‹ Ja, bringt die Leute gleich in die richtige Stimmung.«

Um die beiden Hexen herum erklang ein *Pscht*-Chor.

»Diese Walnüsse sind verdammt hart«, sagte Nanny und spuckte eine in die Hand. »Ich muß meinen Schuh ausziehen, um sie zu knacken.«

Oma wahrte ein für sie höchst ungewöhnliches Schweigen und versuchte, dem Prolog zu folgen. Das Theater weckte Besorgnis in ihr. Es verfügte über eine eigene Art von Magie, die ihr fremd war und sich ihrer Kontrolle entzog. Sie veränderte die Welt. Ihre Worte woben neue Wirklichkeit. Und schlimmer noch. Es handelte sich um Magie, die nicht zum Instrumentarium von Magiern gehörte. Gewöhnliche Menschen benutzten sie, Leute, die nichts von den thaumaturgischen Regeln wußten. Sie änderten die Welt, damit sie besser klang.

Lord und Lady Felmet saßen auf ihren Thronen direkt vor der Bühne. Als Oma Wetterwachs sie beobachtete, drehte der Herzog den Kopf, und sie sah sein Lächeln.

Ich möchte die Welt so, wie sie ist, dachte sie. *Die Vergangenheit soll bleiben, wie ich sie kenne. Ach, früher war die Vergangenheit viel besser als heute.*

Das Orchester begann zu spielen.

Hwel spähte hinter einer Säule hervor, winkte Wimsloe und Brattsley zu, die daraufhin in den hellen Schein der Fackeln traten.

ALTER MANN: *»Was ist widerfahren dem Land?«*

ALTE FRAU: *»Unheil zieht umher ...«*

Einige Sekunden lang blieb der Zwerg hinter der Seitenkulisse, und seine Lippen bewegten sich lautlos.

Dann eilte er ins Wachzimmer zurück, wo die anderen Darsteller noch immer damit beschäftigt waren, sich hastig die richtigen Kostüme überzustreifen. Er stieß den traditionellen zornigen Schrei von Regisseuren aus.

»Beeilt euch!« drängte er. »Soldaten des Königs, zackzack! Und die Hexen ... *Wo sind die verdammten Hexen!*«

Drei junge Lehrlinge kamen näher.

»Ich habe meine Warze verloren!«

»Der Kessel ist voller Bäh!«

»In dieser Perücke *lebt* was!«

»Ganz ruhig, ganz ruhig«, ereiferte sich Hwel. »Wenn die Vorstellung beginnt, wird alles in Ordnung sein!«

»Die Vorstellung hat bereits begonnen!«

Hwel nahm eine Handvoll Kitt vom Schminktisch und klatscht einer Hexe eine apfelsinengroße Warze ins Gesicht. Die kribbelnde Perücke landete auf dem richtigen Kopf, mit allem Lebendigen drin, und anschließend wurde der Kessel inspiziert. Wie sich herausstellte, enthielt er genau die richtige Art von Bäh; an solchem Bäh gab es überhaupt nichts auszusetzen.

Auf der Bühne ließ ein Wächter seinen Schild fallen, bückte sich, um ihn aufzuheben, und verlor dabei den Speer. Hwel rollte mit den Augen und schickte ein stummes Gebet an alle zuhörenden Götter.

Es ging bereits alles schief. Sicher, bei den früheren Proben war es zu den üblichen Kinderkrankheiten gekommen, aber während der vergangenen Jahre hatte Hwel mehrmals Gelegenheit gefunden, monumentale Theaterschrecken kennenzulernen, und er wußte nun, daß sich besonders entsetzliches Inszenierungsentsetzen anbahnte. Die Schauspieler schienen nervöser zu sein als Hummer in einem Kochtopf. Aus den Ohrenwinkeln hörte er, wie der Bühnendialog ins Stocken geriet, und daraufhin lief er zu den Seitenkulissen zurück.

»... den grauenvollen Tod deines Vaters zu rächen …«, zischte Hwel, wirbelte um die eigene Achse und hastete zu den zitternden Hexen. Er stöhnte. Bei allen diversen Alarmen: Diese drei alten Frauen (jungen Männer) sollten ein ganzes Königreich terrorisieren. Bis zum Auftritt blieb noch eine Minute.

»Na schön!« sagte er und riß sich zusammen. »Wer seid ihr? Ihr seid böse Hexen, stimmt's?«

»Ja, Hwel«, erwiderten sie schüchtern.

»Sagt mir, wer ihr seid!« befahl er.

»Wir sind böse Hexen, Hwel.«

»Lauter!«

»Wir sind böse Hexen!«

Der Zwerg marschierte an den drei unsicheren Schauspielern vorbei und drehte sich jäh um. »Und worin besteht eure Aufgabe?«

Die Zweite Hexe kratzte sich an seiner lebendigen Perücke.

»Sollen wir Leute verfluchen?« erkundigte er sich. »Es steht im Manus …«

»Ich-kann-euch-nicht-HÖREN!«

»Wir verfluchen Leute!« erwiderten die drei Hexen wie aus einem Mund. Sie nahmen Haltung an und sahen starr geradeaus, um Hwels Blick zu meiden.

Der Zwerg legte die Hände auf den Rücken und ging erneut an seiner Truppe vorbei.

»Wer seid ihr?«

»Wir sind Hexen, Hwel.«

»Was für Hexen?«

»Wir sind schwarze Hexen der Nacht!« riefen die drei jungen Männer und fanden allmählich Gefallen an ihrer Rolle.

»Was für schwarze Hexen der Nacht?«

»*Böse* schwarze Hexen der Nacht!«

»Plant ihr Verschwörungen?«

»Ja!«

»Wollt ihr Unheil bringen?«

»*Ja!*«

Hwel richtete sich zu seiner vollen Größe von etwa neunzig Zentimetern auf.

»Wer-seid-ihr?« donnerte er.

»Wir sind böse schwarze Hexen der Nacht, die Verschwörungen planen und Unheil bringen!«

»Genau!« Hwel deutete mit einem vibrierenden Zeigefinger zur Bühne, senkte die Stimme ... Genau in diesem Augenblick raste ein dramatisches Inspirationspartikel durch die Atmosphäre, traf seinen Kreativitätsknoten und veranlaßte ihn zu folgenden Worten: »Ich möchte jetzt, daß ihr nach draußen geht und ihnen die Hölle heiß macht. Nicht für mich. Nicht für den gottverdammten Captain.« Er rollte einen imaginären Zigarrenstummel von der einen Mundseite zur anderen, schob einen nicht existierenden Helm zurück und knurrte: »Für Corporal Walkowski und seine Jungs.«

Die Hexen starrten den Zwerg verwirrt an.

Jemand schüttelte eine Blechplatte und brach den Bann.

Hwel schloß die Augen. Er war in den Bergen aufgewachsen, wo Gewitter auf Beinen aus Blitzen von Gipfel zu Gipfel schritten. Er erinnerte sich an Gewitter, die ganzen Gebirgen eine neue Form gaben und Wälder entwurzelten. Der Klang einer Blechplatte ließ sich damit nicht vergleichen, auch wenn man sie noch so energisch schüttelte.

Nur einmal, dachte Hwel. *Nur ein einziges Mal möchte ich die Chance bekommen, alles richtig hinzukriegen.*

Er hob die Lider und musterte die Hexen.

»Worauf wartet ihr noch?« rief er. »Auf die Bühne mit euch. Und *verflucht* ordentlich!«

Er beobachtete, wie die drei Lehrlinge forteilten, und dann klopfte ihm Tomjon auf den Kopf.

»Wir haben keine Krone.«

»Hmm?« erwiderte Hwel, während er in Gedanken mit der Konstruktion einer Blitz-und-Donner-Maschine begann.

»Wir haben keine Krone. Und ich brauche eine.«

»Natürlich haben wir Kronen. Zum Beispiel die große mit dem roten Glas, sehr eindrucksvoll, die Zuschauer in der Stadt mit dem großen Platz waren begeistert ...«

»Ich glaube, sie blieb dort zurück.«

Erneut grollte asthmatischer Donner, und jener Teil von Hwel, der die Schauspieler zur Bühne begleitete, hörte eine stotternde Stimme. Einmal mehr stürmte er zu den Seitenkulissen.

»... viele Kinder habe ich erwürgt ...«, flüsterte er und sprintete zurück.

»Nun, dann nimm eben eine andere«, sagte er schlicht. »Aus der Kiste. Du bist der Böse König, und was wäre ein König — ob gut oder böse — ohne Krone? Los jetzt, Junge, in einigen Minuten beginnt dein Auftritt! Laß dir was einfallen!«

Tomjon ging zur Kiste. Er kannte Kronen von Kindesbeinen an, große Kronen aus Holz und Gips, mit erstklassigem Glas geschmückt. Als Säugling hatte er an den Hutkrempen der Autorität gelutscht. Doch die meisten Kronen befanden sich jetzt in der Scheibe. Er öffnete die Kiste, räumte die aus falschen Dolchen, Totenschädeln und Vasen bestehenden Sedimente vieler Jahre beiseite. Unten, ganz unten, berührten Tomjons Finger etwas Dünnes und Kronenartiges, einen Gegenstand, den nie jemand hatte aufsetzen wollen, weil er so unkronenhaft aussah.

Es wäre nett, sich vorzustellen, daß er in seiner Hand prickelte. Vielleicht geschah das tatsächlich.

Oma saß reglos wie eine Statue, und fast ebenso kalt. Der Schrecken des Verstehens kroch in ihr Bewußtsein.

»Das sind wir«, sagte sie. »Dort an dem lächerlichen Kessel. Das sollen wir sein, Gytha.«

Nanny Ogg verharrte mit einer Walnuß im Mund und lauschte aufmerksam.

»Ich habe nie irgendwelche Schiffe auf ein Riff laufen lassen!« erwiderte sie. »Die Hexen haben das gerade behauptet. Aber es stimmt nicht!«

Oben im Turm gab Magrat dem Narren einen Stoß in die Rippen.

»Das Gesicht ist ganz grün.« Sie beobachtete die Dritte Hexe. »So sehe ich doch nicht aus, oder?«

»Natürlich nicht«, sagte der Narr.

»Und das Haar!«

Der Narr sah wie eine übereifrige Steinfigur an den Zinnen vorbei.

»Scheint Stroh zu sein«, meinte er. »Und offenbar ist es nicht besonders sauber.«

Er zögerte und betastete mit den Fingerkuppen nervös die flechtenbewachsene Mauer. Noch in Ankh-Morpork hatte er Hwel gefragt, welche Worte man an eine junge Dame richtete, und sie waren nun fest in sein Gedächtnis eingebrannt. *Jetzt oder nie,* dachte er.

»Ich würde gern wissen, ob ich dich mit einem Sommertag vergleichen kann. Weil ... Nun, der zwölfte Juni war nicht schlecht, und ... Oh. Du bist gegangen.«

König Verence schloß die Hände fest um die Kante der Sitzbank, und seine Finger drangen ins Holz ein. Tomjon stand jetzt auf der Bühne.

»Das ist er, nicht wahr? Mein Sohn, stimmt's?«

Nanny Ogg nickte. Sie hatte gerade eine Walnuß knacken wollen, ließ sie nun fallen.

Verence wandte ihr ein eingefallenes durchsichtiges Gesicht zu.

»Aber was macht er da? Was sagt er?«

Nanny schüttelte den Kopf. Der König hörte mit offenem Mund zu, als Tomjon halb geduckt über die Bühne humpelte und mit seinem wichtigsten Monolog begann.

»Ich glaube, er stellt dich dar«, hauchte Nanny.

»Aber ich bin nie so gegangen! Warum hat er einen Buckel? Und was ist mit seinem Bein passiert?« Er horchte erneut, und nach einigen Sekunden fuhr er entsetzt fort: »*Das* habe ich nie getan! Und das auch nicht. Warum behauptet er so etwas?«

Er bedachte Nanny mit einem flehentlichen Blick. Sie zuckte mit den Schultern.

»Außerdem trägt er meine Krone! Sieh nur! Und er legt mir die schrecklichsten Dinge zur Last ...« Er zögerte kurz und vernahm das letzte Reimpaar. »Na schön. Ich will es nicht abstreiten. Ich habe *tatsächlich* einige Hütten in Brand stecken lassen. Das tun alle Könige. Es ist gut für die Bauindustrie.«

Er setzte die geisterhafte Krone auf.

»Warum sagt er das alles über mich?« klagte er.

»Kunst«, erklärte Nanny. »Es ist Dingsbums; man hält dem Leben einen Spiegel vor.«

Oma Wetterwachs drehte sich langsam um und beobachtete die Zuschauer. Völlig hingerissen starrten sie zur Bühne, und die Worte erklangen in einer Atmosphäre allgemeiner Atemlosigkeit. Dies war realer, sogar noch realer als die Realität. Dies war Geschichte. Vielleicht stimmte sie nicht, aber das spielte keine Rolle.

Oma hatte nie viel Zeit für Worte erübrigt — ihrer Meinung nach fehlte es ihnen an Substanz. Doch jetzt bereute sie, sich nicht eingehender damit beschäftigt zu haben. Worte waren tatsächlich immateriell, so weich wie Wasser — aber sie konnten auch die Kraft von Wasser entfalten, und nun strömten sie übers Publikum, erodierten alle Deiche der Wahrheit und spülten die Vergangenheit fort.

Das sind wir dort vorn, dachte Oma Wetterwachs. *Alle wissen, wer wir wirklich sind, aber die Leute werden sich so an uns erinnern, wie uns die Bühne zeigt: drei brabbelnde alte Weiber mit spitzen Hüten. Was wir getan haben, was wir gewesen sind — das alles existiert bald nicht mehr.*

Sie richtete den Blick auf den Geist des Königs. *Er ist nicht schlimmer gewesen als andere Könige. Oh, ab und zu hat er alte Hütten abgebrannt, in einer gedankenlosen Art und Weise, und nur dann, wenn er wirklich sauer über etwas war. Außerdem konnte er jederzeit damit aufhören. Wenn er die Welt verwundete, so fügte er ihr Wunden zu, die rasch heilten.*

Wer auch immer dieses Stück schrieb — er kennt sich mit der Magie des Theaters aus. Selbst ich glaube, was auf der Bühne geschieht, obgleich ich weiß, daß alles erfunden ist.

Das hat es also mit der Kunst auf sich, dem Leben einen Spiegel vorzuhalten. Darum *ist alles genau verkehrt herum.*

Wir haben verloren. Gegen diese Sache können wir nichts ausrichten — es sei denn, wir werden genau das, was wir nicht sind.

Nanny Ogg rammte ihr den Ellbogen in die Rippen.

»Hast du das gehört?« fragte sie. »Eine von ihnen hat gesagt, wir werfen Babys in den Kessel! Das ist eine Verleumdung! Ich bleibe hier nicht ruhig sitzen, wenn man behauptet, daß wir Babys in den Kessel werfen!«

Oma hielt Nanny am Schal fest, als sie aufzustehen versuchte.

»Verlier nicht die Beherrschung!« fauchte sie. »Sonst wird alles noch schlimmer.«

»›Von einem Flittchen im Graben geboren‹, haben sie gesagt«, meinte Nanny. »Damit ist sicher die junge Millie Hüftenschwung gemeint, die es nicht wagte, sich ihrer Mutter anzuvertrauen. Sie ging schließlich nach draußen, um Feuerholz zu sammeln. Meine Güte, sie hielt mich die ganze Nacht über beschäftigt. Brachte ein hübsches Mädchen zur Welt. Noch eine Verleumdung! Übrigens: Was ist ein Flittchen?«

»Worte«, murmelte Oma zu sich selbst. »Nur sie sind jetzt noch übrig: Worte.«

»Jetzt tritt ein Trompeter auf«, sagte Nanny. »Was hat er vor? Oh. Ende des ersten Akts.«

Man wird die Worte nicht vergessen, dachte Oma Wetterwachs. *Sie entfalten Macht. Es sind verdammt gute Worte.*

Erneut grollte Donner, und es folgte lautes Scheppern. Es klang nach einer Blechplatte, die jemandem aus der Hand rutschte und an die Wand prallte.

In der Welt außerhalb der Bühne preßte die Hitze wie ein Kissen herab und drückte das Leben aus der Luft. Oma sah, wie ein Lakai an den Herzog herantrat und ihm etwas ins Ohr flüsterte. *Nein, er unterbricht die Vorstellung bestimmt nicht,* überlegte sie. *Natürlich nicht. Er will, daß sie ihren Lauf nimmt.*

Lord Felmet schien Omas heißen Blick am Nacken zu spüren. Er drehte sich um, sah sie an und lächelte dünn. Dann gab er Lady Felmet einen Stoß; Herzog und Herzogin lachten.

Oma Wetterwachs war häufig zornig. Sie sah darin eine ihrer Stärken. Echter Zorn gehörte zu den großen kreativen Kräften der Welt. Aber man mußte lernen, ihn zu kontrollieren. Man durfte ihn nicht davontröpfeln lassen. Nein, man mußte ihn ansammeln und mehren, ihn sorgfältig stauen, bis er ganze Täler im Bewußtsein füllte. Und dann, wenn der Druck so sehr zunahm, daß alles nachzugeben drohte, öffnete man tief unten das Ventil im Damm und ließ vom eisenharten Strahl der Wut die Turbinen der Rache antreiben.

Oma spürte das Land selbst durchs knapp einen Meter dicke Fundament, durch die Steinplatten, eine Lage Leder und zwei Lagen Socken. Es wartete.

Sie hörte den König sagen: »Mein eigen Fleisch und Blut? Warum hat er mir das angetan? Ich werde ihn zur Rede stellen!«

Oma Wetterwachs griff sanft nach Nanny Oggs Hand. »Komm, Gytha.«

Lord Felmet lehnte sich auf seinem Thron zurück, grinste vom einen Ohr zum anderen und freute sich über eine Welt, die für ihn wieder ins Lot kam. Die Dinge entwickelten sich besser, als er zu hoffen gewagt hatte. Er fühlte es ganz deutlich: Die Vergangenheit schmolz hinter ihm wie Eis im Tauwetter des Frühlings.

Er gab einem Impuls nach und rief den Lakaien zurück.

»Ruf den Hauptmann der Wache!« befahl er. »Er soll die Hexen suchen und sie verhaften.«

Die Herzogin schnaubte.

»Weißt du nicht mehr, was beim letztenmal geschehen ist, Idiot?«

»Wir haben nur eine von ihnen eingekerkert«, erwiderte Lord Felmet. »Diesmal sind auch die beiden anderen dran. Der Trend der öffentlichen Meinung ist auf unserer Seite. So etwas bleibt auf Hexen nicht ohne Wirkung, verlaß dich drauf.«

Ihre Ladyschaft ließ die Fingerknöchel knacken, um zu zeigen, was sie von der öffentlichen Meinung hielt.

»Du mußt zugeben, Teuerste, daß mein Experiment funktioniert.«

»So scheint es.«

»Nun gut. Steh nicht einfach so herum, Mann. Vor dem Ende der Aufführung, sag ihm das. Er soll die Hexen hinter Schloß und Riegel bringen.«

Tod rückte den Pappschädel vor dem Spiegel zurecht, zog sich die Kapuze tiefer in die Stirn, trat zurück und prüfte sein Erscheinungsbild. Zum erstenmal durfte er auch einige Worte auf der Bühne sprechen, und er wollte Fehlern vorbeugen.

»Duckt euch, kurzlebige Sterbliche«, verkündete er. »Denn ich bin der Tod. Weder Schlösser noch ... noch ... Noch was, Hwel?«

»Oh, heiliger Himmel, Dafe. ›Weder Schlösser noch vorgeschobene Riegel halten mich zurück‹ Ist doch gar nicht so schwer, das im Kopf zu behalten, oder — nein, nicht dorthin, ihr Hirnis!« Der Zwerg eilte durchs Durcheinander hinter der Bühne und verfolgte zwei unaufmerksame Kulissenschieber.

»Na schön«, sagte Tod zum Spiegel und betrachtete die dunkle Gestalt darin.

»Weder Schlösser noch ... Tumpty-Tum ... vorgeschobene Tumpty-Tumpty-Riegel ...«, sagte er unsicher und hob die Sense. Ihr Ende fiel ab.

»Glaubst du, ich sehe schrecklich genug aus?« fragte er, als er die Klinge wieder am Stiel befestigte.

Tomjon saß auf seinem Buckel, trank Tee und nickte aufmunternd.

»Kein Problem, mein Freund«, erwiderte er. »Der Tod könnte nicht schrecklicher sein als du. Aber vielleicht solltest du ein wenig hohler sprechen.«

»Wie meinst du das?«

Tomjon setzte die Tasse ab. Schatten huschten über seine Züge; die Augen schienen zu glühen, und die Lippen wichen von den Zähnen zurück. Das Gesicht wirkte nun wesentlich blasser, und die Haut straffte sich über hohen Jochbeinen.

»ICH BIN GEKOMMEN, UM DICH ZU HOLEN, DU SCHRECKLICHER SCHAUSPIELER«, intonierte er, und jede Silbe klang wie ein zufallender Sargdeckel. Dann rutschte Tomjons Miene wieder in die ursprüngliche Form.

»So zum Beispiel«, sagte er.

Dafe hatte sich an die Wand gepreßt, entspannte sich etwas und lachte nervös.

»Bei den Göttern, das kriege ich nicht hin«, brachte er hervor. »Ehrlich: Ich kann nie so gut sein wie du.«

»Eigentlich ist es gar nicht schwer. Beeil dich jetzt; sonst fällt Hwel doch noch einem Nervenzusammenbruch zum Opfer.«

Dafe warf ihm einen dankbaren Blick zu und lief los, um beim Szenenwechsel zu helfen.

Tomjon nippte voller Unbehagen an seinem Tee, während ihn dann die Geräusche hinter den Kulissen dichtem Nebel gleich umwehten. Er machte sich Sorgen.

Hwel hatte gesagt, mit dem Stück sei soweit alles in Ordnung — bis auf das Stück selbst. Tomjon gewann immer wieder den Eindruck, daß sich das Drama umzugestalten versuchte. Wenn er auf der Bühne stand, glaubte er, in irgendeinem Winkel seines Kopfes andere Worte zu hören. Es war, als belausche er ein Gespräch. Er mußte die Stimme heben, um das mentale Flüstern zu übertönen.

Etwas ging nicht mit rechten Dingen so. Sobald ein Theaterstück geschrieben war, stand es, nun, auf dem Papier. Es sollte nicht lebendig werden und versuchen, sich selbst zu redigieren.

Tomjon seufzte. Er konnte es gar nicht abwarten, dieses gespenstische Schloß zu verlassen und eine möglichst große Entfernung zwischen sich und den wahnsinnigen Herzog zu legen. Nach einer Weile blickte er sich um und stellte fest, daß es noch ein wenig dauern würde, bis der nächste Akt begann. Er stand auf und wanderte ziellos umher, auf der Suche nach frischerer Luft.

Eine Tür öffnete sich vor ihm, und er trat auf den Wehrwall. Tomjon schloß den Zugang, verbannte damit die lauten Geräusche und ersetzte sie durch ein leises Summen. Ein farbenprächtiger Sonnenuntergang schmachtete hinter den Gitterstäben der Wolken; die Luft war so unbewegt wie ein Mühlteich und so heiß wie ein Backofen. Im Wald tief unten krächzte ein Nachtvogel.

Er ging zur anderen Seite des Wehrwalls und starrte in die schwindelerregende Tiefe der Schlucht. Ewiger Dunst umhüllte dort einen brodelnden Fluß.

Tomjon drehte sich um und trat in einen so kalten Windzug, daß ihm der Atem stockte.

Ungewöhnliche Brisen zupften an seiner Kleidung. Irgend etwas raunte neben ihm, als versuche jemand, ihm etwas mitzuteilen, ohne die Geschwindigkeit richtig regeln zu können. Eine Zeitlang stand der junge Mann wie erstarrt. Dann holte er tief Luft und floh durch die Tür.

»Aber wir sind *keine* Hexen!«

»Warum seht ihr dann so aus? Fesselt sie, Jungs!«

»Entschuldige bitte, aber wir sind keine *echten* Hexen!«

Der Hauptmann musterte die drei Frauen nacheinander. Er sah spitze Hüte, zerzaustes Haar, das nach feuchten Heuhaufen roch, gallengrüne Haut und Dutzende von Warzen. Der Job des Hauptmanns der Wache bot keine sehr guten beruflichen Perspektiven für jemanden, der zu Eigeninitiative neigte. Lord Felmet verlangte drei Hexen, und diese hier schienen genau richtig zu sein.

Der Hauptmann hielt nichts von inszenierten Dramen. Kurz vor der Pubertät hatte er beim Kasperletheater ein Trauma erlitten, und seitdem mied er sowohl jede Form von organisierter Unterhaltung als auch alle Orte, an denen man Krokodile vermuten konnte. Die letzte Stunde hatte er in der Wachstube verbracht, in der angenehmen Gesellschaft einer Flasche Wein.

»Ich habe euch befohlen, sie zu fesseln«, erinnerte er seine Männer.

»Sollen wir sie auch knebeln?«

»Wenn du doch endlich *zuhören* würdest! Wir gehören zum Theater ...«

»Ja«, erwiderte der Hauptmann und schauderte. »Knebelt sie.«

»Bitte ...«

Der Hauptmann beugte sich vor und starrte in drei furchterfüllte Augenpaare. Er zitterte.

»*Ihr* habt zum letztenmal die Würstchen anderer Leute gegessen!« stieß er hervor.

Kurz darauf merkte er, daß ihm auch die Soldaten seltsame Blicke zuwarfen. Er hüstelte und richtete sich auf.

»Nun gut, ihr theatralischen Hexen«, sagte er. »Eure Vorstellung war gut, und jetzt wird's Zeit für den Applaus.« Er nickte den Gardisten zu.

»Klatscht sie in Ketten!«

Drei andere Hexen saßen hinter der Bühne und starrten leer ins Halbdunkel. Oma Wetterwachs hatte eine Zweitschrift des Manuskripts gefunden; ab und zu warf sie einen Blick darauf, als suche sie nach Rat.

»›Diverse Alarme und Exkurse‹«, las sie unsicher.

»Das bedeutet, es geschehen viele schreckliche Dinge«, erwiderte Magrat. »In jedem ordentlichen Drama kommt es früher oder später dazu.«

»Alarme und was?« fragte Nanny Ogg, die nicht richtig zugehört hatte.

»Exkurse«, wiederholte Magrat geduldig.

»So wie in Exkursion?« Nanny Oggs Miene erhellte sich ein wenig. »Oh, ich weiß, damit sind Ausflüge gemeint. Ein hübscher Strand wäre jetzt nicht schlecht. Am Meer.«

»Sei still, Gytha!« brummte Oma Wetterwachs. »Die Eks ... Die Ausflüge sind nicht für dich bestimmt, sondern für alle Diversen. Hier steht's ganz deutlich. Damit sie sich von den vielen Alarmen erholen, nehme ich an.«

»Wir können das nicht zulassen«, sagte Magrat schnell und laut. »Wenn dieses Stück öfter aufgeführt wird, glaubt man bald überall, Hexen seien alte Vetteln mit grüner Schminke.«

»Alte Vetteln, die sich in die Angelegenheiten von Königen einmischen«, betonte Nanny. »Wozu *wir* uns *nie* hinreißen lassen, wie allgemein bekannt ist.«

»Ich habe nichts gegen Einmischungen an sich«, meinte Oma Wetterwachs und stützte das Kinn auf die Hand. »Ich bin nur gegen *böses* Einmischen.«

»Und die schlechte Behandlung von Tieren«, murmelte Magrat. »All das Gerede von Hundeaugen und Krötenohren ... *Niemand* benutzt so etwas.«

Oma Wetterwachs und Nanny Ogg vermieden es, sich anzusehen.

»Flittchen!« sagte Nanny bitter.

»Hexen sind ganz anders«, warf Magrat ein. »Wir leben in Harmonie mit den großen Zyklen der Natur. Wir fügen niemandem Schaden zu, und es ist gemein, daß diese Leute etwas anderes behaupten. Wir sollten ihre Knochen mit heißem Blei füllen.«

Die beiden anderen Hexen musterten sie mit einer Mischung aus Überraschung und Bewunderung. Magrat errötete — ihre Wangen verfärbten sich keineswegs grün — und sah auf die Knie.

»Gütchen Wemper hat ein Rezept entwickelt«, gestand sie ein. »Es ist ganz einfach. Man besorgt sich nur ein wenig Blei und ...«

»Das halte ich kaum für angemessen«, sagte Oma Wetterwachs langsam, nachdem sie ihren inneren Widerstand überwunden hatte. »Dadurch kämen die Leute auf falsche Gedanken.«

»Aber nicht für lange«, kommentierte Nanny nachdenklich.

»Nein, mit so etwas dürfen wir nicht anfangen.« Diesmal klang Omas Stimme fester und entschlossener. »Es würde kein Ende nehmen.«

»Warum verändern wir nicht einfach die Worte?« schlug Magrat vor. »Wenn die Schauspieler auf die

Bühne zurückkehren, könnten wir einen magischen Einfluß beschwören, damit sie ihren Text vergessen. Und dann lassen wir sie ganz andere Sätze sprechen.«

»Ich schätze, mit Theaterworten kennst du dich gut aus, nicht wahr?« fragte Oma Wetterwachs sarkastisch. »Sie müssen zur richtigen Sorte gehören, denn sonst würden die Zuschauer Verdacht schöpfen.«

Nanny Ogg winkte ab. »Es ist gar nicht schwer. Ich habe mich damit befaßt. Man sagt einfach Tumpty-tumpty-tumpty.«

Oma dachte darüber nach.

»Ich vermute, es steckt noch mehr dahinter«, sagte sie. »Einige der Vorträge waren wirklich gut. Ich habe kaum etwas davon verstanden.«

»Es ist überhaupt kein Trick dabei«, beharrte Nanny. »Außerdem: Die meisten Schauspieler sind auf der Bühne ohnehin sehr vergeßlich. Kein Problem.«

»Könnten wir ihnen neue Worte in den Mund legen?« fragte Magrat.

Nanny Ogg nickte. »Ich weiß nichts von *neuen* Worten«, antwortete sie. »Aber wir sind bestimmt in der Lage, sie die *alten* vergessen zu lassen.«

Sie sahen Oma Wetterwachs an, die daraufhin mit den Schultern zuckte.

»Ich schätze, es ist einen Versuch wert«, räumte sie ein.

»Die noch ungeborenen Hexen werden uns dafür danken«, sagte Magrat leidenschaftlich.

»Oh, gut«, kommentierte Oma.

»Endlich! Was macht ihr hier? Wir haben euch überall gesucht!«

Die Hexen drehten sich um und sahen einen zornigen Zwerg, der sich alle Mühe gab, vor ihnen aufzuragen.

»Meinst du uns?« erwiderte Magrat. »Aber wir sind doch gar nicht ...«

»Natürlich seid ihr dran. Wißt ihr nicht mehr? Wir haben die Szene in der letzten Woche hinzugefügt.

Zweiter Akt, vorderer Teil der Bühne, am Kessel. Ihr braucht nichts zu sagen und symbolisiert okkulte Kräfte, die am Werk sind. Seid so unheilvoll wie möglich. Kommt schon, Jungs. Bisher wart ihr ganz gut.«

Hwel klopfte Magrat auf den Po. »Die Hautfarbe ist genau richtig, Wilph«, fügte er ermutigend hinzu. »Aber um Himmels willen: Stopf dir vorn was ins Hemd; du hast noch immer die falsche Form. Tolle Warzen, Billem.« Er wich ein wenig zurück und nickte anerkennend. »Ich bin sicher, niemand hat jemals scheußlichere Hexen gesehen als euch. Wirklich nicht schlecht. Nur die Perücken lassen zu wünschen übrig. Beeilt euch jetzt. Der Vorhang hebt sich in einer Minute. Hals- und Beinbruch.«

Er gab Magrat einen neuerlichen Klaps auf den verlängerten Rücken, schüttelte kurz die schmerzende Hand und lief fort, um jemand anders in Trab zu bringen.

Die Hexen schwiegen eine Zeitlang. Magrat und Nanny Ogg wandten sich instinktiv Oma Wetterwachs zu.

Sie schniefte. Sie sah auf. Sie sah sich um. Sie sah zur hell erleuchteten Bühne hinter ihr. Sie klatschte so laut, daß man es im ganzen Schloß hörte, und dann rieb sie sich die Hände.

»Warum nicht?« stieß sie grimmig hervor. »Wir nehmen direkt an der Vorstellung teil.«

Nanny warf einen Blick in die Richtung, in der Hwel verschwunden war. »Brich dir selbst den Hals«, brummte sie. »Und auch die Beine.«

Hwel stand bei den Seitenkulissen und gab das Zeichen für den Vorhang. Und fürs Donnern.

Alles blieb still.

»Donner!« zischte er so laut, daß ihn viele Zuschauer hörten. »Worauf wartest du noch?«

Hinter der nächsten Säule ertönte eine klagende Stimme. »Ich habe das Ding hin und her gebogen, Hwel! Aber mehr als ein leises *Kling-klong* konnte ich ihm nicht entlocken!«

Einige Sekunden lang stand der Zwerg völlig reglos und zählte. Die Schauspieler beobachteten ihn, von Schrecken ergriffen — aber leider nicht wie vom Donner gerührt.

Schließlich hob Hwel die Fäuste zum Himmel. »Ich wollte ein Gewitter! Nur ein Gewitter. Nicht einmal ein großes Gewitter. *Irgendein* Gewitter. Jetzt möchte ich mich besonders KLAR ausdrücken. Mir REICHT'S! Es soll DONNERN, und zwar JETZT!«

Ein Blitz antwortete ihm und verwandelte die grauen Schatten des Schlosses in blendendes Weiß und lichtloses Schwarz. Angemessener Donner grollte.

Es war das lauteste Geräusch, das Hwel jemals gehört hatte. Offenbar begann es irgendwo in seinem Kopf und bahnte sich dann einen Weg nach draußen.

Das Krachen schüttelte jeden Stein im Schloß. Staub regnete herab. Ein ferner Eckturm brach langsam und träge aus dem Wehrwall, drehte sich mehrmals und fiel in die hungrige Tiefe der Schlucht.

Die Stille nach dem Donnern läutete wie eine Glocke.

Hwel blickte zum Himmel. Große dunkle Wolken zogen übers Schloß und verschlangen das Funkeln der Sterne.

Der Sturm war zurück.

Seit einer Ewigkeit lernte er sein meteorologisches Handwerk. Viele Jahre hatte er damit verbracht, in abgelegenen Tälern zu lauern. Er hatte stundenlang vor einem Gletscher geübt. Jetzt glaubte er, Vollkommenheit erreicht zu haben. An diesem Abend sah er tief unten ein interessiertes Publikum, das zweifellos auf ihn wartete, und er beschloß, seine bis zur Perfektion entwickelten Fähigkeiten unter Beweis zu stellen.

Hwel lächelte. Vielleicht hörten die Götter *doch* zu. Er

bedauerte, daß er nicht auch um eine gute Windmaschine gebeten hatte.

Hastig winkte er Tomjon zu.

»Fang an! Fang an!«

Der Junge nickte und begann mit seinem Monolog.

»Und nun ist unsere Herrschaft vollständig ...«

Hinter ihm auf der Bühne beugten sich die Hexen über den Kessel.

»Das Ding besteht nur aus Blech«, hauchte Nanny. »Und es enthält lauter Bäh.«

»Und das Feuer ist nur rotes Papier«, flüsterte Magrat. »Von dort drüben sah es echt aus, aber es ist nur rotes Papier! Sieh mal, man kann es anfassen, ohne sich zu verbrennen ...«

»Schon gut«, sagte Oma Wetterwachs. »Gebt euch beschäftigt und wartet auf mein Zeichen.«

Als der Böse König und der Gute Herzog mit dem Wortwechsel begannen, der schließlich zur aufregenden Duellszene führte, spürten sie ablenkende Aktivität hinter sich und vernahmen ein gelegentliches Kichern aus dem Publikum, Nach einem völlig unpassenden lauten Lachen wagte es Tomjon, sich umzusehen.

Eine der Hexen zerriß das Feuer, und die andere putzte den Kessel. Die dritte saß mit verschränkten Armen und starrte ihn an.

»Der Boden selbst schreit Tyrannei ...«, sagte Wimsloe, bemerkte dann Tomjons Gesichtsausdruck und folgte seinem Blick. Er beendete den Satz nicht.

»›Und ruft mich als Boten der Rache‹«, soufflierte Tomjon hilfreich.

»A-aber ...«, raunte Wimsloe und versuchte, heimlich mit dem Dolch zu zeigen.

»Keine Hexe, die etwas auf sich hält, benutzt einen solchen Kessel«, flüsterte Nanny Ogg so laut, daß man sie auch ganz hinten auf dem Schloßhof hörte. »Hier sind zwei Tage Arbeit mit einem Topfkratzer und einem Eimer Sand nötig.«

»›Und ruft mich als Boten der Rache‹«, wiederholte Tomjon. Aus den Augenwinkeln sah er Hwel hinter den Seitenkulissen. Der Zwerg bebte vor Zorn und erinnerte an ein Pulverfaß mit brennender Lunte.

»Wie läßt man das Papierfeuer flackern?« erkundigte sich Magrat.

»Seid still, ihr beiden!« verlangte Oma Wetterwachs. »Ihr bringt die Leute durcheinander.« Sie sah Wimsloe an und hob kurz den Hut. »Sprich nur, junger Mann. Achte überhaupt nicht auf uns.«

»Was?« erwiderte Wimsloe.

»Aha, das Land ruft dich als Boten der Rache, wie?« fragte Tomjon verzweifelt. »Und auch der Himmel fordert Vergeltung, schätze ich.«

Der Sturm nahm dies zum Anlaß, einen zweiten Blitz zu schicken, der die Spitze von einem weiteren Turm riß ...

Lord Felmet duckte sich, sein Gesicht ein Panorama der Furcht. Er streckte etwas, das einst ein Finger gewesen war.

»Das sind sie«, kam es von seinen Lippen. »Die Hexen. Was machen sie in meinem Theaterstück? Wer hat ihnen erlaubt, in meinem Theaterstück aufzutreten?«

Die Herzogin neigte weniger zu rhetorischen Fragen und winkte dem nächsten Wächter zu.

Auf der Bühne schwitzte Tomjon unter der Last des Textes. Wimsloe stotterte zusammenhanglos. Und Gummirippe, der die Rolle der Guten Herzogin spielte — er trug eine Flachsperücke — verlor nun ebenfalls den Faden.

»Aha, du nennest mich bösen König, obgleich du es flüsterst, damit nur ich dich höre«, krächzte Tomjon. »Und du habest *den Wächter gerufen,* wahrscheinlich mit einem höchst geheimen Signal, das weder Lippen noch Zunge gehöret.«

Ein Wächter taumelte auf die Bühne und versuchte, das Gleichgewicht zu wahren; Hwel hatte ihm einen ziemlich energischen Stoß gegeben. Er sah zu Oma Wetterwachs.

»Hwel läßt fragen: Bei allen Dämonen, was ist eigentlich los, verdammt?« zischte er.

»Wie war das?« entgegnete Tomjon. »Habe ich da gehört: *Ich komme, werte Lady?*«

»Er meint, die drei Hexen sollen verschwinden!«

Tomjon trat zum vorderen Bereich der Bühne.

»Du quasselst, Mann. Sieh nur, wie ich dem spitzen Speer ausweiche. Ich *sagte:* Sieh nur, wie ich dem spitzen Speer ausweiche. Der Speer, Mann. Du hältst ihn in deiner verdammten Hand, Menschenskind.«

Der Wächter reagierte mit einem starren Lächeln purer Verzweiflung.

Tomjon zögerte. Drei andere Schauspieler in seiner Nähe starrten zu den Hexen. Mit der Unvermeidlichkeit eines Steuerbescheids stand ihm nun ein Schwertkampf bevor, bei dem er allem Anschein nach die eigenen Hiebe parieren und sich selbst erstechen mußte.

Er drehte sich zu den Hexen um, öffnete den Mund ...

Und schwieg. Zum erstenmal in seinem Leben ließ ihn ein sonst absolut zuverlässiges Gedächtnis im Stich. Er wußte nicht, was er sagen sollte.

Oma Wetterwachs stand auf, näherte sich dem Rand der Bühne und hob die Hand. Das Publikum hielt unwillkürlich den Atem an.

»Phantome des Geistes und alle List hinfort, die Wahrheit soll kommen an ...« Sie zögerte kurz. »An diesen Tumpty-tumpty-Ort.«

Tomjon spürte, wie ihm Kühle entgegenströmte. Er zitterte. Auch die anderen Schauspieler bewegten sich.

Aus den dunklen Tiefen ihrer leeren Seelen kamen neue Worte, rote Worte des Blutes und der Rache, Worte, die zwischen den Mauern des Schlosses erklungen waren, in Silicium gespeichert, Worte, die sich nun selbst hören wollten, Worte, die den Mund jedes Sprechers so fest im Griff hatten, daß der Versuch, sie *nicht* auszusprechen, in gebrochenen Kiefern resultierte.

»Fürchtest du ihn jetzt?« fragte Gummirippe. »Obgleich der Wein ihn umnebelt? Nimm seinen Dolch, Gemahl — nur eine Klingenbreite trennt dich vom Königreich.«

»Ich wage es nicht«, erwiderte Wimsloe und trachtete verblüfft danach, die eigenen Lippen zu beobachten.

»Niemand wird davon erfahren.« Gummirippe deutete zum Publikum und wußte, daß er keine andere Rolle so gut spielen würde. »Sieh nur, allein die augenlose Nacht ist Zeuge. Nimm jetzt den Dolch und morgen das Königreich. Gib dir einen Ruck und ihm einen Stoß, Mann.«

Wimsloes Hand erbebte.

»Wie du meinst, Teuerste«, sagte er. »Ist das ein Dolch, was ich da vor mir sehe?«

»Natürlich ist es ein verdammter Dolch. Komm schon, bring es hinter dich! Die Schwachen verdienen keine Gnade. Wir behaupten einfach, er sei die Treppe hinuntergefallen.«

»Aber die Leute schöpfen sicher Verdacht!«

»Es gibt Verliese. Und Daumenschrauben. Besitz bestimmt neun Zehntel des Gesetzes — wenn man einen Dolch besitzt.«

Wimsloe zog die Hand zurück.

»Ich kann nicht! Er war die Freundlichkeit selbst für mich!«

»Und du kannst der Tod für ihn sein ...«

Dafe hörte die Stimmen aus der Ferne. Er rückte die Maske zurecht, prüfte die Tödlichkeit seines Erscheinungsbilds im Spiegel und warf noch einen Blick auf das Blatt mit dem Text.

»Duckt Euch, Kurzlebige Sterbliche!« sagte er möglichst hohl. »Denn Ich Bin Der Tod. Weder Schlösser Noch ... Noch ...«

VORGESCHOBENE RIEGEL.

»Oh, danke«, sagte Dafe geistesabwesend. »Weder Schlösser Noch Vorgeschobene Riegel Halten ...«

HALTEN MICH ZURÜCK.

»Ja, genau, Halten Mich Zurück. In Dieser Nacht Der Könige Bin Ich Gekommen, Um ... Um ...«

UM MIT EUCH ABZURECHNEN.

Dafe ließ die Schultern hängen.

»Du kannst es soviel besser als ich«, stöhnte er. »Du hast die richtige Stimme und erinnerst dich an die Worte.« Er drehte sich um. »Es sind nur drei Sätze, und Hwel wird mir das Fell ... über ... die ... Ohren ... ziehen.«

Er erstarrte. Seine Pupillen weiteten sich und wurden zu zwei großen Scheiben der Furcht. Tod streckte die knochige Hand aus, hielt sie dicht vors Gesicht des jungen Mannes und schnippte mit den Fingern.

VERGISS! befahl er, wandte sich ab und ging zu den Kulissen.

Leere Augenhöhlen sahen mehrere Kostüme und wächserne Reste auf dem Schminktisch. Leere Nasenlöcher rochen den Geruch von Mottenkugeln, Schmiere und Schweiß.

Hier gab es etwas, das fast den Göttern gehörte, fand er. Menschen hatten eine Welt innerhalb der Welt geschaffen, und sie reflektierte, so wie ein Wassertropfen die Landschaft widerspiegelt. Und doch ... und doch ...

In dieser kleinen Welt konzentrierten sie sich auf all die Dinge, denen sie normalerweise entkommen wollten: Haß, Furcht, Tyrannei und so weiter. Tod war fasziniert. Einerseits strebten die Menschen danach, über sich selbst hinauszuwachsen, doch andererseits sorgte jede von ihnen entwickelte Kunstform dafür, daß sie noch tiefer in sich *hinein*wuchsen. Sonderbar ...

Ein ganz bestimmter Grund hatte ihn an diesen Ort geführt. Es ging darum, eine Seele zu beanspruchen. Er durfte keine Zeit verlieren. Aber was bedeutete die Zeit für ihn?

Seine Füße klickten auf dem steinernen Boden. Allein im grauen Halbdunkel hinter den Kulissen begann Tod mit eirem Steptanz.

AM NÄCHSTEN ABEND HÄNGT MAN EINEN STAR IN DEINER GARDEROBE …

Er riß sich zusammen, hob die Sense und wartete auf sein Stichwort.

Er hatte noch nie eins verpaßt.

Er würde hinausgehen und sie alle niedermetzeln.

»Und du kannst der Tod für ihn sein. Jetzt!«

Tod trat auf, und seine Füße klackten über die Bühne.

DUCKT EUCH, KURZLEBIGE STERBLICHE, sagte er. DENN ICH BIN DER TOD. WEDER SCHLÖSSER NOCH … NOCH …

Er zögerte. Er zögerte zum allerersten mal in der ewigen Geschichte seiner Existenz.

Der Tod der Scheibenwelt war zwar daran gewöhnt, es mit Millionen von Menschen zu tun zu haben, aber gleichzeitig blieb jeder individuelle Tod einzigartig und persönlich.

Für gewöhnlich sahen ihn nur Leute mit okkulten Tendenzen und natürlich seine Kunden. Der Grund: Das menschliche Gehirn ist schlau genug, um alle schrecklichen Anblicke zu filtern, mit denen es nicht fertig werden kann. Doch jetzt bestand das Problem darin, daß mehrere hundert Personen *erwarteten*, den Tod zu sehen, und deshalb nahmen sie ihn wahr.

Tod drehte sich langsam und starrte in Hunderte von aufmerksamen Augen.

Auch im Griff der Wahrheit erkannte Tomjon einen Schauspielkollegen in Schwierigkeiten und versuchte, seine Lippen unter Kontrolle zu bringen.

»›... noch vorgeschobene Riegel ...‹«, flüsterte er durch zusammengebissene Zähne.

Tod zeigte ihm ein erschrockenes Lampenfieberlächeln.

WAS? hauchte er, und seine Stimme klang wie ein Amboß, der von einem kleinen Bleihammer getroffen wurde.

»›... noch vorgeschobene Riegel halten mich ...‹«, sagte Tomjon ermutigend.

WEDER SCHLÖSSER NOCH VORGESCHOBENE RIEGEL HALTEN MICH ... ÄH ..., wiederholte Tod verzweifelt und sah auf die Lippen des jungen Mannes.

»›... zurück.‹«

ZURÜCK.

»Nein, ich kann nicht!« entfuhr es Wimsloe. »Man wird mich sehen! Unten im Saal — jemand beobachtet uns.«

»Dort ist niemand.«

»Ich fühle den Blick!«

»Ängstlicher Hampelmann! Muß ich für dich zustoßen? Sieh nur, er steht schon auf der obersten Stufe!«

Furcht und Ungewißheit verzerrten Wimsloes Gesicht. Er zog den Arm zurück.

»Nein!«

Der Schrei kam aus dem Publikum. Der Herzog war halb aufgestanden und preßte sich weiße Fingerknöchel an den Mund. Schließlich taumelte er vor, schob sich an überraschten Zuschauern vorbei.

»Nein! Mich trifft keine Schuld! Ich war es nicht! Du kannst nicht behaupten, daß ich ihn getötet habe! Du bist nicht dabeigewesen!« Er sah in die ihm zugewandten Gesichter und ließ die Schultern hängen.

»Ich auch nicht«, kicherte er. »Ich habe geschlafen, wißt ihr. Ich erinnere mich genau daran. An das Blut auf der Tagesdecke, an das Blut auf dem Boden. Ich konnte es nicht abwaschen, aber das spielt bei dieser Ermittlung auch keine Rolle. Ich kann nicht zulassen, daß wir Angelegenheiten der nationalen Sicherheit erörtern. Es war nur ein Traum, und als ich erwachte, hätte er morgen noch gelebt. Und morgen wäre es nicht geschehen, weil es gar nicht passierte. Und morgen könnt ihr sagen, daß ich mich an nichts erinnerte. Wie laut er fiel! Laut genug, um die Toten zu wecken ... Wer hätte gedacht, daß sein Körper soviel Blut enthielt ...?« Lord Felmet stand inzwischen auf der Bühne, musterte die Schauspieler und grinste.

»Ich hoffe, damit ist alles klar«, sagte er. »Ha, ha.«

In der folgenden Stille öffnete Tomjon den Mund, um einige angemessen tröstende Worte zu sprechen, doch irgend etwas lähmte ihm die Zunge.

Dann glitt eine andere Person in ihn hinein, übernahm die Lippen und proklamierte:

»Mit meinem eigenen verdammten Dolch, du Mistkerl! Ich wußte, daß du es warst! Ich habe dich oben an der Treppe gesehen; hast am Daumen gelutscht. Bei den Göttern, ich würde dich jetzt umbringen — aber dann müßte ich eine Ewigkeit in deiner Gesellschaft verbringen und mir dein Gewinsel anhören. Ich, Verence, früherer König von ...«

»Was für eine Zeugenaussage soll das sein?« fragte die Herzogin. Sie stand vor der Bühne, neben sechs Soldaten.

»Verleumdungen!« keifte sie. »Und üble Nachrede obendrein. Das Gefasel verrückter Schauspieler.«

»Ich war der verdammte König von Lancre!« rief Tomjon.

»Dann bist du das angebliche Opfer«, erwiderte Lady Felmet ruhig. »Und kannst deshalb nicht für die Anklage aussagen. So gebietet es die juristische Tradition.«

Tomjons Körper drehte sich zu Tod um.

»Du warst zugegen! Du hast es gesehen!«

ICH VERMUTE, DASS MAN MICH NICHT FÜR EINEN GEEIGNETEN ZEUGEN HIELTE.

»Also gibt es keine Beweise, und wo Beweise fehlen, gibt es kein Verbrechen«, erklärte die Herzogin. Sie winkte die Soldaten nach vorn.

»Soviel zu deinem Experiment«, wandte sie sich an Lord Felmet. »Ich glaube, meine Methode ist besser.«

Sie sah sich auf der Bühne um und richtete den Blick auf die Hexen.

»Nehmt sie gefangen!« wies Ihre Ladyschaft die Wächter an.

»Nein.« Der Narr trat hinter den Seitenkulissen hervor.

»*Was* hast du gesagt?«

»Ich habe alles gesehen«, antwortete der Narr schlicht. »An jenem Abend war ich im Großen Saal. Du hast den König umgebracht, mein Lord.«

»Das stimmt nicht!« kreischte der Herzog. »Du warst nicht dabei! Ich habe dich nicht gesehen. Ich *befehle* dir, nicht dabeigewesen zu sein!«

»Zuvor hast du nicht gewagt, solche Worte auszusprechen«, stellte die Herzogin fest.

»Ja, Lady. Aber jetzt kann ich die Wahrheit nicht länger verschweigen.«

Lord Felmet wankte auf den Narren zu.

»Du hast mir Treue bis zum Tod geschworen«, zischte er.

»Ja, mein Lord. Es tut mir leid.«

»Du *bist* tot.«

Der Herzog riß den Dolch aus Wimsloes schlaffer Hand, sprang vor und rammte ihn bis zum Heft ins Herz des Narren. Magrat schrie.

Der Narr taumelte unsicher.

»Den Göttern sei Dank, es ist vorbei«, sagte er, als Magrat an den anderen Schauspielern vorbeieilte und den Narren an etwas preßte, das hier großzügigerweise als ihr Busen bezeichnet werden soll. Der Hofnarr dachte daran, daß er nie einem Busen direkt ins Gesicht gesehen hatte, zumindest nicht seit seiner Zeit als Säugling. Er fand es grausam von der Welt, ihm diese Erfahrung erst nach dem Tod zu ermöglichen.

Behutsam schob er den einen Arm Magrats beiseite, nahm die verhaßte Hörnerkappe ab und schleuderte sie fort. Er brauchte jetzt kein Narr mehr zu sein, und im Jenseits verloren Schwüre und dergleichen an Bedeutung. Außerdem: Angesichts des Busens schien der Tod besser zu sein als das Leben.

»Ich bin unschuldig«, sagte der Herzog.

Kein Schmerz, dachte der Narr. *Komisch. Andererseits: Wenn man tot ist, spürt man wahrscheinlich keine Schmerzen mehr. Das hätte ohnehin keinen Zweck.*

»Ihr habt alle gesehen, daß ich völlig unschuldig bin«, fuhr Lord Felmet fort.

Tod bedachte den Narren mit einem verwirrten Blick. Dann griff er unter seinen schwarzen Umhang und holte eine Sanduhr hervor. Kleine Glocken baumelten daran. Er schüttelte sie, und ein leises Klimpern erklang.

»Ich habe nicht den Befehl gegeben, daß so etwas geschehen soll«, sagte der Herzog ruhig. Seine Stimme kam aus weiter Ferne, aus jenen Gefilden, die nun seinem Verstand als Heimstatt dienten. Die Schauspieler starrten ihn wortlos an. Es fiel sehr schwer, einen solchen Mann zu verabscheuen; man fühlte sich nur verlegen, in seiner Nähe zu sein. Selbst der Narr empfand Verlegenheit, obwohl er tot war.

Tod klopfte an die Sanduhr und sah genauer hin, um herauszufinden, ob sie falsch ging.

»Ihr lügt alle«, verkündete der Herzog gelassen. »Und Lügen ist unartig.«

Verträumt und sanft erstach er einige Schauspieler, hob dann die Klinge.

»Seht ihr?« fragte er. »Kein Blut! Ich war's nicht.« Er blickte zur Herzogin, die wie ein roter Tsunami vor einem kleinen Fischerdorf aufragte.

»Sie ist es gewesen«, sagte er. »Sie hat es getan.«

Lord Felmet stieß ihr ein- oder zweimal das Messer in den Leib, um nicht aus der Übung zu kommen, erstach sich dann selbst und ließ den Dolch fallen.

Er überlegte einige Sekunden lang, und seine Stimme schien der Welt der Vernunft weitaus näher zu sein, als er brummte: »Jetzt könnt ihr mir nichts mehr anhaben.«

Er drehte sich zu Tod um. »Hast du einen Kometen geplant?« erkundigte er sich. »Normalerweise erscheint ein Komet am Himmel, wenn ein Monarch stirbt. Ich gehe und sehe nach, einverstanden?«

Er wanderte fort. Das Publikum applaudierte.

»Eins muß man ihm lassen«, sagte Nanny Ogg schließlich. »Er war sehr königlich. Da sieht man's mal wieder: Wenn es um Exzentrizität geht, sind Könige weitaus fähiger als Leute wie wir.«

Tod hob die Sanduhr dicht vor seine leeren Augenhöhlen. Das bleiche, knöcherne Gesicht zeigte Verwirrung.

Oma Wetterwachs hob den Dolch auf und prüfte die Klinge mit dem Finger. Mit einem leisen Quietschen glitt sie in den Griff zurück.

Sie reichte das Messer Nanny.

»Da ist dein magisches Schwert«, sagte sie.

Magrat warf einen neugierigen Blick darauf und sah dann den Narren an.

»Bist du tot oder nicht?« fragte sie.

»Bestimmt lebe ich nicht mehr«, erwiderte er mit gedämpfter Stimme. »Ich glaube, ich bin jetzt im Paradies.«

»Nein, hör mal, ich meine es ernst.«

»Ich weiß nicht. Ich würde gern atmen.«

»Dann lebst du noch.«

»Alle leben«, sagte Oma Wetterwachs. »Der Dolch ist falsch. Offenbar darf man Schauspielern keine richtigen anvertrauen.«

»Immerhin sind sie nicht einmal imstande, einen Kessel sauberzuhalten«, warf Nanny ein.

»Es spielt keine Rolle für mich, ob alle leben oder tot sind«, ließ sich die Herzogin vernehmen. »Als Herrscherin steht die Entscheidung darüber mir zu. Mein Gemahl hat ganz offensichtlich den Verstand verloren.« Sie wandte sich an die Soldaten. »Hiermit verordne ich ...«

»Jetzt!« flüsterte König Verence in Omas Ohr. »Jetzt!«

Oma Wetterwachs straffte die Gestalt.

»Schweig, Frau!« sagte sie scharf. »Der wahre König von Lancre steht vor dir!«

Sie legte Tomjon die Hand auf die Schulter.

»Was, er?«

»Wer, ich?«

»Lächerlich«, schnaubte die Herzogin. »Er ist eine Art Komödiant.«

»Sie hat recht, gnä' Frau«, entgegnete Tomjon der Panik nahe. »Mein Vater leitet ein Theater und regiert kein Königreich.«

»Er ist der wahre König«, beharrte Oma. »Wir können es beweisen.«

Die Herzogin schob das Kinn vor. »O nein. Das lasse ich nicht zu. Ich mag keine geheimnisvollen Thronfolger, die in dieses Königreich zurückkehren. Wachen — packt ihn!«

Oma Wetterwachs hob die Hand. Die Soldaten scharrten unsicher mit den Füßen und wußten nicht recht, wie sie sich verhalten sollten.

»Sie ist eine Hexe, stimmt's?« fragte einer von ihnen nervös.

»Natürlich«, bestätigte Lady Felmet.

Die Wächter wechselten unschlüssige Blicke.

»Wir haben gesehen, wie sie Leute in Molche verwandeln«, sagte einer.

»Und dann haben sie dafür gesorgt, daß sie Schiffbruch erlitten.«

»Ja, und dann haben sie all die Diversen alarmiert.«

»Ja, genau.«

»Wir sollten darüber reden. Ich meine, für Hexen müßten wir eigentlich eine Zulage bekommen.«

»Wer weiß, was sie mit uns anstellt. Sie könnte sogar ein Flittchen sein.«

»Seid doch nicht dumm«, erwiderte die Herzogin. »Hexen sind dazu überhaupt nicht imstande. Das sind nur Geschichten, um die Leute zu erschrecken.«

Der Soldat schüttelte den Kopf.

»Für mich wirkte es ziemlich überzeugend.«

»Natürlich, das Stück *sollte* schließlich ...«, begann Lady Felmet. Sie seufzte und nahm den Speer des Wächters.

»Ich zeige euch die Macht der Hexen«, versprach sie, holte aus und zielte auf Oma Wetterwachs' Gesicht.

Omas Hand bewegte sich so schnell wie eine zubeißende Schlange und fing den Speer dicht hinter der Spitze auf.

»So weit kommt es also, nicht wahr?« fragte sie.

»Ich habe keine Angst vor euch, seltsame Schwestern«, behauptete die Herzogin.

Oma Wetterwachs sah ihr einige Sekunden lang in die Augen und brummte überrascht.

»Du hast recht«, sagte sie. »Du fürchtest uns wirklich nicht ...«

»Glaubt ihr etwa, ich hätte darauf verzichtet, euch aufmerksam zu beobachten? Eure Hexerei ist nur Schein und Trug, um Leichtgläubige zu beeindrucken. Auf mich bleibt so etwas ohne Wirkung. Versuch es ruhig mit deinem schlimmsten Zauber.«

Oma musterte Lady Felmet eine Zeitlang.

»Mit meinem schlimmsten Zauber?« wiederholte sie. Magrat und Nanny Ogg traten sicherheitshalber beiseite.

Die Herzogin lachte.

»Du bist schlau«, sagte sie. »Das muß ich dir zugestehen. Schlau und schnell. Nun los, Hexe. Zeig mir deine Kröten und Dämonen. Ich ...«

Sie unterbrach sich. Ihr Mund klappte mehrmals auf und zu, ohne daß sie ein Wort hervorbrachte. Die Lippen wichen in einem Krampf des Entsetzens zurück, und Lady Felmets Augen starrten nun *durch* Oma Wetterwachs, in eine ganz andere Welt. Eine zitternde Hand flog zum Mund hinauf, und die Herzogin wimmerte leise. Sie erstarrte wie ein Kaninchen, das gerade ein Wiesel gesehen hat und ganz genau weiß, daß es nie wieder ein anderes Wiesel sehen wird.

Magrat fand als erste die Sprache wieder. »Was hast du mit ihr angestellt?«

Oma Wetterwachs lächelte süffisant.

»Pschikologie«, antwortete sie, und ihr Lächeln wuchs in die Breite. »Man braucht überhaupt keine Magie im Stile der Schwarzen Aliss.«

»Ja, aber was du *getan?*«

»Wer so wird wie die Herzogin, muß notwendigerweise seelische Mauern errichten«, erläuterte Oma. »Ich habe sie umgestoßen. Jeder Schrei. Jedes Flehen. Jeder Hauch von Schuld. Jeder einzelne Gewissensbiß. Alles auf einmal. Es gibt da einen kleinen Trick.«

Sie sah Magrat an und schmunzelte herablassend. »Ich bringe ihn dir eines Tages bei, wenn du möchtest.«

Die junge Hexe dachte darüber nach. »Es ist grauenhaft.«

»Unsinn.« Oma Wetterwachs grinste schrecklich. »Jeder möchte sein wahres Selbst kennenlernen. Lady Felmet weiß jetzt Bescheid.«

»Manchmal muß man die Freundlichkeit benutzen, um grausam zu sein«, sagte Nanny Ogg anerkennend.

»Ich schätze, es ist das Entsetzlichste, was jemandem passieren kann«, murmelte Magrat, als die Herzogin vor und zurück schwankte.

»Bei den Göttern, wo ist deine Phantasie, Mädchen?« entgegnete Oma. »Es gibt weitaus schlimmere Dinge.

Etwa Nadeln unter den Fingernägeln. Und dann Kneifzangen und so.«

»Rotglühende Messer, die an unangenehme Stellen geschoben werden«, fügte Nanny hinzu. »Und zwar mit dem Griff voran, so daß man sich die Finger aufschneidet, wenn man sie herauszuziehen versucht ...«

»Dies ist einfach mein schlimmster Zauber«, sagte Oma Wetterwachs geziert. »Und ich halte ihn für angemessen. Jede Hexe sollte sich daran ein Beispiel nehmen. Etwas Dramatisches ist gar nicht notwendig. Die meiste Magie spielt sich im Kopf ab. Pschikologie. Und jetzt ...«

Die Herzogin gab ein seltsames Geräusch von sich — es klang, als sei zwischen ihren Lippen ein Gasleck entstanden. Sie öffnete die Augen, blinzelte und sah Oma an. Purer Haß glühte in ihren Zügen.

»Wachen!« rief sie. »Nehmt sie endlich gefangen!«

Omas Kinnlade sank nach unten. »Was?« brachte sie hervor. »Aber ... Ich habe dir doch gerade dein wahres Selbst gezeigt ...«

»Was mich zutiefst erschüttern sollte, nicht wahr?« Die Soldaten griffen zögernd nach Omas Armen, und Lady Felmet beugte sich zu ihr vor. Ihre buschigen Brauen bildeten ein V aus triumphierendem Haß. »Erwartest du, daß ich jetzt auf dem Boden umherkrieche? Nun, altes Weib, ich kenne jetzt mein wahres Selbst, jawohl, und ich bin stolz darauf! Ich würde alles wiederholen, nur heißer und länger! Ich hab's genossen und es getan, weil ich es wollte!«

Lady Felmet klopfte sich an die recht umfangreiche Brust.

»Ihr gaffenden Idioten!« fuhr sie fort. »Ihr seid so *schwach*. Ihr glaubt tatsächlich, daß die Menschen tief in ihrem Innern gut sind, nicht wahr?«

Die Wucht ihres Frohlockens trieb die Menge auf der Bühne zurück.

»Nun, ich habe im ›tiefen Innern‹ nachgesehen«, sagte die Herzogin. »Ich weiß, was Menschen antreibt. Furcht. Fest verwurzelte Furcht. Ihr alle fürchtet mich. Ich kann euch einen solchen Schrecken einjagen, daß ihr alle mit gefüllten Unterhosen nach Hause rennt, und jetzt werde ich ...«

Nanny Ogg schlug ihr den Kessel auf den Kopf.

»Sie ist ziemlich stur, nicht wahr?« meinte sie im Plauderton, als Lady Felmet zu Boden sank. »Mindestens ebenso exzentrisch wie der Herzog, wenn ihr mich fragt.«

Lange peinliche Stille folgte.

Oma Wetterwachs räusperte sich, sah die Soldaten mit einem strahlenden, freundlichen Lächeln an und deutete auf den purpurnen Berg.

»Bringt sie in irgendeinen Kerker«, befahl Oma den Männern. Die Wächter nahmen Haltung an, griffen nach den Armen der Herzogin und zogen sie mit beträchtlicher Mühe hoch.

»Bitte behandelt sie nicht zu grob«, sagte Oma Wetterwachs.

Sie rieb sich die Hände und richtete ihre Aufmerksamkeit auf Tomjon, der sie mit offenem Mund beobachtete.

»Verlaß dich drauf«, zischte sie. »Hier und heute, mein Junge. Du hast keine Wahl. Du bist der König von Lancre.«

»Aber ich weiß doch gar nicht, wie man ein König ist.«

»Wir haben dich alle gesehen! Vorhin warst du ein richtiger Monarch; selbst am Rufen und Schreien gab's nichts auszusetzen.«

»Ich habe doch nur eine Rolle gespielt!«

»Dann spiel sie weiter. König zu sein bedeutet ...« Oma Wetterwachs zögerte, wandte sich an Magrat und schnippte mit den Fingern. »Wie nennt man die komischen Dinge, die immer zu hundert in anderen Dingen sind?«

Magrat dachte verwundert nach. »Meinst du Prozente?« fragte sie.

»Ja, genau«, pflichtete ihr Oma bei. »Meiner Meinung nach muß man die meisten Prozente über eine Rolle spielen, wenn man König ist. Das sollte dir keine Probleme bereiten.«

Tomjon drehte den Kopf und warf einen flehentlichen Blick zu den Seitenkulissen, wo er Hwel vermutete. Der Zwerg befand sich tatsächlich dort, schenkte ihm jedoch keine Beachtung. Er saß an einem kleinen Tisch, lenkte einen eifrigen Federkiel übers Papier und schrieb das Stück um.

ICH VERSICHERE DIR, DASS DU NICHT TOT BIST. GLAUB MIR.

Der Herzog kicherte. Er hatte irgendwo ein Laken gefunden und benutzte es wie einen Umhang, während er durch die leeren Flure des Schlosses schlich. Manchmal stöhnte er ein dumpfes »Huuuuuh.«

Besorgnis erfaßte Tod. Er war an Menschen gewöhnt, die darauf beharrten, *nicht* tot zu sein; der Tod kam immer als ein Schock, und den meisten Leuten fiel es schwer, sich damit abzufinden. Aber jemand, der behauptete, tot zu sein, obwohl er nach Herzenslust atmete — das war eine völlig neue und beunruhigende Erfahrung.

»Ich lauere den Lebenden auf«, sagte Lord Felmet verträumt. »Des Nachts rassele ich mit meinen Knochen. Ich hocke auf dem Dach und verkünde den Tod im Haus ...«

DAS IST DIE AUFGABE DER TODESFEEN.

»Trotzdem werde ich auf Dächern hocken, wenn ich Lust dazu habe«, sagte der Herzog mit einer Spur seiner früheren Entschlossenheit. »Ich schwebe durch Wände, klopfe auf Tische und lasse Ektoplasma auf all diejenigen herabtropfen, die ich nicht mag. Ha, ha.«

DA MUSS ICH DICH ENTTÄUSCHEN. LEBENDEN IST ES NICHT ERLAUBT, ALS GEISTER ZU SPUKEN. TUT MIR LEID.

Lord Felmet unternahm den vergeblichen Versuch, eine Mauer zu durchdringen, gab auf und öffnete statt dessen eine Tür, die zu einem brüchigen Teil des Wehrwalls führte. Der Sturm ruhte sich ein wenig aus, und eine dünne Mondrinde verbarg sich halb hinter den Wolken, wie ein Schwarzhändler, der Karten für die Ewigkeit anbot.

Tod trat hinter ihm durch die Wand.

»Nun«, begann der Herzog, »wenn ich *nicht* tot bin, warum bist du dann hier?«

Er sprang auf eine Zinne und ließ das Laken wehen.

ICH WARTE.

»Ich hoffe, dein Vorrat an Geduld ist groß genug, Knochengesicht«, keifte der Herzog triumphierend. »Ich bin fest entschlossen, in der Welt des Zwielichts zu verweilen. Ich suche mir Ketten, um sie laut zu schütteln. Ich ...«

Er wich zurück, verlor das Gleichgewicht, landete auf bröckeligem Stein und rutschte. Ein oder zwei Sekunden lang tasteten die Überbleibsel seiner rechten Hand nach Halt und verschwanden dann mit dem Rest des Körpers.

Tod kann sich natürlich an mehreren Orten gleichzeitig aufhalten, und deshalb ist es durchaus zutreffend, wenn hier folgendes festgestellt wird: Einerseits wartete er auf dem Wehrwall und strich geistesabwesend imaginären Staub von der glühenden Klinge seiner Sense; andererseits stand er bis zur Hüfte im gischtenden, mit vielen spitzen Felszähnen ausgestatteten Wasser des Flusses Lancre und ließ einen kalkigen Blick umherschweifen, der dort verharrte, wo die Strömung einige trügerische Zentimeter über kantigen Steinen hinwegrauschte.

Nach einer Weile setzte sich der Herzog auf. Die

phosphoreszierenden Wellen rollten nun durch seinen transparenten Leib.

»Ich durchstreife die Flure, und in stillen Nächten flüstere ich unter den Türen«, sagte er. Seine Stimme wurde leiser, verlor sich fast im unaufhörlichen Donnern des Flusses. »Ich lasse Korbsessel höchst bedrchlich knacken, wart's nur ab.«

Tod musterte ihn und lächelte.

DAS LÄSST SICH SCHON EHER HÖREN.

Es begann zu regnen.

Der Regen in den Spitzhornbergen zeichnet sich durch eine sonderbar durchdringende Qualität aus. Im Vergleich dazu wirkt normaler Regen praktisch trocken. Er ergoß sich auf die Dächer des Schlosses, und irgendwie schien es ihm zu gelingen, direkt durch die Schindeln zu fließen. Er füllte den Großen Saal mit unangenehmer warmer Feuchtigkeit.*

Die halbe Bevölkerung von Lancre hatte sich im Saal eingefunden. Draußen übertönte das Rauschen des Regens sogar das ferne Tosen des Flusses. Er spülte fast die Bühne fort. Die bunten Farben des bemalten Hintergrunds zerrannen und vermischten sich; ein Vorhang löste sich von der Haltestange und fiel traurig in eine große Pfütze.

Im Schloß beendete Oma Wetterwachs gerade ihre Rede.

»Du hast die Krone vergessen«, flüsterte Nanny Ogg.

»Oh«, sagte Oma. »Ja, die Krone. Sie befindet sich auf seinem Kopf, wie man deutlich erkennt. Wir haben sie bei den anderen Kronen versteckt, als die Theatergruppe Lancre verließ — weil dort niemand nach ihr suchen würde. Seht nur, wie gut sie ihm paßt.«

---

* Wie Bognor.

Es war Oma Wetterwachs' außergewöhnlicher Überzeugungskraft zu verdanken, daß tatsächlich alle sahen, wie gut die Krone Tomjon paßte. Die einzige anwesende Person, die vielleicht Einwände erhoben hätte, hieß Tomjon: Er spürte, daß nur seine Ohren die Krone daran hinderten, eine Halskette zu werden.

»Stellt euch vor, was er empfand, als er sie zum erstenmal aufsetzte«, fuhr sie fort. »Ich nehme an, er fühlte dabei ein ominöses Prickeln.«

»Eigentlich war es eher wie ...«, begann Tomjon, aber niemand achtete auf ihn. Er zuckte mit den Schultern und beugte sich zu Hwel hinab, der noch immer fleißig schrieb.

»Bedeutet ›ominös‹ unangenehm?« flüsterte er.

Der Zwerg sah aus trüben Augen zu ihm auf.

»Was?«

»Ich habe gefragt: Bedeutet ›ominös‹ unangenehm?«

»Wie? Oh. Nein. Nein, ich glaube nicht.«

»Was *bedeutet* es dann?«

»Keine Ahnung. Länglich, glaube ich.« Hwels Blick kehrte wie gebannt zum Manuskript zurück. »Erinnerst du dich daran, was er nach all dem Mich-trifft-keine-Schuld sagte? Ich bringe es dauernd durcheinander ...«

»Und es war nicht nötig, alle darauf hinzuweisen, daß ich ... adoptiert worden bin«, fügte Tomjon hinzu.

»Aber es entspricht der Wahrheit«, erwiderte der Zwerg geistesabwesend. »Was solche Dinge betrifft, ist es besser, ehrlich zu sein. Nun, hat er sie wirklich erstochen oder nur Vorwürfe gegen sie erhoben?«

»Ich will kein König sein!« zischte Tomjon heiser. »Alle behaupten, ich sei ganz wie mein Vater!«

»Komische Sache, daß es immer heißt, man sei wie der Vater«, murmelte Hwel. »Wenn das bei mir der Fall wäre, schwänge ich nun dreißig Meter unter dem Boden eine Spitzhacke. Doch in Wirklichkeit ...« Er unterbrach sich und starrte auf die Spitze seines Federkiels, als ginge eine unglaubliche Faszination davon aus.

»Doch in Wirklichkeit was?«

»Wie?«

»Hörst du überhaupt nicht *zu?*«

»Ich wußte, daß alles falsch klang, als ich dieses Stück schrieb. Von Anfang an gewann ich den Eindruck, daß alles verkehrt herum war ... Was? O ja. Sei ein König! Guter Job. Scheint sich durch eine gehörige Portion Konkurrenzkampf auszuzeichnen. Wie dem auch sei: Ich freue mich für dich. Sobald du König bist, kannst du ganz nach Belieben schalten und walten.«

Tomjon musterte die am Tisch sitzenden Würdenträger von Lancre. Sie bedachten ihn mit aufmerksamen, berechnenden Blicken, wie das Publikum bei einer Mastvieh-Versteigerung. Sie versuchten ihn einzuschätzen. Eine feuchte und klamme Erkenntnis offenbarte sich ihm: Sobald er König war, konnte er sich wirklich alle seine Wünsche erfüllen — vorausgesetzt, sie bestanden darin, König zu sein.

»Wie wär's, wenn du dir dein eigenes Theater baust?« In Hwels Augen leuchtete es kurz. »Mit so vielen Falltüren, wie du willst. Und mit prächtigen Kostümen. An jedem Abend könntest du die Hauptrolle in einem neuen Stück spielen. Ich meine, im Vergleich dazu ist die Scheibe wie ein Schuppen.«

»Und wer käme, um mich zu sehen?« fragte Tomjon. Er ließ die Schultern hängen.

»Alle.«

»Was, jeden Abend?«

»Du könntest deinen Untertanen befehlen, bei den Aufführungen zugegen zu sein«, schlug Hwel vor, ohne den Kopf zu heben.

Eine solche Bemerkung habe ich geahnt, dachte Tomjon. Und dann, etwas fröhlicher: *Er meint es bestimmt nicht ernst. Er hat sein Manuskript. Eigentlich existiert er überhaupt nicht in dieser Welt, zumindest nicht gerade jetzt.*

Er nahm die Krone ab, drehte sie hin und her. Sie bestand nicht aus viel Metall, aber trotzdem fühlte sie sich schwer an. Er fragte sich, wie schwer sie werden mochte, wenn er sie ständig trug.

Am einen Ende des Tisches stand ein leerer Stuhl, auf dem — wie man ihm versichert hatte — der Geist seines leiblichen Vaters saß. Es wäre nett zu berichten, daß Tomjon bei der Vorstellung mehr gespürt hatte als nur frostige Kühle und ein leises Summen in den Ohren.

»Vielleicht kann ich Vater helfen, die Scheibe zu bezahlen«, sagte er.

»Darüber wäre er sicher glücklich«, entgegnete Hwel.

Erneut drehte Tomjon die Krone und lauschte niedergeschlagen den Gesprächen um ihn herum.

»Fünfzehn Jahre?« brachte der Bürgermeister von Lancre hervor.

»Uns blieb keine andere Wahl«, betonte Oma Wetterwachs.

»Ich glaube, in der letzten Woche war der Bäcker ein wenig früh dran.«

»Nein, nein«, sagte die Hexe und schüttelte den Kopf. »So funktioniert es nicht. Niemand hat etwas verloren.«

»So wie ich die Sache sehe, fehlen uns allen fünfzehn Jahre«, warf jener Mann ein, der in Lancre die Pflichten des Herolds, Stadtschreibers und Totengräbers wahrnahm.

»Nein, wir haben sie gewonnen«, widersprach der Bürgermeister. »Ist doch ganz klar. Man kann die Zeit mit einer Art kurvenreichen Straße vergleichen, und wir nahmen die Abkürzung übers Feld.«

»Ganz und gar nicht.« Der Stadtschreiber schob ein Blatt Papier über den Tisch. »Sieh mal, hier ...«

Einmal mehr ließ Tomjon zu, daß sich die Fluten der Konversation über ihm schlossen.

Alle wollten ihn als König. Niemand verschwendete einen Gedanken daran, was auf seinem Wunschzettel stand. Seine Ansichten spielten überhaupt keine Rolle.

Ja, genau, das war der zentrale Punkt. Niemand wollte *ihn* als König, nicht direkt *ihn*.

Ich bin nur das kleinere Übel, dachte Tomjon betrübt.

Gold wird nicht stumpf, zumindest nicht in physischer Hinsicht, aber er glaubte eine ungewöhnliche Tiefe im Glanz des Metallbands zu fühlen, das er in den Händen hielt. Die Krone hatte auf zu vielen besorgten Häuptern gesessen. Wenn man sie ans Ohr hielt, hörte man die Schreie.

Nach einer Weile merkte er, daß ihn jemand ansah. Der Blick schien die gleiche Wirkung auf ihn zu entfalten wie eine Lötlampe auf ein Eis am Stiel. Er sah auf.

Es war die dritte Hexe, die junge — die jüngste mit den ausdrucksstarken Zügen und der Hecken-Frisur. Sie saß neben dem ehemaligen Narren, als schulde sie ihm kontrollierendes Interesse.

Sie musterte ihn mit intensiver Aufmerksamkeit. Ihre Augen schienen sich in Greifzirkel zu verwandeln, die ihn vom Nacken bis zur Nase erfaßten. Tomjon schenkte ihr ein tapferes Lächeln, das sie übersah. *So wie alle anderen,* dachte er.

Nur der Narr nahm ihn zur Kenntnis, erwiderte das Lächeln mit einem entschuldigenden Grinsen und einem verschwörerischen Wink, der folgende Botschaft übermittelte: »Was tun zwei vernünftige Männer wie wir an diesem Ort?« Die junge Frau sah ihn nach wie vor an, neigte den Kopf von einer Seite zur anderen und kniff die Augen zusammen. Ihr Blick huschte nun zwischen dem Narren und Tomjon hin und her. Schließlich wandte sie sich an die älteste Hexe, die einzige Person im heißen feuchten Zimmer, die sich irgendwie einen Krug Bier besorgt hatte. Sie flüsterte ihr etwas ins Ohr.

Die beiden Hexen begannen ein temperamentvolles geflüstertes Gespräch. Es handelte sich um eine typisch weibliche Form der Unterhaltung, fand Tomjon. Normalerweise fand sie auf einer Türschwelle statt, und alle Teilnehmer verschränkten dabei die Arme; wenn jemand so unhöflich war, an ihnen vorbeizugehen, so schwiegen sie plötzlich und warteten stumm, bis der Betreffende außer Hörweite geriet.

Schließlich stellte er fest, daß Oma Wetterwachs schwieg und ihn alle Anwesenden erwartungsvoll beobachteten.

»Hallo?« sagte er.

»Ich halte es für eine gute Idee, die Krönung morgen stattfinden zu lassen«, verkündete Oma. »Es ist nicht gut für ein Königreich, ohne Monarchen zu sein. So etwas gefällt ihm nicht.«

Sie stand auf, schob den Stuhl zurück, trat näher und ergriff Tomjons Hand. Er folgte ihr gehorsam über die Steinplatten zu den Stufen, die zum Thron führten. Dort legte ihm Oma Wetterwachs ihre Hände auf die Schultern und drückte ihn sanft in die Plüschkissen.

Sitzbänke und Stühle kratzten über den Boden. Tomjon sah sich panikerfüllt um.

»Was passiert jetzt?« fragte er.

»Sei unbesorgt«, erwiderte Oma fest. »Jetzt kommen alle, um dir Treue zu schwören. Du nickst einfach nur würdevoll und fragst, welchem Beruf sie nachgehen und ob sie Gefallen daran finden. Oh, und du solltest ihnen die Krone zurückgeben.«

Tomjon nahm sie rasch ab.

»Warum?« erkundigte er sich.

»Sie möchten sie dir geben.«

»Aber ich habe sie doch schon«, sagte Tomjon verzweifelt.

Oma seufzte geduldig.

»Nur in einem Dingsbums, realen Sinne«, erklärte sie. »Aber jetzt muß eine Zeremonie erfolgen.«

»Etwas Unreales, meinst du?«

»Ja«, gestand Oma Wetterwachs ein. »Aber es ist noch weitaus wichtiger.«

Tomjon umfaßte die Armlehnen des Throns.

»Hol mir Hwel«, brummte er.

»Nein, du mußt es allein hinter dich bringen. So verlangt es die, äh, Tradition, weißt du. Zuerst ...«

»Ich *sagte:* Hol mir den Zwerg. Hast du mich nicht gehört, Frau?« Diesmal sprach Tomjon genau im richtigen Tonfall, aber Oma Wetterwachs erholte sich schnell von ihrer Überraschung.

»Ich glaube, dir ist nicht ganz klar, mit wem du redest, junger Mann«, hielt sie ihm entgegen.

Tomjon stemmte sich in die Höhe. Er hatte viele Könige gespielt, und die meisten von ihnen gehörten nicht zu der Sorte, die irgendwelchen Leuten freundlich die Hände schüttelte und sie fragte, ob sie ihre Arbeit mochten. Es waren vielmehr Könige, die ihre Untertanen um fünf Uhr an einem kalten Morgen in die Schlacht schickten *und sie davon überzeugten, das sei besser, als im Bett zu bleiben.* Er spielte sie nun alle gleichzeitig und ließ Oma Wetterwachs die volle Wucht von königlicher Arroganz und blaublütigem Stolz spüren.

»Wir sprechen hier mit jemandem, der sich zu *fügen* hat«, sagte er. »Führe nun den Befehl aus.«

Einige Sekunden lang blieb Omas Gesicht eine unbewegte Maske, während sie überlegte und eine Entscheidung zu treffen versuchte. Dann lächelte sie. »Wie du wünschst«, sagte sie und holte Hwel, der sich weigerte, seinen Federkiel loszulassen.

Der Zwerg verneigte sich steif.

»Das ist nicht nötig«, sagte Tomjon scharf. »Wie soll ich mich jetzt verhalten?«

»Keine Ahnung. Möchtest du, daß ich dir eine Einwilligungsrede schreibe?«

»Ich habe dich mehrfach darauf hingewiesen, daß mir nichts daran liegt, König zu werden!«

»Dann könnten sich bei der Einwilligungsrede gewisse Probleme ergeben«, antwortete der Zwerg. »Hast du gründlich darüber nachgedacht? Es ist eine großartige Rolle, König zu sein.«

»Aber man kann keine andere mehr spielen!«

»Hmm. Nun, dann lehn ab. Ein ›nein‹ genügt.«

»Einfach so? Und du meinst, es klappt?«

»Es dürfte einen Versuch wert sein.«

Einige Würdenträger von Lancre näherten sich dem Thron und trugen die Krone auf einem Kissen. Ihre Gesichter brachten eine Mischung aus verkniffenem Respekt und einem Hauch Selbstzufriedenheit zum Ausdruck. Sie behandelten die Krone so, als sei es das Geschenk-für-einen-braven-Jungen.

Der Bürgermeister hüstelte hinter vorgehaltener Hand.

»Es dauert etwas, um eine angemessene Krönungsfeier vorzubereiten«, begann er, »aber wir würden gern ...«

»Nein«, sagte Tomjon.

Der Bürgermeister zögerte. »Wie bitte?« fragte er.

»Ich bin nicht bereit, König zu werden.«

Der Bürgermeister zögerte erneut. Seine Lippen zitterten lautlos, und die Augen trübten sich. Er hatte das Gefühl, irgend etwas nicht verstanden zu haben, beschloß deshalb, noch einmal von vorn anzufangen.

»Es dauert etwas, um eine angemessene Krönungsfeier ...«

»Nein«, wiederholte Tomjon, »ich will die Krone nicht.«

Der Mund des Bürgermeisters bewegte sich wie der eines Karpfen.

»Hwel?« fragte Tomjon verzweifelt. »Du kannst mit Worten besser umgehen.«

»Allem Anschein nach besteht das derzeitige Problem darin«, sagte der Zwerg, »daß ›nein‹ nicht zu den üblichen Optionen gehört, wenn jemandem eine Krone angeboten wird. Vielleicht gäbe er sich mit einem ›vielleicht‹ zufrieden.«

Tomjon stand ganz auf, nahm die Krone und hielt sie wie ein Tamburin über den Kopf.

»Hört mir alle zu«, intonierte er. »Ich danke euch für das Angebot, und es ist eine große Ehre für mich. Aber ich muß es ablehnen. Ich habe mehr Kronen getragen, als ihr zählen könnt, und das einzige Königreich, das ich zu regieren verstehe, hat vorn einen Vorhang. Es tut mir leid.«

Völlige Stille schloß sich an. Tomjon schien nicht die richtigen Worte gewählt zu haben.

»Ein weiteres Problem kommt hinzu«, meinte Hwel. »Eigentlich hast du gar keine Wahl. Du *bist* der König. Für diesen Job warst du von Geburt an vorgesehen.«

»Aber ich bin doch gar nicht gut im Regieren!«

»Das spielt keine Rolle. Ein König muß nicht unbedingt gut im Regieren sein; es genügt völlig, daß er König ist.«

»Laß mich nicht im Stich! Hier gibt's nur Wälder!«

Erneut fühlte Tomjon erstickende Kühle, und diesem Empfinden folgte das leise Summen in den Ohren. Ein oder zwei Sekunden lang glaubte er, wie vagen Dunst einen großen traurigen Mann zu sehen, der vor ihm stand und eine flehentliche Hand ausstreckte.

»Entschuldige bitte«, flüsterte er. »Aber ich meine es ernst.«

Durch den verblassenden Schemen sah er die Hexen, deren Blicke an ihm festklebten.

Neben ihm sagte Hwel: »Du hast nur dann eine Chance, wenn es noch einen Thronerben gibt. Erinnerst du dich an irgendwelche Brüder und Schwestern?«

»Nein! Hwel, ich ...«

Die Hexen führten ein neuerliches lebhaftes Gespräch. Dann schritt Magrat durch den Saal; sie bewegte sich wie eine Flutwelle, wie Blut, das einem plötzlich in den Kopf schoß. Sie schüttelte Oma Wetterwachs' Hand ab, hielt wie ein Kolben auf den Thron zu und zog den Narren mit sich.

»Heda?«

»Äh. Hallo*ho!*«

»Äh, heda, entschuldigt bitte, hört uns jemand?«

In den oberen Bereichen des Schlosses schien es recht heiter zuzugehen; allgemeiner Jubel herrschte dort. Niemand vernahm die höflichen und besorgten Stimmen, die in Verliesen und Kerkern widerhallten. Mit jeder verstreichenden Stunde wurden sie höflicher und besorgter.

»Äh, heda? Entschuldigt bitte? Billem kann Ratten nicht *aus*stehen, wenn ihr versteht, was ich meine. Hallohalla!«

Stellen wir uns vor, wie die imaginäre Kamera langsam durch die dunklen, leeren Korridor zurückschwenkt, uns dabei feuchten Schimmel, verrostete Ketten und viele Schatten zeigt ...

»Hört uns jemand? Es genügt jetzt, finden wir. Es muß irgendein schrecklich-lächerlicher Irrtum vorliegen. Wißt ihr, es sind nur Perücken, man kann sie jederzeit abnehmen ...«

Jetzt hören wir, wie die klagenden Echos in spinnwebenverhangenen Ecken und von diversen Nagetieren heimgesuchten Tunneln verklingen, bis sie nur noch ein leises, rauhes Flüstern sind, wie säuselnder Wind.

»Heda? Entschuldigt vielmals? Hilfe?«

Irgendwann wird jemand den Keller des Schlosses aufsuchen, vielleicht in einigen Tagen.

Später fragte Magrat den Zwerg, was er von langen, persönlichen Engagements hielt. Der Zwerg war gerade damit beschäftigt, die Karren zu beladen*, und er legte nun eine Pause ein.

---

* Besser gesagt: Er beaufsichtigte das Beladen. Direkte Hilfe konnte er dabei nicht leisten, denn am Tag zuvor war er auf etwas ausgerutscht und hatte sich das Bein gebrochen.

»Höchstens eine Woche«, antwortete er schließlich. »Und natürlich mit Matineen.«

Ein Monat verging. Die frühen herbstlichen Gerüche feuchter Erde trieben übers samtdunkle Moor, wo sich wäßriges Sternenlicht ein Stelldichein mit flackerndem Feuer gab.

Der Monolith stand an seinem üblichen Platz, war jedoch bereit, sich rasch zu verstecken, falls er neugierige Blicke spürte.

Die Hexen saßen am Boden und schwiegen aufmerksam. Dieses Treffen gehörte sicher nicht zu den hundert aufregendsten Hexenzirkel-Versammlungen der Geschichte. Wenn Mussorgski sie gesehen hätte, wäre die Nacht am kahlen Berghang etwa zur Teatime vorbei gewesen.

Schließlich sagte Oma Wetterwachs: »Meiner Meinung nach war's ein gutes Bankett.«

»Mir ist nachher fast schlecht geworden«, kommentierte Nanny Ogg stolz. »Und meine Shirl half in der Küche aus und brachte einige Reste nach Hause.«

»Davon habe ich gehört«, brummte Oma kühl. »Man hat ein halbes Schwein und drei Flaschen Prickelwein vermißt.«

»Ich finde es nett, daß man manchmal auch an die alten Leute denkt«, erwiderte Nanny Ogg völlig unbeeindruckt. »Ich habe einen Krönungskrug bekommen.« Sie holte ihn hervor. »Hier steht ›Viva Verence II Rex.‹ Komisch, daß er Rex heißt. Und die Ähnlichkeit läßt ebenfalls zu wünschen übrig. Kann mich nicht daran erinnern, daß er einen Henkel im Ohr hatte.«

Es folgte eine weitere schrecklich höfliche Pause. »Es überraschte uns ein wenig, daß du nicht zugegen gewesen bist, Magrat«, sagte Oma Wetterwachs dann.

»Wir dachten, du würdest am oberen Ende des Tisches sitzen und so«, fügte Nanny hinzu. »Wir dachten, du hättest beschlossen, fortan im Schloß zu wohnen.«

Magrat starrte auf ihre Füße.

»Man hat mich nicht eingeladen«, murmelte sie verlegen.

»Nun, was hat das denn *damit* zu tun?« fragte Oma. »*Wir* sind auch nicht eingeladen worden. Die Leute laden keine Hexen ein — weil sie wissen, daß wir ohnehin kommen. Wir sind sozusagen Stammgäste.« Es klang zufrieden.

»Wißt ihr, er hat viel zu tun«, sagte Magrat zu ihren Füßen. »Immerhin muß er alles regeln und dergleichen. Eigentlich ist er sehr klug, wißt ihr. Tief in seinem Innern.«

»Ein ausgesprochen solider junger Mann«, stellte Nanny fest.

»Wie dem auch sei — es ist Vollmond«, sagte Magrat hastig. »Bei Vollmond muß man Hexenzirkel-Versammlungen besuchen. Es spielt keine Rolle, ob man andere wichtige Verpflichtungen hat.«

»Hast d ...«, begann Nanny Ogg, aber Oma Wetterwachs gab ihr einen energischen Stoß in die Rippen.

»Ich finde es sehr lobenswert, daß er sich so hingebungsvoll darum kümmert, das Königreich in Ordnung zu bringen«, meinte Oma anerkennend. »Es zeigt angemessenen Respekt. Ich bin sicher, früher oder später wird er mit allem fertig. Tja, es kann sehr anstrengend sein, das Regieren.«

»Ja«, bestätigte Magrat tonlos.

Die Stille gewann nun eine fast greifbare Qualität. Nanny beendete sie mit einer Stimme, die so hell und spröde war wie Eis.

»He, ich habe eine Flasche von dem Prickelwein mitgebracht«, sagte sie. »Falls er ... falls ... falls wir Durst bekommen«, beendete sie den Satz und winkte damit.

»Ich will nichts davon«, erwiderte Magrat verdrießlich.

»Trink das Zeug, Mädchen«, forderte Oma Wetterwachs die junge Hexe auf. »Die Nacht ist kalt. Außerdem tut es bestimmt deiner Brust gut.«

Sie beobachtete Magrat, als der Mond hinter einer Wolke hervorglitt.

»Dein Haar ist schmuddelig«, bemerkte Oma. »Sieht aus, als hättest du es seit einem Monat nicht mehr gewaschen.«

Magrat begann zu schluchzen.

Der gleiche Mond leuchtete auf den eher unscheinbaren Ort Rham Nitz herab, etwa neunzig Meilen von Lancre entfernt.

Tomjon verließ die Bühne nach dem dritten Akt des Dramas *Der Troll von Ankh,* und donnernder Applaus erklang. An diesem Abend würden sich hundert Personen auf dem Heimweg fragen, ob Trolle wirklich so böse waren, wie sie bisher geglaubt hatten — was sie natürlich nicht darin hinderte, sie weiterhin zu verabscheuen.

Hwel klopfte ihm auf den Rücken, als er am Schminktisch Platz nahm und die dicke graue Schmiere fortkratzte, die ihm das Erscheinungsbild eines wandelnden Felsens geben sollte.

»Ausgezeichnet«, sagte der Zwerg. »Die Liebesszene — haargenau richtig. Und als du dich umgedreht und den Zauberer angebrüllt hast ... Ich glaube, bei den Zuschauern blieb kein Auge trocken.«

»Ich weiß.«

Hwel rieb sich die Hände.

»Heute abend können wir uns eine Taverne leisten. Ich schlage vor, wir ...«

»Wir übernachten in den Karren«, erwiderte Tomjon fest und betrachtete sich in einer Spiegelscherbe.

»Aber du weißt doch, wieviel uns der Narr ... der *Kö-*

nig gegeben hat! Wir könnten bis nach Ankh-Morpork in Federbetten schlafen!«

»Wir begnügen uns mit Strohmatratzen und bringen viel Geld nach Hause«, entgegnete Tomjon. »Dann kannst du nicht nur Götter vom Himmel und Dämonen aus der Hölle bezahlen, sondern auch Wind und Wellen und zahllose Falltüren, Rasenschmuck.«

Hwels Hand verharrte kurz auf Tomjons Schulter. »Du hast recht, Boß«, sagte er dann.

»Natürlich habe ich recht. Wie kommst du mit dem Stück voran?«

»Hmm?« erwiderte Hwel unschuldig. »Welches Stück meinst du?«

Tomjon entfernte vorsichtig einen Brauenhöcker aus Gips.

»Du weißt schon. Das über den König von Lancre.«

»Oh. Gut. Ja, ich komme gut damit voran. Während der nächsten Tage kriege ich es bestimmt richtig hin.« Hwel wechselte rasch das Thema. »Was hältst du davon, wenn wir zum Fluß fahren und ein Boot nehmen? Das wäre doch schön, nicht wahr?«

»Wir könnten die Reise übers Land fortsetzen und unterwegs Geld verdienen. Das wäre noch besser, stimmt's?« Tomjon lächelte. »Heute abend sind hundertdrei Kupfermünzen in unsere Kasse gewandert — ich habe die Zuschauer während der Urteilsrede gezählt. Das macht fast ein Silberstück nach Abzug der Kosten.«

»Der Sohn deines Vaters, kein Zweifel«, erwiderte Hwel.

Tomjon lehnte sich zurück und sah erneut in den Spiegel. »Ja«, murmelte er. »Ich gebe mir Mühe.«

Magrat mochte keine Katzen und haßte Mausefallen. Sie vertrat die Ansicht, daß es eigentlich möglich sein sollte, mit kleinen Geschöpfen wie Mäusen eine Übereinkunft zu treffen und zur Verfügung stehende Lebensmittel so aufzuteilen, daß beide Parteien zufrieden waren. Es handelte sich um eine sehr humanistische Einstellung. Mit anderen Worten: Mäuse teilten sie nicht. Und deshalb erwies sich die vom Mondschein erhellte Küche als recht lebendig.

Als jemand an die Tür klopfte, schien der ganze Boden zu den Wänden zu eilen.

Nach einigen Sekunden wiederholte sich das Pochen.

Wieder folgte eine Pause. Dann erbebte die Tür in den Angeln, und eine Stimme rief: »Öffne, im Namen des Königs!«

Eine zweite Stimme klagte: »Du brauchst nicht gleich so zu schreien. Warum schreist du so? Ich habe dir nicht befohlen, so zu schreien. Wer so schreit, erschreckt die Leute.«

»Bitte um Verzeihung, Herr! Gehört zu meinem Job, Herr!«

»Klopf noch einmal! Und etwas höflicher, wenn ich bitten darf.«

Das Pochen war nur etwas leiser. Magrats Schürze fiel vom Haken an der Tür.

»Bist du sicher, daß ich es nicht selbst versuchen kann?«

»Es geziemt sich nicht, Herr. Ich meine, für gewöhnlich verzichten Könige darauf, an die bescheidenen Türen armseliger Hütten zu klopfen, Herr. Überlaß es besser mir, Herr. ÖFFNE, IM NAMEN ...«

»Feldwebel!«

»Tut mir leid, Herr. Reine Angewohnheit.«

»Wie wär's, wenn du einfach den Knauf drehst?«

Daraufhin erklang das Geräusch eines Mannes, der außerordentlich stark zögerte.

»Davon halte ich nicht viel, Herr«, sagte der unsichtbare Feldwebel. »Könnte gefährlich sein. Wenn ich dir einen Rat geben darf, Herr: Wir sollten das Dach in Brand stecken.«

»In Brand?«

»Jawohl, Herr. Das tun wir immer, wenn niemand öffnet. Bringt die Leute sofort nach draußen.«

»Das ist sicher nicht nötig, Feldwebel. Ich drehe jetzt den Knauf, wenn du gestattest.«

»Es bricht mir das Herz, dir dabei zuzusehen, Herr.«

»Dann schließ die Augen.«

»Und wenn ich nur die Tür anstecke? Oder vielleicht ein Fenster?«

»Nein!«

»Nun, darf ich vielleicht den Abort niederbrennen ...«

»Kommt nicht in Frage.«

»Der Hühnerstall dort drüben sieht ziemlich trocken aus ...«

»Feldwebel!«

»Herr!«

»Kehr zum Schloß zurück!«

»Was? Ich soll dich hier alleinlassen, Herr?«

»Es handelt sich um eine sehr delikate Angelegenheit, Feldwebel. Ich bin sicher, daß du es gut meinst und dein Handwerk verstehst, aber manchmal muß ein König allein sein. Es geht um eine junge Dame.«

»Oh. Ich verstehe.«

»Danke. Hilf mir bitte beim Absteigen.«

»Entschuldige, Herr. Taktlos von mir.«

»Schon gut.«

»Wenn ich dir helfen soll, das Feuer der Leidenschaft zu entzünden ...«

»*Bitte* reite jetzt zum Schloß, Feldwebel.«

»Ja, Herr. Wie du meinst, Herr. Danke, Herr.«

»Feldwebel?«

»Ja, Herr?«

»Da ich jetzt kein Hofnarr mehr bin ... Ich brauche jemanden, der meine Mütze mitsamt den Glocken zur Narrengilde in Ankh-Morpork bringt. Du scheinst der ideale Mann dafür zu sein.«

»Jawohl, Herr. Herzlichen Dank.«

»Es ist dein, äh, brennender Wunsch, zu Diensten zu sein.«

»Ja, Herr?«

»Bitte darum, daß man dich in einem Gästezimmer einquartiert.«

»Ja, Herr. Danke, Herr.«

Ein Pferd trabte davon. Einige Sekunden später knirschte der Knauf, und der Narr schlich herein.

Man braucht erheblichen Mut, um im Dunkeln die Küche einer Hexe zu betreten — aber wahrscheinlich nicht mehr, als ein purpurnes Hemd mit Samtärmeln und Festonrändern zu tragen. Ein Vorteil ließ sich nicht leugnen: Es fehlten Glocken.

Der Narr hatte eine Flasche Prickelwein und einen Blumenstrauß mitgebracht; die Blumen waren inzwischen verwelkt, und der Wein prickelte nicht mehr. Er deponierte beide Geschenke auf dem Tisch und nahm am Kamin Platz.

Nach einer Weile rieb er sich die Augen. Ein langer Tag lag hinter ihm. Er hielt sich nicht für einen guten König, aber er hatte sein bisheriges Leben damit verbracht, etwas zu sein, das er haßte, und deshalb war er ans Durchhalten gewöhnt. Soweit er das feststellen konnte, hatte sich keiner seiner Vorgänger echte Mühe gegeben. Es gab soviel zu tun, soviel in Ordnung zu bringen, soviel zu organisieren …

Hinzu kam das Problem mit der Herzogin. Irgend etwas hatte ihn dazu veranlaßt, sie in einer anständigen Zelle in einem luftigen Turm unterzubringen. Immerhin war sie eine Witwe. Er fühlte sich verpflichtet, Witwen gegenüber freundlich zu sein. Aber bei Lady Felmet schien Freundlichkeit kaum Sinn zu haben; sie verstand den Grund dafür nicht, sah darin nur ein Zeichen von Schwäche. Der Narr fürchtete, daß er früher oder später ihre Hinrichtung anordnen mußte.

Nein, ein König hatte nichts zu lachen. Bei diesem

Gedanken erhellte sich sein Gesicht. *Das ist immerhin schon etwas,* dachte er erleichtert.

Schließlich schlief er ein.

Die Herzogin schlief nicht. Sie hatte den vergangenen Tag damit verbracht, den Mörtel an den Gitterstäben des Fensters fortzuschaben — soweit es Schloß Lancre betraf, benötigte man dazu weder Hammer noch Meißel; ein weiches Stück Käse genügte —, und derzeit hangelte sie sich draußen an der Mauer herab, wobei sie mehrere zusammengeknotete Laken benutzte. Der Narr war wirklich ein Narr! Er hatte ihr Geschirr und jede Menge Bettzeug gegeben! So reagierten die Leute eben. Sie ließen ihr Denken allein von Angst bestimmen. *Sie fürchten sich vor mir, selbst wenn sie glauben, mich in der Gewalt zu haben,* dachte die Herzogin. *Aber die Schwachen haben die Starken nie in der Gewalt, zumindest nie richtig.* Wenn sie sich selbst in den Kerker geworfen hätte, wäre es ihr eine große Freude gewesen, dafür zu sorgen, daß sie zutiefst bedauerte, jemals geboren zu sein. Statt dessen gab man ihr alle Laken, die sie verlangte — und fürchtete sie.

Lady Felmet war fest entschlossen, irgendwann zurückzukehren. Dort draußen wartete eine große Welt auf sie, und sie wußte, wie man die Leute dazu brachte, auf ihre Wünsche einzugehen. Diesmal würde sie sich nicht mit einem Gemahl belasten. *Welch ein Schwächling! Er ist der Schlimmste von allen gewesen. Keine Spur von Mut in ihm, obwohl ich sein Talent für Bosheit kannte.*

Sie ließ sich aufs Moos fallen, schnappte mehrmals nach Luft und hielt dann das Messer bereit, als sie durch die Nacht eilte und im Wald verschwand.

Ihr Plan bestand darin, den Weg bis zur Grenze des Königreichs fortzusetzen und dort durch den Fluß zu schwimmen. Vielleicht baute sie auch ein Floß. Am nächsten Morgen wollte sie weit genug entfernt sein, daß sie niemand finden konnte — falls man überhaupt nach ihr suchte, was sie bezweifelte.

Schwächlinge!

Überraschend schnell hastete sie durch den Wald. Es gab viele Wege, breit genug für Karren, und Ihre Ladyschaft zeichnete sich durch einen guten Orientierungssinn aus. Außerdem ging es immer nur bergab. Wenn sie den Fluß erreichte, brauchte sie sich nur in der Strömung treiben zu lassen.

Und dann bemerkte sie zu viele Bäume. Nach wie vor sah sie den Pfad, der noch immer in die richtige Richtung führte, mehr oder weniger. Aber die Bäume auf beiden Seiten wuchsen dichter nebeneinander, als man es eigentlich erwarten sollte, und als sie nach hinten blickte, existierte kein Weg mehr. Mehrmals drehte sie sich um und rechnete halb damit, Bäume zu beobachten, die sich verstohlen bewegten. Doch sie standen immer völlig reglos, fest im Moos verwurzelt.

Lady Felmet fühlte keinen Wind, aber in den Wipfeln seufzte es.

»Na schön«, sagte sie leise. »In Ordnung. Ich verlasse Lancre ohnehin. Weil ich es *will.* Aber ich komme zurück.«

Genau zu diesem Zeitpunkt endete der Weg an einer Lichtung, die es gestern nicht gegeben hatte und morgen verschwunden sein würde, eine Lichtung, wo der Mondschein auf Geweihe, Reißzähne und Hunderte von finster blickenden Augen fiel.

Eine Gruppe verbündeter Schwächlinge mag grotesk wirken, aber wenn sich Starke zusammenschließen, so begriff die Herzogin nun, entstehen gewisse Probleme.

Einige Sekunden lang herrschte Stille, nur unterbrochen von zischendem Atmen. Dann lächelte Lady Felmet, hob das Messer und griff an.

Die vorn stehenden Tiere bildeten eine Gasse, die

sich hinter der Herzogin schloß. Selbst die Hasen und Kaninchen nahmen an dem Kampf teil.

Das Königreich ließ den angehaltenen Atem entweichen.

⌘

Im Moor, unter den Schatten der weit emporragenden Gipfel, schwieg der natürliche Chor der Nacht. Die Grillen stellten ihr Zirpkonzert ein. Die Eulen schrien nicht mehr, und die Wölfe mußten sich um andere Angelegenheiten kümmern.

Ein Lied erklang zwischen den hohen Graten, hallte in verborgenen Tälern wider und verursachte kleine Lawinen. Es kroch durch geheime Tunnel unter den Gletschern und verlor die Reste von Bedeutung, als es an Eiswällen abprallte.

Um zu verstehen, was gesungen wurde, muß man nach unten zurückkehren, bis zu dem niedergebrannten Feuer am Monolithen, wo sich die vielen unterschiedlichen Resonanzen und umherschwappenden Echowellen auf eine kleine, ältere Frau fokussierten, die mit einer leeren Flasche winkte.

»... mit einer Schlange, die nur kriechen kann, aber der Igel ist in jedem Fall besser dran.«

»Es schmeckt erst richtig gut, wenn die Flasche fast leer ist, nicht wahr?« fragte Magrat rasch, als Nanny Luft holte, um mit einer neuen Strophe zu beginnen.

»Du hast recht«, bestätigte Oma Wetterwachs und leerte ihre Tasse.

»Ist noch was da?«

»Ich glaube, Gytha hat den Rest getrunken. Sie klingt jedenfalls so.«

Sie saßen im duftenden Heidekraut und blickten zum Mond hoch.

»Nun, wir haben einen neuen König«, sagte Oma. »Damit ist wieder alles im Lot.«

»Wir haben es dir und Nanny zu verdanken.« Magrat litt an einem Schluckauf.

»Wieso?«

»Man hat mir nur geglaubt, weil ihr bereit gewesen seid, meinen Standpunkt zu unterstützen.«

»Wir haben uns dazu geäußert, weil man entsprechende Fragen an uns richtete«, sagte Oma Wetterwachs.

»Ja, aber der springende Punkt ist: Alle wissen, daß Hexen nicht lügen. Ich meine, die Leute *sahen* natürlich, wie sehr sie sich ähnelten, aber sie hätten es vielleicht für Zufall gehalten. Wißt ihr ...« Magrat errötete. »Ich habe in Gütchen Wempers Lexikon gelesen, was es mit *droit de seigneur* auf sich hat.«

Nanny Ogg sang nicht mehr.

»Ja«, murmelte Oma. »Nun.«

Magrat spürte, wie eine unbehagliche Atmosphäre entstand.

»Du hast die Wahrheit gesagt, nicht wahr?« vergewisserte sie sich. »Sie sind wirklich Brüder, oder?«

Gytha Ogg nickte. »O ja. Ganz bestimmt. Ich habe seiner Mutter geholfen, als dein ... als der neue König geboren wurde. Und auch der Königin, als Tomjon zur Welt kam. Sie hat mir erzählt, wer sein Vater war.«

»Gytha!«

»Entschuldige.«

Der Wein stieg ihr in den Kopf, aber die Zahnräder im Getriebe von Magrats Bewußtsein drehten sich noch immer.

»Einen Augenblick«, brachte sie hervor.

»Ich erinnere mich an den Vater des Narren«, sagte Nanny Ogg. Sie sprach langsam und vorsichtig. »Ein sehr sympathischer junger Mann. Wißt ihr, er verstand sich nicht besonders gut mit seinem Papa, aber er kam manchmal zu Besuch. Um alte Freunde wiederzusehen.«

»Er fand leicht Freunde«, meinte Oma Wetterwachs.

»Insbesondere bei den Frauen«, pflichtete ihr Nanny

bei. »Ein sehr athletischer Bursche, nicht wahr? Keine Wand war zu hoch für ihn, wenn ich mich recht entsinne.«

»Am Hof erfreute er sich großer Beliebtheit«, sagte Oma. »Soviel weiß ich.«

»O ja. Zum Beispiel bei der Königin.«

»Der König ging häufig auf die Jagd«, fügte Oma hinzu.

»Es lag an seinem *droit*«, erläuterte Nanny. »Brauchte dauernd Ertüchtigung. Auch nachts.«

»Einen Augenblick«, wiederholte Magrat.

Die beiden anderen Hexen sahen sie an.

»Ja?« fragte Oma.

»*Du* hast allen gesagt, daß sie Brüder waren und daß Verence der ältere ist.«

»Ja.«

»*Du* hast alle in dem Glauben gelassen ...«

Oma Wetterwachs rückte ihren Schal zurecht.

»Wir sind an die Wahrheit gebunden«, erwiderte sie. »Aber nichts verpflichtet uns, ehrlich zu sein.«

»Nein, nein, das bedeutet doch, daß der König von Lancre eigentlich gar nicht ...«

»Es bedeutet *folgendes*«, sagte Oma fest. »Wir haben einen König, der nicht schlechter ist als die meisten und besser als viele. Er hat einen richtig aufgeschraubten Kopf ...«

»Wenn auch gegen das Gewinde«, warf Nanny ein.

»... und der Geist des alten Königs hat endlich Ruhe gefunden. Eine fröhliche Krönungsfeier fand statt, und *einige* von uns haben Krüge bekommen, die gar nicht für sie bestimmt waren, sondern nur für die Kinder, und alles in allem sind die Dinge weitaus zufriedenstellender als vorher. *Das* bedeutet es. Es kommt nicht darauf an, was sein könnte oder was sein sollte. Es geht nur um die *gegenwärtige* Situation.«

»Aber er ist gar nicht der richtige König!«

»Vielleicht doch«, murmelte Nanny.

»Eben hast du gesagt ...«

»Wer weiß? Möglicherweise hat die verstorbene Königin nicht aufmerksam genug gezählt. Außerdem: Er hat keine Ahnung, daß er nicht königlicher Abstammung ist.«

»Und wirst ihm das auch nicht verraten, oder?« brummte Oma Wetterwachs.

Magrat starrte zum Mond, der sich hinter einigen Wolken zu verstecken versuchte.

»Nein«, antwortete sie.

»Gut«, meinte Oma. »Nun, sieh es einmal so: Ein neues Königsgeschlecht muß irgendwo beginnen. Warum nicht mit ihm? Alles deutete darauf hin, daß er seine Pflichten sehr ernst nimmt, und das unterscheidet ihn von der überwiegenden Mehrheit seiner Vorgänger. Er kommt bestimmt gut zurecht.«

Magrat wußte, daß sie verloren hatte. Man verlor immer gegen Oma Wetterwachs; die Frage lautete nur: wie? »Aber ich bin erstaunt über euch beide, ja, das bin ich wirklich«, sagte sie. »Ihr seid Hexen. Anders ausgedrückt: Euch sollten Dinge wie Wahrheit, Tradition und Schicksal am Herzen liegen, stimmt's?«

»Genau an dieser Stelle verstehst du alles falsch«, entgegnete Oma. »Das Schicksal *ist* wichtig, aber die Leute irren sich, wenn sie glauben, es kontrolliere sie. In Wirklichkeit verhält es sich genau umgekehrt.«

»Das Schicksal kann uns mal«, stimmte ihr Nanny zu.

Oma Wetterwachs warf ihr einen mißbilligenden Blick zu.

»Hast du etwa geglaubt, es sei einfach, eine Hexe zu sein?«

»Ich lerne noch«, erwiderte Magrat. Sie sah übers Moor und beobachtete die dünne Rinde der Morgendämmerung am Horizont.

»Ich sollte jetzt besser gehen. Es ist schon ziemlich früh.«

»Ich auch«, sagte Nanny Ogg. »Bald bringt mir unsere Shirl das Frühstück, und sie ärgert sich immer, wenn ich dann nicht zu Hause bin.«

Oma Wetterwachs löschte sorgfältig das Feuer.

»Wann soll'n wir drei uns wiedersehn?« fragte sie. »Hmm?«

Die Hexen wechselten verlegene Blicke.

Nanny räusperte sich. »Nächsten Monat bin ich ziemlich beschäftigt. Geburtstage und so. Äh. Und durch diesen ganzen Rummel hat sich viel Arbeit angesammelt. Ihr wißt schon. Und dann muß ich mich um die vielen Geister kümmern.«

»Ich dachte, du hättest sie wieder ins Schloß geschickt«, sagte Oma.

»Nun, sie wollten nicht zurück. Um ehrlich zu sein: Ich habe mich an sie gewöhnt. Sie leisten mir jeden Abend Gesellschaft, und inzwischen schreien sie kaum mehr.«

»Nett«, kommentierte Oma Wetterwachs. »Was ist mit dir, Magrat?«

»Um diese Jahreszeit gibt es immer viel zu tun, findest du nicht?«

»Allerdings.« Oma nickte zufrieden. »Es ist nicht gut, wenn man dauernd irgendwelche Verabredungen wahrnehmen muß, oder? Ich schlage vor, wir lassen die Frage offen.«

Die beiden anderen Hexen nickten ebenfalls. Als der neue Tag über die Landschaft kroch, gingen sie nach Hause*, jede in ihre eigenen Gedanken versunken, jede allein.

---

* Viele Philosophen behaupten, daß Hexen und Zauberer nie nach Hause zurückkehren können. Oma Wetterwachs, Nanny Ogg und Magrat gingen trotzdem heim.